W0243978

LES CHANTS
DE LA WALKYRIE

DU MÊME AUTEUR

Trésors, artefacts et armes magiques, vol. 1 de *La Petite Encyclopédie du légendaire*, Le Pré aux Clercs, 2008.
L'Univers féerique, Pygmalion, 2008.
Le Petit Livre des lutins, Le Pré aux Clercs, 2008.
Le Petit Livre des ogres, Le Pré aux Clercs, 2008.
Le Petit Livre des sorcières, Le Pré aux Clercs, 2008.
Le Petit Livre des dragons, Le Pré aux Clercs, 2008.
Le Petit Livre des elfes, Le Pré aux Clercs, 2008.
Le Petit Livre des fées, Le Pré aux Clercs, 2008.
La Bonne Cuisine des fées, avec Jacques Bertinier, Fetjaine, 2007.
Grimoires, sortilèges et enchantements, Fetjaine, 2007.
Pirates et flibustiers du bout du monde, avec Ève Lagarde, Hors Collection, 2007.
L'Amour courtois et autres histoires, coll. « Le cabinet fantastique », Le Pré aux Clercs, 2007.
La Petite Encyclopédie du merveilleux, Le Pré aux Clercs, 2007.
Le Guide du chasseur de fantômes, Le Pré aux Clercs, 2006.
Les Peuples de la lumière, vol. 1 de *L'Encyclopédie du merveilleux*, Le Pré aux Clercs, 2005. Prix spécial du jury et prix Claude-Seignolle de l'Imagerie du festival Imaginales d'Épinal 2006.
Le Bestiaire fantastique, vol. 2 de *L'Encyclopédie du merveilleux*, Le Pré aux Clercs, 2006.
Les Peuples de l'ombre, vol. 3 de *L'Encyclopédie du merveilleux*, Le Pré aux Clercs, 2006.
Le Guide du chasseur de fées, Le Pré aux Clercs, 2005.
Les Loups de la pleine lune, carnet retrouvé dans un manoir en ruines, Le Pré aux Clercs, 2005.
Les Univers de Jules Verne, Le Chêne, 2005.
Les Sept Portes des Mille et une nuits, Le Chêne, 2003.
La Lune, mystères et sortilèges, Le Chêne, 2003.
Démons et merveilles, Le Chêne, 2002 et 2006.
La Cuisine magique des fées et des sorcières, L'Envol, 2001, 2005 ; Cartothèque, 2006.
Les Amours enchantées, coll. « Contes et légendes de France », Pygmalion, 2001.
Le Bestiaire fabuleux, coll. « Contes et légendes de France », Pygmalion, 2001.
Trouver sa vérité par les contes de sagesse, Albin Michel Spiritualités, 2000.
Vivre la magie des contes, avec J.-P. Debailleul, Albin Michel Spiritualités, 1998.
L'Énigme de l'Atlantide, Pygmalion, 1998. J'ai Lu, 2002.
Rue de l'Oubli, ou les Ombres d'Istanbul, Autres Temps, 1998.
Le Vœu d'étoile, Le Comptoir, 1996.
Enquête sur l'existence des fées et des esprits de la nature, Filipacchi, 1995. J'ai Lu, 1998.
Enquête sur l'existence des anges rebelles, Filipacchi, 1995. J'ai Lu, 1997.
Quand le ciel s'éclaircira, Plon, 1994.

Site officiel : www.edouardbrasey.com
Blog : http://blogs-livres.com/edouard-brasey/

ÉDOUARD BRASEY

LES CHANTS DE LA WALKYRIE

belfond
12, avenue d'Italie
75013 Paris

L'auteur a bénéficié, pour la rédaction de cet ouvrage, du soutien du Centre national du livre.

Si vous souhaitez recevoir notre catalogue
et être tenu au courant de nos publications,
vous pouvez consulter notre site internet,
www.belfond.fr
ou envoyer vos nom et adresse,
en citant ce livre,
aux Éditions Belfond,
12, avenue d'Italie, 75013 Paris.
Et, pour le Canada, à
Interforum Canada Inc.
1055, bd René-Lévesque-Est,
Bureau 1100,
Montréal, Québec, H2L 4S5.

ISBN 978-2-7144-4334-2
© Belfond, un département de place des éditeurs, 2008.

Pour Ève, ma Dame blanche.

Qu'un brasier ardent encercle le roc,
Que son aspect terrifiant éloigne le couard craignant de s'y brûler ;
Que le lâche fuie le rocher de Brunehilde !
Que seul libère la fiancée
Un être plus libre que moi, le dieu !

Richard Wagner, *La Walkyrie*, Acte III, scène 3

Avant-propos

Des Walkyries, on ne retient généralement que la chevauchée, dont les accents militaires rehaussés de cuivres pétaradants ont participé au succès populaire de l'opéra de Richard Wagner, *La Walkyrie*, et servi de musique de film à la scène fameuse des hélicoptères américains au Vietnam, dans *Apocalypse Now*, de Francis Ford Coppola.

Les mélomanes, ne s'arrêtant pas à ces cavalcades un peu trop bruyantes, préféreront plonger dans les quinze heures de musique de *L'Anneau du Nibelung*, tétralogie dont est extraite *La Walkyrie*, en suivant pieusement le texte des livrets rédigés par le compositeur et poète de Bayreuth. Certains d'entre eux, conscients du fait que, pour concevoir son œuvre, Wagner a largement puisé dans les anciennes mythologies nordiques et germaniques, feront peut-être l'effort de se pencher sur les textes anciens, dont les plus récents remontent tout de même au XIIIe siècle, tels que *La Saga des Wälsung*, *La Chanson des Nibelungen*, ou encore les poèmes mythologiques et poétiques de l'*Edda* scandinave. Mais ces sources disparates forment un corpus de textes complexes et incomplets, souvent contradictoires, et qui, sur bien des points, se distinguent de l'histoire racontée par Wagner.

J.R.R. Tolkien, autre fin connaisseur des sagas et des mythologies norroises, s'est lui-même servi de certains de leurs thèmes essentiels – comme l'anneau maudit du Nibelung, devenu l'anneau de Sauron, ou le monde de Midgard, devenu la Terre du Milieu – pour construire son célèbre cycle romanesque du *Seigneur des anneaux*, souvent cité comme prototype de la fantasy moderne. Mais, tout comme Wagner, Tolkien s'est volontairement éloigné des textes anciens pour créer son propre univers imaginaire.

Dans ces conditions, quel lecteur peut réellement avoir accès à ces légendes si riches mais malheureusement si méconnues ?

Il est vrai que leur manipulation tendancieuse, orientée par certains chantres de l'hégémonisme germanique et de l'inégalité des races voici un peu plus d'un demi-siècle, les ont longtemps rendues suspectes aux yeux du public. Mais ces temps obscurs ont heureusement disparu, et il est aujourd'hui permis de se passionner pour les aventures mettant en scène Odin, Brunehilde ou Siegfried sans être pour autant accusé d'avoir des pensées douteuses. Depuis quelques années, les jeux de rôle, les jeux vidéo, la bande dessinée, le cinéma et même le théâtre se sont d'ailleurs emparés de ces légendes pour les remettre au goût du jour.

Étrangement, le roman a jusqu'ici manqué à l'appel. Certes, de nombreux récits de fantasy se sont inspirés des mythologies nordiques, mais dans le but de créer d'autres univers originaux, un peu comme l'avait déjà fait Tolkien. Il existe aussi des réécritures très fidèles et agréables à lire de textes tels que *La Chanson des Nibelungen*. Mais il n'existait pas encore, à notre connaissance, d'entreprise romanesque ayant pour objectif de redonner vie et souffle à ces légendes, en prenant en compte l'ensemble des textes existants sans se laisser égarer par leur diversité, en rendant hommage au travail de Wagner mais sans se laisser écraser par lui, en s'accordant la liberté d'imaginer des personnages et des scènes inédites mais sans contredire la trame de base.

Avec *La Malédiction de l'anneau*, série romanesque dont voici le premier tome, nous tenterons modestement de pallier ce manque. Il nous a fallu, avant de nous engager dans la rédaction de cette tétralogie romanesque, accumuler une somme importante de documentation, inventorier les différentes strates des récits laissés par les conteurs des siècles passés, faire des choix, condenser des actions, gommer des invraisemblances, retravailler la psychologie des personnages, rebâtir une histoire cohérente. Il a fallu, après ce travail méthodique de collectage, prendre le risque de contredire certaines idées reçues à propos de ces mythologies venues du Nord.

Le statut des dieux, d'abord. Les dieux d'Asgard, contrairement à ceux de l'Olympe, ne sont pas tout-puissants. Ils sont faillibles et souvent désarmés face à l'adversité. Ils ne sont pas libres non plus, car leur liberté est limitée par le respect des serments échangés et les conséquences de leurs actions. Et, surtout, ils ne sont pas immortels, puisque les Nornes, ces Parques du Nord, ont prophétisé leur fin prochaine au jour du Ragnarök, le crépuscule des dieux. Les hommes, en revanche, bien que faibles et limités, bénéficient le temps de leur courte vie sur terre d'une liberté et d'une insouciance que leur envient les dieux.

Le rôle des héros, ensuite. On suspecte trop souvent ces récits de faire l'apologie de l'héroïsme et de la force virile, comparant Siegfried à une sorte de Conan le Barbare et Brunehilde à une matrone bavaroise. Rien n'est plus faux. Les héros du Nord ont un destin tragique. Ils sont manipulés sans le savoir par des puissances qui les dépassent et les sacrifient sans remords après s'être joués d'eux. Siegmund, mortel issu de la lignée d'Odin, n'est invincible que grâce à l'aide de l'épée magique Notung, plantée à son intention par le dieu suprême d'Asgard dans le tronc d'un frêne – comme Excalibur fut plantée dans un rocher à l'intention d'Arthur. Mais il suffit que l'épée soit brisée par celui-là même qui la lui a donnée pour que Siegmund soit terrassé par son ennemi. Siegfried – qui apparaîtra dans le prochain roman de cette série – ne bénéficie pas d'un sort plus enviable. Loin d'être le héros parfait ou le surhomme que l'on dépeint parfois, il est instrumentalisé de bout en bout par les protagonistes du récit, se parjure lui-même, viole les serments d'amour échangés avec Brunehilde et finit lâchement assassiné d'un épieu dans le dos. Sous ses apparences de matamore, il dissimule en outre une puérilité et une féminité qui contredisent la vision convenue du héros mâle et vaillant, sans peur et sans reproche.

La place des femmes, enfin. Celles-ci sont au cœur de l'intrigue ; ce sont elles qui font avancer l'action, et les personnages masculins sont soumis à leur volonté. Le dieu Odin, pourtant souverain au sein d'Asgard, est contraint de respecter les arrêts de son épouse Frigg. Sans les pommes d'éternelle jouvence de la déesse Freya, les dieux ne pourraient survivre un seul jour. Les fils du passé, du présent et de l'avenir sont tissés par les Nornes, et personne ne peut contrarier leurs prophéties. Et Brunehilde, la fière Walkyrie, fait le choix d'abandonner son statut divin pour devenir femme et mère.

Bien entendu, nous n'avons pas la prétention de rivaliser avec l'œuvre admirable et colossale de Wagner, ni de livrer une version authentique de ces sagas du Nord. Mais nous avons pris plaisir à les servir à notre manière, en leur donnant la forme de romans d'aventures qui, même si leur action se situe « aux temps légendaires », ont sans doute quelque chose à transmettre aux lecteurs d'aujourd'hui.

Édouard BRASEY

Arbres généalogiques

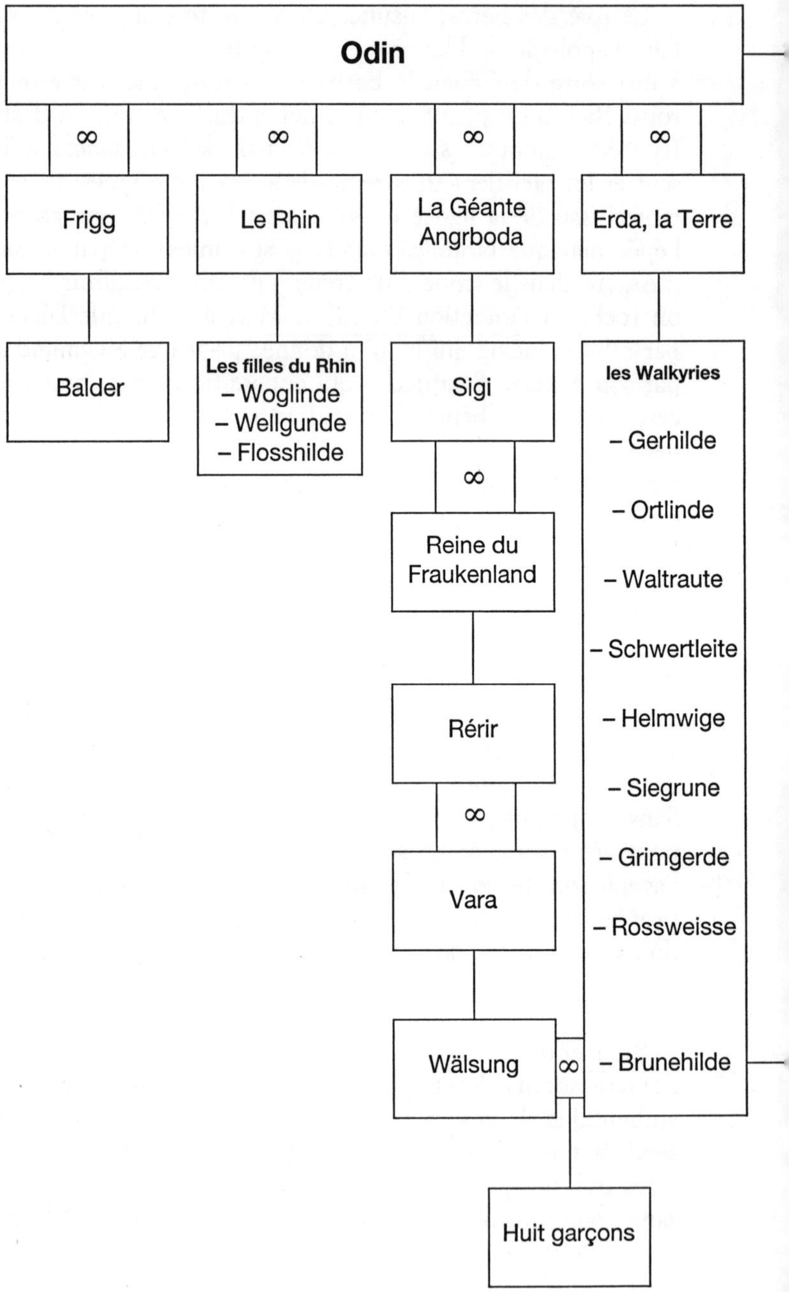

du dieu Odin et Loki

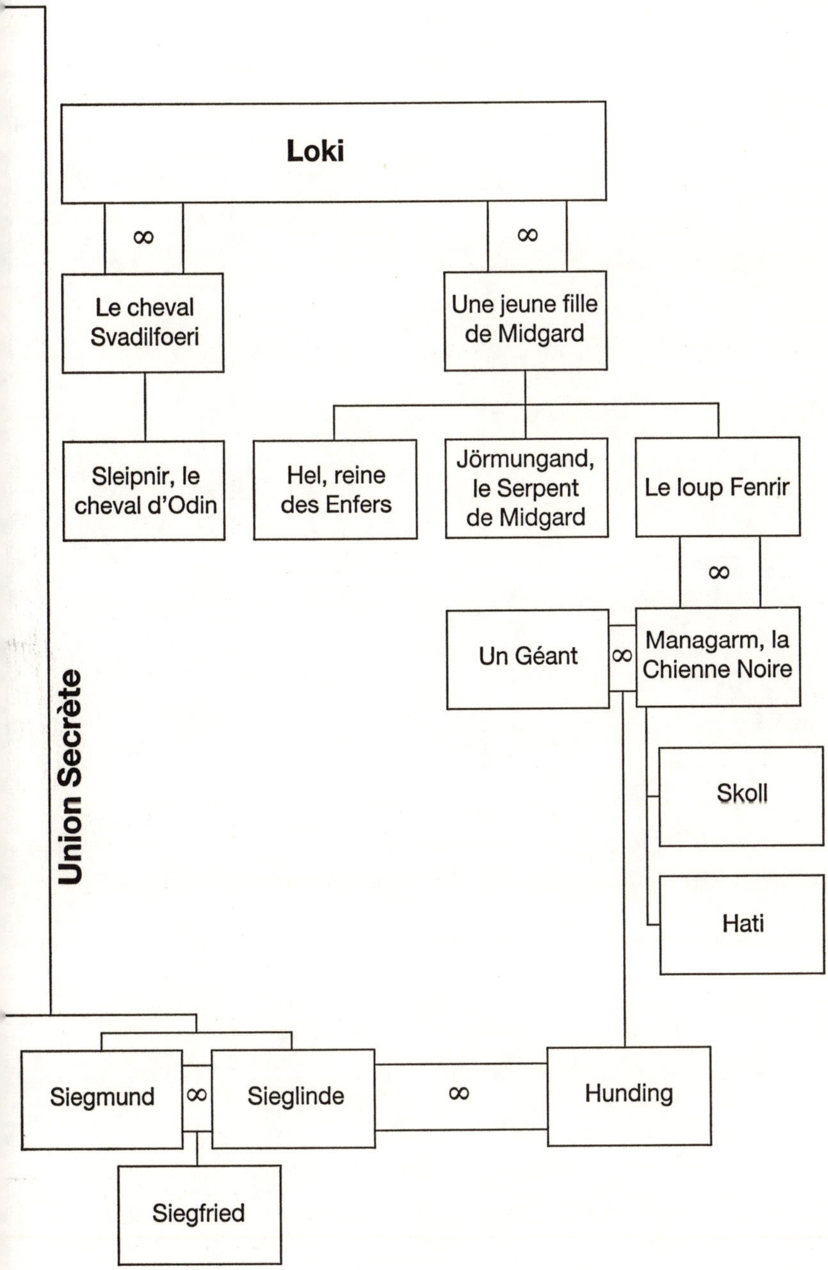

CARTE DES NEUF MONDES
SVART
Terre des Alfes noirs
royaume des Ases
VANAHEIM
demeure des Vanes
BIFROST
arc en ciel
Océan extérieur
HEL
L'enfer
séjour des défunts
morts sans gloire
UTGARD Terres extérieures
Thulé
ROCHER DE LA BICHE
GNITAHEID
MIDGARD TERRE DES HOMMES
JÖTUNHEIM Terre des Géants
Royaume du Gotland
FORÊT DE FER
Royaume du Frankenland
Royaume du Hunaland
Royaume des Burgondes
ALFHEIM
Terre des Alfes de lumière
JÖRMUNDGAND
Le serpent de Midgard
UTGARD Terres extérieures
Océan extérieur
MUSPELLHEIM
Terre des créatures de feu
Principaux clans et tribus
Royaume du Gotland
Alamans
Angles
Chauques
Cimbres
Frisons
Goths
Hérules
Saxons
Teutons
Vandales
Royaume du Frankenland
Bataves
Bructères
Chamaves
Chattuares
Hermondures
Longobards
Sicambres
Ubiens
Royaume des Burgondes
Boïens
Burgondes
Chérusques
Marcomans
Quades
Royaume du Hunaland
Huns

Prologue

Lorsqu'il était encore jeune, Odin, le dieu suprême d'Asgard, déserta quelque temps les splendeurs du séjour des Ases pour partir à la découverte des Neuf Mondes. Loki, le génie du Feu, se proposa pour lui servir de guide.

Bien qu'il vécût dans l'enceinte d'Asgard, Loki n'était pas réellement un dieu puisqu'il descendait de la race des géants. Mais ses pouvoirs magiques faisaient de lui un hôte précieux qui, bien des fois, avait rendu service aux immortels grâce à ses ruses et ses sortilèges. À la cour des Ases, il faisait tour à tour office de bouffon et de sorcier. Odin appréciait sa compagnie car il était incapable de prévoir les agissements du malin trublion. Loki osait tout, se permettait tout, et cette liberté absolue, insouciante des conséquences de ses actes, éveillait chez Odin un mélange d'admiration et d'envie. Bien qu'il fût d'un aspect aussi éclatant que le feu dont il était l'incarnation, Loki représentait la part d'ombre d'Odin, sa face cachée et secrète. Ce qu'Odin, pourtant maître de l'univers, s'interdisait, Loki n'avait aucune honte à le commettre. Aussi était-il pour l'Ase suprême une sorte de double insolent, un autre lui-même dégagé des lourdes responsabilités qu'exigeait son rôle divin. Il était sa distraction.

Plus tard, Loki prendra une dimension moins légère. Il deviendra non la part de liberté du dieu, mais un écho de sa culpabilité. Loki se mettra alors à parler à l'intérieur de la tête du dieu, comme la voix de sa conscience. Sa mauvaise conscience empoisonnant ses pensées les plus intimes. Mais à cette époque-là, Loki était encore distinct d'Odin, et sa voix sortait naturellement de sa bouche, comme cela est le cas chez tous les êtres doués d'intelligence.

Odin et Loki avaient emprunté Bifrost, le Pont de l'Arc en ciel reliant le ciel à la terre, Asgard à Midgard, le monde des dieux à celui des hommes. Ils avaient ensuite lentement remonté le cours du Rhin pour en contempler les sombres et sauvages beautés.

Ils marchaient ainsi depuis des jours lorsque, en bordure du fleuve, ils découvrirent une riante cascade où les poissons abondaient. Fatigués par leur long périple, l'Ase et son génie familier décidèrent de s'arrêter dans cet endroit enchanteur afin d'y prendre quelque repos.

Assis dans l'herbe fraîche, ils se laissaient bercer par le doux bruissement qui s'écoulait de la cascade, lorsque leur attention fut attirée par l'un de ces petits drames qu'offre la nature dans son combat constant pour la survie.

Une loutre venait d'attraper un saumon. Elle l'avait hissé sur le rivage et s'apprêtait à le dévorer en clignant les yeux de plaisir. Affleurant à la surface de l'eau, un brochet à la grosse tête lippue observait le manège.

— Une loutre ! s'était écrié Loki avec l'entrain d'un garnement. Je parie que je l'assomme du premier coup !

Avant même qu'Odin ait pu l'en empêcher, Loki avait ramassé un caillou sur la rive et le jetait d'un geste leste en direction de l'animal, lui fracassant le crâne.

— Ah ! Ah ! Ah ! s'exclama le génie frondeur. En pleine tête !

D'un bond, Loki s'était précipité vers la loutre assommée et, tirant un long poignard effilé de son sac, entreprit de l'écorcher.

Odin le contemplait avec une moue écœurée.

— Que vas-tu faire de cette loutre, Loki ? La manger ?

Loki éclata de rire, un rire cristallin qui se confondit avec le bruit de la cascade.

— Oh, non ! Je préfère la chair du saumon à celle de la loutre ! Mais il s'agit tout de même d'une bonne prise, et qui sait contre quoi nous pourrons la troquer ? Le monde est plein de surprises !

Loki acheva de dépecer l'animal et le fourra dans son sac,

avec le saumon. Puis les deux compagnons poursuivirent leur chemin, suivis du regard par le brochet qui n'avait pas bougé.

Le soir venu, ils parvinrent en vue d'une cabane en bois et décidèrent d'y demander le gîte et le couvert pour la nuit. Cette cahute était habitée par un puissant géant nommé Hreidmar, et ses trois fils, Fafnir, Regin et Otr. Mais pour l'heure, seuls les deux premiers se trouvaient près de leur père. Le cadet, Otr, n'était pas encore rentré malgré l'heure tardive.

Humant le fumet qui s'échappait de la marmite mise à mijoter dans un coin de la cabane, Loki s'écria :

— Mmmh ! La bonne odeur de soupe qui flatte nos narines ! Mais il ne sera pas dit que les hôtes d'Asgard ne participeront pas au repas qu'on leur offre. Tiens, Hreidmar, voici de quoi compléter le souper : un saumon pour nous et une loutre pour vous ! Un vrai régal pour des géants !

Au moment où le génie frivole ouvrait son sac pour en extraire son butin, le géant poussa les hauts cris.

— Malédiction ! Les Ases ont tué votre frère ! Cette loutre n'est autre que mon fils Otr !

Les géants, tout comme les nains dont ils sont des cousins éloignés, sont experts en magie et en métamorphoses animales. Maîtres des éléments de la nature, ils commandent aux vents, à la pluie, à la neige. Ils sont capables d'inverser le cours des fleuves, de faire se mouvoir les arbres au cœur de la forêt, de creuser dans la terre de profondes galeries conduisant aux trésors cachés. Et lorsqu'il s'agit de chasser ou de pêcher, ils empruntent la forme animale le plus propre à leur rendre la proie accessible. Dans les bois giboyeux, ils se font loup ou renard. Dans l'air peuplé d'oiseaux, ils sont aigle ou faucon. Dans les rivières poissonneuses, ils deviennent brochet ou loutre.

Otr, le plus jeune des fils de Hreidmar, avait pris la forme d'une loutre pour s'en aller le matin même pêcher le saumon dans les eaux de la cascade où les Ases avaient fait halte. Par son geste inconsidéré, Loki avait mis brusquement fin aux jours du fils bien-aimé du géant magicien. Otr était mort, les coupables devaient payer. Hreidmar exigea le prix du sang. Tel était l'usage dans les Neuf Mondes, chez les hommes, les dieux, les nains ou les géants. Le meurtrier convaincu de son crime devait verser à la famille du défunt une certaine somme d'argent, ou des richesses dont la nature et le prix étaient fixés par les bénéficiaires. Ce n'était qu'à cette condition que les meurtriers pouvaient recouvrer leur liberté.

Hreidmar se déclarait très attaché à son fils puîné. Pour racheter sa mort, il fallait une compensation qui fût à la hauteur de la perte subie. Se tournant vers Odin, il déclara avec acrimonie :

— Vous autres, les Ases, vous croyez régenter les Neuf Mondes. Du haut de votre Asgard, vous contemplez avec mépris les peuples qui vous sont étrangers et que vous estimez inférieurs. Mais ici, vous n'êtes pas à Asgard, vous êtes chez Hreidmar, maître de ces lieux, à qui vous avez porté gravement préjudice en le privant d'un de ses fils, le soutien de sa vieillesse ! Malgré toute votre puissance, vous ne pouvez quitter cette maison sans vous acquitter de votre dette ! À moi d'en fixer le montant ; à vous de le régler. Sommes-nous bien d'accord ?

Odin ne put qu'acquiescer en grommelant. Hreidmar avait raison. Il avait beau être le maître suprême d'Asgard, le dieu devait être tenu pour responsable du moindre des actes auxquels il se trouvait associé. À cause d'une loutre assommée par cet écervelé de Loki, il pouvait demeurer à jamais le prisonnier du géant. À moins d'accepter les conditions de ce dernier, et de payer le prix du sang.

— Je t'écoute, Hreidmar. À combien estimes-tu la vie de ton fils Otr ?

Hreidmar prit le temps de la réflexion. Tout en grattant sa barbe hirsute, il contemplait le cadavre de la loutre écorchée. Sa douleur de père à qui l'on avait ôté la vie de son fils avait laissé place au calcul et à la spéculation du marchand qui cherche à négocier une affaire au mieux de ses intérêts. Tout en réfléchissant, il lançait à la dérobée des regards torves vers les deux captifs, jouissant intérieurement de leur embarras auquel il n'était guère pressé de mettre un terme.

— Eh bien… Cela mérite d'y penser à deux fois. Otr était un pêcheur hors pair, vois-tu ? Il ne se passait pas un jour sans qu'il ne rapporte un beau saumon ou un chapelet de truites bien grasses. Qui ira à la pêche désormais ? Fafnir est un bon chasseur, mais il n'entend rien aux poissons ! Quant à Regin…

Les deux fils de Hreidmar jetèrent un regard courroucé en direction de leur père, sans oser toutefois réagir. Peu émus par le trépas de leur jeune frère, ils contemplaient le saumon apporté par Loki en se demandant quand finiraient ces morbides palabres, afin qu'ils puissent enfin souper. De leur côté, les deux compagnons bouillaient aussi d'impatience. Surtout Odin, qui avait le sang vif. S'il s'était écouté, il aurait bien écrasé son poing massif sur le crâne dégarni du géant. Mais il ne pouvait pas. Tant qu'il n'aurait pas réglé sa dette, il était le prisonnier de Hreidmar.

Ce dernier était parfaitement conscient des réactions hostiles que faisaient naître ses atermoiements, chez ses fils comme chez les dieux. Loin de s'en formaliser, il en jouait et en goûtait le sel avec un plaisir gourmand. Oublié, déjà, était Otr. Hreidmar n'avait plus en tête que les deux prises de choix qui se trouvaient en son pouvoir, et le profit qu'il pouvait tirer de leur bévue.

— Oui… C'est une grande perte que celle de mon cher fils… Une très grande perte que j'estime à… Voyons voir…

Soudain, l'œil du géant s'éclaira d'une lueur maligne. Comme saisi d'une brutale inspiration, Hreidmar s'écria :

— Comme prix du sang, j'exige que le cadavre de cette loutre soit rempli puis recouvert entièrement d'or ! De l'or pur, rare et précieux ! Que les entrailles de l'animal soient bourrées à craquer puis chaque pouce de sa peau enrobé de l'or le plus fin. Voici ce que je veux ! Alors, lorsqu'on n'en distinguera plus la moindre parcelle, que cette loutre qui fut mon fils sera entièrement cachée sous un manteau d'or, alors et alors seulement, la dette de sang sera réglée et les deux visiteurs importuns seront libres de quitter cette demeure !

Odin ne put s'empêcher de pousser un cri de rage. La loutre était un animal de belles proportions, et tout l'or d'Asgard n'aurait pu suffire à en recouvrir ne fût-ce que la moitié. Les voyageurs égarés n'étaient pas près de quitter la maison de l'avide géant ! Se redressant de toute sa taille, Odin se tourna vers Loki. C'était lui, le fauteur de troubles. C'était lui l'unique responsable de cette affaire aussi grotesque que fatale. C'était à lui de trouver une solution ! Loki, justement, semblait plongé dans une profonde réflexion. Il savait, lui qui n'hésitait pas à s'aventurer dans les recoins les plus obscurs de l'univers, où se trouvaient les trésors enfouis, placés sous la garde vigilante des nains industrieux, des géants redoutables ou des dragons farouches. Un fin sourire vint éclairer son visage.

— Je vois bien une solution, murmura-t-il doucement, comme s'il se parlait à lui-même. Oui, je pense savoir où se trouve de l'or en abondance telle qu'il pourra garnir et recouvrir entièrement le corps de la loutre. Mais pour cela, il faut me laisser libre d'aller le chercher...

Hreidmar ferma un œil pour, de l'autre, mieux scruter l'expression du génie rebelle. Sa réputation de ruse et de fausseté avait depuis longtemps dépassé les frontières d'Asgard, et les différents peuples répartis dans les Neuf Mondes avaient appris à se méfier de lui. Après un instant de réflexion, le géant se décida enfin :

— Soit ! Tu iras chercher l'or ! Mais l'Ase restera ici comme garant ! Si tu ne reviens pas, il regrettera d'être descendu dans notre monde, tout dieu qu'il est !

Odin jeta des regards furibonds vers Hreidmar et Loki. À la menace proférée par le géant s'ajoutait l'humiliation d'être pris en otage. De plus, il n'avait qu'une confiance relative en la loyauté de Loki. Mais il n'avait pas le choix. Si un être au monde pouvait être suffisamment roué pour s'emparer d'un trésor au détriment de son possesseur légitime, c'était bien Loki, et nul autre que lui. Aussi, le dieu suprême d'Asgard laissa-t-il son compagnon aller, plaçant son propre destin entre ses mains.

Dès qu'il fut sorti de la cabane des géants, Loki emprunta le même chemin dans lequel Odin et lui-même s'étaient engagés le jour même, et retourna à la cascade près du Rhin, sur les lieux où s'était déroulé le drame. Le brochet se trouvait exactement à la même place, observant Loki de son œil rond.

Affectant de ne pas remarquer la présence du poisson, Loki sortit de son sac une pelote de fil qui n'était pas plus grosse que son poing. Il la fit rebondir plusieurs fois dans le creux de sa paume, comme s'il cherchait à en éprouver l'élasticité. Puis, d'un geste ample, il jeta la pelote dans l'eau, tout en gardant soigneusement l'extrémité du fil dans la main. La pelote se déplia alors comme une voile et se transforma en un filet aux mailles serrées qui s'abattit sur le brochet, se refermant sur lui sans lui laisser le temps de se sauver. Aussitôt, Loki tira sur le filet pour hisser le gros poisson gigotant hors de l'eau. Entravé dans sa prison de fils, le brochet ouvrait toute grande la gueule, tandis que le génie du Feu poussait un cri de triomphe.

— Ah ! Te voilà mon prisonnier, grâce à ce filet magique fabriqué par un habile artisan nain ! Si tu ne veux pas périr d'asphyxie, je te conseille de quitter cette ridicule apparence de poisson, mon gaillard ! Cela fait bien longtemps que je t'ai reconnu, sais-tu ?

Une étrange chose se produisit alors. Le corps blanc et visqueux du brochet se mit à trembloter et à se dissoudre, changeant progressivement de forme. Bientôt, à la place du gros poisson à la large gueule, se tint un nain gesticulant et piaillant.

— Laisse-moi ! Laisse-moi partir ! Je ne t'ai rien fait !

— Ah ! Tu me laisses enfin contempler ton vrai visage, Andvari ! Cela faisait combien de temps que tu vivais dans cette cascade sous l'apparence benoîte d'un brochet ? Des années ? Des siècles peut-être ! Mais à présent que je te tiens en mon pouvoir, je ne te lâcherai pas !

Andvari était un nain, mais pas n'importe quel nain. Il appartenait au peuple obscur des Nibelungen, dont il était le souverain. Andvari était le roi des Nibelungen, dépositaire du fabuleux trésor que possédaient ces êtres étranges, issus des profondeurs de Niflheim.

Ce trésor, les Nibelungen l'avaient lentement amassé en dérobant une partie des richesses inouïes que recelait le Rhin, avant de les emporter dans leurs souterrains obscurs où ils les forgeaient et les ciselaient en bijoux et pièces d'orfèvrerie. Le Vieux Rhin était si riche que, longtemps, il ne s'était même pas aperçu de ces larcins. Mais, un jour, il avait surpris Andvari en train de lui voler son or. Pour le punir, il l'avait instantanément transformé en brochet, lui ôtant de surcroît le souvenir de son identité.

C'est ainsi que le roi des Nibelungen s'était retrouvé dans l'eau de cette cascade sous l'apparence d'un poisson. Depuis combien de temps ? Des années ? Des siècles ? Il n'aurait su le dire. En vérité, il s'était si bien accoutumé à sa nouvelle existence qu'il avait fini par en oublier la précédente. À force de vivre dans la peau d'un brochet, Andvari en était devenu un. Et il avait fallu la brutale capture opérée par Loki pour qu'en un instant il retrouvât sa mémoire et son apparence de nain. Tout cela, Loki le savait depuis longtemps, et il n'attendait que le moment opportun pour en tirer profit. Ce moment était venu.

Andvari continuait de se débattre comme un beau diable, mais il ne pouvait pas se défaire de l'emprise du filet magique. Le génie du Feu le tenait bel et bien, et il n'avait aucune intention de le laisser échapper sans l'obtention d'une coquette rançon.

— Laisse-moi ! Laisse-moi partir ! hurlait le nain. Je te donnerai ce que tu voudras ! Je suis riche, très riche !

— Oui, je sais ! s'exclama Loki en riant. Je connais parfaitement l'étendue de tes richesses, et c'est d'ailleurs pour que tu me les livres que je me suis saisi de toi. À présent, Andvari, tu sais ce que tu as à faire si tu veux retrouver la liberté ! Donne-moi sur-le-champ ton trésor, le fabuleux trésor des Nibelungen !

Andvari pleura, supplia, couina, menaça sur tous les tons, mais lorsqu'il réalisa que Loki n'avait aucune intention de lâcher sa prise, il finit par accepter de livrer son trésor mirifique. Arrondissant les lèvres, il émit un curieux sifflement, si aigu qu'une oreille humaine aurait eu du mal à le percevoir. Mais ce sifflement n'était pas destiné à être entendu des hommes. Il s'agissait du signe de ralliement par lequel les Nibelungen faisaient appel à distance à leurs congénères. Bientôt, d'autres sifflements répondirent à ceux d'Andvari, tandis qu'une sorte de nuée grisâtre rampait sur le sol. Cette nuée bientôt se matérialisa, et Loki se retrouva entouré d'une légion de nains harnachés comme des guerriers prêts à se rendre au combat, l'armée des Nibelungen.

De petite taille, ils étaient cependant d'apparence farouche. Vêtus de broignes de cuir et coiffés de casques en fer martelé, ils ne laissaient paraître de leur corps que leurs visages gris, habitués qu'ils étaient à vivre sous les latitudes glacées de Niflheim. Peuple mystérieux autant que redoutable, les Nibelungen se montraient rarement au grand jour. Seul le péril dans lequel se trouvait leur souverain avait justifié leur prompte venue.

Chacun de ces nains, et il y en avait des milliers, portait en ses bras une cassette débordant d'or. Les uns après les autres, ils déposèrent ainsi aux pieds de Loki pièces, bijoux et chefs-d'œuvre d'orfèvrerie, le tout composé de l'or le plus pur. L'or issu des profondeurs du Rhin. Chaque cassette déversait ainsi son précieux contenu, jusqu'à former un tas d'or imposant qui brillait comme un soleil ardent. Lorsque la dernière once d'or fut ainsi offerte au génie rusé, Andvari s'écria d'une voix de fausset :

— Voilà ! Tu as eu ce que tu voulais ! À présent, lâche-moi !

Mais Loki n'en avait pas assez. Loki n'en avait jamais assez. Il observa attentivement le nain avant de clamer :

— Tu mens ! Tu n'as pas tout donné ! Que caches-tu à ton doigt, nain roué ? Ne vois-je pas un anneau briller ? Un anneau d'or ?

Andvari voulut cacher sa main derrière son dos, mais il était trop tard.

— Mon anneau ? Ah, non ! Tu ne l'auras pas ! J'y tiens plus qu'à ma propre vie ! C'est l'anneau sacré des Nibelungen, celui que nous nous transmettons de père en fils comme signe de notre royauté. Tu n'as pas le droit de me le prendre !

— Pas le droit ? Tu veux rire, nain ! Cet anneau fait partie du trésor des Nibelungen, et tu me le donneras avec le reste !

— Mais tu ne comprends pas ! supplia encore Andvari. Il ne s'agit pas d'un simple anneau d'or. C'est un anneau de pouvoir, un anneau magique. En possession de cet anneau, je commande à tous mes guerriers Nibelungen. Et par le miracle de l'anneau, je peux reconstituer dans l'instant tout le trésor des Nibelungen. Mais sans lui, je n'ai plus rien, je ne suis plus rien !

— Assez parlé, Andvari ! J'en sais suffisamment désormais. J'aurai l'anneau, et je te laisserai à ton sort...

Loki attrapa la main du nain et, d'un geste preste, lui ôta le bijou qu'il conservait au doigt. Le Nibelung poussa un cri terrifiant. L'eût-on écartelé sur place qu'il n'aurait pas hurlé plus fort. Insensible, Loki brandit l'anneau à bout de bras en riant. Le cercle d'or émettait des rayons aveuglants, les Nibelungen se cachèrent la face en sifflant.

Andvari, que Loki avait enfin lâché, contemplait son anneau, son précieux anneau qu'on lui avait volé. Alors, se redressant de toute sa petite taille, il pointa un index vengeur vers le trésor qu'il venait de perdre, proférant les menaces suivantes :

— Je n'ai plus de pouvoir sur l'anneau. Mais j'ai encore le pouvoir de le maudire ! Par la plus noire des magies issues des profondeurs de Niflheim et de Svartalaheim, je jure que désormais cet anneau n'apportera que ruine, mort et désolation à qui le glissera à son doigt ! Que soit maudit à jamais l'anneau du Nibelung, comme seront maudits les porteurs de l'anneau !

Sur ces terrifiantes paroles, Andvari poussa un dernier cri avant de se dissoudre en fumée, suivi de son peuple. Là où, quelques instants plus tôt, s'étaient tenus des milliers de guerriers nains, ne subsistait qu'une sombre nuée qui se dissipa dans l'espace.

Sourd aux malédictions du nain spolié, Loki entreprit d'empiler le tas d'or dans un large sac qu'il jeta sur ses épaules. Quant à l'anneau d'Andvari, il le glissa négligemment dans la poche de sa tunique avant de reprendre le chemin de la cabane de Hreidmar.

Les géants attendaient avec impatience le retour de Loki. Mais leur impatience n'était rien à côté de celle que manifestait Odin, qui se voyait déjà prisonnier à jamais de Hreidmar et de ses fils. L'arrivée du génie du Feu fut donc saluée par des soupirs de soulagement de la part du dieu, et de désir avide de la part des géants.

— La pêche a été bonne ! Regardez ce que j'apporte ! Un trésor ! Un vrai trésor !

Loki déversa le contenu du sac sur le sol de la cabane. Il s'agissait en effet d'un trésor si fabuleux que nul n'en avait jamais contemplé de pareil. Se trouvaient là bijoux et parures, bracelets et colliers, médailles et chaînes, coupes et plats finement ouvragés et ciselés. Tous ces objets étaient en or, un or pur qui jetait ses plus beaux feux dans l'humble habitation des géants. Hreidmar, aveuglé par tant de richesses, puisait l'or dans les paumes réunies de ses mains et le laissait filtrer entre ses doigts, comme s'il s'était agi d'une onde claire dont il avait grand soif. Fafnir et Regin contemplaient l'or eux aussi, et leurs yeux lançaient des éclairs de convoitise.

Pendant que l'attention des géants était concentrée sur le trésor, Loki tendit discrètement l'anneau d'Andvari à Odin, en chuchotant :

— Le trésor ne vaut rien à côté de ce très précieux et unique anneau. Garde-le précieusement, ô maître de l'univers...

Odin prit l'anneau et le glissa à l'annulaire de sa main gauche. Aussitôt, il se sentit envahi par un sentiment de toute-puissance qu'il n'avait jamais éprouvé jusqu'alors, bien qu'il fût le dieu suprême d'Asgard. L'anneau d'Andvari à son doigt, il ressentait une sorte de plénitude et d'assurance qui balayaient toute incertitude et toute crainte. Loki venait de l'appeler maître de l'univers, mais Odin se dit que le seul maître de l'univers était le porteur de cet étrange anneau. Car il détenait alors pouvoir et richesse et ne pouvait plus jamais manquer de rien. Oui, Odin venait de tomber sous le charme de l'anneau d'Andvari, mais la malédiction commençait déjà à prendre possession du corps et de l'âme du dieu sans qu'il s'en rendît compte.

Hreidmar et ses fils n'avaient pas prêté attention au manège de Loki et d'Odin. Fafnir et Regin s'étaient emparés de la peau de la loutre vidée de ses entrailles et la tenaient debout tandis que leur père la bourrait d'or jusqu'à la gueule. Puis ils la posèrent à terre et la couvrirent d'or, d'un côté puis de l'autre, jusqu'à épuisement complet du trésor.

— Es-tu content, Hreidmar ? lança joyeusement Loki. Te voilà riche à présent ! La vie de ton fils Otr a été rachetée ! À présent, tu peux nous laisser aller en paix…

Le géant inspectait pouce après pouce la dépouille rutilante d'or de ce qui avait été son fils, à la recherche du moindre espace, du plus infime interstice qui ne fût pas recouvert par le métal précieux. Il allait se déclarer satisfait lorsque, soudain, il se mit à gronder :

— L'œil ! L'œil d'Otr est encore visible ! Il nous observe de son regard mort ! Il faut encore de l'or !

— Le trésor entier y est passé, plaida Loki. Que veux-tu de plus ?

— Cet œil nous regarde, il nous juge ! cria Hreidmar en pointant son doigt vers l'endroit incriminé. Cachez à l'instant cet œil avec de l'or, sinon vous resterez mes prisonniers !

Agacé par les plaintes du géant cupide, Odin s'approcha et, sous l'influence magique de l'anneau, qui lui conférait ce sentiment de toute-puissance absolue, il voulut se saisir de son hôte pour lui rompre le cou.

Odin tendit les mains vers Hreidmar, laissant jaillir la lueur rouge de l'or qu'il avait à son doigt.

— Un anneau ! Un anneau d'or ! hurla le géant avec excitation. Il suffira à boucher l'œil de mon fils. Donne-le-moi ! Donne-le-moi !

Odin se recula vivement.

— Cet anneau est à moi ! répliqua-t-il avec hauteur. Jamais je ne le donnerai à quiconque, et surtout pas à toi, géant grossier !

Hreidmar se mit à écumer, autant de convoitise que de rage.

— Tu n'as pas le choix, dieu sans parole ! Tu dois payer le prix du sang ! Donne l'anneau ! Donne-le !

Odin grogna, mais il devait se rendre à l'évidence. Tant qu'il ne s'était pas acquitté du prix convenu, il demeurait l'obligé de Hreidmar. Le pouvoir de l'anneau, si grand fût-il, ne pouvait se substituer à celui du serment donné et de la dette à acquitter. Odin comprit alors que le sentiment de toute-puissance ressenti par le porteur de l'anneau était en réalité mensonger et illusoire.

À regret, il ôta l'anneau et le jeta sur la dépouille de la loutre. Ce simple geste arracha au dieu un cri de douleur, comme s'il s'était dessaisi non d'un bijou mais d'une part de lui-même. Une part intime et très précieuse qui désormais lui ferait éternellement défaut. D'un geste vif, Odin porta son annulaire gauche à sa bouche pour apaiser d'un baiser l'intense brûlure qu'avait fait naître l'absence de l'anneau. À la jointure de son doigt, à la place du cercle d'or, une fine ligne rouge se dessinait. Une ligne de sang.

Hreidmar, quant à lui, n'avait d'yeux que pour l'anneau qui lui était échu en complément de la dette de sang enfin réglée. Il s'en était saisi et le contemplait avec une sorte de bonheur extatique, en murmurant des paroles d'adoration, comme s'il tenait entre ses doigts non un anneau d'or, mais un être vivant :

— Mon précieux… Mon très-précieux…

C'est alors que Loki partit d'un grand éclat de rire :

— Fou que tu es, Hreidmar ! L'anneau que tu tiens entre les mains fera bientôt ton malheur, car il a été maudit par celui qui l'a forgé et porté avant toi. Écoute les paroles d'Andvari, géant sans cervelle ! Écoute-les bien, car c'est à toi désormais qu'elles s'adressent : « Par la plus noire des magies issues des profondeurs de Niflheim et de Svartalaheim, je jure que désormais cet anneau n'apportera que ruine, mort et désolation à qui le glissera à son doigt ! Que soit maudit à jamais l'anneau du Nibelung, comme seront maudits les porteurs de l'anneau ! »

À ces mots, Odin se retourna, furieux, en direction de Loki. Cet anneau maudit, il venait un court instant d'en être le détenteur, et l'imprécation d'Andvari devait donc s'appliquer également à lui ! Et c'était ce roué de Loki qui lui avait tendu l'anneau, alors même qu'il en connaissait les pouvoirs maléfiques ! Quel sombre but poursuivait-il ainsi ?

Hreidmar, de son côté, semblait n'avoir rien entendu des prophéties fatales du roi des Nibelungen. Il avait glissé à son doigt l'anneau du Nibelung et le baisait comme s'il se fût agi de la plus belle des femmes :

— Mon précieux... Mon amour... Ma vie...

Fafnir et Regin contemplaient eux aussi l'anneau magnifique. Leur père semblait l'avoir fait sien. Mais n'y avaient-ils pas droit autant que lui ?

— Père, nous réclamons notre part du trésor, en dédommagement de la perte de notre frère bien-aimé, gronda Fafnir d'une voix sourde. Remets cet anneau où il était et commençons le partage...

Hreidmar jeta un regard de haine vers son fils en sifflant :

— Jamais ! Il s'agissait de mon fils ! Le trésor appartient à moi seul ! Et personne ne me volera mon précieux...

— Ah, c'est ainsi ? rugit Fafnir. C'est ce qu'on va voir !

Fafnir attrapa un chandelier d'or qui se trouvait sur le corps de la loutre et l'abattit sur son père, lui brisant le crâne.

— L'anneau maudit du Nibelung vient de faire sa première victime ! ironisa Loki. Tu as bien fait de t'en séparer, Odin ! Tu vois à quoi tu viens d'échapper ?

Odin s'apprêtait à rétorquer une parole cinglante au génie moqueur, mais le moment n'était guère favorable à un règlement de comptes. Profitant de la diversion engendrée par le combat des géants, Loki et Odin s'éclipsèrent sans bruit, sortirent de la cabane et reprirent leur chemin, libres enfin.

Sans prêter la moindre attention au départ des hôtes d'Asgard, Fafnir s'était à son tour emparé de l'anneau d'Andvari et l'avait mis à son doigt. À côté de lui, Regin dansait sur place en poussant des cris de joie.

— C'est bien fait ! Nous ne sommes plus que deux à nous partager le trésor, désormais !

— Je suis l'aîné, le trésor me revient à moi seul !

Fafnir repoussa rudement son frère avant de réunir le fabuleux trésor dans un sac qu'il jeta sur son épaule. Puis il s'empara du heaume d'effroi de Hreidmar, qui avait la faculté de métamorphoser celui qui s'en coiffait en une créature monstrueuse dont chacun s'écartait avec crainte et frayeur, et il s'en fut sur les hauteurs montagneuses de Gnitaheid où, sous l'apparence hideuse d'un dragon, il veilla désormais sur le trésor des Nibelungen et l'anneau maudit d'Andvari.

Quant à Odin, il ressentit désormais une sorte d'infinie tristesse peser sur lui.

Depuis ce jour funeste où il avait porté à son doigt, si brièvement que ce fût, l'anneau maudit du Nibelung, il ne fut plus jamais le même. Il était toujours un Ase lumineux, le dieu suprême d'Asgard. Mais il avait perdu l'innocence insouciante du dieu créateur qu'il avait été jusque-là. Victime des agissements de Loki, il avait été corrompu par la magie de l'anneau maléfique. Et la magie de l'anneau, charriant dans son or la haine et le désir de vengeance d'Andvari, avait poursuivi depuis lors son œuvre de mort et de malheur.

Et il en irait ainsi jusqu'au Ragnarök, le crépuscule des dieux.

PREMIER CHANT

La pomme d'éternelle jouvence

Mon nom est Brunehilde. Je suis une Walkyrie, née comme mes sœurs de la semence sacrée du dieu Odin et du ventre ombreux d'Erda, la déesse Terre. Sur la roue éternelle du temps, j'ai été tour à tour fière déesse, guerrière farouche ou femme soumise aux bonheurs et aux tourments humains. J'ai connu les félicités et les béatitudes réservées aux divinités, j'ai connu l'enthousiasme et l'ivresse des combats, j'ai connu les vertiges de l'amour, les poisons de la trahison et la saveur amère de la vengeance, mais je n'ai pas connu la sérénité de la mort.

Je suis une Walkyrie et je suis immortelle.

À me voir, on me croirait à peine sortie de l'enfance. La fraîcheur de mon teint, l'éclat bleu de mon regard, la lumière d'or rouge de ma chevelure étroitement nattée, l'allure athlétique de ma silhouette sont ceux d'une vierge avide de croquer dans la chair de la vie. Je suis jeune d'aspect, belle de visage, solide et forte de corps, et pourtant j'ai vécu plus de vies que si j'avais mille ans. Née d'un dieu, le plus grand de tous, je ne puis connaître ni la vieillesse ni la mort, ces réconforts de l'âme réservés aux mortels qui, sans en connaître le prix, les redoutent et les fuient. Éternellement jeune, belle à jamais, j'aspire pourtant, en vain, aux rides qui flétrissent la peau, aux cheveux qui blanchissent, aux chairs qui s'affaissent, à la mort, enfin, la grande libératrice qui seule peut offrir le repos véritable. Pour mon malheur, je suis, je serai toujours vivante dans mon enveloppe intacte et glorieuse.

Oui, j'ai eu plusieurs vies, et je me souviens de chacune d'entre elles avec une précision extrême. Je me souviens de tout, des visages, des noms, des destins aux fils emmêlés par les Nornes sagaces, des luttes fratricides, des amours contrariées, des haines et des vengeances. Tantôt j'étais la femme, l'amante, l'épouse, la mère et la nourrice, d'autres fois la guerrière, la vierge casquée survolant les champs de bataille dans son manteau de cygne. Oui, j'ai été déesse et simple mortelle, glorieuse Walkyrie et reine adorée, trahie et vengée. J'ai vécu à Asgard, la demeure des Ases, ces dieux suprêmes siégeant dans les cieux, et dans les palais des rois de la Terre. J'ai ressenti toute la palette des émotions qu'éprouvent les hommes et des passions qui animent les dieux. J'ai aimé, j'ai haï, j'ai donné la vie et j'ai fomenté la mort. J'ai conservé le souvenir de chacune des actions qui composent la trame de ma trop longue existence. Car la mémoire est l'apanage des immortels.

L'immortalité... Elle est une récompense pour les Wals, les valeureux guerriers trépassés admis à batailler et ripailler au Walhalla, la Halle des Occis, jusqu'à la fin des temps. Pour moi, elle est un fardeau bien lourd à porter, l'assurance d'un châtiment éternel.

Regardez-les, ces combattants intrépides... À la lueur des torches enflammées portées par d'immenses candélabres de fer noircis enchâssés dans les murailles du Walhalla dont la voûte est soutenue par des lances projetant des rayons lumineux et le toit recouvert de boucliers étincelants gravés d'entrelacs et de scènes martiales, les Wals se défient à la lutte. Ils font tournoyer leurs lourdes épées au-dessus de leurs têtes avant d'en frapper leurs adversaires. Chaque coup est porté avec une telle violence que les boucliers se fendent, les broignes de cuir se déchirent, les casques à cornes et cimier de bronze volent en éclats. Le sang gicle des blessures comme une source vive trop longtemps contenue. Des braves éventrés tombent à terre en poussant d'épouvantables hurlements d'agonie, tenant à deux mains la grappe vineuse de leurs viscères libérés. D'autres, le cou tranché, continuent de ferrailler tandis que leur tête roule sur le sol comme une balle grimaçante, puis s'affalent enfin tels des pantins désarticulés. Pourtant, à peine sont-ils morts qu'ils se relèvent aussitôt, le corps intact, et reprennent la rixe interrompue par l'illusoire trépas.

Ces assauts durent ainsi des jours entiers, sans répit, et forment le principal divertissement des hôtes du Walhalla. Ici demeurent ceux qui sont tombés vaillamment sur les champs de bataille, choisis par nous, les Walkyries, comme étant les plus dignes de séjourner dans ce paradis des guerriers. Étant déjà morts sur terre, ils ne peuvent mourir à nouveau. Mais leur soif de combats est telle qu'ils revivent sans fin, dans les moindres détails, les ultimes moments qui ont précédé leur trépas. Ils rejouent ainsi leur mort, à l'infini, sans se lasser, tombant sans vie à terre pour se relever sans délai, se battre et mourir à nouveau. Et il en sera ainsi jusqu'au Ragnarök, le crépuscule des dieux.

En compagnie de mes sœurs, vêtue comme elles d'un plumage de cygne blanc dessus ma broigne de cuir semée de plaques de fer, coiffée d'un casque ailé, j'ai survolé les landes où les hommes s'affrontent, les armes à la main. J'ai assisté aux duels, aux bagarres, aux massacres, et longtemps je n'ai connu des mortels que leur agonie. J'ai vu tant de guerriers valeureux mourir, tant de corps s'effondrer, tant de regards se voiler au moment de basculer de l'autre côté des apparences, que pour moi la vie et la mort se confondent en une même étreinte, comme des amants qui s'aiment en se tuant et se tuent en s'aimant. Pourtant, j'ai eu moi aussi la vie d'une mortelle. Moi aussi, j'ai aimé. Moi aussi, j'ai tué. Moi aussi j'ai vécu et je suis morte. Du moins j'ai essayé. Mais la mort m'a fuie, comme elle fuit ces héros qui ne cessent de mourir et de renaître, et cela éternellement.

Chaque jour, Odin nous fait l'honneur de sa visite. Odin, le dieu suprême d'Asgard, Odin le détenteur de la sagesse des runes, Odin le borgne, coiffé d'un casque surmonté de deux cornes, Odin, porteur de l'anneau magique Draupnir et de la lance Gungnir, Odin chevauchant Sleipnir, son cheval à huit pattes, Odin toujours flanqué de ses deux loups et de ses deux corbeaux. Lorsqu'ils ne sont pas perchés sur les épaules du dieu, ses ténébreux compagnons s'envolent à tire-d'aile jusqu'aux confins éloignés du monde afin d'y glaner des secrets, des rumeurs, des révélations qu'ils viennent ensuite murmurer aux oreilles de leur maître. Ainsi, rien ne peut rester caché à Odin, ni dans le ciel d'Asgard, ni sur la terre des hommes, ni dans les profondeurs ténébreuses de Svartalaheim et de Niflheim où demeurent les nains et les Alfes noirs, ni dans aucun des Neuf Mondes où vivent et grouillent tous les peuples de la Création.

Odin a de multiples enfants qu'il a essaimés de par les mondes, nés d'une multitude d'amantes. Déesses, géantes ou simples mortelles. Odin est le père des dieux, il est aussi celui des hommes. Mais cette lignée humaine est maudite. Mon crime fut de la perpétuer malgré tout. C'est pourquoi j'ai été maudite à mon tour. Et mes tourments n'auront pas de fin.

Justement le voici ! Voici mon père, voici Odin le dieu borgne et suprême qui paraît dans la Halle des Occis ! N'est-il pas d'un aspect saisissant à voir ? À son apparition, les Wals sont pénétrés de respect. Ils cessent de batailler pour faire fête au dieu qui s'installe à la place d'honneur de la salle des banquets, aux sièges jonchés de cottes de mailles, et ordonne le début des réjouissances. C'est à cet instant que paraissent mes sœurs. Elles déposent, au milieu de l'unique table autour de laquelle se sont assis les braves, un plat dans lequel repose le sanglier fumant Saehrimnir, cuit au feu du chaudron magique Eldhrimnir, alimenté par un vent violent entretenant la flamme. Le fumet que dégage ce mets est si puissant et si épicé qu'il éveille l'appétit des hommes attablés. Les Walkyries découpent de larges entailles dans la chair de l'animal afin d'en remplir les écuelles de leurs protégés qui, sans attendre, mordent à belles dents dans la viande délicieusement juteuse. À peine ont-ils fini qu'ils demandent d'un geste à être resservis. Le sanglier suffit à les nourrir tous, et il les nourrira demain encore. Car chaque nuit, il suffit de plonger les restes de sa carcasse dans le chaudron où il a mijoté tout le jour pour qu'au matin suivant sa chair se soit entièrement reconstituée comme par enchantement. Ainsi le sanglier à la viande inépuisable nourrira les héros du Walhalla jusqu'au redouté Ragnarök qui marquera la fin de ce monde.

Odin, lui, ne mange pas. Pour toute nourriture, il se contente d'un peu de vin, tandis que les Wals avalent de larges rasades de bière tiède dans les grandes cornes à boire que leur remplissent les Walkyries, ou bien portent à tour de rôle leurs lèvres dans une coupe d'or emplie d'hydromel, le nectar d'ivresse et de sagesse. Tout en ripaillant, ils choquent leurs cornes et se donnent de grandes claques dans le dos. Se battre, boire et manger : il n'y a pas de plus grandes délices pour ces guerriers.

Moi aussi, je suis dans la salle des banquets, mais je ne sers pas à boire et à manger aux guerriers morts, comme le font mes sœurs. Comme Odin mon père, le dieu sombre perpétuellement perdu dans ses pensées, je garde le silence. Ma mémoire m'entraîne vers d'autres rivages, d'autres cieux, d'autres époques. Dans ce monde hors du temps, rythmé en permanence par les combats sans fin et les joyeuses agapes, je me tourne inexorablement vers le passé pour revivre les étapes heureuses et douloureuses de ce que fut ma vie, ou plus exactement de ce que furent mes vies, car j'ai vécu plusieurs existences. Et je donnerais toute l'éternité pour la grâce de pouvoir en revivre ne serait-ce qu'un seul instant. Mais cela est impossible, et je suis condamnée à la maigre consolation de ceux qui n'ont plus rien à espérer : le souvenir.

Alors, comme ce soir, quand mon cœur est trop lourd de mémoire, et menace de déborder, je prends ma harpe et commence à égrener des notes. Les Wals cessent de brailler et tendent l'oreille, graves soudain. Se battre, boire et manger ne sont pas les uniques plaisirs qu'ils goûtent dans le Walhalla. Ils aiment aussi à rêver, vibrer, rire, s'émouvoir et pleurer au récit des hauts faits qui tissent la trame du destin des hommes et des dieux. Ils aiment à écouter la voix des scaldes et des poètes leur narrer la saga des temps anciens.

À présent, la Halle des Occis est plongée dans un profond silence. Plus de cliquetis d'armes ni de beuglements avinés. Les guerriers défunts sont prêts à m'écouter avec toute l'attention dont ils sont capables. Là-bas, trônant en bout de table, mon père Odin demeure le regard dans le vague. Mais je sais qu'il m'écoute aussi. Car je suis sa mémoire et sa malédiction, et il ne peut échapper à ce que j'ai à dire. Les dieux ne sont pas libres. Ils sont enchaînés par les conséquences de leurs propres actions. Odin a beau être le dieu suprême, il doit subir jusqu'au bout le sortilège d'une voix de femme.

J'accorde mon timbre au ruissellement de ma harpe et je commence mon chant. Le chant de la Walkyrie.

Chapitre 1

Au pied du frêne Yggdrasil, l'Arbre du Monde dont les frondaisons recouvraient le ciel et la terre et dont les racines s'enfonçaient jusqu'au cœur même des forces primordiales, coulait Urdarbrunn, la source du Destin. Près de cette source veillaient depuis toujours les antiques et sagaces Nornes, préposées à la destinée des mondes, des hommes et des dieux. Sans âge, sans visage, couvertes en permanence de suaires noirs qui dissimulaient leurs corps d'ombre, ces vierges immortelles étaient au nombre de trois.

Urd déchiffrait le passé.

Verlandi étudiait le présent.

Skuld façonnait l'avenir.

Plus anciennes que les fiers dieux d'Asgard, elles étaient les seules à ne pas leur être inféodées. Plus vieilles que le monde qu'elles avaient vu naître, elles seraient les seules à survivre à sa destruction. D'elles, et d'elles seules, dépendaient l'origine, l'évolution et la fin de toutes choses. Nuit et jour, sans répit, elles arrosaient les racines et le tronc de l'arbre gigantesque en puisant de la coupe de leurs mains l'eau fraîche de la source Urdarbrunn. En retombant sur terre, les gouttes de cette eau sacrée se transformaient en rosée que les abeilles butinaient pour en faire leur miellée.

Ainsi s'occupaient les Nornes, depuis l'origine des temps. Ainsi empêchaient-elles Yggdrasil de dépérir et de mourir, et ses branches de se dessécher et de tomber. Car le frêne du monde faisait l'objet d'attaques répétées. Tapi sous ses racines, le serpent Nidhogg et quantité d'autres bêtes rampantes et venimeuses le dévoraient de l'intérieur. Dans ses branches paissait la chèvre Heidrun, dont les mamelles gonflées répandaient l'hydromel qui enivrait les guerriers morts du Walhalla. Les quatre cerfs, Duneyr, Durathror, Dain et Dvalin, broutaient ses feuilles, laissant couler de leurs andouillers des filets d'eau suffisamment abondants pour alimenter les trente-six rivières de Niflheim, le royaume obscur des Nibelungen. Dans ses frondaisons se tenaient le faucon Vdrfolnir et l'aigle de la Connaissance. Et, faisant sans cesse l'aller-retour du sommet à la base de l'arbre gigantesque, l'écureuil Ratatosk rapportait les paroles fielleuses et les propos haineux qu'échangeaient l'aigle et le serpent Nidhogg.

— Crrr... Crrr... Toc, toc, toc... Le serpent Nidhogg a dit que la fin d'Yggdrasil viendrait bientôt, et avec lui la fin des Neuf Mondes et le crépuscule des dieux... Crrr... Crrr... Toc, toc, toc... L'aigle de la Connaissance a répondu que tant qu'Odin serait le maître d'Asgard, dieux et mondes n'avaient rien à craindre, et Yggdrasil tiendrait encore longtemps debout... Crrr... Crrr... Toc, toc, toc... Le serpent a ricané : « Je suis bien placé pour savoir que l'intérieur de l'arbre est pourri et ses racines rongées par la vermine... » Crrr... Crrr... Toc, toc, toc... L'aigle s'est moqué : « Et moi je te dis que ses branches sont saines et ses feuilles sont vertes. Il n'a rien à craindre de tes morsures... » Crrr... Crrr... Toc, toc, toc... Le serpent a répondu...

— Mes sœurs, quand cessera le babil infernal de cet écureuil ? soupira tout à coup Verlandi.

— Jamais. Ou plus exactement il durera tant que durera ce monde, répondit Skuld. Il faut vous y faire, mes sœurs...

— Oh, moi, je n'y prête même plus attention, déclara Urd. Cela fait si longtemps que je l'entends rabâcher les mêmes choses...

— Mais qui a raison, mes sœurs ? L'aigle ou le serpent ? interrogea encore Verlandi.

— Cela dépend de Skuld, fit Urd avec une pointe d'envie. Après tout, c'est elle qui est censée déterminer l'avenir...

— Ce n'est pas si simple, tu le sais bien, se défendit Skuld. Le fil de trame de l'avenir se tisse à partir des fils de chaîne du passé. Toute action passée a des conséquences futures. Je suis soumise à tes règles, Urd !

— Et moi, vous semblez m'oublier ? se plaignit Verlandi. Pourtant, le passé est mort, l'avenir n'est pas encore là, seul le présent existe !

— Tsss... Le présent n'est qu'un point insignifiant se déplaçant sans cesse sur la ligne du temps, comme la navette sur le peigne du métier à tisser, réagit Urd. Sans la mémoire du passé, il n'est qu'inconscience et futilité...

— Et sans l'espérance de l'avenir, il n'est que vie végétative et vaine, renchérit Skuld.

— Crrr... Crrr... Toc, toc, toc... L'aigle a dit...

— Oh ! Assez ! Assez ! s'emporta Verlandi ! Décidément, je ne m'y ferai jamais !

— Ah ! L'impatience de la jeunesse ! ironisa Urd. Il est vrai que tu viens à peine de naître, comme l'instant présent...

— ... Condamnée à mourir aussitôt, car le présent est éphémère ! se moqua Skuld.

— Au moins je vis, moi ! Tandis que toi, Urd, tu es déjà morte, et toi, Skuld, tu n'es pas encore née !

Un silence se fit. S'agenouillant au bord de la source du destin, les Nornes se remirent à plonger leurs mains dans l'eau froide pour en asperger le tronc et les racines d'Yggdrasil. Depuis toujours, elles étaient accoutumées à ces chamailleries, toujours les mêmes, chacune d'entre elles s'efforçant de prouver vainement sa prééminence sur les deux autres. En réalité, elles étaient indissociables et le savaient parfaitement. Passé, présent et avenir étaient intimement liés dans la trame du temps, formant le canevas des destinées sur lequel se dessinaient les existences.

Skuld s'interrompit soudain et, laissant filer à terre l'eau qu'elle tenait dans ses mains, effleura l'écorce du grand frêne. Elle la sentit s'effriter sous ses doigts avant de se dissiper en poussière.

— Mes sœurs, Yggdrasil est malade. Des événements graves sont en train de se préparer.

Urd et Verlandi se redressèrent à leur tour.

— Que vois-tu, ma sœur ? firent-elles en même temps.

— Je vois des temps sombres se profiler à l'horizon. L'équilibre fragile qui maintient les Neuf Mondes est compromis.

Bientôt, les dieux ne seront plus tout-puissants. Leur règne touche à sa fin.

— Le crépuscule des dieux, murmura Urd. Je le sentais venir aussi. L'ancienne alliance entre les peuples a été dénoncée. Trop de traités non respectés. Trop de trahisons. Trop de mensonges et de corruption. Les dieux d'Asgard n'ont pas tenu leur parole auprès des puissants géants ; ils ont violé leurs serments auprès des inquiétants alfes noirs et des nains rusés ; ils ont trompé les Nibelungen. L'âge d'or que j'ai connu est désormais révolu.

— Pas d'espoir, mes sœurs ? soupira Verlandi. Les hommes, peut-être ?

— Les hommes ! Pfff... Que seraient les hommes sans les dieux ? ironisa Urd.

— Les hommes ! De simples mortels ! Quel espoir attendre de créatures promises à la mort ? ajouta Skuld.

— Pas d'espoir, reprit Urd. Bientôt viendra le Ragnarök, le crépuscule des dieux.

— Pas d'espoir, fit écho Skuld. Bientôt la fin.

— Pas d'espoir, gémit Verlandi.

Rajustant leurs suaires sur leurs bouches d'ombre, les trois Nornes se remirent à genoux pour plonger leurs mains dans la source d'Urdarbrunn.

Chapitre 2

Comme chaque soir, au moment où le soleil basculait de l'autre côté de l'horizon, Odin quitta l'enceinte du vaste palais d'Asgard pour se diriger au pied du frêne Yggdrasil. Non pas du côté de la source du destin Urdarbrunn, où se tenaient les Nornes, ces fantômes glacés qu'il ne croisait jamais sans frémir, lui qui était pourtant le souverain des dieux, mais au bord de la fontaine sacrée de Mimir.

Jadis, Mimir avait été un dieu, lui aussi. L'un des puissants dieux Ases siégeant à Asgard. Pour sceller son alliance avec les Vanes, ces divinités secondaires vivant dans les jardins voisins de Vanaheim, Odin leur avait envoyé Mimir comme ambassadeur. Mais Mimir était d'une telle intelligence que les Vanes virent en lui non un allié, mais un espion chargé de les surveiller et de les contrôler. Prenant peur, ils le décapitèrent et renvoyèrent sa tête à Odin.

Grâce à la magie des invocations et des plantes, Odin parvint à conserver vivante la tête de Mimir, qu'il déposa près du frêne Yggdrasil, au bord de la fontaine qui lui était désormais associée. Chaque matin, Mimir s'abreuvait à l'eau de cette fontaine, qui recelait toute la sagesse et toute la mémoire du monde. Et le soir, après le coucher du soleil, Odin venait interroger la tête de Mimir pour connaître les réponses à toutes les questions qu'il se posait.

Un soir, Odin avait demandé à goûter à son tour à l'eau merveilleuse coulant de la fontaine. Mimir y avait mis une condition : en échange d'une seule gorgée de l'eau de la connaissance, le dieu suprême devait faire le sacrifice de l'un de ses yeux. Odin n'avait pas hésité. Il s'était arraché un œil pour le plonger au fond de la fontaine. Puis il avait bu une gorgée de l'eau miraculeuse et, en un instant, tous les savoirs du monde avaient envahi sa conscience, jusqu'au vertige. Saisi d'un brusque sentiment de toute-puissance, le dieu désormais borgne avait arraché une branche du frêne Yggdrasil pour y tailler une lance de pouvoir qu'il baptisa Gungnir.

Mais ni la connaissance acquise à la fontaine de Mimir, ni le pouvoir de la lance Gungnir, ni la souveraineté indiscutée sur les dieux d'Asgard n'avait apaisé le cœur d'Odin. Il avait beau être le maître de l'univers, il abritait en lui une inquiétude qui le laissait sans repos. C'est pourquoi, chaque soir, il rendait visite à la tête de Mimir pour en obtenir réconfort et conseils.

Odin posa Gungnir contre le tronc d'Yggdrasil, s'assit au bord de la fontaine jaillissante et, rassuré par le grand sourire qui éclairait la tête de Mimir, commença à parler :

— Quelle joie de te revoir ! Près de toi, tout paraît si simple, si serein. Pourtant, tu ne peux savoir par quelles affres je passe parfois…

— Odin ! Cher vieil ami ! répondit jovialement la tête de Mimir. Quel bon vent t'amène ? Et comment vont mes anciens compères, les Ases rayonnants ?

Comme chaque fois, Mimir faisait mine de s'étonner de la venue d'Odin, bien que ce dernier ne laissât pas passer un jour sans lui rendre visite. Pour autant, cet enthousiasme n'était pas feint. Le dieu à la tête coupée était incapable de calcul ou de mensonge. Il ne connaissait pas non plus le doute ou l'amertume, contrairement au dieu borgne.

— Les dieux vont bien, Mimir. Les déesses aussi. Les murs d'Asgard sont solides, la Halle des Occis retentit des chants à boire et du bruit des combats des guerriers morts en héros, le verger de Freya donne chaque matin sa récolte de pommes d'immortalité. Comme tu le vois, chaque chose est à sa place. Et pourtant…

— Et pourtant, tu t'inquiètes, mon vieil ami ! Je le vois bien ! Ton front est soucieux, et tes lèvres serrées. N'es-tu pourtant pas le plus heureux des dieux ? De quoi as-tu peur, au juste ?

Odin hésita un instant avant de répondre.

— J'aimerais savoir… J'aimerais savoir comment tout cela finira…

Mimir ne répondit pas tout de suite. Le sourire qui égayait son visage s'était effacé, comme si l'inquiétude qui taraudait Odin l'avait gagné.

— Je n'ai pas le droit de te le dire…

— Pourtant, tu le sais, toi qui sais tout ! s'emporta le dieu suprême.

— Je sais… et je ne sais pas. Cela dépend de tant de choses… Une seule personne pourrait te répondre.

— La Völa…

— Oui, la Völa. La Voyante. Plus vieille que le temps, plus vieille que le monde, elle seule sait vraiment. Mais elle dort profondément, et dans son sommeil, elle rêve, et dans ses rêves elle façonne les destinées du monde. Si tu la réveilles, tu risques d'interrompre son rêve créateur. C'est risqué. Voire dangereux. Suis mon conseil, mon ami, laisse la Völa tranquille…

— Ce n'est pas possible. Je dois savoir. Je dois connaître l'avenir du monde. Je dois connaître le destin réservé aux dieux. Et celui promis aux hommes…

— Va voir les Nornes, plutôt…

— Ces vieilles sorcières vêtues de noir ? Elles ne font que raisonner et se disputer sans arrêt ! Comment pourrais-je leur faire confiance ? Elles n'en savent pas plus que moi…

— Ce n'est pas sûr… Elles méditent le passé, décrivent le présent, prédisent l'avenir. Elles commentent le destin du monde…

— Elles le commentent, oui, mais la Völa, elle, le crée !

La tête de Mimir poussa un profond soupir.

— Tu en demandes trop, Odin. Cela finira par te perdre, tu verras. Mais je ne peux rien te refuser. Approche ton oreille de ma bouche. Je vais te murmurer les paroles d'invocation qui te permettront d'éveiller la Völa. Mais ce sera à tes risques et périls. Je t'aurai prévenu…

Odin se pencha au-dessus de la margelle de la fontaine tandis que la tête de Mimir murmurait d'étranges mots. Puis le dieu suprême se redressa de toute sa taille et, empoignant sa lance de pouvoir, se mit à proférer tout haut ce que Mimir venait de lui souffler.

— Heia ! Völa ! Réveille-toi ! Heia ! Völa ! Viens ici-bas ! Heia ! Völa ! J'ai besoin de toi ! Heia ! Völa !

Au fur et à mesure qu'Odin égrenait ces paroles dans l'air tiède du soir, une sorte de grand vent envahit l'espace, mugissant comme un taureau en colère. La Terre se mit à trembler et se fissura, tandis que la lune se couvrait d'un grand voile noir.

— Heia ! Völa ! Ne tarde pas ! Heia ! Völa ! Réveille-toi ! Heia ! Völa !

Soudain, du tréfonds de la terre éventrée, une masse informe surgit. Une sorte de brume blanchâtre, transparente au début, qui prit peu à peu consistance en se solidifiant, se transformant bientôt en une silhouette squelettique qui ressemblait à une très vieille femme vêtue de hardes et de guenilles, le chef recouvert de longs cheveux blancs tombant jusqu'à ses pieds.

Sa métamorphose achevée, la vieille ouvrit les yeux et, les fixant sur le dieu dressé devant elle, proféra d'une voix caverneuse :

— Qui ose me déranger dans mon sommeil ? J'étais plongée dans des rêves sans fin. Voici déjà qu'ils s'effilochent et se dispersent, comme les nuages dans le ciel. Qui es-tu, toi qui m'as tirée de l'abîme du temps ?

— Je suis Odin, le dieu suprême d'Asgard ! Je t'ai réveillée car je dois savoir comment finira ce monde. Parle, Völa, parle !

La Voyante cligna les yeux en grommelant.

— Que me demandes-tu là, Odin ? Pourquoi m'éprouves-tu ? Ne te suffit-il pas d'avoir sacrifié l'un de tes yeux en le plongeant dans la fontaine de Mimir ? Ne te suffit-il pas d'avoir arraché une branche d'Yggdrasil pour en faire la lance des combats ? Ne te suffit-il pas d'avoir porté à ton doigt l'anneau maudit du Nibelung ? Que veux-tu de plus ?

Odin demeura un instant muet de stupeur. La Völa ne portait pas impunément le nom de Voyante. Elle savait tout à son sujet, comme elle savait tout ce qui concernait les destinées du monde, des dieux et des hommes. Mais il était trop tard pour revenir en arrière. La Völa était réveillée. Elle devait lui répondre.

— Comment le monde finira-t-il, Völa ?

La Vieille ricana, découvrant une bouche noire et édentée.

— Le monde, Odin ? De quel monde parle-tu ? Il existe Neuf Mondes, couverts par les frondaisons, les branches et les racines du frêne Yggdrasil, mais tu les connais aussi bien que moi. Veux-tu que je te parle du monde des géants ? Ou bien de celui des nains et des alfes noirs ? Veux-tu connaître le sort réservé aux ondines ou aux créatures du feu ?

— Je me moque bien de tout cela, Völa ! Que m'importent les nains et les géants ? Parle-moi des miens, les dieux d'Asgard ! Parle-moi des Ases brillants ! Et parle-moi des hommes...

La Voyante se mit à rire à gorge déployée. Elle semblait s'amuser beaucoup des propos d'Odin.

Soudain, elle poussa un cri et ses yeux se révulsèrent. Prise de tremblements, ses mains s'agitaient comme des branches fouettées par le vent. Une écume sortait de sa bouche tandis que ses narines frémissaient. De son arrière-gorge jaillit un long feulement. La Völa entrait en transe. Elle se mit à décrire les visions qui l'habitaient.

— Tu veux savoir comment finira le monde ? Tu veux savoir comment finiront les tiens ? Je vais te répondre, dieu insolent. Écoute-moi.

» Je vois l'éclat du soleil se ternir, et la clarté de la lune s'amoindrir.

» Je vois les géants du givre et les créatures du feu escalader Bifrost, le Pont de l'Arc en ciel, pour envahir le palais d'Asgard.

» Je vois les frères se battre avec leurs frères et s'entretuer. Je vois la perversité et la corruption se répandre dans le monde des dieux et dans celui des hommes.

» Je vois la débandade chez les nains comme chez les alfes.

» Que veux-tu savoir de plus ?

» Je vois Balder, ton fils préféré, tué par traîtrise.

» Je vois Asgard éclaboussé par le sang rouge de tes fils dévorés par les loups noirs de la nuit.

» Je vois ta lignée maudite, chez les dieux comme chez les hommes.

» Que veux-tu savoir de plus ?

» Je vois les serpents, les dragons et les loups dévorer le monde, le soleil et la lune.

» Je vois le monde périr par le feu.

» Je vois la fin des temps.

» Que veux-tu savoir de plus ?

» Je vois la fin du monde et la chute des dieux tout-puissants.

» Je vois le crépuscule des dieux. »

Pâle, tétanisé, Odin laissait la Völa énoncer ses prédictions funestes. Et son cœur se brisa plusieurs fois au tragique récit de ce qui allait advenir.

Enfin, la voix de la Völa se fit plus sourde, moins intelligible, tandis que son corps reprenait son apparence de brume. Sa silhouette décharnée finit par disparaître comme elle était venue, et de ses paroles ne subsista que l'écho.

Odin était seul à présent. La Völa était retournée à son sommeil sans fin.

La tête de Mimir s'était endormie, elle aussi, les yeux clos, la bouche fermée.

Odin ressassa dans son esprit inquiet le récit de la Völa.

Soudain, il sembla se ressaisir. Il gonfla sa poitrine, empoigna sa lance et, la dirigeant vers l'endroit où s'était matérialisée la Voyante quelques instants plus tôt, il proféra d'une voix forte :

— Je ferai mentir tes prédictions de mort, Völa ! Tu n'es qu'une vieille folle qui vaticine, rien de plus ! Ce monde ne finira pas ! Le crépuscule des dieux sera évité ! Et mes fils survivront aux trahisons et aux dents des loups ! Je veillerai sur ma lignée… Les fils d'Odin seront promis à de grandes destinées. J'en fais le serment !

De la lance d'Odin jaillit alors un éclair de feu qui vint percuter la terre. Un rideau de flammes s'éleva du sol, éclairant dans la nuit le tronc du vieil Yggdrasil, le frêne du monde.

Le dieu songea alors aux paroles de la Völa :

« Je vois le monde périr par le feu. »

Se détournant brusquement, il s'en retourna vers le palais d'Asgard.

Chapitre 3

— Je suis une nouvelle fois la risée d'Asgard ! Les déesses et les géantes ne te suffisent plus. Il te faut des mortelles, à présent ! Tu déshonores le sang des dieux !

Assis sur le trône du pouvoir suprême, situé au sommet de la plus haute tour d'Asgard d'où l'on pouvait contempler les Neuf Mondes à travers des ouvertures en ogives encadrées d'or, Odin s'efforçait de rester calme face au courroux de Frigg, son épouse. Il était encore hanté par les propos terribles de la Völa, et trouvait que Frigg choisissait bien mal son moment pour clamer son ressentiment.

Arpentant de long en large la vaste salle au dallage couvert de peaux de bêtes et aux murs ornés de boucliers de bronze martelés et d'armes finement ouvragées, la déesse outragée déversait ses plaintes et ses récriminations. Les joues cramoisies, les yeux étincelants de fureur, les cheveux en désordre, Frigg déroulait ses litanies vengeresses en allant et venant comme un fauve en cage devant le trône où le dieu se tenait. De temps à autre, elle s'immobilisait pour faire face à Odin et pointer vers lui un index imprécateur. Puis, elle reprenait son mouvement incessant et ses reproches.

Intérieurement, Odin bouillait d'une colère sourde qui le poussait à laisser à son tour éclater son exaspération. Mais il ne pouvait pas. Frigg était la déesse des Serments et des Liens du mariage et, à ce titre, ses paroles avaient force de loi et devaient être respectées de tous, y compris d'Odin lui-même. C'est pourquoi le dieu suprême qui, d'un simple geste, avait le pouvoir de déchaîner des tempêtes ou de mettre à bas des montagnes, se contentait de se caler au fond de son trône et de serrer les dents tout en entortillant autour de ses doigts les poils de son abondante barbe, aussi drus que les soies d'un sanglier, ou en faisant tourner autour de la phalange de son annulaire droit l'anneau Draupnir, signe de sa souveraineté.

Frigg était belle, il le reconnaissait volontiers. Son allure majestueuse, son port de tête altier, son beau visage au modelé précis, ses grands yeux d'écume grise au regard intense sous les longs sourcils bistre, sa large bouche aux lèvres bien ourlées faisaient d'elle la plus belle de toutes les femmes qu'il avait eues, et surtout la plus digne du dieu suprême. Son caractère était à l'image de son apparence et ce qu'il aimait en elle, c'était justement ce qui lui faisait souvent défaut, à lui, le dieu des dieux : sa rectitude indomptable, son sens inné de la justice. Elle était sa vigilante sentinelle, l'empêchant de se livrer sans retenue à toutes les aventures, de s'abandonner à tous les caprices. Elle incarnait la droiture dont il était privé.

Il aimait aussi qu'elle lui tienne tête, même si cela l'agaçait. Elle était la seule parmi les dieux d'Asgard à pouvoir lui parler comme elle le faisait actuellement. Elle était la seule dont Odin écoutât les reproches sans rien rétorquer, quoi qu'il lui en coûtât. Il n'osait s'avouer la raison de cette étrange exception. La vérité, c'est qu'elle l'impressionnait. Lorsqu'elle se mettait en colère, comme aujourd'hui, l'abreuvant de reproches et de remontrances, il se disait en lui-même, avec un léger sourire : « Elle est celle qu'il me fallait… » Et puis elle lui avait donné un fils merveilleux, Balder, que l'on avait surnommé « le brillant » car de sa seule présence irradiait une lumière éclatante. Mais on aurait pu également l'appeler « Balder le Bon », car il était le seul dieu d'Asgard qui ne connût en son cœur ni envie, ni orgueil, ni violence.

Balder, son fils préféré… Celui dont la Völa avait prédit la mort lorsque aurait sonné l'heure du crépuscule des dieux… Odin fit un geste de la main, comme pour chasser la sombre prophétie. Le dieu n'avait qu'à se féliciter d'avoir épousé Frigg.

— Pourquoi ne peux-tu pas me rester fidèle ? Moi, la mère de ton fils préféré ! Ne t'ai-je pas assuré parmi les dieux une descendance idéale ? Tu n'as rien à me reprocher !

Frigg s'était enfin tue et fixait le dieu immobile de ses yeux furieux en attendant qu'il répondît à ses doléances. Pour se calmer, Odin caressa les plumes du corbeau Hugin, la Réflexion, perché sur son épaule gauche, tandis que le corbeau Munin, la Mémoire, lui picorait la barbe. Aux pieds du dieu, allongés devant le trône, ses deux loups, Geri et Freki, le Glouton et le Vorace, poussaient de brefs soupirs dans leur sommeil. Apaisé par la présence de ses acolytes, Odin se leva et se dirigea vers son épouse. Le corbeau se laissa glisser de son épaule et, d'un seul battement d'ailes, alla se percher sur le dossier du trône.

Frigg regarda venir à elle cette silhouette imposante drapée d'une ample cape sombre. Elle releva le menton pour lui faire face, frémissante et un peu pâle, tout à coup. Mais sous le bandeau d'or qui ceignait son front et retenait son voile, son regard couleur de flots tempétueux demeurait farouche et étincelant. « Quel tempérament ! » pensa Odin en lui-même, à la fois admiratif et agacé.

— Tu n'es la risée de personne, Frigg. Tout le monde te respecte, dans l'enceinte d'Asgard comme sur la terre des hommes, tu le sais bien. Tu es, et demeures, ma seule épouse.

Ce disant, il posa sa paume sur le large flanc qui avait porté leur fils Balder. À ce contact, la déesse frémit et sentit une vague mollesse envahir ses membres. Odin, le dieu créateur, son époux infidèle et égoïste, avait aussi été son amant et lui avait fait connaître les troubles vertigineux de la volupté. Depuis longtemps, leurs étreintes avaient cessé, mais Frigg, sous la main brûlante d'Odin, sentait revenir en elle cette torpeur qui précède l'abandon. Il en était conscient, le monstre ! Il savait bien comment la faire ployer ! Pour se libérer de l'emprise qu'il cherchait à prendre sur elle, Frigg s'écarta vivement et ramena sur elle d'un geste brusque le pan de son voile.

— Ce ne sont que des mots ! lâcha-t-elle avec dépit.

Odin soupira. Il aurait voulu clamer haut et fort qu'un dieu est par nature créateur, qu'il se doit de féconder de multiples épouses afin que sa semence sacrée donne naissance à de nobles lignées de par le monde. Mais il ne pouvait pas. Il avait beau être le maître de l'univers, dans ce domaine précis de la fidélité aux engagements pris, Frigg avait barre sur lui. La déesse le savait, et en profitait pour se décharger de ce tout qu'elle avait sur le cœur :

— Cela a commencé avec Erda, la Terre, la grande déesse mère des origines. Tu l'as réveillée de son sommeil sans fin pour prendre ton plaisir avec elle ! Tu dois bien t'en souvenir ?

— Oui, bien sûr, je m'en souviens ! répondit Odin. Cela a été une rencontre inoubliable.

Frigg se cabra comme si elle avait reçu un coup de fouet. Y avait-il du calcul dans la cruauté d'Odin ? Avait-il l'intention de la blesser ? Ou bien était-il *simplement* comme ça ? Frigg cherchait à lire la réponse dans l'œil unique du dieu borgne, cet œil bleu du bleu des glaciers, qui comme la glace répandait un feu dont on ne savait s'il brûlait ou gelait... Mais cette réponse, elle la connaissait. Odin était *comme ça*, tout simplement. Elle vit le regard de son époux se perdre dans le lointain des souvenirs et, malgré elle, elle fut entraînée dans la mémoire du dieu...

Erda n'avait ni la grâce innocente et naturelle des Dises protectrices de la nature et des nouveaux-nés, ni la sensualité ondoyante des ondines, ni l'élégance hautaine des alfes, ni la perfection majestueuse des déesses Ases ou Vanes. Son corps en sommeil était aussi vieux que le monde, et dégageait une forte odeur d'humus.

C'était cette odeur de terre, justement, qui avait allumé le désir du dieu. Il avait eu l'impression de labourer une glèbe épaisse et tiède, de s'enfouir dans un terreau meuble qui n'attendait que l'occasion de recevoir de nouvelles semailles. À coups de reins, Odin avait violé la Terre qui l'en avait récompensé en accouchant des neuf Walkyries et de l'un de ses plus vaillants fils, Thor, le Tonnerre.

Frigg s'arracha à cette évocation et continua :

— Sans parler des ruses perfides et des intrigues sournoises que tu as dû déployer pour séduire Rind, la belle géante à la peau de neige et au cœur de glace. Elle était si froide qu'on la disait stérile à jamais. Par magie et sortilèges, tu es bien parvenu à lui chauffer les sens !

— Rind, c'était autre chose..., répondit Odin avec gravité.

— Oui, je sais, Rind, c'était un défi que tu t'étais lancé à toi-même, jeta Frigg avec dédain.

La reine des glaces était la fille des géants du givre, venus au monde avant les dieux, et qui longtemps leur avaient disputé la suprématie. Le froid était l'élément naturel de la géante. Le froid cruel auquel aucun être vivant, pas même un dieu, ne pouvait résister. Un seul regard de Rind suffisait à vous glacer le sang. Le moindre attouchement vous métamorphosait en statue de gel. Et personne, jamais, ne s'était risqué à pénétrer son corps de neige durcie par plus de mille hivers. Odin avait dû faire appel à un puissant enchantement, tirant du fond de lui-même la plus grande part de son énergie vitale pour créer une sorte de boule de feu, matérialisation de son désir le plus ardent, qui avait fait voler en éclats le cœur glacé de la géante. Après avoir violé la Terre, Odin avait vaincu le froid, et Rind, désormais soumise, lui avait donné un beau fils de lumière nommé Vali.

— Mais à présent, c'en est trop ! Tu t'es mésallié avec une simple fille des hommes, une mortelle du Midgard...

La voix de Frigg se cassa sur ces derniers mots. Abattue, elle se laissa tomber sur un banc, baissant la tête pour qu'Odin ne voie pas les larmes qui montaient à ses yeux. Qu'il s'accouple à des déesses pour engendrer des lignées divines, soit ! Frigg en souffrait, ce qui provoquait parfois ses accès de révolte, mais c'était dans l'ordre des choses et elle ne pouvait que s'incliner. Mais il s'était uni à une fille des hommes et cela, il n'en avait pas le droit ! L'inconcevable, l'inacceptable, l'impardonnable s'en était suivi : la mortelle avait enfanté. Frigg refoula ses sanglots, se releva et foudroya Odin du regard en reprenant :

— Le sang de dieux coule désormais dans les veines de bâtards humains ! Quelle déchéance !

— Tu n'aurais pas dû le savoir, rétorqua Odin avec froideur.

— Ah ça ! Tu t'es bien gardé de t'en vanter !

Frigg était profondément choquée par cette mésalliance, qui avait engendré une lignée illégitime et déshonoré l'ensemble des dieux. Mais au fond d'elle-même, elle ressentait quelque chose de moins raisonné, de plus intime, presque honteux... Elle était déesse, et pas n'importe laquelle : celle des Liens sacrés du mariage. Elle pouvait rivaliser avec les autres déesses Ases pour maintenir sur elle l'intérêt de son époux. Mais contre une mortelle, elle ne pouvait pas lutter. Les femmes de Midgard connaissaient une série de métamorphoses. D'insignifiantes grenouilles, elles devenaient de souples lianes dont peu à peu les formes gonflaient, s'épanouissaient. Leurs chairs, leurs yeux, leurs cheveux se paraient d'un éclat d'autant plus attirant qu'il était appelé à s'éteindre comme il avait grandi. Oui, les mortelles se flétrissaient, et finalement se fanaient... Et Frigg, figée dans sa beauté immuable, incorruptible et permanente de déesse, ne pouvait pas lutter contre l'attrait puissant, contre le prodige de cet éclat irrésistible parce que éphémère... Oui, c'était cela surtout qui la faisait souffrir au plus profond d'elle-même : d'avoir une ennemie avec laquelle elle ne pouvait rivaliser...

Odin ne la quittait pas des yeux, impressionné par la violence des émois intérieurs qui se traduisaient sur le beau visage lisse et sévère par des frémissements et des contractions involontaires. Il risquait d'envenimer la colère de Frigg, mais il fallait qu'il sache.

— Comment as-tu appris cela ? demanda-t-il d'une voix basse et pressante.

Frigg avait épuisé sa colère. Ne restaient en elle qu'amertume et mépris. Elle répondit d'un ton glacial :

— Les hommes de Midgard sont si vaniteux qu'ils se croient tous plus ou moins issus d'une lignée divine. Pour mieux asseoir leur autorité sur leur peuple, leurs chefs n'hésitent pas à se proclamer fils d'Odin ! Une telle prétention serait risible si elle n'était pas pitoyable... Quand l'un de ces prétendus « fils d'Odin » m'a offert un sacrifice pour que je bénisse son union et que j'assure la prospérité de son lignage, j'ai pensé qu'il s'agissait d'un simple usurpateur, comme tous les autres. C'est en remontant sa généalogie que je me suis aperçue qu'il descendait réellement de toi ! Lui seul, parmi tous ces ridicules tyranneaux de Midgard, peut se targuer d'avoir du sang divin qui coule dans ses veines ! Mais je veillerai à ce que cette lignée maudite ne prospère pas davantage. L'épouse de celui qui m'a si imprudemment invoquée demeurera stérile...

Odin se renfrogna et alla se rasseoir. Ses puissantes mains se cramponnaient aux accoudoirs de bois sculptés de gueules de dragons et de loups ornant le trône où il était le seul à pouvoir prendre place. Il se pencha en avant et, scrutant de son œil unique mais perçant le monde des hommes situé en contrebas, il reconnut les rives verdoyantes du Rhin, le vaste fleuve, aussi large qu'un bras de mer, au bord duquel s'élevait un royaume prospère. Un royaume dont le souverain était le fruit des amours d'un dieu et d'une mortelle. Oubliant pour quelques instants la présence hostile de Frigg, il se remémora ce qui s'était passé...

Bien des années plus tôt, Odin avait endossé l'un de ses nombreux déguisements d'emprunt dont il faisait usage lorsqu'il quittait Asgard pour s'en aller errer de par l'immensité des mondes. Vêtu d'un ample manteau bleu nuit, le front masqué par un chapeau à large bord couleur de nuées, il marchait solitaire sur les bords du Rhin lorsqu'il avait surpris une adolescente en train de se baigner dans l'onde verte du fleuve. Son corps blanc nageant dans le courant, ses yeux clairs reflétant le ciel, sa chevelure dénouée, couleur de soleil couchant, avaient ému le dieu qui, se débarrassant à son tour de ses vêtements et prenant l'apparence d'un beau et vigoureux jeune homme, avait plongé dans les flots pour rejoindre la ravissante nageuse.

Poussant un cri de surprise, la belle voulut s'enfuir mais le dieu était plus rapide et plus fort et il eut vite raison des résistances de la jeune fille qui en vain se débattait et appelait à l'aide. Pour la faire taire, il lui mordit la bouche. Pour stopper ses gesticulations, il l'immobilisa dans l'étau de ses bras, entravant d'une seule main ses poignets réunis derrière le dos. Écartant de ses genoux la fourche de ses cuisses, il la pénétra alors, sans égard pour ses larmes, déchirant son hymen de vierge tout juste nubile. C'est ainsi que les dieux font l'amour, comme des rapaces fondant sur leurs proies, comme des fauves assoiffés de sang frais. Ils ne caressent pas, ils broient. Ils n'embrassent pas, ils dévorent. Leur partenaire d'un instant n'est au fond qu'un leurre destiné à enflammer leur désir d'expansion, leur volonté de puissance. Même dans la fusion des corps, ils demeurent seuls avec eux-mêmes…

Odin se rencogna contre le dossier du trône suprême, fermant les yeux sur le monde étendu à ses pieds. Le plaisir qu'il avait eu avec l'adolescente avait été vif et bref. Il l'avait prise de force dans l'eau verte du Rhin avant de l'abandonner sans remords. Quelle importance avait une mortelle en comparaison d'un dieu ? Il ignorait jusqu'à son nom, et n'avait emporté d'elle que le goût de sa bouche et le contact humide de sa peau. Il l'aurait certainement oubliée, comme il avait oublié les ondines aux corps d'albâtre, les naïades aux yeux de turquoise, les nixes aux chevelures vertes qui lui procuraient d'ordinaire un plaisir passager. Mais l'adolescente n'était ni une ondine, ni une naïade, ni une nixe, mais une femme déjà apte à enfanter. Neuf mois plus tard, elle donnait naissance à un petit mâle qu'elle nomma Sigi.

Sigi n'était pas un enfant ordinaire. Il était le fils d'un dieu. Sa mère avait bien pressenti la dimension divine du bel inconnu rencontré sur les bords du Rhin. Les légendes antiques rapportaient souvent les amours entre dieux et mortelles, et narraient les hauts faits des enfants auxquels elles donnaient le jour. Sigi était pareil à ces héros légendaires. Il grandit en force et en sagesse, et fit preuve de tant de valeur, de bravoure et de volonté qu'il parvint à fonder un royaume sur les rives fécondes du Rhin. Un royaume que l'on nomma Frankenland. À la mort de sa mère, Sigi épousa la fille d'un chef de clan voisin, afin d'accroître la taille de son empire. Elle lui donna un fils, aussi vaillant et robuste que son père, qui fut appelé Rerir. Et Rerir grandit à son tour, comme l'avait fait Sigi, imposant à tous ceux qui l'approchaient le respect et la crainte. À la mort de Sigi, Rerir hérita du royaume du Frankenland et, à son tour, se choisit une épouse apte à lui donner une descendance nombreuse. À l'issue de ses noces, Rerir, conscient et respectueux du rôle que les dieux jouaient dans les destinées humaines, sacrifia une génisse blanche en l'honneur de Frigg, afin que la déesse bénisse son union et la rende féconde. C'est ainsi que l'épouse d'Odin avait pris connaissance de la lignée humaine que le dieu avait engendrée sur terre.

Odin n'avait pas gardé de souvenir de la jeune mortelle qu'il avait déflorée. Il ne connaissait de l'amour que le plaisir qu'il procure, aussi vite envolé qu'il est venu. Mais lorsqu'il avait appris qu'une race était née de ses reins, que des hommes charriaient son propre sang dans leurs veines, il avait ressenti de l'orgueil, puis une forme de tendresse pour ces êtres imparfaits qui peuplaient la sphère du Midgard, le monde des hommes. Ils étaient mortels, certes, limités dans leurs corps et leurs pouvoirs, soumis aux maladies et aux blessures, mais dans leurs yeux rayonnait un peu de la splendeur des dieux. Odin s'intéressait au sort de cette progéniture née de sa propre semence, et il ne désirait pas en voir s'éteindre la dynastie. Frigg rompait brutalement ce lien puissant en frappant de stérilité la jeune épouse de Rerir. En tant que déesse des Serments et des Liens sacrés du mariage, elle en avait le droit et le pouvoir, et personne, pas même Odin, n'avait la faculté de contrevenir à ses arrêts.

Dans l'incapacité d'imposer sa volonté propre à Frigg, Odin se voyait donc contraint d'obtempérer à ses désirs. Écrasé par quelque chose qui était au-delà de la colère, et qui ressemblait à du chagrin, il enfouit son visage dans ses mains et ne vit même pas Frigg quitter la pièce.

Chapitre 4

— Ssss…

Un long serpent vert et doré déroulait ses anneaux en émettant un sifflement de mauvais aloi.

Il s'était glissé silencieusement dans la salle du trône d'Asgard pendant l'entretien que Frigg avait eu avec Odin, et s'était dissimulé derrière une vaste tenture, ramassé sur lui-même comme un long fouet tressé. Il avait attendu que l'épouse du dieu suprême quittât la salle pour sortir de sa cachette.

— Sssss…

Son corps froid et écailleux était prolongé par une petite tête triangulaire dans laquelle des yeux étrangement fixes rutilaient comme des gemmes de sang, tandis qu'une gueule ouverte laissait voir des crocs acérés et une langue bifide qui frétillait comme un insecte en vol.

— Sssss… Sssssss….

Plongé dans ses sombres pensées, Odin n'avait pas remarqué la présence de la bête à sang froid. Mais quand le serpent s'enroula autour de l'une de ses jambes, le dieu, brutalement arraché à ses pensées, sursauta violemment sur son trône.

— Sssss… Ssss…

Dans l'instant, le serpent changea de forme, laissant sa peau glisser à terre comme une mue. En un éclair, l'ophidien visqueux était devenu un adolescent mince et longiligne, au corps androgyne, au visage très pâle et aux cheveux de feu. Beau, sans aucun doute, éclatant de beauté, même, mais d'une beauté inquiétante qui troublait plus qu'elle ne séduisait. Était-ce à cause de son physique ambigu, de sa pâleur extrême ou de son regard magnétique, dans lequel subsistait un éclat reptilien ?

— Loki ! Tu m'as fait peur ! bougonna Odin avec un air de reproche. Je ne m'habituerai jamais à tes métamorphoses.

Pour toute réponse, Loki partit d'un bruyant éclat de rire puis amorça un pas de danse en pirouettant sur lui-même. Il tournoyait avec une grâce telle qu'on eût dit non un être de chair, mais un cygne déployant ses ailes blanches ou une feuille d'automne emportée par le vent. Puis, s'immobilisant en pleine action, il tira la langue en une parodie de grimace. Mais il avait beau déformer son visage, il ne parvenait pas à s'enlaidir. Il cligna de l'œil en direction d'Odin et reprit ses entrechats comme si de rien n'était. Il ne semblait avoir conscience ni de la solennité du lieu ni du respect dû au dieu suprême devant lequel il se tenait. Il était pareil à un enfant mal élevé qui ne cherche qu'à s'amuser aux dépens d'autrui.

Jadis, pour des raisons obscures, Odin avait conclu avec Loki une amitié fraternelle qu'ils avaient scellée dans le sang. Nul ne savait pourquoi le dieu suprême d'Asgard avait accepté pareille alliance avec un être aussi éloigné de la splendeur héroïque des Ases, mais depuis lors Loki était devenu son familier, le seul parmi tous les habitants d'Asgard à pouvoir s'immiscer à tout moment dans son intimité et ses pensées.

Ses pensées, oui. Car Loki ne parlait pas. Ou plutôt il ne parlait plus. Non qu'il fût muet, au contraire. Mais il avait l'étrange faculté de s'exprimer directement à l'intérieur du cerveau de ses interlocuteurs. C'est pourquoi ces derniers ne parvenaient pas toujours à faire la différence entre leurs propres pensées et celles que leur soufflait Loki. Odin lui-même, sans doute à cause de l'omniprésence à ses côtés du fils de géant, avait tendance à prendre des décisions ou à entreprendre des actions dont il se croyait le seul maître, sans se rendre compte qu'elles lui étaient soufflées par le jeune homme aux allures de feu follet. Par le passé, cette confusion l'avait souvent poussé à s'engager dans des voies scabreuses et dangereuses dont il ne s'était libéré qu'à grand-peine. Tout cela depuis ce jour fatal où, sous l'influence néfaste de Loki, Odin avait porté à son doigt l'anneau d'Andvari, le roi des Nibelungen, attirant sur lui l'infernale malédiction qui un jour provoquerait la chute d'Asgard et la déchéance des dieux…

Pourtant, Odin ne semblait pas en vouloir à Loki de ces

manœuvres criminelles. Il ne semblait même pas en avoir conscience. Ou plus exactement, sa conscience propre avait peu à peu été accaparée, voire corrompue, par celle du jeune homme au regard de serpent, au teint pâle et aux cheveux ardents.

— Loki, ne peux-tu t'empêcher de te déguiser à tout bout de champ et d'apparaître au moment où on t'attend le moins ? poursuivit Odin avec humeur. Et cesse donc ces gamineries indignes d'un hôte d'Asgard !

Loki cessa ses cabrioles et, plissant les yeux, observa longuement son interlocuteur en arborant un énigmatique sourire qui lui conférait une gravité soudaine et inattendue. Il ne bougeait pas les lèvres, et pourtant Odin entendit clairement sa voix résonner dans son esprit :

« Que t'importent mes gamineries, Odin ? Je suis gai, voilà tout. Vous autres Ases, vous vous prenez beaucoup trop au sérieux. Il faut s'évertuer à rire de tout, même et surtout de ce qui paraît tragique ! La vie est un songe, Odin, ne l'oublie pas. Elle est comme une étincelle, vite allumée, aussi vite éteinte… »

À ces mots, Loki plongea sa main droite dans ses cheveux qui, instantanément, se transformèrent en flammes crépitantes. Avec son corps et son visage pâles et ses cheveux brûlants, il ressemblait à un cierge vivant. Il retira sa main et le flamboiement de sa chevelure se réduisit à de simples braises rougeoyantes. Loki avait une parfaite maîtrise du feu et de l'air, il aimait à se fondre dans l'un ou l'autre de ces éléments. Il pouvait devenir tour à tour vent ou brasier ardent, se rendant insaisissable ou invisible à quiconque aurait eu l'intention de mettre la main sur lui.

La voix de Loki continuait à soliloquer dans l'esprit d'Odin, subjugué malgré lui par le mélange d'audace et de légèreté qui se dégageait de l'adolescent multiforme.

« Ce que tu vois n'est qu'apparences, rien n'existe que dans ton imagination, tes rêves ou tes cauchemars. Souviens-toi des paroles de la Völa : les dieux ne sont pas immortels, bientôt ils n'auront pas plus de consistance que les nuages qui flottent dans le ciel de Midgard. Alors, pourquoi s'en faire ? Fais comme moi : amuse-toi, prends du plaisir, jouis de la vie ! Le reste n'est que songes et mensonges… »

Déjà, Odin ne prêtait plus attention à la présence de Loki à ses côtés. Déjà, il croyait que les pensées que le jeune homme à la chevelure de feu lui instillait goutte à goutte dans l'âme, comme un baume ou un poison, n'étaient que le reflet de ses propres convictions. Oui, il savait que les dieux n'étaient pas immortels, pas plus qu'ils n'étaient tout-puissants. Oui, il savait que le monde courait à sa perte. Et pourtant, il ne pouvait se défaire d'un espoir en une rédemption possible, un rachat des fautes passées. Les Ases étaient désormais incapables d'échapper à leur destin, mais ils pouvaient transmettre une part de leur divinité aux hommes. Les dieux ne pouvaient se soustraire aux conséquences de leurs actes. Les hommes, eux, le pouvaient. Contrairement aux dieux, responsables des mondes qu'ils avaient contribué à créer, les hommes étaient innocents, donc libres. Libres d'échapper au sort fatal qui pesait sur les Ases. Et parmi ces hommes se trouvait Rerir, le descendant d'Odin, le roi du Frankenland, celui dont la lignée glorieuse allait être interrompue à cause de la décision de Frigg de frapper son épouse de stérilité.

Une décision irrévocable qu'Odin ne pouvait contrer.

« Évidemment, il y aurait bien un moyen… Mais qui oserait commettre pareil forfait ? »

Odin redressa la tête. Était-ce lui qui venait de formuler cette pensée, ou bien s'agissait-il à nouveau de la voix de Loki ?

Il observa le pâle jeune homme qui s'amusait à produire des étincelles en claquant des doigts pour faire peur aux loups.

« Il y aurait bien un moyen, oui. Le seul, sans doute… Mais jamais Freya n'y consentira. Il faudrait le lui cacher, agir en grand secret, ne pas laisser de traces… »

Freya. La déesse Vane chargée d'entretenir le verger où poussaient les pommes d'immortalité dont se nourrissaient chaque jour les Ases pour conserver leur jeunesse éternelle.

Leur jeunesse, et leur fécondité.

Odin s'abîma dans une profonde rêverie, au sein de laquelle se succédaient les visages de Frigg, de Freya, de la reine du Frankenland et enfin de Brunehilde, la Walkyrie, sa fille préférée, la seule en qui il eût une entière confiance. Et, au sein de cette rêverie, un plan commençait à prendre forme.

Lorsque Odin sortit de ses pensées et redressa la tête, Loki avait disparu. Mais Odin ne pensait plus à Loki. Il attira à lui ses deux corbeaux, Munin la Mémoire, et Hugin la Réflexion, et leur murmura à chacun un ordre à l'oreille.

Les corbeaux prirent leur envol et s'enfuirent chacun de leur côté.

Chapitre 5

Dans le fabuleux verger de Vanaheim, dont les vastes et fécondes prairies s'étendaient aux alentours des forteresses d'Asgard, le soleil matinal caressait de sa douce chaleur le sol couvert de tendres pousses vertes. La rosée de la nuit, comme aspirée par l'astre solaire, s'élevait vers lui en une molle vapeur blanche.

Freya sourit d'aise à ce spectacle enchanteur et s'étira en secouant sa longue chevelure dorée. Elle adorait ce moment de la journée où elle venait visiter le verger dès les premières lueurs du jour. Sensuelle dans toutes les fibres de son être, elle retira ses légères sandales afin de sentir sous ses pieds la fraîcheur humide de l'herbe tendre. Sa fine tunique de lin blanc, mouillée de rosée jusqu'à hauteur du mollet, s'alourdissait et se tendait sur le corps aux formes pleines de la déesse Vane de l'Amour et de la Fécondité. Tandis qu'elle marchait, elle tressait ses cheveux en deux lourdes nattes, tout en fredonnant à bouche fermée. Deux jolis animaux d'une blancheur immaculée rejoignirent Freya et l'entourèrent de leurs souples bonds, tandis qu'elle se dirigeait vers le pommier magique.

— Mes belles, mes jolies, mes amours…, murmura-t-elle en se penchant vers les deux chattes pour caresser les longs pelages ouatés.

Les deux bêtes étaient vives et un peu sauvages. Elles vouaient à leur maîtresse une passion exclusive et entière qui se manifestait parfois avec une certaine brutalité. L'une d'elles saisit entre ses dents aiguës la main qui venait de la caresser, mais ce fut pour la lâcher aussitôt sans l'avoir mordue, et en lécher doucement la paume pour se faire pardonner. L'autre, qui était occupée à jouer avec une des longues nattes de Freya, se précipita la tête contre le flanc de la première, comme un bélier, afin de l'écarter et d'obtenir pour elle seule l'attention de la belle déesse.

— Allons ! fit celle-ci d'un ton qu'elle voulait sévère. Ne vous battez pas...

Mais elle ne put s'empêcher de rire en les regardant se chamailler sans crainte de mouiller leur fourrure dans la rosée. Seules ses deux compagnes félines, qui la nuit tiraient son char dans les cieux, bénéficiaient de l'indulgence pleine et entière de Freya, par ailleurs exigeante et intraitable. Elle reprit sa marche vers le pommier, tandis que les deux chattes se poursuivaient dans le verger, apportant une ultime touche d'exquise beauté à ce paysage merveilleux.

Freya faisait partie du clan des Vanes, ces divinités agrestes liées à la nature et aux animaux résidant dans les jardins de Vanaheim, alliées depuis toujours aux fiers dieux Ases d'Asgard. La belle Freya aux boucles blondes, Freya l'ardente, Freya la voluptueuse déesse de l'Amour, Freya était la maîtresse absolue du verger, qui abritait un pommier fabuleux. Hormis elle, nul ne pouvait y pénétrer, pas même les dieux d'Asgard, pas même Odin ! Certes, ils avaient le pouvoir de le faire, mais il était dans l'ordre des choses qu'ils ne le fissent pas, et depuis la nuit des temps, nul n'avait enfreint cette règle tacite.

Les chattes étaient déjà arrivées au pied du pommier et attendaient Freya. Elles se gardaient bien d'aiguiser leurs griffes sur le tronc de l'arbre prodigieux : la colère de leur chère maîtresse contre elles aurait été terrible... et méritée ! La déesse sourit en voyant l'arbre dans toute sa splendeur sous les rayons du soleil. Ses fruits rouges, ses belles pommes d'éternelle jouvence étincelaient.

Freya était la gardienne de ces pommes magiques auxquelles les immortels devaient goûter chaque jour pour conserver leur force, leur teint éclatant et leur énergie vitale. Les Ases ne devaient leur splendeur qu'à ces fruits, qui leur étaient aussi indispensables que l'air qu'ils respiraient.

Nul ne savait par quel prodige naissaient et mûrissaient ces pommes de longue vie. On murmurait qu'il s'agissait là d'un cadeau d'Erda, la déesse Terre dormant d'un sommeil sans fin, qui jadis s'était accouplée à Odin. Il s'agissait en tout cas d'un cadeau précieux, car nulle part ailleurs dans l'univers ne poussaient de tels fruits, assurant à ceux qui en consommaient jeunesse et longévité, mais aussi joie des sens et désir amoureux. Sans ces pommes enchantées, les dieux seraient devenus en peu de temps gris, tristes et malades, avant de tomber en poussière. C'est pourquoi le verger de Freya était sévèrement protégé de toute intrusion étrangère. Seule la déesse avait le droit d'en récolter les fruits pour les distribuer avec parcimonie à leurs bénéficiaires. À tous sauf un seul : Loki. En effet, n'étant pas d'essence divine, Loki n'avait nul besoin de croquer les pommes de Freya pour garder sa santé et sa beauté.

Le verger de la déesse Vane bénéficiait en permanence d'une température printanière, sous un ciel clément et sans nuages, baignant dans un air tiède et parfumé. Ce climat éternellement doux était préservé des rigueurs de l'hiver comme de la fournaise de l'été. Il convenait parfaitement à l'éclosion des pommes miraculeuses, dont Freya surveillait les progrès avec un soin jaloux.

La belle déesse trouvait chaque jour une jouissance infinie à venir contempler les fruits de son verger. Des heures durant, sans se lasser, elle les comptait et les recomptait, moins par crainte d'en oublier que pour le simple plaisir d'effleurer de sa main les globes rouges et rebondis, d'en soupeser le poids, d'en éprouver la consistance, d'en humer la fragrance acidulée. C'est ce qu'elle faisait ce matin-là, comme tous les autres matins, sous le regard attentif des chattes qui espéraient chaque jour, mais en vain, qu'une de ces boules fabuleuses vînt à rouler par terre pour leur servir de jouet.

Alors qu'elle venait de procéder au comptage habituel, Freya laissa échapper un cri. À sa plus grande stupeur, il manquait une pomme. Ce n'était pas possible ! Jamais jusqu'alors le pommier n'avait été défaillant. Elle devait s'être trompée. Elle respira profondément pour calmer les battements de son cœur, puis se mit à recompter les fruits, le plus posément qu'elle put. Une pomme manquait toujours. Freya sentit une sourde panique s'emparer de tout son être. La survie des dieux Ases et Vanes était intimement liée à la production régulière des pommes d'éternelle jouvence. Ces pommes étaient toutefois en nombre limité et suffisaient tout juste à la ration quotidienne des habitants d'Asgard et de Vanaheim. Chaque jour, le pommier fournissait exactement le même nombre de pommes que le nombre de dieux résidant dans l'enceinte céleste et dans les prairies enchantées qui les jouxtaient. Pas une de plus, pas une de moins. Freya en tenait la comptabilité précise, afin que nul ne soit privé de ces fruits de jouvence. Ceci expliquait la raison pour laquelle seuls les dieux avaient le droit d'en consommer. Cette exclusivité n'était pas le fait d'une supériorité innée des dieux sur les autres peuples qui occupaient les différents mondes, mais tout simplement la conséquence de la rareté de ces fruits. Les dieux étaient obligés de garder pour eux seuls les pommes d'éternelle jouvence, s'ils voulaient tout simplement continuer d'exister.

Freya sentit l'angoisse étreindre son cœur. Les chattes le perçurent et s'éloignèrent un peu, se firent discrètes mais attentives... Si le pommier ne fournissait plus le compte régulier de fruits, s'il menaçait d'épuiser ses ressources, alors cela signifiait qu'à terme, l'existence des dieux serait remise en cause. Aujourd'hui, il manquait une pomme. Demain, il en manquerait deux, puis trois. Bientôt, l'arbre nourricier ne serait plus qu'un tronc sec et décharné. Alors, le temps des dieux serait passé.

Dominant l'inquiétude qui la rongeait, Freya prit le temps d'inspecter de plus près les branches du pommier pris en défaut. Il semblait sain pourtant. Nulle trace de flétrissure sur l'écorce. Les tiges soutenaient fièrement leur fardeau habituel. Toutes, sauf une, dont l'extrémité présentait une récente cassure, la tige à laquelle aurait dû être attachée le fruit manquant.

L'arbre n'était pas en cause. S'il manquait une pomme, c'est que quelqu'un l'avait arrachée à l'arbre. Freya fronça les sourcils, l'air grave. Elle était la seule autorisée à pénétrer dans ce verger et à prendre soin du pommier. Personne jusque-là n'avait osé enfreindre cette règle. Personne, pas même Loki, le dieu du Feu et de la Ruse, qui ne respectait d'autre loi que celle de son bon plaisir ! Pourtant, quelqu'un était venu le jour même, avant l'heure de la visite quotidienne que Freya faisait à son verger ! Quelqu'un était venu, malgré l'interdit, au risque de se faire bannir à jamais de la communauté des dieux régnant sans partage dans le paradis d'Asgard ! Quelqu'un était venu voler une pomme… Dans quel but ? Freya l'ignorait, et elle ne tenait pas à le savoir. À l'angoisse de tout à l'heure succédait une sourde colère qui empourprait ses joues tendres. Ah ! Si elle pouvait découvrir l'identité du voleur, elle irait de ce pas le dénoncer à Odin !

Elle regarda autour d'elle, en quête d'un indice qui aurait pu la mettre sur la voie. Une empreinte de pas. Un objet oublié. Une marque quelconque qui eût signé le passage de l'intrus. Mais elle eut beau scruter l'herbe verte du verger, elle n'y vit d'autres empreintes que celles de ses propres pas et des jeux de ses chattes. La rosée encore fraîche aurait conservé le souvenir d'une visite récente. Or, elle était intacte, roulant ses gouttes nacrées sur le tapis de verdure. Personne d'autre que Freya n'avait foulé le sol vierge du verger. Quel était ce mystère ? Comment le voleur s'était-il introduit dans ce lieu sans y laisser de traces ?

L'attention de Freya fut distraite par les feulements des chattes qui se disputaient à nouveau. Agacée, la déesse s'approcha d'elles pour les séparer. Elle vit alors que les deux petites diablesses se disputaient un objet, quelque chose de noir et brillant, long et fin, qu'elles allaient finir par mettre en pièces.

— Ksss ! Ksss ! siffla Freya en agitant les bras pour les faire déguerpir.

Peu habituée à voir la déesse fâchée contre elles, les deux bêtes filèrent, abandonnant l'objet de leur querelle qui traçait sur l'herbe une sorte de griffure noire. Freya se pencha et vit qu'il s'agissait d'une plume. Une longue plume noire de corbeau… Perplexe, elle ramassa la rémige, se redressa, et leva vers le ciel pur et limpide son regard soucieux. La plume ne pouvait appartenir qu'à l'un des deux corbeaux d'Odin. Odin avait-il envoyé un corbeau ici ? En dépit de l'interdit ancestral protégeant le verger ? Se pouvait-il qu'il y eût un lien entre sa venue et la disparition de la pomme ?

Freya frissonna malgré la douceur de l'air. Elle releva le bas de sa tunique et se mit à courir vers la sortie du verger, ses longues tresses se défaisant dans son dos, avec dans le cœur un soupçon terrible dont elle ne pouvait faire part à personne…

Personne !

Chapitre 6

— Hojotoho ! Hojotoho !

— Heiaha ! Heiaha !

Dans le ciel tourmenté, les Walkyries chevauchaient les nuages en poussant à tue-tête leurs cris de guerre :

— Hojotoho ! Hojotoho !

— Heiaha ! Heiaha !

Vêtues de leurs manteaux de cygnes, coiffées de leurs casques ailés, les vierges indomptées tournoyaient dans les airs comme des rapaces avides de charognes, emportées par les vents fougueux dont les hennissements devaient s'entendre jusqu'aux sommets d'Asgard. Sous leur duvet d'oiseau, elles arboraient des cuirasses étincelantes, composées de carreaux de foudre savamment imbriqués, de sorte qu'on ne pouvait les regarder en face sans être aveuglé. Elles portaient également de larges braies de cuir souple et des bottillons avec lesquels elles éperonnaient leurs chevaux de nuages.

— Hojotoho ! Hojotoho !

— Heiaha ! Heiaha !

Elles étaient au nombre de neuf. Derrière Brunehilde, la combattante à la broigne, venaient Gerhilde la porteuse de lance, Ortlinde l'hôtesse des doux séjours, Waltraute la voix de la victoire, Schwertleite porteuse de l'épée de combat, Helmwige au heaume de bataille, Siegrune à la course victorieuse, Grimgerde la gardienne de la fureur et Rossweisse au cheval blanc. Nées du ventre d'Erda, la grande déesse Terre des origines ensemencée par Odin, le dieu du Ciel, elles étaient « celles qui choisissent les morts ». Attirées par la mort et l'odeur du sang, elles hantaient les champs de bataille pour y élire les guerriers les plus braves et les emmener avec elles jusqu'au séjour glorieux du Walhalla. Parfois, elles prenaient part aux combats pour prêter main-forte à leurs héros favoris. De leurs javelots aux pointes aiguisées, elles pourfendaient leurs adversaires qui, privés de la grâce de mourir noblement, étaient précipités dans l'enfer de Hel sans espoir d'en sortir jamais. D'autres fois, elles achevaient de leurs propres mains leurs élus, afin d'abréger leurs souffrances et faciliter leur passage vers l'autre monde.

— Hojotoho ! Hojotoho !

— Heiaha ! Heiaha !

À présent elles tournoyaient sur place, comme un tourbillon de feuilles à l'automne. En contrebas, sur la lande dévastée, grouillait une masse informe et vociférante. On eût dit un nid de serpents surpris par le bâton d'un marcheur, ou une fourmilière éventrée. Il s'agissait d'une mêlée de guerriers s'affrontant sans pitié. Ils étaient issus des clans rivaux qui s'étaient installés au-delà de la rive droite du Rhin et cherchaient à s'imposer aux autres par le fer. Parmi eux se trouvaient des Sicambres géants et barbus, aux cheveux blonds et roux, et des Chattuaires à barbes broussailleuses et longues chevelures. Certains portaient au doigt un cercle de fer nommé « anneau d'infamie », qu'ils ne pouvaient ôter qu'après avoir tué leur premier adversaire au combat. Quelques-uns étaient coiffés de casques de fer prolongés d'un nasal, le corps protégé par des broignes de cuir et des boucliers ronds. Mais la plupart allaient tête nue, hirsutes, pareils à des démons grimaçants, vêtus de hardes rafistolées à la hâte avant l'assaut. Les plus heureux étaient armés d'épées et de lances pointues, ou bien de haches et de javelots. D'autres se contentaient de bâtons à bout ferré dont ils frappaient leurs ennemis avec une force décuplée, cabossant les casques et brisant les membres de leurs victimes. Certains, les plus sauvages, allaient au combat torse nu, arborant des tatouages et des scarifications rituels destinés autant à leur servir de protection magique qu'à inspirer l'effroi autour d'eux. Ils se jetaient dans la joute en hurlant des imprécations et des insultes, car ils savaient que les mots, autant que les armes, avaient le pouvoir de détruire. Animés d'une rage qui déformait leurs traits et les faisait ressembler davantage à des loups ou des ours qu'à des hommes, ils se battaient au corps-à-corps avec dans le cœur l'ardeur de vaincre et de tuer, soutenue par un profond mépris de la mort, qu'il s'agît de la leur ou de celle des autres.

Pour ces êtres frustes et violents, la vie n'était rien d'autre qu'un combat permanent : tuer ou être tué, peu importait au fond, à condition que cela fût dans l'honneur de la guerre. À leurs yeux, la lâcheté et la faiblesse étaient infiniment pires que la plus atroce des morts. Car les lâches et les faibles ne pouvaient goûter aux délices éternelles du Walhalla. Ceux qui périssaient dans leur sommeil, ceux qui se suicidaient, ceux qui étaient abattus par surprise ou assassinés lâchement étaient promis à l'enfer froid et sinistre de la sombre déesse Hel, là où il n'y avait ni joie ni espoir. Ceux qui n'étaient pas morts les armes à la main ne connaîtraient que pleurs et grincements de dents. Et ceci pour l'éternité.

— Hojotoho ! Hojotoho !

— Heiaha ! Heiaha !

Les neuf Walkyries fondirent sur la masse bouillonnante des guerriers comme des oiseaux de proie. Créatures de l'autre monde, elles étaient invisibles aux vivants, qui ne percevaient de leur présence que la caresse d'un vent frais effleurant leur visage en sueur, un parfum enivrant surgi de nulle part, des voix étrangement familières qui leur murmuraient des paroles d'encouragement à l'oreille, des forces soudain renouvelées qui leur permettaient de se relever de leur chute, de déjouer l'assaut d'un adversaire, de brandir à nouveau l'arme qui tranche ou qui assomme. Ils se sentaient alors protégés par les augustes Walkyries, les gardiennes des portes de la mort. Ils se savaient élus par elles, et leur courage en était démultiplié. Leur mort sans doute était proche, mais leur immortalité était désormais assurée, et cela seul comptait.

Brunehilde se sentait toujours profondément émue par cette aptitude des hommes à vouloir aller au-delà d'eux-mêmes, à constamment dépasser les limites que leur imposait leur nature mortelle. Les dieux, préservés aussi bien de la vieillesse que de la mort, jouissant d'une santé et d'une beauté inaltérables, n'avaient ni ce courage ni cette bravoure. Ils vivaient dans une perfection et une permanence qui les rendaient prévisibles, toujours identiques à eux-mêmes. Il leur manquait ce feu ardent qui brûlait dans le cœur des hommes, cette folie de vivre à tout prix qui les poussait à affronter sans peur la mort. Les hommes étaient faibles et imparfaits, la plupart n'étaient que des brutes à l'esprit épais, et pourtant il se dégageait d'eux un panache et un héroïsme qui manquaient à l'aristocratie des dieux, blasée par l'assurance de sa propre toute-puissance.

Oui, il y avait chez les hommes quelque chose de spécial, de rare, de fou, qui bouleversait Brunehilde au plus profond d'elle-même, sans qu'elle sût mettre un mot sur l'émotion qu'elle ressentait. Ses sœurs, les autres Walkyries, accomplissaient leur travail de passeuses d'âmes sans se poser autant de questions. Elles se contentaient de choisir les guerriers les plus vaillants, afin de les emmener avec elles dans la Halle des Occis. Quant aux lâches et aux poltrons, elles leur arrachaient le scalp qu'elles accrochaient en guise de trophée au manche de leur javeline, donnaient leurs cadavres en pâture aux loups et aux corbeaux qui les accompagnaient, avant de les précipiter impitoyablement dans les ténèbres de l'enfer de Hel.

Pour Brunehilde, c'était différent. La vaillance ou la force n'étaient pas à ses yeux les seuls critères d'élection pour le choix des Wals. Il fallait autre chose. Elle n'aurait su dire quoi. Une sorte de vibration de l'être qui lui rendait subitement ces hommes beaux, plus beaux que les dieux mêmes. Et lorsqu'ils rendaient l'âme, Brunehilde, penchée sur eux, devait résister à l'envie de poser ses lèvres sur leur bouche entrouverte pour recueillir leur ultime souffle en un premier et dernier baiser.

Sans savoir encore ce qu'était l'amour, Brunehilde aimait les hommes. Mais cet amour était vain, puisqu'elle ne les approchait qu'au moment de leur mort. Combien de fois avait-elle vu, en se penchant sur le visage d'un guerrier terrassé, se dessiner un sourire de bonheur ? Car tel était le désir suprême des hommes : mourir en héros, avec panache et noblesse, et contempler, au moment du trépas, la silhouette d'une Walkyrie qui les conduirait jusqu'au paradis espéré du Walhalla. Ils ne vivaient que pour cette mort-là, cette mort sublime réservée aux élus.

Soudain, elle perçut un bruissement d'ailes derrière elle. Se retournant, elle reconnut Munin, l'un des deux corbeaux d'Odin. Munin, la Mémoire du dieu.

L'oiseau couleur de nuit se percha sur l'épaule de Brunehilde et avança son bec vers son oreille, poussant un bref croassement. Brunehilde comprit le message. Odin, le dieu suprême, la réclamait auprès de lui.

Chapitre 7

Accompagnée de Munin, Brunehilde se posa sur l'une des terrasses d'Asgard. S'ébrouant après sa folle course dans les airs, elle ôta son manteau de cygne, ne conservant que ses braies et sa broigne de cuir couverte de plaques de fer qui lui donnait l'apparence d'une carapace inviolable qu'elle portait en permanence à même la peau. C'est de là que lui venait son nom de Brunehilde, la « combattante à la broigne ». Retirant son casque ailé, elle libéra ses tresses qui se déroulèrent dans son dos. Il se dégageait d'elle un étrange mélange de grâce athlétique, de beauté virginale inaccessible et de force martiale. Munin était déjà retourné vers son maître pour lui faire part du succès de sa mission.

En pénétrant dans le château où résidaient les immortels, la Walkyrie ne put s'empêcher de sentir une boule d'anxiété envahir sa poitrine. Certes, Brunehilde était en principe une Walkyrie comme les autres, humblement soumise aux ordres de son père divin mais, contrairement à ses sœurs, elle bénéficiait d'une relation privilégiée, une sorte de complicité, avec le maître d'Asgard. En sa présence, le dieu parlait plus librement, comme s'il s'adressait non à une autre personne, mais à une part intime de lui-même. Il osait exprimer ses doutes, ses désirs, ses atermoiements. Il n'était plus l'être suprême qui décide et qui tranche, mais un démiurge en proie aux plaisirs et aux affres de la création.

Non, Brunehilde ne redoutait point de rencontrer Odin. Mais

elle savait qu'il ne lui aurait pas dépêché l'un de ses chers corbeaux s'il n'y avait eu quelque affaire grave en cours. Une affaire si grave que, malgré tout son pouvoir, Odin ne pouvait à lui seul la régler. Une affaire dans laquelle Brunehilde devrait s'engager tout entière, au risque d'y brûler ses plumes de cygne. Tandis que ces pensées la traversaient, elle se rendit jusqu'à la salle du trône. Elle s'approcha du dieu assis et s'agenouilla dans une profonde révérence, le front posé sur le sol. Odin, ému, réprima un sourire en voyant sa fille préférée dans l'attitude officielle du salut. Elle était encore un peu essoufflée par sa course rapide, les veines de son cou battaient à l'encolure de la broigne éclatante, de petites mèches cuivrées s'étaient échappées de ses nattes tout juste libérées du casque. Sa chevelure était d'une teinte particulière, où l'or se mêlait au bronze, le Soleil à la Terre, comme si elle eût été éclaboussée du sang des guerriers dont elle guettait le dernier souffle sur leur lit de mort. Son visage avait été exposé au feu des batailles, à la gifle des vents et à la morsure du Soleil, pourtant il conservait cette pureté de teint et cette douceur lisse et juvénile de vierge immortelle qui ne la quitteraient jamais. Seuls ses cheveux avaient comme absorbé l'écarlate du sang et le vermeil du feu…

Comme elle était enfantine, encore ! Et pourtant déjà tellement femme et guerrière… Le dieu s'assombrit tandis qu'il songeait à la mission terrible qu'il allait confier à la jeune fille. Mais elle seule pouvait l'aider sans faillir… Il se pencha vers elle et ne put s'empêcher de lui effleurer la tête, d'un geste empreint de tendresse paternelle. Brunehilde releva le visage, lui sourit de ses yeux clairs, puis redevint sérieuse. D'un geste, il l'autorisa à se relever.

— Viens, Brunehilde. Je vais te montrer ce que peu d'yeux ont vu.

Se détournant, Odin traversa la salle pour aller se placer en face des larges ouvertures en ogive depuis lesquelles, jour après jour, dans sa solitude divine, il contemplait les Neuf Mondes. Brunehilde marqua un temps avant de rejoindre le dieu, dont la stature massive occultait presque entièrement la clarté provenant du dehors.

Rares étaient ceux qui avaient eu le privilège d'être admis à un pareil poste d'observation. La salle du trône d'Asgard formait le point le plus élevé de l'univers. De cet endroit, on dominait la création entière. On pouvait ainsi tenter de la comprendre, malgré son infinie complexité.

La Walkyrie s'approcha avec lenteur, émue et un peu angoissée par la faveur que lui consentait le dieu. Elle se savait la fille préférée d'Odin, mais cette prédilection ne lui ouvrait pas pour autant l'accès aux rênes du pouvoir. Or, contempler l'univers dans sa globalité, c'était déjà avoir prise sur lui. Si Odin était prêt à partager ce pouvoir avec Brunehilde, c'était qu'il attendait d'elle quelque chose en retour. Les présents du dieu étaient rarement désintéressés. Et ses ordres n'étaient jamais faciles à exécuter.

Odin s'écarta pour laisser Brunehilde prendre place à ses côtés, libérant ainsi la vue plongeante sur les Neuf Mondes. La jeune fille en eut le souffle coupé et fut prise d'un bref vertige. Elle était pourtant habituée à voler au-dessus des nuées et à surplomber les cimes dans sa cape de duvet neigeux, mais jamais elle n'avait eu une vision aussi abyssale de l'univers. C'était comme si elle plongeait dans un gouffre sans fond. Prise de vertige, elle faillit saisir le bras de son père mais elle se reprit à temps. Elle avait trop de respect pour lui pour se permettre une telle familiarité.

Le dieu ne remarqua pas la brève faiblesse que venait de manifester sa fille, ou bien il choisit de n'en rien montrer. Le regard toujours dirigé vers les mondes étendus à ses pieds, il se mit à parler à voix basse, comme s'il s'adressait à lui-même.

— Au commencement des temps, il n'y avait ni ciel au dôme étoilé, ni terre dense et profonde, ni montagnes escarpées, ni mers aux vagues fraîches. Il n'y avait qu'un gigantesque abîme vide et obscur, que l'on nommait Ginnungagap. La vie était absente de ce gouffre béant, voué aux seules forces primordiales qui déjà s'opposaient. Au nord de Ginnungagap s'étendaient les solitudes glaciales de Niflheim, le monde des Brumes ténébreuses, tandis qu'au sud régnait la fournaise torride de Muspellheim, le monde du Feu. De la rencontre du grand froid et du feu absolu naquit une condensation d'où surgit le premier des géants du givre. C'était bien avant que les dieux et les hommes n'existent.

Odin marqua une pause. Le simple fait d'évoquer l'origine de mondes qu'il n'avait pas connus semblait exiger de lui un effort considérable. Le verbe des dieux est créateur. Nommer les choses, même enfouies dans un passé révolu, c'est leur insuffler une nouvelle vie. En décrivant l'abîme du Ginnungagap et les géants du givre, Odin les rappelait à l'existence l'espace d'un moment. Or, cette évocation était dangereuse, car elle pouvait remettre en cause l'équilibre fragile du monde présent. Si Ginnungagap avait depuis longtemps disparu dans la mémoire des temps anciens, les mondes de Niflheim et de Muspellheim existaient toujours. Ils formaient, au nord et au sud, les deux extrémités des mondes habités, l'un par le peuple mystérieux des Nibelungen, les « fils du brouillard », l'autre par d'étranges et redoutables créatures de feu que personne n'avait jamais vues, les « fils de Muspell », dont le seul nom suffisait à terrifier les plus courageux. C'étaient là les deux premiers des Neuf Mondes connus, et les plus anciens.

Odin poussa un profond soupir, comme pour exorciser ces visions du passé, et reprit son monologue d'un ton plus affirmé.

— Le premier des géants du givre avait pour nom Ymir. Il était nourri par les quatre fleuves de lait qui coulaient des pis de la vache Audumla. C'est sous cette apparence que se manifesta pour la première fois la grande déesse des origines, née elle aussi de la rencontre du grand froid et du chaud extrême. Assoiffée, elle lécha un morceau de glace et une pierre couverte de givre, et de son souffle naquit en trois jours un être nouveau, Bur, qui lui-même engendra Bor, le père des premiers dieux.

Brunehilde connaissait cette généalogie. Elle savait que les premiers dieux étaient au nombre de trois : Odin, incarnation de l'esprit vivifiant, Vili, affirmation de la volonté, et Vê, manifestation du sentiment religieux. Elle savait aussi qu'au terme d'une guerre terrible, les trois frères divins avaient vaincu les géants du givre. Tous, sauf un, Bergelmir, qui, en s'enfuyant avec son épouse avait trouvé refuge dans les lointaines terres de l'Ouest, à Jötunheim, qui devint la Terre des Géants, le troisième des mondes connus.

— Les dieux et les géants du givre ne pouvaient vivre dans le même monde, reprit Odin. Les géants avaient pour eux la force brute et l'antériorité. Mais nous étions les seuls à posséder l'intelligence créatrice. Pour que nous prospérions, et que du chaos surgisse un monde civilisé, il fallait qu'ils s'effacent. Mais, même s'ils ont disparu, leurs traces demeurent. Ainsi, Ymir, le premier et le plus grand de tous les géants du givre, n'est pas mort simplement comme meurt un guerrier sur le champ de bataille. Il a été offert en sacrifice aux puissances pour qu'un monde soit créé. Chaque parcelle du corps gigantesque d'Ymir a composé ce monde nouveau, fait pour les dieux et les hommes. Sa chair a servi à créer le sol ; ses os les montagnes, les débris de ses ossements les pierres et les cailloux ; et son sang les océans et les fleuves. Son abondante chevelure a donné naissance aux immenses et profondes forêts, tandis que sa barbe a formé les taillis et les fourrés épineux. Son crâne a donné sa forme à la voûte céleste. Et sa cervelle s'est transformée en nuages…

Odin avait raison. Ymir n'était plus, et pourtant chaque élément de la Création se réclamait de lui. Lorsque Brunehilde chevauchait les nuages avec ses sœurs, elle entendait en elle l'écho ancien des rêves d'Ymir.

On disait aussi que le corps en décomposition d'Ymir s'était couvert de vers. Certains de ces vers, grouillant à la surface du corps démembré du géant du givre, avaient reçu en eux le reflet de l'image des dieux se penchant vers eux depuis les terrasses d'Asgard. C'est ainsi qu'étaient nés les Alfes de lumière, qui s'étaient installés à l'est du monde, dans les terres d'Alfheim, le quatrième des mondes connus. En revanche, les vers qui étaient demeurés à l'intérieur du corps du géant du givre et n'avaient pu recevoir l'empreinte divine avaient donné naissance aux Alfes noirs, qui s'étaient réfugiés dans les profondeurs souterraines de Svartalaheim, le cinquième monde, proche de l'obscur enfer de Hel, le sixième monde.

Odin désigna alors l'horizon de son bras tendu.

— Niflheim, au nord, Muspellheim, au sud, Jötunheim, à l'ouest, et Alfheim, à l'est, appartiennent aux territoires excentrés d'Utgard. Ces terres extrêmes sont séparées de Midgard, la Terre du Milieu, le monde des hommes, par un océan aux flots bouillonnants au fond duquel se cache le serpent géant Jörmungand, créé par Loki. Cet océan est si redoutable que personne, jamais, à part quelques dieux téméraires, géants sans peur ou nains audacieux, n'a osé le franchir, ni dans un sens ni dans l'autre. Le terrible Jörmungand y veille. Ce serpent est si grand que son corps est aussi long que l'océan lui-même, et sa tête frôle sa queue au tréfonds des abysses. Grâce à sa vigilance, les hommes sont à l'abri du souffle glacial des Nibelungen vivant dans les brumes de Niflheim, de l'étreinte brûlante des créatures de feu de Muspellheim, des assauts redoutables des géants de Jötunheim ou des séductions tout aussi dangereuses des Alfes de Alfheim. Sans cet océan périlleux qui encercle Midgard, jamais les hommes n'auraient pu survivre dans un monde peuplé de monstres, de géants et de démons…

Odin se tut à nouveau, manifestement ému. Dès qu'il évoquait l'existence des hommes, il ne pouvait dissimuler l'intérêt qu'il portait à ces créatures faibles et mortelles que les autres dieux méprisaient, mais qui pour lui étaient porteuses du fragile espoir de survie de l'étincelle divine. Seule Brunehilde partageait cette étrange attirance, et pouvait la comprendre.

Odin releva la tête et reprit son discours d'une voix plus forte et chaleureuse :

— Midgard est protégé d'Utgard par l'océan et son serpent marin. Mais il est relié aux deux mondes aériens d'Asgard, la demeure des dieux Ases, et de Vanaheim, la résidence des Vanes, par Bifrost, le Pont de l'Arc en ciel, dont une extrémité se trouve au pied du frêne Yggdrasil, l'Arbre du Monde. C'est ce pont de gloire que les plus valeureux des hommes empruntent, escortés des fières Walkyries, pour rejoindre le Walhalla !

— Père, je sais tout cela. Est-ce pour me le rappeler que vous m'avez fait venir ?

Odin se rembrunit d'un coup. Se tournant vers sa fille, il la toisa d'un air sévère. Il la dépassait d'une bonne tête, mais il se redressa pour se grandir encore et mieux la dominer. Son unique œil bleu, tranchant comme l'acier, semblait vouloir pénétrer jusqu'au fond de son âme. Brunehilde soutint ce regard inquisiteur. Elle respectait profondément son père, mais elle savait aussi lui tenir tête. Lorsqu'il était embarrassé, Odin se réfugiait facilement dans des attitudes hautaines et condescendantes. Il coupait court aux résistances qu'on lui opposait parfois en se figeant dans une attitude implacable et menaçante qui semait le trouble chez ses contradicteurs. Les seules à ne pas être dupes de ce jeu de masques étaient Frigg, son épouse, et Brunehilde, sa fille préférée. Et Loki, bien entendu.

Voyant que la Walkyrie ne se laissait pas impressionner par sa dureté de surface, Odin se radoucit. De glacial, son œil bleu se fit aussi léger que les nuées. De ses deux mains puissantes, il saisit les épaules de la jeune fille. Elle sentit aussitôt une onde de chaleur se transmettre à tout son corps, tandis qu'il répondait enfin :

— Non, ma fille, je ne t'ai pas fait venir pour te parler de l'origine des mondes, mais pour te confier une mission. Une mission délicate. Et secrète...

Odin lâcha les épaules de la jeune fille, qui se sentit mollir. Le dieu détenait en lui une telle source d'énergie qu'il pouvait la transmettre à autrui par simple imposition des mains. Cette énergie était si puissante qu'elle apportait dans l'instant à qui en était touché une vigueur nouvelle, une chaleur bienfaisante qui rassurait et ôtait toute inquiétude et douleur. Mais ce contact ne pouvait se prolonger, au risque de voir la chaleur se transformer en un feu ravageur et dévastateur. Odin était pareil à l'astre du jour. Il était source de vie, mais aussi cause de sécheresse et de désolation, et finalement de mort.

Le dieu s'était à nouveau interrompu pour jouer avec ses loups, accroupis à ses pieds comme de simples chiens. Geri, le Glouton, et Freki, le Vorace, se laissaient flatter l'échine par la main robuste de leur maître en émettant de petits couinements, les yeux plissés de plaisir. Brunehilde savait qu'il ne fallait pas les croire pour autant inoffensifs. Lorsqu'ils bâillaient, ils découvraient des mâchoires impressionnantes qui auraient suffi à décourager toute tentative d'approche de la part d'un inconnu. Elle les avait souvent vus en action sur les champs de bataille lorsque, délégués par le dieu, ils accompagnaient les Walkyries dans leur moisson de trépassés. Ils devenaient alors pareils à de noirs démons surgis des enfers, s'élançant tous crocs dehors à la gorge de ceux que leur désignaient les faucheuses. Il s'agissait le plus souvent de guerriers déloyaux ou lâches qui trouvaient là une fin déshonorante avant de s'en aller grossir la légion des spectres jetés au fond de l'enfer de Hel. Brunehilde interprétait le jeu d'Odin avec ses loups comme une manière de différer l'instant où il lui faudrait révéler l'objet de l'étrange mission qu'il venait d'évoquer.

Délaissant enfin les bêtes qui aussitôt se couchèrent en rond pour poursuivre leur somme, Odin revint s'asseoir sur son trône, où l'un de ses deux corbeaux était perché. D'un bond léger, Hugin vint se poser sur l'épaule gauche du dieu pour quémander une caresse. Odin avança ses lèvres en une parodie de baiser. Le volatile posa son bec sur la bouche de son maître en un geste désarmant de familiarité et d'abandon. C'était ainsi qu'Odin avait nourri ses oiseaux, alors qu'ils étaient tout jeunes, en leur donnant à manger des morceaux de viande qu'il tenait dans sa bouche. Depuis longtemps les corbeaux savaient se nourrir seuls, mais le geste était resté.

Attendrie par ce spectacle, qui tranchait avec la majesté solennelle qui caractérisait le plus souvent l'apparence du maître d'Asgard, Brunehilde laissa un franc sourire s'épanouir sur son visage juvénile. Odin croisa alors son regard, et il lui sourit à son tour. Dans ce bref échange de complicité et de tendresse, le dieu puisa la force de reprendre son discours.

— Au bord du Rhin, dont les eaux profondes irriguent la terre de Midgard, se dresse le royaume du Frankenland, dont le souverain est le plus valeureux des hommes. Il a en lui la force et la sagesse de pouvoir un jour régner équitablement sur les nombreuses peuplades barbares qui vivent aux abords des rives du puissant fleuve. Lui seul et sa descendance rendront les hommes dignes d'être sur terre les représentants des dieux. Lui seul...

Odin avait repris son air soucieux, presque lointain. Brunehilde songea à l'interrompre. Pourquoi le roi dont lui parlait son père était-il le seul à pouvoir fédérer les peuples, opposés en des luttes perpétuelles et des conflits incessants, qui vivaient au bord du Rhin ? Elle préféra cependant s'abstenir. Elle sentait que le dieu lui parlait à demi-mot, comme s'il n'était pas libre de lui expliquer clairement la situation. C'est aussi la raison pour laquelle il avait fait appel à elle ; il connaissait l'intuition de Brunehilde et comptait sur son intelligence et son empathie naturelle.

— Il est de la plus grande importance que ce roi puisse avoir une dynastie solide et nombreuse. Ses fils à venir seront aussi puissants et valeureux que leur père, et feront de grandes choses sur terre. Ils seront l'honneur de la race humaine. Mais pour cela, il faut que l'épouse que s'est choisie ce roi puisse enfanter. Or, elle ne le peut pas. La reine est stérile...

Brunehilde avait toujours été fascinée par ce mystère insondable qui caractérise les femmes de la Terre : la faculté de procréer, de porter la vie dans leur ventre. Comme les autres Walkyries, Brunehilde était vierge ; c'est d'ailleurs dans sa virginité qu'elle puisait ses pouvoirs surnaturels et son ardeur au combat. Déflorée, une Walkyrie perdrait avec son innocence son rang parmi les dieux et l'autorisation d'utiliser ses pouvoirs magiques. Sa vie se devait d'être solitaire, sans compagnon à ses côtés. Jamais elle ne verrait son ventre s'arrondir ; jamais elle ne sentirait au sein de ses entrailles se développer une autre vie que la sienne propre ; jamais elle ne donnerait naissance à un enfant, contrairement aux femmes de la Terre qui, toutes limitées qu'elles fussent, avaient sur elle ce merveilleux privilège qui la rendait jalouse.

Brunehilde crispa une main sur son ventre, comme si elle y ressentait un manque, et se tourna vers Odin.

— Pourquoi le roi dont tu me parles ne prend-il pas une autre épouse ? Les mortels sont coutumiers de ce genre de choses. S'il est aussi fort et noble que tu le décris, je suppose que ce ne sont pas les partis qui lui manquent...

D'une voix détimbrée, comme absente, Odin finit par répondre :

— Cela ne servirait à rien... Une autre femme n'aurait pas davantage de chances d'être mère. Il y a un interdit sur cette lignée. Un interdit divin auquel personne ne peut s'opposer, pas même moi.

Brunehilde comprit aussitôt. Frigg. Seule Frigg pouvait édicter un tel interdit. En tant que déesse des Liens du mariage, c'est elle qui décidait si les unions seraient fécondes ou non. Frigg était puissante et ses arrêts étaient respectés. Mais Odin était tout de même le dieu suprême !

— Si tu ne peux braver cet interdit, qui le pourra ? s'écria alors la jeune guerrière. De tous les dieux, tu es le premier, maître du ciel et de la Terre. N'as-tu pas le pouvoir d'imposer tes désirs à quiconque et en tout lieu, y compris aux dieux Ases d'Asgard ?

Pour toute réponse, Odin effleura de sa main droite, porteuse de l'anneau fabuleux Draupnir forgé jadis par les artisans nains, la base du majeur de sa main gauche, comme s'il y cherchait le contact d'un autre anneau absent. Ce simple geste lui arracha une grimace de douleur.

— Ce pouvoir, je l'ai eu, jadis. Je ne l'ai plus, constata tristement le dieu.

Il marqua une pause, puis reprit :

— Connais-tu le pouvoir de l'anneau du Nibelung ?

Brunehilde fronça les sourcils. Oui, elle avait entendu parler de cette vieille légende. Cet anneau avait appartenu jadis au nain Andvari, le roi des Nibelungen vivant dans les régions brumeuses de Niflheim. Plus précieux que le plus précieux des trésors, il avait, dit-on, la faculté d'exaucer dans l'instant les désirs les plus démesurés de celui qui en était le maître. Richesse, honneurs, pouvoir suprême, rien n'était impossible à l'anneau magique qui, à lui seul, avait donné naissance au formidable trésor des Nibelungen. Mais Andvari avait été dessaisi de son cher anneau. Il avait alors formulé une terrible malédiction qui pèserait désormais sur quiconque glisserait le cercle d'or à son doigt pour en devenir le maître. Une malédiction si terrifiante que tous ceux qui avaient été en contact avec l'anneau du Nibelung l'avaient chèrement payé. Le malheur s'était attaché à leurs pas, jusqu'à la folie, jusqu'à la mort.

Brunehilde jeta un œil sur la main gauche d'Odin. À la base du majeur, là où le dieu avait tout à l'heure porté la main, se dessinait une fine ligne rouge. Odin comprit l'interrogation muette de la Walkyrie.

— Je n'ai porté qu'une seule fois l'anneau maudit à ce doigt, et fort peu de temps. Mais il m'a brûlé à jamais. Il ne m'a pas détruit, mais depuis, je ne suis plus le même. Je suis toujours le dieu suprême, et pourtant mon pouvoir est fragile, et ma liberté limitée. L'anneau m'a volé mon innocence créatrice, et tout ce que j'ai entrepris depuis lors a été entaché des germes de corruption de l'anneau infernal. C'est pourquoi je ne puis exiger ce qui pour moi est le plus désirable, comprends-tu ? Car l'ombre de l'anneau suffirait à ternir l'objet de mon désir, et finalement le détruire. Ce que je désire le plus, je ne puis l'ordonner, au risque de voir mon œuvre morte avant même d'être née. Mon seul salut est l'espoir qu'un autre que moi accomplisse ma volonté, de son propre chef, sans que j'aie à le lui demander...

Odin laissa un long silence prolonger ces étranges paroles. Il ne pouvait en dire plus, au risque de tomber dans le piège qu'il venait de décrire. Le piège de l'anneau. Vouloir sans pouvoir, tel était désormais le sort du dieu. Il ne lui restait que le désir. Et l'espoir que la Walkyrie saurait l'entendre et le faire sien. Telle était en définitive la mission qu'il souhaitait lui confier : une mission d'autant plus délicate qu'elle ne devait pas être formulée explicitement. Odin devait se contenter d'évoquer ce que Brunehilde avait à faire ; à elle de deviner comment elle devrait s'y prendre.

Mentalement, elle récapitula les éléments en sa possession. La reine du Frankenland était stérile, sans doute à cause d'un interdit formulé par Frigg. Pourtant, elle devait absolument enfanter, afin que le roi du Frankenland puisse assurer sa descendance. Mais comment rendre féconde une femme stérile ?

C'est alors que Hugin, le second corbeau d'Odin, pénétra dans la salle du trône dans un grand ébouriffement de plumes. Il tenait quelque chose dans son bec et tournoya plusieurs fois dans la salle, comme s'il attendait un signe de son maître pour se poser enfin. Odin émit un bref claquement des lèvres. Hugin fondit vers le sol dans le froissement glacé de ses ailes noires qu'il replia à peine, laissant choir aux pieds de la Walkyrie l'objet qu'il portait. Puis il s'envola aussitôt pour aller se percher sur l'épaule droite du dieu qui, sans prendre congé de sa fille, quitta brusquement la salle du trône, suivi de ses loups, un corbeau sur chaque épaule.

Brunehilde se pencha et ramassa ce que Hugin, la Réflexion d'Odin, avait déposé devant elle.

Une pomme. Une pomme d'éternelle jeunesse, volée au jardin de Freya. Une pomme réservée aux seuls dieux, qui avait le pouvoir de leur garantir la santé et la longévité, de les prémunir contre la vieillesse et la mort. Une pomme de vie, nécessaire aux immortels pour conserver leur éclat et leur beauté. Leur énergie vitale et leur fécondité.

C'est alors que Brunehilde comprit. Elle comprit quel était le désir du dieu, et quelle devrait être la mission qu'elle aurait à mener au royaume du Frankenland. Odin n'avait rien demandé, rien ordonné, mais la jeune Walkyrie ne se sentait pas libre de refuser d'accomplir l'office que son père attendait d'elle. Elle n'était pas sûre non plus d'avoir envie de dédaigner cette occasion qui lui permettrait d'approcher les humains... Le dieu suprême connaissait bien sa fille préférée : il savait que brûlaient en ce jeune cœur la même curiosité et la même attirance que dans le sien vis-à-vis de la race humaine.

Certes, cette mission la changerait de la récolte des morts sur les champs de bataille, mais elle ne serait pas sans périls ni dangers. Car Brunehilde l'avait bien compris : il s'agissait de passer outre à l'interdit de Frigg, il s'agissait de transgresser une règle absolue, il s'agissait d'aller porter à la reine du Frankenland une pomme du jardin de Freya afin de lui rendre la capacité de donner la vie…

La jeune vierge, le cœur battant et les joues brûlantes, glissa le fruit vermeil dans l'escarcelle fixée à sa ceinture, scellant par ce simple geste son pacte tacite avec Odin.

Chapitre 8

Situé à peine à une heure de marche de la rive droite du Rhin, le village n'était composé que d'un agglomérat disparate de huttes en paille et en torchis. Il avait suffi d'y jeter quelques torches pour le transformer en foyer crépitant d'où s'échappaient des fumées âcres et noires.

Les paysans qui n'avaient pas fui à temps sortaient des cabanes en flammes en suffoquant. Le feu s'était pris à leurs hardes, et les malheureux rôtissaient sur place en gesticulant et en poussant des cris de déments. Certains se roulaient à terre pour tenter d'apaiser leurs brûlures en étouffant les flammèches qui les dévoraient, mais c'était peine perdue. Leurs chairs grillées par l'incendie dégageaient des odeurs insupportables et leurs visages, défigurés et calcinés, n'avaient plus rien d'humain.

La bande de guerriers responsable de ce pillage s'était massée à un jet de flèche du village embrasé et contemplait ces scènes d'horreur en s'esclaffant. Son chef, Hunding, du clan de la Chienne Noire, riait plus fort que tous les autres. Il était aguerri et sans pitié. Sa taille hors du commun, sa corpulence d'ogre et son allure de fauve auraient suffi à impressionner les plus vaillants des hommes. Mais c'était surtout sa cruauté et sa dureté de cœur qui l'avaient aidé à s'imposer parmi les siens. Hunding était violent et sans pitié, et nul n'aurait pris le risque de s'opposer à lui sans craindre pour sa vie.

C'était le troisième village qu'il faisait incendier depuis le matin. Le prétexte invoqué était que les paysans avaient refusé de fournir aux hommes de Hunding les vivres auxquels ils avaient droit, en échange de la protection qu'ils étaient censés leur apporter. La vérité était que ces pauvres gens, perpétuellement taxés par les hordes errantes de guerriers armés, n'avaient plus rien à manger. Mais Hunding n'avait pas voulu entendre leurs doléances. Il leur avait extorqué leurs maigres biens avant de faire mettre le feu à leurs habitations. La vue des souffrances et du malheur d'autrui procurait au jeune géant une jouissance avec laquelle aucun autre plaisir n'aurait pu rivaliser, pas même celui de la chair.

Lorsque l'horrible spectacle prit fin, avec la mort de ses involontaires participants, Hunding donna l'ordre que l'on dressât les tables pour y faire ripaille. Il n'adorait rien tant que boire et manger sur les lieux mêmes où il accomplissait ses massacres. L'odeur du sang, de la fumée et de la mort excitait son appétit.

Les rares et maigres volailles trouvées dans les enclos du village furent rapidement égorgées, plumées et jetées en morceaux dans les marmites où les paysans avaient mis à bouillir dès le matin un fade brouet de légumes et de racines. Les hommes s'attablèrent sans attendre que la viande fût tout à fait cuite, plongeant leurs doigts épais dans les plats remplis à ras bord de ragoût. Ils mordaient à belles dents dans ces mets rustiques et laissaient de larges traînées de sauce brunâtre couler le long de leurs mentons embroussaillés de barbe. Sans s'arrêter de mastiquer, ils avalaient de larges rasades de bière, n'interrompant leur déglutition que pour émettre des rots caverneux. On eût dit non des hommes, mais des chiens affamés se jetant sur leur pâtée. Ils en oubliaient presque les cadavres encore fumants des paysans qui gisaient à deux pas de là.

Soudain, un bruissement dans les taillis voisins attira l'attention de l'un des mangeurs. Sans bruit, il se dressa et, comme un limier à l'affût, s'approcha du bosquet où il pressentait quelque gibier. Puis il s'élança tel un prédateur sur sa proie.

— Hé, les gars ! Voyez moi ça ! J'ai déniché une drôle de caillette au nid !

Déjà, il ressortait des buissons en tenant par le bras une fillette aux longs cheveux bruns qui se débattait en hurlant. Elle allait nu-pieds, vêtue d'une simple chemise de bure. Elle avait dû fuir le village dès le début de l'incendie et se cacher dans le premier hallier venu en attendant que les pillards lèvent le camp. Emplie de terreur, elle ruait comme une jeune pouliche, donnant des coups de pied dans le vide pour tenter d'échapper à son assaillant. Afin d'assurer sa prise, ce dernier lui bâillonna la bouche de sa dextre. L'adolescente enragée en profita pour lui mordre la paume jusqu'au sang.

— Aïe ! La bougresse ! Elle m'a planté ses crocs dans la main !

— Elle doit avoir faim, c'est pour ça ! rugit l'un des lascars attablés en partant d'un rire gras.

— Elle n'est pas dégoûtée, en tout cas ! ajouta un deuxième.

— Elle semble avoir du tempérament pour son âge ! s'esclaffa un troisième. Moi, c'est la bouche que je lui mordrais bien !

Pendant que ses hommes faisaient assaut de quolibets et de railleries, Hunding, mastiquant toujours et le visage fermé, scrutait la fillette d'un regard qui eût fait frissonner quiconque l'aurait croisé à cet instant précis. C'était un regard noir, pesant, menaçant, dans lequel brillait la convoitise.

— Taisez-vous ! Et toi, approche ! s'exclama-t-il de sa grosse voix de basse.

Dans l'instant, rires et moqueries s'interrompirent. Même la jeune fille s'arrêta de hurler et de se débattre, comme tétanisée par le ton sans réplique sur lequel cet ordre avait été proféré. En se tournant vers Hunding, elle fut stupéfaite par son apparence. L'homme, en effet, n'était pas simplement corpulent et de haute taille. Il était en outre pourvu d'une abondante pilosité qui émergeait de ses vêtements aux poignets et à l'encolure, jusqu'à la barbe embroussaillée qui lui dévorait le visage, remontant jusqu'aux commissures des yeux et rejoignant les sourcils qui ne formaient qu'une seule barre de poils épais, au point que Hunding semblait moins un homme qu'un fauve que l'on aurait costumé et fait se dresser sur ses pattes. De la toison brune qui masquait son visage n'émergeaient qu'un nez large et allongé et deux petits yeux perçants et noirs profondément enfoncés dans leurs orbites. Et ces yeux, lorsqu'ils se portaient sur un être, dégageaient un tel magnétisme qu'il était impossible de résister à leur attraction malsaine. Aussi la fillette demeura-t-elle prostrée, comme un animal hypnotisé par un serpent.

Ce qu'elle lisait dans le regard du guerrier qui la scrutait avec une telle intensité éveillait en elle une sourde angoisse, une peur larvée, mais également un trouble indéfinissable. Malgré son jeune âge, elle était habituée à ce que les hommes la dévisagent et l'abreuvent de commentaires graveleux. Certains avaient déjà tenté de la culbuter dans le fourrage, quand elle allait nourrir les bêtes, et elle n'avait dû son salut qu'à sa vivacité et ses dents aiguës... Le regard de cet homme était différent. C'était un regard de maître, habitué à se faire obéir sans discussion, mais également de prédateur. Non pas une brute mue par l'instinct primaire de tuer, mais un chasseur froid et calculateur, guettant le moment précis où il se jetterait sur sa proie pour n'en faire qu'une bouchée.

— Approche, j'ai dit !

La fillette tressaillit. Comme captivée par la voix du géant qui l'apostrophait ainsi, elle fit quelques pas vers lui, mue par une force invisible qui avait pris la place de sa volonté propre. On eût dit qu'un charme avait fondu sur elle, annihilant son entendement et la poussant à se jeter d'elle-même dans la gueule du loup.

Sans cesser de la dévisager, Hunding porta un morceau de viande à sa bouche et se mit à mastiquer bruyamment. Puis il tendit ses longs doigts graisseux à la gamine en articulant d'une voix rauque :

— Tu as faim, paraît-il ? Eh bien lèche...

La fillette considéra la main avec un effroi subit qui fit vite place à un intérêt étonné. Cette main s'agitait devant elle de façon obscène, dégoulinante de jus. Les doigts en étaient épais et longs, couverts d'une toison de poils noirs et drus jusqu'à la dernière phalange, prolongés d'ongles acérés comme les griffes d'un loup. Puis les yeux de l'adolescente délaissèrent cette patte de fauve pour examiner le visage de Hunding d'un regard torve, où l'innocence le disputait au vice.

— Lèche ! répéta Hunding d'une voix soudain étranglée, comme s'il était lui-même submergé par des émotions violentes.

La chaleur qui se dégageait des huttes encore fumantes, l'ivresse du sang mêlée à celle de la bière, l'euphorie du pillage, la volupté du massacre avaient enflammé les sens du géant, qui ne demandaient qu'à trouver un exutoire pour s'apaiser. N'importe quelle matrone aurait fait l'affaire, mais il avait bien mieux que cela en face de lui... Il percevait chez cette gamine, malgré la tendreté de son âge, une essence semblable à la sienne, et en était plus troublé qu'il ne l'aurait voulu. Et avec cela, des joues lisses quoique peu rebondies sous la crasse qui les souillait, une bouche charnue, de grands yeux étonnés et, surtout, une ossature gracile qui saillait à la base du cou, là où la robe de bure malmenée découvrait un peu l'épaule… Des os si fins, si faciles à broyer, comme ceux d'un oiseau… Les mâchoires crispées et le regard dur, Hunding serra le poing à s'en faire blanchir les jointures sous les poils fauves. L'ogre sentait l'eau lui venir à la bouche. Il croquerait bien cette oiselle perverse en guise de dessert. Mais il avait le temps. Avant, il tenait à jouer avec elle, comme il tenait à jouer avec son désir afin de l'exacerber.

Autour d'eux, les hommes se taisaient. Avec des airs égrillards, ils ne perdaient pas une miette du jeu ambigu que leur chef était en train d'instaurer avec l'enfant. À la fois effrayée et attirée, la gamine ouvrait déjà la bouche, langue pointée, vers les doigts velus et noirs dégouttant de sauce qui se tendaient vers elle, lorsque le bruit d'une galopade se fit entendre. Un petit groupe de cavaliers en armes approchait au grand galop. Une dizaine d'hommes, pas plus, mais leur allure fière et décidée les rendait plus redoutables qu'une armée. À leur tête se détachait une sorte de colosse tout en muscles, arborant une armure d'un éclat tel qu'elle semblait faite d'or et un casque prolongé de deux cornes pointant vaillamment vers le ciel dont s'échappait une chevelure de feu qui cascadait en boucles sur ses épaules.

Délaissant à regret la fillette, Hunding s'était dressé, l'air mauvais, pour faire face au nouvel arrivant. Il avait reconnu Rerir, le roi du Frankenland, qui prétendait régenter à lui seul toutes les peuplades jouxtant la rive orientale du Rhin, et mettre fin aux pratiques usuelles de pillage et de massacre qui avaient toujours eu cours dans la région. Le groupe à cheval s'immobilisa dans un grand nuage de poussière. D'instinct, les hommes de Hunding avaient saisi leurs lances et brandissaient leurs haches et leurs massues. Les yeux très bleus de Rerir semblaient lancer des éclairs lorsqu'il s'exclama d'une voix forte :

— Enfin, te voilà, Hunding ! Je te poursuis depuis l'aube. Il faut avouer que ta trace n'est pas difficile à suivre. Ton passage est semé de ruines, de sang et de charognes ! Par Odin, tu es pire que les vautours ! Eux, au moins, ont l'excuse de se nourrir des cadavres qu'ils trouvent. Toi, c'est par pur plaisir que tu sèmes la mort !

Hunding frémit sous l'insulte, mais il parvint à garder son calme malgré l'irritation qu'il ressentait. Rerir était un personnage puissant et un adversaire de poids. Le chef du clan de la Chienne Noire ne pouvait pas se comporter avec lui comme il le faisait avec les plus faibles. D'un ton qui se voulait le plus neutre possible, Hunding rétorqua :

— Pourquoi viens-tu me donner des leçons, roi Rerir ? Je ne fais qu'appliquer les lois que nos ancêtres ont toujours suivies.

— Tes ancêtres, peut-être. Pas les miens. Les pillages et les massacres ne se justifient par aucun usage. Il s'agit de pratiques dégradantes qui rabaissent l'homme au rang de bête. En vérité, tu es bien le digne descendant de la Chienne Noire…

Rerir avait proféré cette remarque sur un ton de dérision qui n'avait pas échappé à Hunding. Mais il fit mine de la prendre comme un compliment.

— Oui, je suis le chef incontesté du clan de la Chienne Noire. Et je m'en flatte !

On disait en effet que Hunding n'était pas issu d'une lignée humaine. La légende voulait qu'il soit né des œuvres d'un géant issu de Jötunheim et de la chienne noire Managarm, la Chienne Noire, ou Chienne de la Lune, dont la demeure se trouvait dans la Forêt de Fer, à l'extrême nord de Midgard. Elle s'était déjà accouplée au loup Fenrir pour donner naissance aux louveteaux Hati et Skoll. L'un poursuivait le soleil dans sa course céleste, l'autre la lune. Mais à la fin des temps, lors du sombre Ragnarök, c'est le loup Fenrir qui dévorerait le soleil et la chienne Managarm qui engloutirait la lune.

Hunding devait son instinct de prédateur, sa cruauté de fauve et sa pilosité envahissante à cette mère monstrueuse. C'était aussi à cause de cette parenté redoutable que personne n'osait le défier ouvertement ou s'en faire un ennemi. Car on disait que la Chienne Noire n'était pas morte, et qu'elle veillait en secret sur ses descendants. Rerir n'ajoutait pas foi à ces fables, et la référence à la Chienne Noire n'était à ses yeux qu'un sujet de moquerie. Mais les hommes de Hunding, superstitieux comme la plupart des tribus barbares, étaient persuadés de son existence, même s'ils ne l'avaient jamais vue, et ils ne pouvaient entendre prononcer son nom sans trembler.

Loin de se sentir humilié par la remarque de Rerir, Hunding y vit une occasion de manifester son assurance et de prendre l'avantage sur son rival. Se frappant le torse, il reprit d'une voix forte :

— Je suis le descendant de la Chienne Noire. Et, ne t'en déplaise, roi Rerir, je suis reconnu comme tel par tous les peuples du Rhin !

Ce fut au tour de Rerir de serrer les poings pour réprimer son agacement. Il devait pourtant reconnaître que Hunding avait raison. Si Rerir régnait sans conteste sur les terres du Frankenland, il avait plus de mal à faire accepter sa suprématie auprès des tribus nomades qui, depuis toujours, se battaient entre elles pour la conquête des rives fertiles du large fleuve qui partageait du nord au sud les contrées de Midgard. À partir de plusieurs tribus disparates, Rerir était parvenu à construire une ligue puissante, en concluant des traités d'alliance avec différents clans et royaumes, tels que le royaume des Burgondes. Mais ces traités étaient fragiles et pouvaient à tout moment être rompus. En outre, d'autres tribus préféraient conserver leur indépendance, demeurant pour l'instant hostiles à l'idée de rejoindre le royaume du Frankenland.

Ces tribus étaient à leur tour divisées en clans, souvent rivaux, dont les chefs se disputaient la gloire d'être les descendants d'Odin, faisant assaut de rudesse et de brutalité. Ainsi en allait-il du clan des Bersekers. À demi nus, à peine couverts de peaux d'ours sur leurs corps tatoués d'inscriptions rituelles et recouverts de peinture rouge, les cheveux portés longs retombant jusqu'aux reins, les Bersekers ressemblaient plus à des fauves qu'à des hommes. Consacrés dès leur plus jeune âge à Odin, ces prêtres-guerriers étaient soumis à un entraînement d'une extrême rigueur. L'hiver, ils couraient nus dans la neige ou bien nageaient dans l'eau glaciale. Ils marchaient sur des braises ardentes ou luttaient à mains nues avec des loups et des ours. Avant les combats, ils priaient longuement Odin afin qu'il les plonge dans un état extatique au sein duquel ils ne ressentaient plus ni peur ni douleur. Leur aspect était si effrayant, leurs hurlements si démoniaques que leurs adversaires, paralysés de stupeur, se laissaient la plupart du temps abattre sans réagir.

Les guerriers du clan de la Chienne Noire dirigés par Hunding n'étaient pas d'un aspect beaucoup plus rassurant. Ils revêtaient des fourrures de chien sauvage qui leur donnaient un aspect bestial, et vivaient en meute comme les fauves dont ils prétendaient être les fils. Capables de dévorer de la viande crue à même le sol, traitant leurs proies avec la même cruauté qu'auraient manifestée des animaux sauvages, ils sautaient à la gorge de leurs ennemis et les égorgeaient d'un coup de mâchoire, ayant pris soin d'aiguiser leurs dents en pointes afin de les rendre plus meurtrières. Seul parmi ses guerriers, Hunding n'avait pas à avoir recours à de tels subterfuges. Son corps velu et ses mains griffues l'apparentaient à une sorte de chien-loup, et au plus fort de la mêlée il commettait plus de ravages que dix fauves réunis.

À l'inverse de ces brutes, les guerriers du Frankenland n'avaient pas à se grimer en bêtes pour afficher leur courage et leur vaillance. Tout, dans leur apparence et leur maintien, exaltait les vertus les plus pures de la noblesse. Intrépides au combat, intraitables avec leurs ennemis mais généreux envers les faibles, ils incarnaient cet idéal humain dont Rerir, leur roi, était le symbole vivant. Tous les chefs de clan se réclamaient de la descendance d'Odin, mais lui seul avait le droit de la revendiquer.

Chaque année, au solstice d'été, lorsque toutes les tribus se réunissaient au sommet de la montagne sacrée afin d'élire celui qui assumerait le rôle de chef de guerre pour l'année à venir, le nom de Rerir s'imposait toujours spontanément. Hunding avait bien essayé d'intriguer auprès des différents clans, alternant menaces et promesses dans le but d'être choisi de préférence à son rival. Mais toutes ses tentatives s'étaient révélées vaines. Certains chefs se laissaient pourtant convaincre, mais il suffisait que paraisse Rerir pour qu'ils changent subitement d'avis. Le roi du Frankenland avait un tel ascendant sur les autres, un tel charisme émanait de sa personne que nul guerrier, même le plus décidé, n'aurait osé s'opposer à lui. Nul guerrier, hormis Hunding, bien entendu. Mais à lui seul, le fils de la Chienne de la Lune était incapable de contrarier le plébiscite dont bénéficiait Rerir.

Hunding s'était pourtant juré d'avoir un jour raison de son adversaire, quelle que soit la méthode employée. Pour cela, il ne manquait aucune occasion d'alimenter les défiances et les dissensions qui opposaient les divers clans, créant ou entretenant d'incessants sujets de querelles. C'est ainsi qu'il poussait les peuples à s'affronter entre eux, à envahir les territoires voisins, à brûler les fermes et piller les villages. Pour le fils de la Chienne, les hommes devaient forcément se comporter entre eux comme des chiens. Pour le descendant d'Odin, l'homme avait au contraire pour ambition d'abandonner sa nature animale afin de devenir, un jour, l'égal des dieux...

Le roi du Frankenland remarqua soudain la présence de la fillette près de Hunding. La gamine n'avait pas bougé et demeurait bouche bée devant ces guerriers puissants qui se défiaient du verbe et du regard. Elle aurait pu mettre à profit cette altercation pour déguerpir mais elle n'y songeait pas. D'ailleurs, où serait-elle allée ? Tous les siens étaient morts dans l'incendie du village. Malgré son jeune âge, elle sentait confusément que son salut ne reposait pas dans la fuite mais dépendait de l'issue de l'affrontement auquel se livraient les deux chefs.

De son côté, Rerir avait compris d'un simple coup d'œil la situation dans laquelle se trouvait la jeune fille, et il imaginait très bien à quelle scène avilissante il avait mis fin par son arrivée inopinée. Il connaissait parfaitement les rumeurs qui circulaient sur le compte de Hunding. On lui prêtait des mœurs brutales, qu'il assouvissait de préférence avec les êtres les plus démunis et les plus innocents. L'enfant en haillons qui se tenait près de lui était une proie de choix. S'il était trop tard pour sauver les malheureux habitants du village incendié, il était encore temps d'éviter à la fillette le sort abject qui l'attendait aux mains de Hunding et de ses hommes.

Rerir tendit le bras en direction de la fille en un geste d'invite et, d'un ton radouci, il lui dit :

— Approche.

La gamine eut une infime hésitation, que Hunding fut le seul à percevoir car dans ce bref instant elle avait glissé vers lui un coup d'œil en biais. Elle se jeta malgré tout aux pieds de Rerir, en qui elle pressentait un chef plus puissant que l'homme velu comme un chien. D'une poigne robuste, le roi du Frankenland agrippa l'enfant par les épaules et la jucha devant lui sur sa selle. Elle laissa tomber sur Hunding un regard trouble entre ses paupières mi-closes. L'ogre blêmit. Cette fillette chez laquelle il avait rencontré un accueil inattendu à sa volonté d'humilier, cette garce qui tout à l'heure avait émoustillé ses sens, lui filait entre les doigts. De rage, il serra les dents si fort qu'on les entendit grincer.

Rerir ne tenait pas à demeurer plus longtemps en une compagnie aussi vile. Il ne pouvait rien faire de plus. Abandonnant le champ de décombres fumants, il fit tourner bride à son cheval tout en lançant une dernière invective à son ennemi qu'il venait de priver de son jouet :

— Je ne te salue pas, ô fils de la Chienne Noire. Tu as eu ton content de tortures et de morts aujourd'hui. Tu n'auras pas cette enfant en prime. Je l'emmène chez moi, là où l'on sait respecter la vie et l'honneur de son prochain.

Rerir et ses hommes disparurent comme ils étaient venus, enveloppés d'un grand nuage de poussière.

Hunding n'avait pas bougé. Mais en son for intérieur, il se jura de se venger de la frustration qu'il venait de supporter et de l'affront qu'il venait de subir. Oui, dès qu'il le pourrait, il se vengerait de Rerir, de son engeance et de sa famille. Il se vengerait de la race honnie des rois du Frankenland. Et pour bien marquer sa malédiction, il envoya à terre un long jet de salive puis, de son pied droit, écrasa le crachat. Ainsi ferait-il avec le roi Rerir et tous les siens.

Chapitre 9

Dans l'une des nombreuses salles qui composaient le vaste et riche palais du Frankenland, la reine Vara était comme à l'accoutumée occupée à tisser.

Elle tenait son nom de Var, la « bien-aimée », la neuvième des déesses Ases, celle qui veille sur les serments de mariage échangés par les hommes et les femmes. Bien-aimée, Vara l'était assurément. Son époux Rerir l'avait choisie entre toutes pour en faire sa reine et la future mère de ses enfants. Car si Vara était la plus douce et la plus attentionnée des épouses, elle avait également l'âme et le corps d'une mère. Ses hanches larges étaient taillées pour porter une progéniture nombreuse, sa poitrine généreuse destinée à allaiter, ses mains fines faites pour la caresse. Sa voix, quand elle égrenait des comptines et des berceuses destinées à rassurer l'oreille des nourrissons, prenait une suavité incomparable.

Vara était née pour être épouse et mère. Mais si la première était comblée, la seconde souffrait profondément de l'absence d'enfant. Vara avait tout en elle pour donner la vie, et pourtant son ventre demeurait obstinément stérile. Rerir n'était pas en cause. Jamais il n'avait failli à ses devoirs de mari, et il ne se passait pas une nuit sans qu'il dispensât à sa femme ses assauts amoureux. Les premiers temps, la reine y prenait plaisir, assurément, car Rerir était puissant et vigoureux, mais ce plaisir, tout délicieux qu'il fût, était entaché d'une frustration, d'un profond sentiment de manque.

Aux yeux de Vara, le mariage était un arbre dont l'amour était la fleur et les enfants les fruits. Elle appréciait le parfum des fleurs, leur grâce et leurs couleurs, mais elles n'étaient que la promesse des fruits à venir, les beaux fruits aux chairs gonflées de sève mûrissant lentement au soleil de la vie. Et à guetter en vain des fruits qui n'arrivaient jamais, elle en était venue à se lasser progressivement du parfum des fleurs. Sans le prolongement naturel d'un petit être vivant issu de sa propre chair, les gestes d'amour qu'elle accomplissait chaque nuit avec son époux avaient fini par l'ennuyer, puis par lui devenir pénibles. Incapable de porter la vie dans ses flancs, elle avait perdu le désir de la chair et ne se livrait plus qu'avec dégoût et lassitude aux étreintes qu'elle appelait auparavant de toutes les fibres de son être...

Elle interrompit un instant son travail et, les yeux dans le vague, poussa un profond soupir. Elle songeait à son époux. Rerir, elle devait le reconnaître, avait tout fait pour que leur union fût heureuse et féconde. Dès le jour de leurs noces, il avait choisi dans son cheptel une belle et grasse génisse blanche aux yeux veloutés, et l'avait égorgée de ses propres mains en offrande à la déesse Frigg, la première d'entre toutes les déesses Ases, la femme d'Odin. Il avait répandu le sang de l'animal sur l'autel des sacrifices en pierre de granit, avant d'y tremper l'anneau des serments qu'il portait à l'annulaire droit, marque de sa souveraineté. Par cet anneau trempé dans le sang sacrificiel, Rerir avait scellé son alliance avec les dieux d'Asgard, réclamant leur protection et leur aide.

Vara, allongée nue et frissonnante sur une couche installée devant l'autel, avait fermé les yeux en entendant le beuglement d'agonie du jeune bovin égorgé. Elle les avait rouverts en sentant un contact tiède sur son ventre palpitant : Rerir venait d'apposer sur la peau claire de son épousée l'anneau rougi du sang de l'animal sacrifié. Leurs regards s'étaient croisés, et devant l'expression éperdue de la jeune reine impressionnée, le roi avait souri pour la rassurer. Puis il avait posé doucement l'anneau sur le front de Vara, juste au-dessus des grands yeux mauves à la fois inquiets et confiants. Il avait ensuite nettoyé l'anneau avec un linge blanc et l'avait remis à son doigt. Il avait essuyé de même le sang sur le ventre et le front de la reine et lui avait tendu la main pour l'aider à se redresser. Ses suivantes étaient venues la couvrir d'un long voile de lin dans lequel elle s'était enveloppée en baissant les yeux, ne laissant apparaître que sa main droite pour saisir la coupe d'hydromel que Rerir lui avait offerte après y avoir bu lui-même.

Les époux, profondément épris l'un de l'autre, avaient scellé leur union avec passion et volupté, nuit après nuit... Mais les semaines et les mois passèrent sans que le ventre de la reine ne s'arrondît...

Le roi du Frankenland avait alors fait appel aux divinités tutélaires. Après avoir jeûné durant trois jours et psalmodié d'antiques chants de pouvoir, il s'était rendu à l'aube dans la sylve sauvage pour offrir des sacrifices d'animaux aux Nornes en charge du destin des hommes, et aux Dises, gardiennes des éléments de la nature et dispensatrices de fécondité. Mais les Nornes et les Dises, tout comme la déesse Frigg, avaient dédaigné ces sacrifices, pourtant offerts avec ferveur et foi profonde, et la reine était demeurée stérile.

Ce que les dieux refusaient de favoriser, la magie des plantes pouvait y suppléer. C'est ainsi que Vara avait ingurgité des philtres concoctés par de vieilles *sachantes*, s'était massé le ventre avec des onguents et des crèmes, avait bu des tisanes et des infusions au goût amer, suivi d'éprouvants régimes alimentaires à base de viande crue et de lait. Tout cela en vain. Depuis l'échec de ces ultimes tentatives, Rerir n'entrevoyait plus aucun espoir d'être un jour père. Quant à Vara, elle occupait ses journées à tisser en songeant aux enfants qu'elle n'aurait jamais.

La reine s'apprêtait à reprendre le travail interrompu lorsqu'elle perçut des cris et des piétinements de chevaux provenant de la cour du palais. C'était Rerir et ses hommes qui rentraient enfin. Vara sourit imperceptiblement. Elle craignait toujours qu'il n'arrivât malheur au roi lors des campagnes qu'il menait dans les contrées hostiles qui jouxtaient le Frankenland. Son retour était à chaque fois pour elle un soulagement.

Délaissant son métier à tisser, Vara se dressa et rajusta les plis de sa longue robe ainsi que l'ordonnancement de ses cheveux nattés et du ruban noué autour de son front. Elle aimait à être impeccable lorsqu'elle se présentait à son époux. Déjà, elle entendait son pas lourd résonner dans le vaste couloir qui conduisait à la chambre où elle se trouvait. Lorsque la porte s'ouvrit, elle souriait déjà.

Le roi entra. Comme chaque fois, il s'avança vers elle, la prit par les épaules et la baisa au front. Elle aimait tout particulièrement ces gestes, tendres et rassurants. Elle ressentait alors toute la puissance qui se dégageait de son époux. La puissance, mais également la tendresse. Entre ses bras, il lui semblait redevenir une toute petite fille cherchant le réconfort d'un père. Le temps soudain interrompait son cours, les soucis s'évanouissaient comme par enchantement. Vara ne désirait alors rien d'autre que de vivre indéfiniment le bonheur de cette effusion.

Ce jour-là, pourtant, Rerir mit fin prématurément à l'affectueuse étreinte qui l'unissait à sa femme. Doucement, mais fermement, il la repoussa et se détourna, sombre et soucieux. Surprise par cette subite marque de froideur, Vara ouvrit la bouche, comme pour interroger le roi. Mais aucun son ne franchit ses lèvres. Elle connaissait bien son époux. Si une chose le préoccupait, il lui en ferait part de lui-même. Cependant, le silence commençait à devenir lourd et Vara ne put s'empêcher de frissonner. Rerir dut le sentir car il leva brusquement les yeux vers elle.

— Hunding a encore ravagé des villages, expliqua Rerir avec des accents de rage qu'il ne parvenait pas à contenir. Derrière son passage, c'est le désespoir et la désolation...

Vara savait le dégoût que l'homme-chien inspirait au roi du Frankenland. Elle savait également à quel point cette brute pouvait faire preuve de violence et d'inhumanité.

— Nos villageois ont encore souffert de ce prédateur ! s'exclama Vara, émue.

Rerir acquiesça, les mâchoires serrées.

— J'ai pu sauver une gamine qu'il s'apprêtait à violenter. Il ne restait plus qu'elle. Sa vie est peu de chose, mais j'avais le devoir de l'arracher des griffes de ce monstre.

— Tu as bien fait, mon roi ! Cette enfant apportera un peu de joie et de jeunesse dans ce palais ! Mais où est-elle ? J'ai hâte de faire sa connaissance...

— La pauvrette était en haillons, les pieds nus et le visage noir de suie. J'ai demandé à ce qu'on la vête décemment avant de la faire paraître devant vous, ma reine...

— Eh bien, nous allons attendre que cette demoiselle ait pris son bain...

Trois coups frappés interrompirent la reine. Sur un ordre du roi, un garde ouvrit la porte et salua son souverain en élevant la main droite, index et auriculaire pointés en l'air tandis que les autres doigts demeuraient repliés. Ce geste rituel était destiné à invoquer la bénédiction d'Odin, le dieu suprême que l'on représentait coiffé d'un casque à cornes. Lorsque Rerir lui eut rendu son salut, comme il était d'usage, le garde fit entrer la fillette dans la salle.

On lui avait débarbouillé la figure et fait revêtir une chasuble de lin blanc qui tranchait avec sa chevelure noire. Une des femmes au service de Vara accompagnait la jeune fille.

— J'ai eu tout le mal du monde à démêler ses cheveux ! Ils étaient pleins de crasse et d'herbes folles. Quant à sa peau, il a fallu que je la frotte longtemps pour voir apparaître sa couleur ! L'eau de la source en était toute noircie...

— Tes bons soins ont porté leurs fruits, répondit aimablement Vara. Voilà de bien beaux cheveux et un teint délicat.

De ses yeux de jais, la jeune fille fixa sur la reine un regard intense dans lequel perçait une légère lueur de défi. Vara fit signe à la fillette de s'approcher et posa la paume de sa main sur sa joue. La gamine faillit détourner la tête mais, sensible à la bienveillance qui se dégageait du geste de la reine, elle accepta la caresse. Elle n'avait jamais reçu pareille marque d'affection de la part de sa propre mère, toujours occupée à mille corvées exténuantes. Elle ignorait tout des familiarités que partagent une mère et sa fille et, pour la première fois, en goûtait la saveur.

— Comment t'appelles-tu ? interrogea la reine d'une voix amène.

La jeune fille rougit en baissant la tête. Comme toutes les femmes de son village, elle n'avait jamais reçu de nom. La société très hiérarchisée qui s'était instaurée parmi les hommes de Midgard était organisée en quatre classes parfaitement étanches : l'aristocratie, se réclamant d'une descendance divine qui justifiait son statut supérieur ; les hommes libres, qui avaient le droit de porter les armes et avalisaient, chaque année, les décisions de l'aristocratie au cours de l'assemblée populaire qui se déroulait à l'occasion du solstice d'été, moment où était également élu, pour l'année à venir, le chef de clan qui superviserait l'ensemble des tribus fédérées ; les affranchis et les prisonniers, considérés comme à demi libres ; et enfin les paysans et les esclaves, formant la classe laborieuse la plus nombreuse et la plus basse. Seules les trois premières classes avaient le droit de porter et de transmettre un patronyme. Qu'était-elle d'autre sinon une simple paysanne, une humble esclave n'ayant pas plus de droits qu'un chien ?

Rerir comprit la raison du trouble qui s'abattait sur sa jeune protégée. Du regard, il interrogea son épouse et, sur une brève inclination de tête, il énonça d'une voix claire :

— Si nous prenons la responsabilité de garder cette jeune fille au palais et de l'affranchir de sa servitude, c'est à nous, je pense, de lui donner un nom !

Pour mieux se prêter au jeu, Vara se mit à décrire les caractéristiques physiques de la gamine, en quête du nom qui les résumerait toutes.

— Elle est brune comme l'aile du corbeau mais sa peau est claire comme le plumage de la colombe. Et elle a un long cou de cygne…

— Appelons-la Svanhild ! rugit Rerir.

— Svanhild, oui ! Le Cygne étincelant ! Cela lui va parfaitement ! renchérit la reine.

La jeune fille tourna la tête d'un air étonné vers la reine et le roi, incapable de déterminer s'ils se moquaient d'elle ou s'ils venaient réellement de lui faire l'offrande d'un nom.

— Svanhild, la jeune fille pareille à un cygne ! reprit Rerir, comme pour se familiariser avec ce nom qu'il venait de forger.

La petite villageoise continuait de guetter les réactions du couple royal. Le roi et la reine lui souriaient, mais il n'y avait dans leur sourire nulle ironie ni raillerie.

— Cette jeune personne est trop jolie pour servir en cuisine, reprit Vara. Elle sera ma suivante, ou plutôt, ma demoiselle de compagnie !

C'est alors que Svanhild comprit que son destin venait de prendre un tournant décisif. Plus jamais elle ne serait la petite esclave obligée de se lever à l'aube pour aller chercher de l'eau à la rivière, soumise aux ordres des adultes, contrainte de prendre soin des plus jeunes, allant pieds nus dans une simple robe coupée dans un vulgaire sac de jute. Désormais, elle vivrait dans un château dont elle n'aurait jamais pu imaginer les richesses, même dans ses rêves les plus fous. Désormais, elle ne serait plus livrée à la violence la plus aveugle ou aux appétits les plus abjects. Désormais, elle vivrait dans l'intimité de ces deux souverains qui prendraient soin d'elle et l'élèveraient. Désormais, elle méritait le respect d'autrui, et était affranchie de sa servitude. À présent, elle avait un nom.

Timidement, elle ouvrit les lèvres et prononça à voix basse ce nom qui lui emplit la bouche comme une promesse de bonheur :

— Svanhild.

DEUXIÈME CHANT

La trahison de Svanhild

Dans l'immense salle des festins du Walhalla, les ombres semblent s'allonger aux pieds des guerriers attentifs à mon chant, dans la clarté vacillante des torches enflammées. On se croirait au soleil couchant, pourtant la Halle des Occis ne connaît ni la course du soleil ni les phases de la lune, située dans un temps hors du temps. Le temps des dieux et des guerriers morts au combat.

Odin n'a pas bougé depuis le commencement de mon récit. Il garde les yeux clos, plongé en apparence dans le sommeil, à moins qu'il ne s'agisse d'une profonde méditation intérieure. M'a-t-il seulement écoutée ? Je me pose la question alors que je connais déjà la réponse. Bien sûr qu'il m'a écoutée. Il a suivi les moindres péripéties de mon histoire. Car mon histoire et la sienne ne font qu'un. Tout comme ne font qu'un l'histoire des dieux et celle des hommes, liés à jamais par une très ancienne alliance. Une histoire qui un jour finira. Le jour du Ragnarök, le crépuscule des dieux.

Interrompant le cours imperturbable de mon chant, je replonge en moi-même. Je me remémore l'époque lointaine où j'étais encore une Walkyrie, la fille préférée d'Odin. Sa complice, ou plus exactement l'instrument de sa volonté. Je me croyais libre alors d'endosser le destin qui m'était proposé. Libre de braver les arrêts de Frigg. Libre de m'emparer d'une des pommes dérobées au jardin de Freya. Libre d'intervenir dans la vie des hommes.

Je sais aujourd'hui que cette liberté n'était qu'un leurre. Les dieux ne sont pas libres. Ils sont les esclaves de leur propre volonté, enchaînés par les conséquences inéluctables de leurs actes.

En choisissant d'obéir au désir profond d'Odin, je n'étais libre que d'endosser sa propre servitude.

Les dieux ne sont pas libres, non. Seuls les hommes le sont. Mais ils ne le savent pas.

J'étais une Walkyrie, presque une déesse. Mon manteau de cygne passé sur ma broigne de cuir m'emportait au-dessus des nuées. En compagnie de mes sœurs, je survolais les champs de bataille comme un fier oiseau de proie. Je touchais parfois terre, mais pour mieux m'envoler vers le ciel. Je ne connaissais des hommes que leur agonie, buvais leur dernier souffle sur leurs lèvres glacées. J'étais une glaneuse de morts, une faucheuse de destins dont la fonction était de choisir les braves qui méritaient d'entrer dans la Halle des Occis. Et voilà que, pour complaire aux désirs secrets de mon père, le dieu suprême d'Asgard, si démuni lorsqu'il s'agissait d'imposer sa volonté propre, j'allais perdre mes ailes de cygne et mon statut d'immortelle. Pour que vive et croisse la lignée humaine d'Odin, j'allais abandonner la sécurité du monde des cieux pour épouser la confusion de celui des hommes. J'allais troquer la fréquentation des dieux parfaits et des héros sans tache contre une hasardeuse promiscuité avec les simples mortels, si chétifs et si faibles. J'allais tomber du ciel, déchoir de la grandeur où se tiennent les divinités. Je devrais désormais me passer de l'air pur des cimes pour respirer l'atmosphère rare et frelatée de la Terre. Je devrais éteindre l'aura lumineuse qui enveloppait mon corps de fille des cieux pour me mêler aux foules ternes des humains. Je devrais m'interdire de faire appel à mes pouvoirs magiques pour m'abandonner aux aléas et aux contraintes d'une vie sans gloire. La fière Walkyrie, la vierge hautaine et intouchable, allait se métamorphoser en simple femme, en humble messagère. Je ne soupçonnais rien, alors, de l'intense douleur qui accompagnerait ma chute. Je ne savais rien du cri des oiseaux à qui on arrache les ailes. Je ne soupçonnais pas l'intensité du sacrifice consistant pour un dieu à se faire homme, pour une déesse à se faire femme.

Cette chute, je l'ai souhaitée pourtant. Acceptée. Désirée.

Et aujourd'hui encore, je ne la regrette pas.

Je lève les yeux. Les Wals sont toujours là, silencieux, attentifs. Odin n'a pas bougé, les yeux toujours clos.

Je reprends ma harpe, et continue mon chant.

Chapitre 10

Brunehilde avait revêtu sa parure de cygne et sanglé ses reins de la ceinture de pouvoir qui lui donnait la maîtrise des éléments. Dans une besace de cuir, elle avait serré des vêtements et quelques accessoires utiles au plan qu'elle avait échafaudé à la hâte pour pouvoir se faire accepter parmi les habitants du Midgard, et surtout à la cour du roi Rerir... Sans prévenir quiconque de son départ, sans même saluer Odin et lui signifier qu'elle acceptait d'endosser la mission délicate et secrète qu'il lui avait confiée, elle s'était glissée hors de l'enceinte d'Asgard avant l'aube, échappant même à la vigilance de Heimdall, le portier au cor retentissant qui veillait à ce que nul ne pénètre dans le séjour des dieux ou ne le quitte sans autorisation. Elle avait emprunté Bifrost, le Pont de l'Arc en ciel reliant le ciel à la Terre, Asgard à Midgard, puis enfourché les nuages qui lui servaient de monture lors de ses déplacements vers le monde des hommes. Sans un regard en arrière, elle avait pris son envol vers son imprévisible destinée.

D'ordinaire, les Walkyries volaient de conserve vers les champs de bataille réclamant leurs offices. Elles s'y rendaient avec courage et vaillance, clamant à tue-tête leur chant de guerre, fondant comme des oiseaux de proie vers les terres ensanglantées où mugissait la mort. Cette fois-ci, les choses étaient fort différentes. Brunehilde était seule et voyageait en secret. Voltigeant dans le vent, à cheval sur les nuages, elle devait descendre sur terre avec la même légèreté et le même silence que la plus infime plume de son manteau d'oiseau. Et, pour la première fois de sa vie, elle n'allait pas sur terre pour y glaner sa moisson de défunts, mais pour y semer les germes de la vie.

Dans son escarcelle de cuir plaquée contre sa broigne, elle sentait le contact de la pomme d'éternelle jeunesse que le corbeau d'Odin avait déposée à ses pieds. Ronde comme la terre, rouge comme le sang, lourde comme le monde, elle était la seule arme que Brunehilde s'était autorisée à prendre pour mener à bien son action. Non pas une arme destinée à tuer, mais à aider une femme à donner la vie.

En regardant vers le bas, elle commençait à distinguer les reliefs de la contrée où elle se laissait descendre au gré des zéphyrs. Les vastes territoires formant le monde de Midgard, la Terre du Milieu où vivaient les hommes, étaient séparés en deux par le cours tumultueux du Rhin, le fleuve roi qui s'étendait des rivages septentrionaux vers les terres australes. C'était sur les bords du Rhin, sur la rive droite, que se dressait le royaume du Frankenland dont lui avait parlé Odin.

Plus elle approchait de son but et plus la Walkyrie sentait un profond sentiment de solitude l'envahir. Elle savait que lorsqu'elle aurait posé le pied sur le sol de la contrée où vivaient le roi Rerir et son peuple, elle ne pourrait plus faire appel à ses pouvoirs surnaturels. En aucun cas elle ne devait apparaître comme une envoyée de l'autre monde, au risque d'éveiller l'attention de Frigg et de compromettre à jamais l'issue de sa mission. Avant de se présenter à la cour du Frankenland, elle devrait se défaire de ses attributs divins, ôter son manteau de plumes et sa ceinture de pouvoir, et se faire passer pour une simple mortelle. Elle ne serait plus une Walkyrie, mais une femme. De ce changement d'état dépendait la réussite de ses bons offices. La pomme enchantée serait le seul gage trahissant son origine divine.

Brunehilde s'était préparée à ce changement d'état et l'avait par avance accepté. Mais au moment de basculer du statut d'immortelle à celui d'être humain, elle ressentait en elle une détresse inédite, une cruelle sensation de privation. C'était comme si on lui arrachait une part d'elle-même, la part éternelle et indestructible, pour la livrer aux aléas et aux incertitudes d'une existence éphémère. Au fur et à mesure qu'elle descendait vers le sol, elle sentait que son vol se transformait en chute.

Soudain, tout s'accéléra. Brunehilde fut comme aspirée par la Terre vers laquelle elle tombait. Un bosquet d'arbres près d'une source accueillit telle une paume ouverte son corps tombé du ciel.

Allongée sur le dos dans l'herbe fraîche, un peu abasourdie, les yeux fixés sur le zénith qu'elle avait quitté, la Walkyrie emplit ses poumons d'une longue goulée d'air. Elle suffoquait un peu. À cause de la chute qui l'avait précipitée des cieux, mais aussi parce que l'atmosphère terrestre était infiniment moins pure que celle dans laquelle baignait le paradis d'Asgard. Lorsqu'elle eut un peu retrouvé ses esprits, Brunehilde se redressa. Comme l'air était pesant, dans ce monde-ci ! Elle dut faire un effort pour se relever et se tenir droite. À deux pas d'elle, son cheval de nuages s'était métamorphosé en un cheval véritable, tout harnaché et sellé. Seule sa robe immaculée laissait présager son origine céleste.

Brunehilde se libéra de son plumage de cygne et de sa ceinture de pouvoir, ultimes vestiges de son existence de Walkyrie. Elle les rangea dans sa besace, d'où elle avait sorti ses nouveaux vêtements, et donna en soupirant une dernière caresse au duvet impalpable. Puis, comme pour bien marquer son passage à un nouvel état, elle ôta sa broigne de cuir, se dévêtit entièrement et plongea son corps nu dans l'eau fraîche de la source près de laquelle elle s'était posée.

Le contact revivifiant de l'onde lui fit du bien. Son corps se mouvait dans l'élément liquide avec la même légèreté que dans l'atmosphère pure d'Asgard, et elle se sentit naître à une nouvelle vie. Une vie où les femmes ne volaient pas dans les cieux, ne chevauchaient pas les nuages, ne venaient pas recueillir le dernier souffle des mourants sur les champs de bataille. Une vie où les dieux étaient des présences invisibles et lointaines que l'on pouvait croire imaginaires. Une vie où l'on pouvait aimer et être aimé ; une vie où il fallait se battre. Une vie dangereuse et passionnante aux yeux d'une immortelle tombée des cieux : une vie d'être humain.

Soudain, alors qu'elle s'ébattait dans la source, Brunehilde éprouva la sensation fugitive d'être observée. Là-bas, dans l'ombre des taillis, des yeux étaient fixés sur elle.

Chapitre 11

Comme chaque matin, Svanhild était venue s'asseoir au bord de la source où, le premier jour de sa nouvelle existence, elle avait pris un bain qui l'avait définitivement lavée des souillures du passé. Dans le pays, on appelait ce lieu la « source aux Dises », car l'on disait que les bonnes dames de l'autre monde, protectrices du bétail et des nouveau-nés, venaient parfois s'y ébattre. Dans la jolie chemise de lin blanc que lui avait donnée la reine, Svanhild se sentait devenue une autre, et ne se souvenait qu'avec mépris du temps où elle n'était qu'une humble villageoise, à peine plus évoluée qu'une bête. Cela ne faisait que quelques semaines qu'elle avait été accueillie à la cour du roi et de la reine du Frankenland, et pourtant il lui semblait qu'elle avait toujours vécu ainsi et qu'elle ne faisait là qu'accomplir sa destinée.

Comme il en avait été décidé, Svanhild assumait la fonction de suivante de la reine. Elle lui tenait compagnie, l'aidait à dévider son écheveau, l'écoutait chantonner de douces mélopées. Elle n'était qu'une servante, il est vrai, mais bénéficiait d'un statut privilégié qui lui faisait pressentir un destin plus élevé. Égayée par la présence de l'adolescente, la reine en mal d'enfant reportait sur elle ses instincts maternels contrariés et, jour après jour, agissait vis-à-vis d'elle comme si elle avait été sa propre fille. C'est du moins ce qu'imaginait Svanhild, qui s'était juré qu'elle ne retournerait jamais à la misère qui l'avait vue naître.

Tout en observant le reflet des nuages dans l'onde, Svanhild brossait ainsi des tableaux idylliques dans lesquels elle avait le beau rôle. Elle se voyait déjà princesse, promise un jour à quelque glorieux mariage avec un hobereau bien nanti. Elle s'imaginait coiffée d'une couronne, régnant sur un peuple qui acclamerait chacune de ses apparitions. Plus personne ne se souviendrait de la pauvre enfant en haillons qui avait miraculeusement survécu au saccage de son village.

Elle en était là de ses évocations magnifiques lorsque son attention fut attirée par un phénomène étrange. L'un des nuages qui se reflétaient dans l'eau claire de la source semblait grossir à vue d'œil. Svanhild leva le nez et vit tout là-haut un cygne juché sur un nuage qui tombait à grande vitesse vers le sol. Prenant peur, elle alla se blottir dans les taillis proches pour suivre le trajet de l'oiseau chevaucheur de nuées qui acheva sa course folle près de la source où elle se trouvait.

Quelle ne fut pas sa surprise de voir le nuage se métamorphoser en cheval et le cygne se changer en femme ! S'agissait-il de l'une de ces Dises qui avaient donné leur nom à la source ? Dans son village, Svanhild avait souvent entendu les anciens évoquer l'existence de ces créatures merveilleuses qui venaient parfois sur terre pour intervenir dans le destin des humains. Issues de l'autre monde, dotées de pouvoirs magiques, elles changeaient à volonté d'apparence physique, devenant tour à tour femmes, oiseaux ou biches. Svanhild pensait qu'il s'agissait là de superstitions de vieillards, mais la scène dont elle venait d'être témoin lui prouvait que ces correspondances entre les plans divins et humains existaient bel et bien.

La femme-oiseau se dévêtit de son manteau de plumes et ôta sa cuirasse pour se baigner dans la source pure, là où Svanhild s'était elle-même baignée quelques semaines plus tôt. L'adolescente ne pouvait rassasier son regard de la contemplation de cet être surgi de l'autre monde. Elle en admirait la haute taille et la beauté extrême, la grâce et la force, dans sa nudité candide. La Dise semblait à peine plus âgée que Svanhild, mais son corps était déjà doté de galbes prometteurs, ce qui éveilla chez l'adolescente fluette un soupçon de jalousie. Soudain, comme alertée d'un danger proche, la femme tombée du ciel sortit précipitamment de l'eau et courut vers ses vêtements pour s'en couvrir à la hâte.

Svanhild songea que la gracieuse apparition allait s'enfuir

comme elle était venue. Elle ne pouvait la laisser s'envoler ainsi. D'un bond, elle sortit de sa cachette et se jeta aux pieds de la jeune femme.

— Oh, ne partez pas ! Je vous ai vue descendre du ciel, mais je respecterai votre secret !

Interloquée, Brunehilde observa l'adolescente qui la suppliait ainsi. Elle qui tenait tant à conserver son anonymat, voilà qu'elle venait déjà d'être découverte ! Le succès de sa mission risquait d'en être compromis... D'un ton qui se voulait calme et rassurant, elle interrogea la gamine :

— Qui es-tu ?

Svanhild redressa la tête et, regardant droit dans les yeux la jeune Dise sortie du bain, articula fièrement :

— Je suis la fille du roi Rerir et de la reine Vara ! Je suis la princesse Svanhild !

Bien entendu, elle savait qu'elle mentait. Mais face à cette apparition surgie du monde céleste, elle ressentait le besoin de se hausser un peu, de s'attribuer la gloire de ceux qui l'avaient si complaisamment accueillie chez eux.

Brunehilde fronça les sourcils. Les souverains du Frankenland avaient donc une fille ? Pourtant, Odin lui avait clairement expliqué que, sur décision de Frigg, le ventre de la reine devait rester stérile. Quel était donc ce mystère ? Tout en s'interrogeant ainsi, la Walkyrie fixait la gamine avec tant d'intensité que cette dernière rougit brusquement et baissa le regard.

— Je t'ai menti... Je suis simplement la suivante de la reine. Mais elle me considère comme sa fille, et elle se conduit avec moi comme une mère.

Brunehilde sourit. Elle comprit immédiatement que, bien que d'un âge encore précoce, la fillette était capable de ruse et de rouerie. Si elle ne s'en faisait pas très vite une alliée, elle risquait d'être un obstacle à ses entreprises. La Walkyrie revêtit calmement la robe de lin blanc qu'elle avait emportée, puis, se penchant vers Svanhild, murmura :

— Svanhild, je vais te confier un secret qui doit demeurer entre toi et moi. Jure-moi de ne pas le répéter !

L'adolescente, ravie d'être digne de la confiance d'une divinité issue de l'autre monde, chuchota avec ferveur :

— Je le jure !

— Eh bien, écoute, Svanhild. Comme tu l'as deviné, je viens

du ciel, mais personne ne doit le savoir, pas même le roi et la reine. Je suis venue sur terre pour une raison que je t'expliquerai un jour, lorsque nous nous connaîtrons mieux. Car nous serons amies, n'est-ce pas ? Mais en attendant, j'ai besoin de ton aide...

Svanhild sentit un sentiment d'orgueil envahir tout son être. Une Dise avait besoin de son aide, à elle, et souhaitait devenir son amie !

Brunehilde poursuivit :

— Pour accomplir ma mission, il faut que je sois reçue à la cour. Comme tu es proche du roi et de la reine, j'ai besoin que tu me présentes à eux. Tu diras que je suis une scalde, une musicienne errante qui va de château en château pour chanter les histoires et les légendes des temps anciens. Grâce à toi, ils me prendront à leur service. Tu veux bien faire cela pour moi, Svanhild ?

D'un hochement de tête, Svanhild acquiesça. Décidément, un grand destin lui était promis. Elle qui était née dans le dénuement le plus extrême, voici qu'en peu de temps elle vivait à la cour des rois les plus puissants de la terre et qu'elle avait pour amie une créature surnaturelle venue du ciel.

Rassurée sur le comportement qu'allait adopter la jeune fille, Brunehilde la conduisit jusqu'à son cheval blanc, et l'aida à grimper en selle avant de s'y jucher à son tour. L'animal à la robe immaculée emporta les deux jeunes filles de son pas gracieux.

Chapitre 12

Le palais du royaume du Frankenland dressait fièrement ses hautes murailles surplombant la vallée orientale du Rhin. Les pierres qui avaient servi à leur construction, taillées puis ajustées par des armées de maçons, s'allumaient d'éclats d'or dans la clarté solaire. Les larges ouvertures, protégées de vitraux de couleur sertis de plomb, semblaient des gemmes pures noyées dans ces murs d'or. Exposées à l'ouest, ces façades rutilaient de mille feux au soleil couchant, au point qu'il était impossible d'en contempler l'incandescence sans en être aveuglé. Mais à cette heure matinale, la forteresse s'élevait à contre-jour dans le ciel pommelé de nuages bas, et semblait presque brune.

Dès l'aube, les portes de la ville avaient été ouvertes, laissant circuler librement tout un peuple de paysans, de commerçants et d'artisans, mais aussi de musiciens et de jongleurs, qui venaient apporter au château leur provende de viandes et de fruits, d'étoffes, de bijoux, d'armes et de chansons.

La richesse du royaume du Frankenland était proverbiale, et l'on y venait depuis les confins de l'horizon dans l'espoir d'y opérer quelque troc avantageux en échange d'un sac de blé, d'un tissu rare ou d'une poésie bien tournée. Le roi et la reine du Frankenland encourageaient ces vocations, comblant de largesses tous ceux qui venaient les faire bénéficier des fruits de leur travail ou de leur art. Cette hospitalité et ce raffinement tranchaient avec la grossièreté et la barbarie qui prévalaient encore dans les communautés voisines et dans les clans adverses.

Ces derniers se complaisaient dans une animalité dont ils n'avaient ni le goût ni le courage de se défaire, tandis que le Frankenland préfigurait sur terre les splendeurs glorieuses du séjour divin d'Asgard.

Comme chaque matin, le roi Rerir et la reine Vara recevaient dans la salle du trône, dont le sol était jonché de brassées de feuilles fraîchement coupées, formant un tapis moelleux atténuant le bruit des pas. Les souverains accueillaient les visiteurs de passage avec la même chaleur et le même intérêt, quel que soit leur rang, ayant soin d'attirer sur eux la bénédiction céleste en faisant le salut d'Odin, main droite levée avec l'index et l'auriculaire dressés. Ils avaient pour chacun un mot aimable, s'assuraient que tous fussent traités avec égard, récompensés pour leurs talents et pourvus du gîte et du couvert.

Ils étaient pour l'heure occupés à palper les étoffes qu'un marchand certifiait avoir été tissées par les alfes les plus agiles d'Alfheim, lorsqu'une rumeur de surprise mêlée d'admiration arriva jusqu'à eux. D'un claquement de mains, Rerir fit taire le brouhaha et demanda à Horst, son vassal préféré, le premier chef de clan à s'être rallié au roi du Frankenland et qui lui vouait une fidélité sans faille, d'aller se renseigner sur les raisons de cette interruption. Horst fut prompt à revenir et, se penchant vers l'oreille du souverain, murmura :

— Mon seigneur, une femme étrange vient d'arriver au palais, accompagnée de la jeune suivante attachée à la personne de la reine.

— Étrange, dis-tu ? En quoi est-elle étrange ?

— Elle est... comment dire... très belle. D'une beauté qui n'est pas d'ici et étonne vos sujets. Elle semble fort jeune, pourtant Svanhild affirme qu'il s'agit d'une scalde allant de royaume en royaume pour y chanter des chansons et narrer les anciennes légendes. Elle l'a rencontrée sur le chemin conduisant à la source et l'a amenée jusqu'ici pour, dit-elle, réjouir le cœur et les oreilles de la Cour...

Rerir demeura un moment silencieux. Nombreux étaient les scaldes qui étaient venus enchanter le palais en vantant les hauts faits des dieux et des héros dont parlent les antiques sagas. Mais il s'agissait la plupart du temps de nobles vieillards au front chenu, car un bon scalde se devait de connaître par cœur des milliers de vers et savoir jouer autant de mélodies, et se soumettait dans ce but à un long apprentissage qui durait la majeure partie de sa vie. Rares étaient les femmes scaldes, et celles qui pouvaient s'honorer de ce statut étaient chargées d'ans. Dans ces conditions, une jeune femme scalde, prodigieusement belle de surcroît, avait assurément de quoi surprendre.

— Il serait malséant de faire attendre une telle femme, finit par répondre le roi. Mon fidèle Horst, renvoie le marchand d'étoffes avec une bourse remplie d'or et fais entrer cette visiteuse singulière...

Tandis qu'Horst s'exécutait, Rerir se pencha vers Vara pour lui résumer la situation, mais il laissa sa phrase en suspens lorsque la porte s'ouvrit sur la nouvelle venue. Belle, elle l'était assurément. Elle était très grande, au moins aussi grande que les guerriers formant la garde rapprochée de Rerir. Elle dissimulait sa silhouette juvénile sous une longue tunique de lin blanc sur laquelle battait une cape de laine aux pans retenus par une paire de fibules en bronze représentant des cygnes. Mais la blancheur du lin semblait terne à côté de l'éclat qui émanait de ses bras nus et de son visage à l'ovale délicatement allongé. Sa peau, en effet, était si claire qu'elle semblait translucide, pareille à un reflet de lune sur un lac étale, ou bien à l'eau de la plus fine perle.

Son maintien était celui d'une reine. Elle avait un profil volontaire, presque boudeur, et son front élevé, un peu hautain, était surmonté d'un casque de nattes cuivrées qui semblaient la couronner d'un halo de lumière crépusculaire. Ses yeux immenses et très bleus avaient des reflets changeants. Tandis qu'elle parcourait l'assistance du regard, ses prunelles étaient tantôt aussi claires que l'azur par un matin d'été, tantôt sombres comme l'insondable océan, tantôt étincelantes comme des pierres précieuses arrachées à la terre par les meilleurs artisans nains. À la voir ainsi, auréolée d'une grâce souveraine, on eût dit, non une poétesse errante ou une diseuse de contes, mais quelque divinité descendue sur terre pour y recevoir les honneurs des mortels. Seule une harpe, au cadre triangulaire fait d'un bois poli à l'essence rare, qu'elle portait sur le flanc droit au moyen d'une bandoulière de cuir, attestait de sa fonction de scalde. Ce qu'ignoraient les membres de la cour du Frankenland, c'est que sous cette identité humaine se cachait Brunehilde, une authentique Walkyrie, la fille préférée d'Odin.

À ses côtés, campée fièrement sur ses pieds, Svanhild prenait des poses avantageuses, comme si elle cherchait à attirer sur sa propre personne les marques d'intérêt dont bénéficiait sa compagne. D'une voix enjouée où perçait une nuance d'insolence, elle s'écria :

— Voyez qui est ici grâce à moi ! Elle aurait continué son chemin sans s'arrêter, si je ne l'avais pas guidée jusqu'à vous. C'est la meilleure scalde du monde, venue tout droit des lointains royaumes situés dans les îles lointaines du nord de Midgard ! Elle connaît tous les chants, tous les poèmes, toutes les histoires...

Souriant imperceptiblement à ce dithyrambe un peu trop appuyé, la scalde baissa modestement les yeux et, après avoir rituellement levé sa main où pointaient l'index et l'auriculaire, s'abîma dans une profonde révérence devant le couple royal. Rerir, après lui avoir rendu son salut, tenta de reprendre sa contenance perturbée un instant par l'apparition de l'étonnante jeune femme. Après avoir lancé un regard vers Vara pour s'assurer de son approbation, il entreprit de l'interroger :

— Bienvenue au Frankenland, étrangère. Si ce qu'affirme Svanhild est vrai, peux-tu nous livrer ton nom, ainsi que celui de l'heureux pays qui t'a vue naître ?

La jeune femme releva ses yeux célestes pour répondre :

— On me nomme Saga, « l'Histoire qui raconte », car je connais tous les récits des temps passés, présents et à venir. Et le pays d'où je viens a pour nom Thulé. Comme l'a dit Svanhild, et elle n'affabulait pas, ce lieu se trouve à l'extrême nord du monde, au-delà des confins de Midgard. Il s'agit d'une île perpétuellement noyée dans les neiges et les brumes, si difficile d'accès que voyageurs et marins la disent imaginaire. Mais elle est bien réelle, puisque me voici devant vous.

Rerir se tourna à nouveau vers Vara, comme pour solliciter son aide. Car le regard profond et magnétique de la prétendue Saga le désarçonnait et l'empêchait de formuler d'autres questions. Vara sourit alors à la jeune scalde et lui demanda :

— Est-il vrai que tu connais toutes les histoires et les chants qui les accompagnent ? Tu parais bien jeune pourtant... Peux-tu nous faire l'hommage d'une de ces légendes des anciens temps mettant en scène les dieux tout-puissants ?

— Je suis à votre entière disposition, repartit Saga avec un sourire qui adoucit son aspect altier. Que vous plairait-il d'entendre ? Les prophéties de la Voyante au commencement des mondes ? La façon dont Odin acquit la sagesse des runes ? Les voyages de Loki chez les alfes noirs vivant dans les profondeurs de Svartalaheim ? Ou la façon dont le nain Andvari proféra la malédiction de l'anneau du Nibelung ?

— Je vois que ton répertoire est sans faille, reconnut Rerir. J'aurai plaisir à entendre ces anciennes légendes de ta bouche. Mais aujourd'hui, dis-nous plutôt, toi qui fais métier de poétesse, comment naquit la poésie...

— À ton gré, mon seigneur. C'est une belle et tragique histoire, je t'en préviens. Que ceux qui ont le cœur dur et les oreilles fermées quittent cette salle à l'instant, car ils ne sauraient tirer profit de ce que je vais à l'instant narrer. Je ne conte que pour les cœurs purs et les oreilles éprises de vérité...

D'un geste, Rerir fit quérir un siège où Saga prit place, après avoir décroché de sa taille la harpe qu'elle entreprit d'accorder, tandis que Svanhild s'asseyait à ses pieds, sur le tapis de feuilles, comme un jeune chien fidèle. Tous, dans la salle, retinrent leur souffle, car le dit d'un scalde était toujours une affaire sérieuse, confinant au sacré. Interrompre le chant d'un poète était considéré comme une transgression aussi grave que de faire offense aux dieux. Aussi, lorsqu'elle eut d'une main gracile fait résonner ensemble les cordes de l'instrument pour en éprouver la justesse, c'est dans un profond et attentif silence que Saga éleva la voix :

— Écoutez donc, mes seigneurs, comment naquit la poésie, que l'on nomme aussi *Sang de Kvasir*, *Ivresse des nains*, *Hydromel de Suttung*, *Boisson des Ases* ou *Don d'Odin*. Que ma langue soit juste, et dévide la trame de mon histoire comme un fil d'or. Que mon conte soit beau, qu'il flatte les sens, aiguise l'esprit et réconforte le cœur.

Après cette entrée en matière, Saga se mit à chanter, en accompagnant son récit des sons cristallins de sa harpe :

Écoutez !

Jadis, autant que s'en souviennent les temps passés, vivaient dans les célestes royaumes deux races divines, les puissants Ases et les doux Vanes. Longtemps opposés, se disputant la suprématie des mondes, les dieux rivaux conclurent une alliance afin de vivre enfin en paix. Pour sceller cette alliance à jamais, Ases et Vanes crachèrent dans une même cuve et y mêlèrent leurs salives. De ces salives confondues dans le creuset de la cuve, germa une fermentation, un bouillonnement liquide qui se transforma bientôt en une boisson délicieusement enivrante, et de cette boisson nouvelle surgit un être qui fut nommé Kvasir.

La scalde plaqua un accord sur sa harpe avant de continuer :

Écoutez !
Kvasir était si sage et savant qu'il avait réponse à n'importe quelle question qu'on lui posait, fût-elle la plus difficile ou la plus énigmatique. Il possédait en lui l'esprit des Ases et des Vanes réunis, ce qui lui conférait en permanence le pouvoir de la création et celui de l'inspiration. Sage et savant était Kvasir. Douce sa voix, suaves ses lèvres. Quiconque l'écoutait sentait couler en ses veines le baume de la bonté et de la générosité.

La scalde marqua une pause et de ses yeux clairs balaya son auditoire afin de juger de l'effet de son chant. Elle ne vit que des visages ouverts, aux lèvres esquissant cet infime sourire par quoi se manifeste souvent la quiétude authentique. La reine avait fermé les yeux, comme pour mieux goûter le plaisir du récit. Le roi, en revanche, dévisageait la scalde avec une gravité qui tranchait avec la douceur de son regard, comme s'il s'efforçait de paraître maître de lui-même. Horst, en revanche, ne cherchait pas à dissimuler l'admiration qu'il portait à la jeune poétesse. Le fidèle vassal la contemplait avec des yeux fiévreux trahissait l'émoi qui le gagnait.

Brunehilde se dit qu'il lui serait décidément bien difficile de passer inaperçue lors de son séjour dans les terres de Midgard. Elle n'était pas une femme ordinaire, fût-elle la plus belle au monde, mais une Walkyrie descendue des cieux qui, par la clarté de son visage, la transparence de son regard, la caresse de sa voix et de son chant, ne pouvait qu'allumer au cœur des hommes l'espoir d'un autre monde, d'une perfection inconnue ici-bas. La perfection d'Asgard.

Après avoir plaqué un nouvel accord, elle reprit :

Écoutez !
Pour faire profiter tous les êtres vivants de sa science, Kvasir partit alors dans les Neuf Mondes. Hélas, deux nains cruels et avides, nommés Fialar et Galar, invitèrent Kvasir dans leur

demeure. Là, ils l'égorgèrent et recueillirent son sang dans deux cuves et un chaudron.

Crime infâme ! Douleur infinie !

Kvasir le bon, Kvasir le doux, Kvasir n'est plus !

Écoutez !

Voici que les nains ajoutèrent au sang du miel, afin d'obtenir un hydromel merveilleux. Cet hydromel avait le pouvoir de rendre sage et savant quiconque en buvait, fût-il le plus fol et le plus insensé.

Voici pourquoi on nomme cet hydromel le Sang de Kvasir *et* l'Ivresse des nains.

Saga marqua une nouvelle pause, improvisant une triste mélopée sur sa harpe. Rivée à ses lèvres, l'assemblée attendait qu'elle reprenne le fil de son chant. Rerir écoutait, le front plissé, tandis que Vara essuyait une larme. Les yeux de Horst étaient étrangement brillants. La scalde releva la tête et reprit son chant avec plus d'intensité encore, portée par l'émotion qu'elle suscitait dans l'auditoire :

Écoutez !

Kvasir le doux, Kvasir le bon, Kvasir n'est plus.

La sombre nouvelle circule de bouche en bouche, elle fait le tour des Neuf Mondes, de Muspellheim à Niflheim, d'Alfheim à Jötunheim.

Kvasir le doux, Kvasir le bon, Kvasir n'est plus.

Chacun s'attriste et pleure, les géants et les alfes, les ondines et les Dises, et aussi les hommes de Midgard.

Kvasir le doux, Kvasir le bon, Kvasir n'est plus.

Depuis les imprenables tours d'Asgard, les Ases prêtent l'oreille. Ils entendent la douloureuse rumeur monter vers eux.

Kvasir le doux, Kvasir le bon, Kvasir n'est plus.

Les Ases interrogent les nains, leur demandent de quoi est mort Kvasir.

Les nains répondent qu'il s'est étouffé avec sa propre intelligence qui débordait de lui comme une source intarissable.

Las ! Trois fois hélas ! Kvasir n'est plus.

Saga s'interrompt une nouvelle fois. Dans la salle, la tension créée par son récit est à son extrême. Chacun retient sa respiration, à l'écoute du drame intemporel qui, par l'art de la scalde, semble se dérouler à l'instant même.

Écoutez !

*À quelque temps de là, Fialar et Galar tombèrent aux mains du géant Suttung. Ce dernier voulait se venger d'eux parce qu'ils avaient causé la mort de son père. Apeuré, craignant de perdre prématurément la vie, les nains proposèrent à Suttung, en guise de compensation, l'hydromel enchanté. Suttung accepta et fut désormais le dépositaire du sang de Kvasir. C'est la raison pour laquelle on appelle également cette boisson l'*Hydromel de Suttung. *Le géant en confia la garde à sa fille Gunnlod.*

Mais écoutez !

Il advint qu'Odin, sous un de ses nombreux déguisements, apporta son aide au géant Baugi, le frère de Suttung, en échange d'une gorgée de l'hydromel de ce dernier. Suttung refusa. Alors Odin se rendit jusque dans la maison de Gunnlod et partagea sa couche durant trois nuits.

Trois nuits durant, le dieu offrit à la géante sa fougue et son ardeur.

Trois nuits durant, la géante gémit et mugit comme génisse en travail.

Au bout de trois nuits révolues, la belle géante reconnaissante offrit à Odin de boire trois gorgées d'hydromel.

À la première gorgée, Odin vida la première cuve.

À la deuxième gorgée, il vida la deuxième cuve.

À la troisième gorgée, il vida le chaudron.

En trois gorgées, il avait absorbé tout l'hydromel.

Alors ils se métamorphosa en aigle et s'envola à tire-d'aile.

Il vola jusqu'à Asgard, et là il régurgita tout l'hydromel dans des cuves.

Les dieux d'Asgard en burent et s'enivrèrent, c'est pourquoi on appelle encore ce breuvage la Boisson des Ases.

Écoutez !

On dit que, parfois, Odin permet aux hommes de s'abreuver à leur tour de cet hydromel enchanté. Ils deviennent alors de grands poètes et des musiciens habiles, inspirés par l'esprit des Ases et des Vanes. C'est ainsi que cet hydromel est encore appelé le Don d'Odin. *C'est par lui que la poésie est née et a été transmise aux hommes.*

On dit encore que ceux qui boivent de cette boisson et s'en enivrent deviennent des scaldes.

J'en ai bu moi aussi, c'est pourquoi j'ai pu ce soir vous en faire le récit.

Sur un dernier accord de harpe, Saga termina son histoire. Un profond silence suivit, attestant l'intense attention dont elle avait bénéficié de la part des membres de la Cour. Même Svanhild, si exubérante d'ordinaire, se taisait. Rerir fut le premier à revenir sur terre.

— Saga, tu viens de démontrer que ton nom n'est pas immérité, et que tu as bu plus qu'une rasade de ce *Sang de Kvasir* dont tu nous as fait récit. Nulle part tu ne trouveras meilleur asile qu'au royaume du Frankenland pour exercer ton art. Veux-tu demeurer parmi nous ? La reine Vara et moi-même en serions profondément honorés…

Pour toute réponse, Saga s'inclina profondément devant les souverains. Ce geste de respect lui permit de dissimuler, le temps de reprendre contenance, son visage bouleversé par l'émotion qu'elle ressentait à être ainsi adoptée, si simplement, au sein du monde des hommes…

Chapitre 13

Depuis qu'elle avait été admise à la cour du Frankenland sous le nom de Saga, Brunehilde s'évertuait à se couler du mieux possible dans son rôle d'emprunt. Elle avait vite compris qu'elle devait, pour se fondre parmi les humains et se faire accepter sans défiance, tenter d'atténuer son éclat surnaturel : adoucir d'une légère buée son regard limpide et net, assouplir un peu son maintien de déesse guerrière, attendrir sa voix d'une nuance d'humilité en dehors des moments où elle scandait ses sagas… Elle devait dissimuler son aura de Walkyrie comme elle avait remisé sa broigne de cuir semée de plaques de fer, sa ceinture de pouvoir et son manteau de cygne. Elle avait pris cela comme un jeu et avait rapidement progressé, aidée par les éléments terrestres, si pesants à cette fille de l'éther, qui la faisaient insensiblement se plier et s'assouplir. Ainsi « protégée » par les attitudes humaines qu'elle avait adoptées, elle put laisser libre cours à sa curiosité de découvrir enfin de plus près ce monde qui l'attirait depuis si longtemps.

Si glorieux et fastueux fût-il, le château du Frankenland ne pouvait rivaliser avec la perfection d'Asgard, et les hommes et les femmes qui y vivaient, bien qu'infiniment plus civilisés que la plupart des mortels peuplant la terre de Midgard, n'avaient ni l'éclat ni la délicatesse des dieux et des déesses Ases. Mais ces faiblesses et ces carences recelaient en elles quelque chose de touchant qui leur conférait une forme de noblesse. Le royaume du Frankenland n'était pas parfait, mais tout en lui tendait vers une perfection toujours espérée, jamais atteinte, et cette quête même d'absolu conférait à ce morceau de terre un peu de l'aura du ciel. Brunehilde comprenait l'affection qu'Odin portait à ce monde d'en bas où se reflétait un peu de la splendeur des cieux.

Et puis, Brunehilde portait une réelle admiration au couple royal qui l'avait admise dans son intimité. Elle avait tout de suite reconnu en Rerir un digne descendant d'Odin. Il se dégageait de sa personne une puissance et une détermination rappelant celles qui caractérisaient le dieu suprême d'Asgard. Haut de taille, les traits volontaires, les yeux couleur d'azur, la longue chevelure d'un blond tirant sur le roux tombant sur les épaules, tout en Rerir signalait l'être d'exception, promis à un destin hors normes. On eût dit un géant d'airain qui aurait soudain pris vie sous l'influence de quelque sortilège.

À ses côtés, la reine Vara paraissait plus humaine, moins inaccessible. Le manque d'enfant qui la tourmentait, loin de la rendre aigrie ou désabusée, l'aidait à être plus sensible à la détresse d'autrui. C'est ainsi qu'elle s'était mis en tête de donner une éducation à la jeune Svanhild et lui permettre de s'intégrer à sa nouvelle vie.

Oui, Brunehilde était profondément touchée par la noblesse de cœur et d'attitude du couple royal, touchée aussi par la généreuse simplicité et la confiance avec lesquelles ils l'avaient accueillie. Elle ne s'attendait pas à ce que les choses fussent si faciles, elle ne s'attendait pas à tant recevoir. Son cœur d'immortelle, son cœur de guerrière, son cœur de Walkyrie, n'y avait pas été préparé...

Svanhild, quant à elle, ne quittait guère Brunehilde, ou plus exactement Saga, dont elle cherchait à percer les secrets. Elle était la seule à connaître l'origine surnaturelle de la jeune fille, et en tirait un pouvoir dont elle entendait bien tirer profit d'une façon ou d'une autre. Brunehilde était consciente de l'avantage dont bénéficiait l'adolescente, et des ambitions auxquelles il pouvait donner naissance, aussi jouait-elle auprès d'elle le rôle de la grande sœur, de l'amie plus âgée, protectrice et bienveillante, afin de contrôler au mieux l'influence dont la gamine, livrée à elle-même, aurait pu faire mauvais usage.

Malgré les émois intérieurs qui l'agitaient, Brunehilde-Saga réussissait à merveille à adapter son comportement en fonction de chacun des interlocuteurs auxquels elle était confrontée. Face à Rerir, elle était l'énigmatique scalde venue des lointaines îles du Grand Nord, une femme inaccessible, pleine de mystère, dont la présence le troublait inexplicablement. Lorsqu'elle croisait le souverain, ou lorsqu'elle chantait et déclamait ses sagas lors des banquets qu'il présidait, Brunehilde pouvait sentir le poids de son regard sur elle. Elle avait conscience que le roi éprouvait pour elle des sentiments dont il était incapable de définir la nature. Fondamentalement loyal, et très épris de son épouse, il ressentait pourtant pour la jeune scalde une attirance étrange qui à la fois lui ravissait l'âme et le mettait mal à l'aise. Il ne pouvait deviner que cette attirance se justifiait par le fait que, sans le savoir, le roi reconnaissait en elle un membre de sa propre famille, puisque tous deux descendaient du dieu Odin. C'est pourquoi Brunehilde évitait soigneusement toute occasion où le roi et elle auraient pu se trouver seul à seule. Elle pensait ainsi éviter à Rerir un tourment inutile et dangereux. En réalité, même si elle refusait de se l'avouer, elle ressentait elle aussi le même trouble en présence du descendant d'Odin. Le voyant, elle croyait voir son père, aussi beau et noble, mais dépouillé de ce statut de dieu suprême qui le rendait inaccessible. Malgré sa lignée divine, Rerir était avant tout un homme, ce qui, aux yeux de la Walkyrie accoutumée à adoucir de sa présence les derniers instants des héros mourant au combat, ne pouvait qu'ajouter à la séduction qui émanait de lui.

Avec Vara, Brunehilde se voulait moins distante ; elle cherchait au contraire à entrer dans l'intimité de la reine, à gagner sa confiance, pour lui remettre le moment venu la pomme magique qui lui rendrait la fécondité. Mais au-delà de ce qui constituait la raison de sa présence à la cour du Frankenland, la jeune fille descendue des cieux éprouvait à l'égard de la souveraine une véritable compassion. La reine souffrait de son manque d'enfant, de même que la Walkyrie était condamnée à une virginité éternelle. Elle ne connaîtrait jamais ni les délices de la jouissance charnelle ni les joies de l'enfantement, au risque de perdre son statut d'immortelle et de devenir une simple femme. Car un antique décret des puissances du destin interdisait aux Walkyries déchues de faire usage de leurs pouvoirs magiques, sous peine de châtiments. Brunehilde devait rester une vierge froide, même si son cœur se consumait en des passions inavouées.

Quant à Svanhild, Brunehilde ne manquait aucune occasion

de lui manifester sa sympathie et de flatter son besoin de reconnaissance, car de la discrétion de la jeune fille dépendait l'issue heureuse de la mission commanditée par Odin. Et puis Brunehilde ne pouvait s'empêcher de ressentir une forme d'amitié pour cette gamine, malgré ses ruses et sa rouerie. Les pauvres artifices que développait Svanhild pour se rendre intéressante ne parvenaient qu'à la rendre plus émouvante aux yeux de la Walkyrie.

Enfin, il y avait Horst, le vassal fidèle du roi, qui la dévisageait avec un regard intense chaque fois qu'il la croisait. Brunehilde se doutait bien des émotions qui devaient torturer cet homme brave et jeune qui, contrairement à Rerir, n'avait pas d'épouse pour calmer ses ardeurs. Cependant, Horst était trop loyal envers son souverain pour tenter quoi que ce soit qui pût porter atteinte à la sérénité du royaume. Quelle que fût l'intensité du brasier qui lui dévorait le cœur, Horst ne dirait rien, ne demanderait rien. Il endurerait en silence les délices et les tourments que faisait naître en lui la présence de la trop belle scalde.

Bien qu'elle découvrît à peine le monde des hommes, Brunehilde avait parfaitement conscience des émotions vertigineuses qu'elle faisait naître autour d'elle, mais elle affectait de n'en rien laisser paraître. Elle ne se départait jamais de son expression lointaine. Parfois, ces jeux de masque épuisaient la Walkyrie et assombrissaient son humeur. Elle songeait alors avec nostalgie à la simplicité de son existence passée, où il lui suffisait d'accomplir son immuable destinée tracée par les puissances tutélaires des origines.

Afin d'éprouver de temps à autre la vivifiante sensation de liberté et de légèreté qui lui manquait, elle allait seller son cheval, dont la robe immaculée étonnait les palefreniers, et galopait longuement dans les bois avoisinants. Ces longues courses la conduisaient parfois jusqu'aux villages voisins, peuplés de paysans vivant de presque rien. À chaque fois, Brunehilde était choquée par le contraste saisissant qui existait entre la richesse du château qui l'avait accueillie et l'extrême dénuement qui caractérisait ces lieux déshérités. Ce n'étaient que cabanes en torchis couvertes de toits de chaume percées de rares ouvertures par lesquelles pénétraient l'air et le soleil et s'échappaient les fumées des cheminées rustiques. Dans ces huttes grossièrement modelées à même la terre battue, hommes et bêtes vivaient ensemble. Lorsqu'il pleuvait, le sol se transformait en une boue saumâtre mêlée de fumier animal et d'excréments humains qui dégageait une puanteur insupportable, tandis que le chaume humide dégageait des fragrances de paille moisie et d'urine. Allant nu-pieds, les jambes crottées, le visage noirci par la crasse et la suie, l'œil oblique et les dents ébréchées, les villageois avaient quelque ressemblance avec les pourceaux et les bœufs dont ils partageaient le toit, et parfois la paille, pour se tenir chaud.

Brunehilde prenait alors conscience de l'abîme qui séparait les hommes des dieux. De cette humanité, qui l'attirait tant et dont elle s'était promis de favoriser la survie, elle ne connaissait en réalité que l'élite, à savoir les souverains et l'aristocratie formant la cour du Frankenland, ou bien les guerriers tombés au combat et dont les rangs étaient constitués exclusivement d'hommes libres, assez riches pour se doter d'armement et d'équipement. Mais les êtres sales et hideux qu'elle croisait dans ses errances à cheval n'avaient ni les moyens ni la chance de se battre ou de vivre à la Cour. Ils n'étaient que des esclaves sans nom, sans espoir et sans destin, tout juste bons à travailler les champs et à élever les bêtes sans en tirer d'autre bénéfice que leur seule survie. Elle songeait alors que Svanhild avait passé son enfance et sa jeunesse dans ces bourbiers nauséabonds, et comprenait mieux les raisons pour lesquelles l'adolescente tenait tant à s'arroger une filiation et une gloire que rien ne la prédestinait à connaître. Depuis qu'elle avait été libérée de son ancienne servitude, elle niait jusqu'à l'existence de sa vie passée, de peur que le souvenir n'en réveillât la présence.

Brunehilde rentrait attristée de ces confrontations avec la part la plus humble de cette humanité qu'Odin souhaitait promise à rejoindre un jour les rangs des dieux. Alors, elle s'isolait dans la chambre qu'on lui avait allouée, elle ouvrait le coffre de bois où elle avait remisé ses affaires et en tirait le manteau de plumes de cygne qui lui rappelait ses envolées célestes. Elle en caressait le duvet, en éprouvait les rémiges en poussant des soupirs d'oiseau en cage. Mais elle cachait bien vite ce témoignage de son origine divine, de peur d'être surprise par des regards indiscrets. Elle redevenait alors Saga, la scalde venue du Nord qui connaissait toutes les légendes des temps anciens.

Chapitre 14

— Tiens, quelle bonne surprise ! Le Fils de la Chienne ! Aurais-tu besoin de mes services, mon mignon ?

La Vieille poussa un rugissement qui fit trembler Hunding. Il s'agissait pourtant d'un simple éclat de rire... Il avait longuement hésité avant de se risquer à pousser la porte de son antre, et à présent qu'il s'y était résolu, il n'avait plus qu'une envie, s'enfuir à toutes jambes loin de cet endroit maudit. La Vieille dut sentir l'odeur de peur qu'exsudaient tous les pores de la peau du géant, ce qui la fit rire encore plus fort.

— Ah ! Ah ! Ah ! Le chien sauvage se serait-il transformé en roquet peureux ? Le valeureux guerrier redouterait-il la présence d'une pauvre femme âgée et sans défense ? Allez, décide-toi, à présent ! Soit tu t'asseois en face de moi et tu me sors ce que tu as sur le cœur, sois tu fiches le camp !

En un instant, le rire de la Vieille s'était éteint, laissant place à un ton mordant et sans réplique. Faisant un énorme effort sur lui-même pour contenir le dégoût qui l'envahissait, Hunding se laissa choir sur le sol, à deux pas de la Vieille accroupie devant les cendres encore fumantes d'un feu à peine éteint. Elle sembla se radoucir un peu.

— À la bonne heure, je n'aime pas les poules mouillées ! Et je n'ai pas toute la journée à t'accorder ! Alors, vas-y, raconte, et sois bref.

Dans la pénombre de la hutte, Hunding commençait à distinguer les traits de celle qui s'adressait à lui avec autant d'aplomb et d'assurance. Son nom véritable, personne ne le connaissait, si tant est qu'elle en eût jamais eu un. Alors, on l'avait surnommée simplement « la Vieille ».

Vieille, elle l'était, indubitablement. Si vieille qu'on disait qu'elle n'avait jamais été jeune, qu'elle était née ainsi, déjà vieille et laide, avec sa peau ridée et blanche, aussi blanche que ses longs cheveux tombant jusqu'à terre, une peau qui, disait-on, ne s'était jamais exposée aux rayons du soleil. Car la Vieille ne sortait de l'ombre de sa cabane que la nuit, pour aller cueillir des plantes et des champignons vénéneux à la clarté de la lune. Son épiderme ridé et craquelé, ses mains sèches et tordues, son visage d'écorce dans lequel poussait la mousse blanche des sourcils, ses joues en pommes moisies lui donnaient une apparence plus végétale qu'humaine, et cette impression était encore renforcée par les relents d'humus et de terreau qu'exhalait un corps qui, en fait de bains, n'avait jamais connu que l'usure du temps. Elle semblait moins une femme qu'un soliveau abandonné là par des bûcherons oublieux, achevant de s'effriter sur place sous l'action conjuguée de l'humidité ombreuse de la cabane et d'invisibles termites qui lui dévoraient les os. Mais il ne fallait pas tirer de ces marques de décrépitude la conclusion que cette femme solitaire était faible et sans défense. Car la Vieille était une sorcière, et la plus redoutable qui fût. On chuchotait avec effroi qu'elle avait acquis son savoir auprès des alfes noirs de Svartalaheim et des nains de Niflheim, et qu'elle pouvait lancer d'horribles sortilèges capables de faire crever en quelques jours des troupeaux entiers de bestiaux, de rendre malades les hommes ou de rendre folles les femmes. On lui prêtait encore bien des pouvoirs obscurs, si bien qu'il n'arrivait pas un malheur, un accident ou un désastre qu'on n'incriminât aussitôt une action de la Vieille.

— Eh bien, tu as perdu ta langue, Fils de la Chienne ? Je n'ai pas beaucoup de temps, je viens de te le dire !

Après s'être raclé la gorge pour tenter de dénouer la tension qui la serrait, Hunding finit par prendre la parole :

— C'est à cause de Rerir, le roi du Frankenland. Il se croit tout permis. La dernière fois encore…

— Il t'a chipé une petite sur laquelle tu avais des vues, pas vrai ?

La Vieille repartit de son rire cruel, tandis que Hunding la considérait avec de grands yeux ronds. Comment pouvait-elle savoir ? L'un de ses hommes aurait-il osé raconter sa dernière altercation avec Rerir ? Pourtant, tous redoutaient la Vieille, encore plus qu'il ne la redoutait lui-même. La sorcière lut la surprise qui se peignait sur le visage de son hôte, et en tira une sorte de plaisir sournois.

— Ah ! Ah ! Ah ! Ne fais pas cette tête, mon mignon ! Tu oublies que je peux tout savoir de ce qui se passe au-dehors sans sortir de chez moi ! Et même si tu restes muet comme une pierre, je peux lire tout ce qu'il y a dans ton cœur ! Et ce n'est pas joli-joli, je peux te l'affirmer ! Mais ne t'inquiète pas, j'ai l'habitude des crapules de ton espèce…

Hunding sentit une sorte de grand froid l'envahir. Il connaissait les pouvoirs que l'on attribuait à la Vieille, mais il ne se doutait pas de l'étendue de sa puissance… Du coup, il ne savait plus que dire. Puisqu'elle savait tout d'avance, à quoi bon formuler ses demandes ?

— Oui, Fils de la Chienne, je sais parfaitement pourquoi tu es venu me trouver, et j'attendais ta venue depuis quelques jours déjà. Je n'ignore pas ce que tu espères, et je peux peut-être t'aider. J'ai dit « peut-être », car ce ne sera pas chose aisée ! Mais avant tout, je dois savoir ce qui compte le plus à tes yeux : retrouver la pucelle qu'on t'a volée ou te débarrasser de ton rival ?

La Vieille continuait à s'amuser du trouble de Hunding qui, pour tenter de reprendre le contrôle de la situation, bégaya :

— Eh bien… les deux ! La fille m'appartient, et le roi me fait de l'ombre…

— Les deux ! Rien que ça ! Eh bien, tu ne doutes de rien, Fils de la Chienne ! Cela va être difficile, très difficile… Et quelle sera ma récompense si je réussis ?

La Vieille dévisageait Hunding de ses petits yeux chafouins. Elle jouait avec lui comme un chat joue avec une souris.

— Eh bien… Je pensais que… Quelques sacs de blé… Une génisse bien grasse…

— Ah ! Ah ! Ah ! Tu m'amuses, Fils de la Chienne ! Tu es aussi mesquin que vil ! « Quelques sacs de blé… Une génisse bien grasse… » Pourquoi pas un panier d'œufs fraîchement pondus et une portée de lapereaux, tant que tu y es ? Tu crois que c'est ainsi qu'on paye les services de la Vieille ?

À présent, elle l'observait de ses yeux terribles, si brûlants qu'ils semblaient abriter les braises jaillies du feu moribond devant lequel elle se tenait accroupie.

— Tu vas ouvrir toutes grandes tes oreilles velues pour bien entendre mes conditions, Fils de la Chienne ! Comme je te l'ai dit, je t'aiderai par la voie de la magie à reconquérir la fillette qui t'a glissé entre les doigts et à mettre fin au règne du roi dont tu jalouses la splendeur… Mais cela sera long, très long… Des semaines, des mois… Il me faudra puiser dans la magie la plus obscure issue des profondeurs de Svartalaheim, prononcer des paroles de malédiction que nul ne pourrait entendre sans être foudroyé dans l'instant, accomplir des sacrifices sanglants et des rituels maléfiques que nul ne pourrait contempler sans hurler d'horreur… Tout cela, je le ferai pour toi… En échange d'une chose… Une seule chose…

Hunding frissonna d'angoisse. Depuis le commencement, la Vieille menait le jeu. Mais il était trop tard pour revenir en arrière. À présent, il fallait aller jusqu'au bout. D'une voix sans timbre, il parvint à articuler :

— Et quelle est cette chose ?

La Vieille sourit, révélant le gouffre noir de sa bouche édentée.

— Une pomme, mon joli ! Une simple pomme !

Chapitre 15

— Ssssss…

Un petit serpent vert se tortillait dans les cendres encore fumantes que la Vieille tisonnait d'un bâton. « Ce n'est pas une pomme qui va te rendre la jeunesse et la beauté, la Vieille… »

La Vieille ricana, dévoilant ses gencives gâtées. La voix du serpent résonnait dans sa tête, se mêlant à ses propres pensées.

— Cela dépend de la pomme, mon bon Loki ! Celle-ci a des pouvoirs particuliers, tu devrais le savoir ! Elle vient directement du jardin de Freya ! Elle a été dérobée aux dieux ! Tu y es d'ailleurs pour quelque chose, me semble-t-il…

Les yeux du serpent lançaient des éclairs rouges dans la pénombre de la cabane, comme si les braises rougeoyantes du feu s'y reflétaient. « Sssss… Moi ? Je suis aussi innocent que l'agneau qui vient de naître, la Vieille… Il se peut que les dieux accordent de l'importance à cette pomme, mais ce n'est pas mon cas… »

— Bien sûr, Loki, ce n'est pas toi qui as volé la pomme de Freya. Tu es bien trop malin pour cela ! Et comme tu n'es pas d'essence divine, tu n'as nul besoin de te nourrir des pommes d'immortalité, contrairement aux Ases et aux Vanes !

« C'est vrai. Je me suffis à moi-même. Et je ne redoute ni la vieillesse ni la mort. Lorsque je suis en péril, je change de forme, c'est tout ! Semblable au feu au sein duquel je me baigne comme dans une onde pure, je renais toujours de mes cendres… »

Comme pour illustrer ses dires, le serpent fit jaillir autour de lui des flammes claires, ravivant le feu déclinant qu'entretenait la Vieille.

— Moi non plus, je n'ai pas besoin de pommes d'immortalité, Loki. Je suis si vieille que je suis sans âge. Née avant le monde, je lui survivrai.

« Nous sommes un peu pareils, tous les deux, hein, la Vieille ? » siffla le serpent.

— Pas tout à fait, Loki. Toi, tu ne penses qu'à rompre l'harmonie et à semer la discorde dans les esprits. Tu ne sais faire que le mal. Tu te moques de tout, des dieux comme des hommes. Tu n'as pas d'identité car tu changes sans cesse de forme. Tu n'as même pas de sexe car tu es à la fois ou tour à tour mâle et femelle. Tu es le néant destructeur, le singe de la création. De toi ne naissent que des monstres : Fenrir, le loup cosmique, Jörmungand, le serpent géant plongé au fond de l'océan qui encercle Midgard, Hel, la reine des enfers où sont jetés les défunts qui n'ont pas mérité d'accéder au Walhalla, Sleipnir, le cheval à huit pattes d'Odin.

« Quel éloge, la Vieille ! Je vois que tu me connais bien. Pourtant, tu ne viens d'évoquer qu'une infime partie de mes hauts faits. J'ai aussi provoqué un scandale lors du festin annuel donné au palais d'Aegir, le dieu qui domine l'immensité des mers, en dénonçant publiquement tous les vices et les travers des Ases qui y étaient présents. J'ai coupé et volé la chevelure d'or de Sif, l'épouse de Thor, avant de prendre mon plaisir avec elle. J'ai dérobé le trésor d'Andvari, le roi des Nibelungen, et lui ai arraché son anneau de pouvoir... »

— L'anneau maudit du Nibelung ! À cause de toi, la malédiction d'Andvari est tombée sur les dieux, et désormais elle guette aussi les hommes... Oui, je sais tout cela, Loki ! Mais aujourd'hui, tu vas m'aider à reprendre cette pomme échouée sur terre à cause de toi. Sa place n'est pas ici, mais dans le verger de Freya.

Le serpent rétrécit ses yeux en une double fente où luisait toujours l'éclat rubis de son regard.

« Et quel sera mon prix si je t'aide à accomplir ce que tu demandes ? »

La Vieille sourit d'un air mauvais.

— Ton prix ? Souiller l'innocence d'une vierge, corrompre

son corps et son âme et la pousser à trahir ceux qu'elle aime... Cela te convient-il, serpent ?

« Sssss... Cela risque d'être amusant, en effet... Tu peux compter sur moi, la Vieille... »

Chapitre 16

Hunding se tenait à l'affût près de la source aux Dises qui jaillissait aux lisières du royaume du Frankenland. Il était venu sans escorte, avait attaché son cheval un peu plus loin dans la forêt pour qu'il ne se remarque pas, et s'était dissimulé dans les halliers pour guetter la venue du gibier qu'il convoitait. Mais il ne s'agissait pas d'un gibier ordinaire.

Pour tromper son attente, il se remémorait les paroles de la Vieille. Des paroles sans queue ni tête qui lui avaient un moment fait douter de la raison de la pauvre femme esseulée, ravagée par les ans et la vermine. Oui, la Vieille devait être folle. Mais s'il voulait obtenir son aide, le chef du clan de la Chienne Noire était bien obligé d'agir comme elle le lui avait demandé.

Une pomme. C'est une pomme que réclamait la Vieille en payement de ses envoûtements de haine et d'amour. Mais pas n'importe quelle pomme. Une pomme mystérieuse qu'une scalde hébergée à la cour du Frankenland aurait apportée d'un royaume lointain.

À quoi servait cette pomme, et qu'est-ce qui en faisait le prix ? La Vieille ne l'avait pas dit, mais le seul fait d'en parler avait suffi à éveiller dans son regard de fouine des éclairs de convoitise. Le problème était que Hunding n'était évidemment pas admis à la cour du roi Rerir. Il ne pouvait donc approcher ni la scalde ni le trésor dont elle était dépositaire.

Il lui fallait donc user de ruse. Et se faire aider par quelqu'un se trouvant déjà dans la place. Cette personne était toute trouvée. Il s'agissait de la petite garce qu'avait enlevée le roi, et qui désormais bénéficiait des confidences de la reine. De la reine, et de la femme venue de Thulé.

Entre ses doigts couverts de poils drus, Hunding serrait une fiole que lui avait remise la sorcière. Un philtre qu'il devait faire ingurgiter à l'enfant afin d'obtenir d'elle qu'elle fût soumise et obéissante en tout. La Vieille avait bien insisté sur ce « en tout », tout en clignant de l'œil à Hunding d'un air salace.

C'est encore la Vieille qui lui avait indiqué l'emplacement de cette source, lui révélant que l'adolescente venait très souvent s'y baigner. Aussi, depuis des heures, Hunding attendait-il le moment tant espéré où il pourrait retrouver la fillette aux pieds nus et aux longs cheveux bruns à qui il avait voulu donner ses doigts à lécher près du village en feu. En y songeant, il sentait naître en lui des appétits sournois et un sourire carnassier étira ses babines de fauve sur ses crocs acérés. Il était si concentré sur l'objet de son attente qu'il n'avait pas remarqué un petit serpent vert qui, lové à ses pieds, l'observait de son regard de braise.

Chapitre 17

— Saga, raconte-nous une histoire, veux-tu ? demanda la reine.

— Oh oui ! Une belle histoire de dieux et de déesses ! ajouta Svanhild.

Brunehilde sourit imperceptiblement. Il ne se passait pas une journée sans que l'on fît appel à ses talents de conteuse. Heureusement, elle maîtrisait parfaitement, pour en avoir souvent été le témoin direct, la chronique tumultueuse des dieux d'Asgard. Et les récits qu'elle ne pouvait connaître, car trop anciens ou gardés secrets dans la mémoire du monde, sa mère Erda, la Terre originelle, lui en révélait le contenu au moyen d'intuitions soudaines, de fulgurances inouïes qui poussaient la scalde à raconter dans leurs moindres détails des scènes dont elle ignorait tout quelques instants plus tôt. Ainsi sont les poètes, les bienheureux qui ont bu du sang de Kvasir : des voyants, des prophètes, des diseurs de vérités inconnues, ivres des paroles qui, venues d'ailleurs, s'écoulent de leur bouche comme un hydromel parfumé.

Toutes trois étaient seules dans la chambre de la reine, dont le sol était jonché de ramées et de pétales de rose qui exhalaient des senteurs délicieuses. Une telle intimité était inhabituelle dans ce château en proie à une perpétuelle agitation. La cour du Frankenland abritait quantité de nobles seigneurs et d'hommes libres venus rendre leurs hommages au roi Rerir. Parmi eux, le plus assidu était Horst qui, depuis l'arrivée de Brunehilde au palais, ne manquait jamais une occasion de l'écouter lorsqu'elle scandait ses chants pour égayer les banquets, la couvant de longs regards qui révélaient bien plus sûrement qu'un grand discours l'émoi qui agitait son cœur. Il s'arrangeait aussi pour la croiser comme par accident dans les longs couloirs du château, rougissant à chaque fois comme s'il était pris en faute. Jamais, cependant, il ne lui adressa la parole lors de ces brèves rencontres. Même s'il brûlait pour elle d'une passion dévorante, Horst affichait une neutralité que toute son attitude démentait.

Le roi Rerir avait lui aussi toutes les peines du monde à dissimuler le trouble que faisait naître en lui la présence de la jeune scalde. Pour désarmer par avance toute tentation, il s'arrangeait pour ne voir Saga qu'en public, et de préférence en compagnie de sa femme. Lorsqu'elle se mettait à dire des poèmes ou à chanter quelque grandiose épopée, Rerir fermait les yeux, comme pour mieux se pénétrer du récit ou des vers égrenés par la voix mélodieuse de la jeune femme. En réalité, c'était pour ne pas avoir à contempler son visage si pur qu'il semblait transparent, ses cheveux si ardents et si étincelants qu'ils paraissaient tissés de fils d'or rouge, ses yeux si bleus qu'ils reflétaient le ciel à son zénith. Le roi du Frankenland se préservait ainsi de la beauté trop idéale de la Walkyrie travestie en mortelle qui éveillait en lui l'inconsciente nostalgie du paradis d'Asgard habitant son cœur, à lui le descendant d'Odin.

Brunehilde souffrait de ces marques d'attention masculines qu'elle savait promises d'avance à l'échec. Même si elle avait emprunté l'aspect d'une femme d'ici-bas, elle demeurait une Walkyrie, une vierge guerrière, hautaine et froide, chevauchant les nuages dans le vent des tempêtes, survolant le carnage des champs de bataille ou servant l'hydromel sacré aux héros réfugiés dans la Halle des Occis, à la table d'Odin. Jamais elle ne serait une amante, une épouse, une mère. Jamais elle ne pourrait aimer un homme ou en être aimée. Une fois sa mission accomplie sur les terres de Midgard, elle reprendrait le chemin des cieux et retournerait à son destin de fille du maître des batailles, de vierge au bouclier, de glaneuse de morts. C'est pourquoi elle appréciait ces trop rares instants où, loin du regard des hommes, elle pouvait s'abandonner à cette relative complicité, sans fard et sans réserve, que peuvent entretenir les femmes entre elles. Seule avec Vara et Svanhild, baignant dans la lueur chaude des torches fumantes qui venaient d'être allumées, Brunehilde goûtait la rareté de l'instant, savourait la douceur et le réconfort de cette proximité et de cette familiarité féminines.

Elle aimait de plus en plus ces moments privilégiés en compagnie de cette reine aimable et intelligente, avec laquelle elle découvrait les meilleurs aspects de la vie humaine. Tâchant de se pénétrer tout entière de son rôle de mortelle errant sur les terres de Midgard, elle avait jusque-là négligé le but véritable de sa présence en ces lieux, laissant filer le temps depuis son arrivée au château… Parfois, il lui semblait voir et entendre Odin lors de l'entretien qu'elle avait eu avec lui : « Il est de la plus grande importance que ce roi puisse avoir une dynastie solide et nombreuse. Ses fils à venir seront aussi puissants et valeureux que leur père et feront de grandes choses sur terre. Ils seront l'honneur de la race humaine. Mais pour cela, il faut que l'épouse que s'est choisie ce roi puisse enfanter… »

Brunehilde sentit alors que ce moment d'intimité était idéal pour exécuter enfin sa mission trop longtemps reportée. Tout en égrenant quelques notes limpides sur sa harpe, la scalde ferma les yeux, attentive à l'inspiration primordiale qui allait naître en elle et lui dicter son chant. Elle se redressa et, d'une voix affermie, commença à psalmodier :

Laisse-moi, noble reine, te parler de Freya, la plus belle des déesses, que les hommes invoquent lorsqu'ils désirent être heureux en amour.

Lorsque Freya voyage, elle est montée sur un char tiré par deux chattes, et parcourt la totalité du ciel en une seule nuit.

Chaque matin, elle revient pour prendre soin des pommes d'or qui poussent dans son verger de Vanaheim, la demeure des Vanes, et les distribuer aux dieux glorieux d'Asgard.

Privés de ces pommes d'éternelle jouvence, les Ases et les Vanes vieilliraient prématurément, deviendraient gris et secs avant de tomber en poussière.

Chaque matin, ces pommes leur redonnent vie et jeunesse. En croquant dans ces fruits enchantés, ils sentent renaître en eux désir et passion. C'est grâce aux pommes de Freya qu'ils deviennent créatifs et féconds, et bâtissent des mondes nouveaux.

Brunehilde fit une pause. Toute en improvisant une ligne mélodique sur les cordes de sa harpe, elle épia l'effet de son récit sur la reine. Vara semblait attentive, mais à l'évocation des pommes de Freya, une sorte de tristesse avait voilé son regard. Elle devait se dire que les dieux étaient bien heureux de pouvoir ainsi régénérer en permanence leur désir amoureux et leur pouvoir créateur. Pourquoi les mortels ne pouvaient-ils accéder à un tel verger, pour y puiser les forces vitales qui leur faisaient défaut ? Brunehilde, émue par la discrète détresse de la reine, reprit son récit d'une voix plus moelleuse :

Jadis, les dieux faillirent être privés de la présence de Freya, et avec elle des merveilleuses pommes d'or. Voici comment.

Les puissants Ases venaient de façonner Midgard et le Walhalla, le séjour des hommes et celui des Wals, les héros morts au combat. Mais ils n'avaient pas encore de lieu où abriter leur splendeur. Un jour, un maître bâtisseur issu de Jötunheim leur proposa d'édifier en trois semestres une forteresse inexpugnable qui mettrait les dieux définitivement à l'abri des géants du givre et des géants des montagnes. Pour salaire de son labeur, le géant ne réclamait rien d'autre que la déesse Freya, le Soleil et la Lune.

Les Ases se consultèrent, et promirent au maître bâtisseur qu'il recevrait son dû s'il parvenait à construire la citadelle en un seul hiver. Si au premier jour de l'été il manquait ne serait-ce qu'une pierre à l'édifice, il perdrait tout. Le géant devrait travailler seul, sans le secours d'aucun des siens. Le maçon négocia toutefois l'aide de son cheval, nommé Svadilfoeri, ce qui lui fut accordé.

L'ouvrier se mit à l'œuvre dès le premier jour de l'hiver. Le défi semblait impossible, et pourtant d'imposantes murailles ne tardèrent pas à sortir du sol.

Chaque nuit, en effet, le cheval Svadilfoeri charriait de lourds et volumineux rochers et les déposait au pied de l'édifice en cours, accélérant d'autant le travail du géant. Trois jours à peine avant l'échéance prévue, grâce à l'exploit du cheval, le fort était pratiquement terminé. Ses hautes tours s'élevaient vers les nuages, surplombant les Neuf Mondes. Il ne manquait plus qu'un pan de mur pour parachever le splendide édifice. Les Ases s'inquiétèrent alors, et se demandèrent comment éviter de payer au géant son salaire amplement mérité.

Grâce au maître ouvrier et à son puissant cheval, ils pourraient désormais vivre au sein de cette solide citadelle. Mais sans le Soleil et la Lune pour éclairer leurs journées et leurs nuits, et sans la présence de Freya et de ses pommes d'amour et de vie, à quoi leur servirait d'habiter un tel paradis ? Il fallait trouver un moyen de faire trébucher le géant, afin de l'empêcher de terminer à temps.

Loki, le génie de la Ruse et des Artifices, se proposa pour cette mission de la dernière chance. Lui, l'expert en malignité et en traîtrises de toutes sortes, saurait bien comment manipuler le puissant mais stupide géant. Le soir même, alors que le maître bâtisseur s'en allait quérir des rochers avec son fidèle Svadilfoeri, voici qu'une jument s'élança en direction de l'étalon en poussant des hennissements fous. Délaissant son labeur, le cheval courut à la jument en rut qui s'enfuit à son approche. Toute la nuit les deux bêtes galopèrent sans répit, suivies du géant qui tentait en vain de rappeler à lui son cheval.

Le maître bâtisseur perdit un temps précieux à courir ainsi dans la nuit à la poursuite des deux bêtes, et au matin suivant il s'aperçut qu'il ne pourrait jamais rattraper son retard dans l'achèvement de son travail. Le géant fut pris alors d'une intense fureur et menaça de tout détruire. Thor s'avança et, brandissant son marteau Mjollnir, fracassa d'un seul coup le crâne du malheureux. Les Ases, enfin soulagés, purent ainsi entrer dans leur nouvelle demeure, qu'ils baptisèrent Asgard, sans perdre pour autant la lumière du Soleil et de la Lune, ni surtout la belle Freya et ses pommes d'or.

Quant à Loki, qui avait pris l'apparence de la jument pour attirer à lui le fougueux Svadilfoeri, il mit bientôt bas un poulain gris à huit pattes. Ce cheval devint le meilleur de tous les coursiers, car il pouvait galoper aussi bien sur la terre, sur la mer que dans les airs. Il fut baptisé Sleipnir et devint le cheval d'Odin, le dieu suprême d'Asgard.

Brunehilde, épuisée par l'effort qu'elle avait déployé pour infuser au cœur de la reine son secret message, inclina la tête à la fin de son récit, applaudi joyeusement par Svanhild qui en avait suivi les péripéties scabreuses avec un vif intérêt. Quant à Vara, elle avait rougi à l'énoncé de la poursuite amoureuse qui avait entraîné les deux chevaux jusqu'au bout de la nuit. Pour reprendre contenance, elle s'exclama :

— Quelle étrange histoire, Saga ! Ainsi, voilà comment fut édifié l'Asgard ? Quand je pense que la si belle Freya faillit devenir la compagne d'un hideux géant...

— Peut-être n'aurait-elle pas détesté cela ! lança étourdiment Svanhild en riant de sa propre effronterie.

— Svanhild ! Tu ne sais pas ce que tu dis ! interrompit Vara, agacée.

— Pardon, ma reine, je ne sais pas pourquoi j'ai parlé ainsi ! s'excusa la gamine en baissant le front.

Mais Brunehilde remarqua que ses yeux pétillaient de malice.

— À l'avenir, tâche de maîtriser tes paroles et surtout ton esprit ! la gourmanda encore Vara, qui malgré sa tolérance commençait à trouver à cette jeune fille des traits de caractère déplaisants. Et à présent, laisse-nous ! J'ai à parler à Saga seule à seule...

Svanhild sortit en boudant, contrariée de se voir ainsi brusquement écartée de la conversation des deux femmes auxquelles elle tenait tant à s'identifier. Elle ne pensait pourtant pas à mal en se moquant gentiment de Freya. Elle avait simplement voulu faire de l'esprit et se rendre amusante auprès de ses deux modèles. C'était manqué. Elle n'était parvenue qu'à se faire exclure du petit comité de femmes dont elle était si fière de faire partie. « La prochaine fois, je me mordrai la langue avant de parler ! » se dit-elle, tout en sachant pertinemment qu'elle en était incapable.

À peine l'adolescente eut-elle quitté la salle que Vara se retourna vers la belle jeune femme aux nattes cuivrées qui semblait aussi troublée qu'elle-même. Dans l'épais silence où crépitaient les torches résineuses, la voix de la reine se fit murmure :

— Saga, parle-moi encore de ces pommes d'or que cultive en son verger la déesse Freya. Ce sont elles qui donnent aux dieux leur éternelle jeunesse, dis-tu ? Tu as également parlé de fécondité et d'amour, me semble-t-il..., ajouta-t-elle d'un ton rêveur.

— Oui, ma reine, répondit la scalde à voix feutrée. Ces pommes miraculeuses ont pour qui en goûte des effets surprenants. Elles entretiennent la vitalité, conjurent les maladies, éloignent la vieillesse et la mort. Mais ce n'est pas tout, reprit-elle après un instant de silence. Elles ont le pouvoir d'ouvrir les cœurs les plus endurcis à l'amour et de rendre aux corps refroidis et blasés la flamme ardente de la passion... et les bonheurs de la maternité.

Les narines de Vara se mirent à frémir imperceptiblement,

tandis que ses tempes s'humectaient d'une légère sueur. Brunehilde se retint pour ne pas saisir avec effusion les jolies mains que Vara maintenait serrées l'une contre l'autre sur ses genoux pour en maîtriser le tremblement.

— Hélas, ces pommes merveilleuses ne poussent que dans le monde des dieux, remarqua la reine d'un ton nostalgique.

— Oui, et leur nombre est compté, ajouta doucement Brunehilde. C'est bien dommage, car si les humains pouvaient y goûter à leur tour, ils vivraient éternellement heureux sur cette terre. Heureux, amoureux et féconds. Il suffirait d'une seule bouchée...

— Une seule bouchée, répéta la reine en écho, comme si elle quémandait quelque chose.

Vara avait à présent les yeux dans le vague, et l'expression de son visage oscillait entre la tristesse profonde et l'amorce d'un espoir fou. D'une voix imperceptible, elle finit par murmurer :

— Tu viens d'une île lointaine, Saga, tu as longtemps voyagé et tu as assisté à bien des enchantements en ce monde. Se pourrait-il que...

Elle s'interrompit, comme si elle n'osait formuler clairement une question à laquelle elle redoutait une réponse négative. Brunehilde vint à sa rescousse :

— J'ai beaucoup voyagé, c'est vrai. J'ai été témoin de bien des mystères et j'ai reçu en partage bien des merveilles. Certaines pourraient t'apporter ce que ton cœur espère depuis si longtemps, ma reine. Mais elles doivent demeurer un secret entre nous, car si leur existence était connue, elles risqueraient d'éveiller la jalousie des hommes et le courroux des dieux.

Vara regardait la jeune scalde avec un regard trouble et mouillé de noyée. Elle passa sa langue sur ses lèvres sèches avant de reprendre :

— Ainsi, tu...

— Oui, ma reine..., reprit Brunehilde bouleversée, en réduisant sa voix à un chuchotement. Ma présence ici n'est pas due au hasard. Je suis venue t'apporter de quoi guérir ton corps et ton cœur. Promets-moi simplement de n'en parler à personne. Pas même au roi...

— Je te le promets, Saga, fit Vara d'une voix presque atone. Je te promets tout ce que tu veux...

Alors, la jeune femme venue des lointaines îles du Nord défit le lacet de la bourse de cuir qu'elle tenait attachée à sa ceinture, et en sortit avec précaution un objet rond qui illumina la pièce d'un éclat d'or rouge.

Vara poussa un petit cri, tout en crispant une main sur son ventre.

Brunehilde tendit la pomme volée au jardin de Freya à la reine du Frankenland, en murmurant avec toute la douceur que son cœur de vierge guerrière avait nouvellement appris à éprouver :

— Une seule bouchée, ma reine… Une seule bouchée…

Chapitre 18

« La petite paysanne n'a pas l'air contente. On l'a bien mouchée, dirait-on. Humiliée, oui, c'est ça. La fillette a été humiliée… »

Svanhild sursauta. Qui venait de parler ainsi ? Il lui semblait qu'il s'agissait d'une voix résonnant dans sa tête. Était-elle en train de devenir folle ?

C'est alors qu'elle l'aperçut. Il s'agissait d'un tout jeune homme, qui devait avoir à peine son âge, au visage si fin et aux joues si lisses qu'on aurait dit une fille. Son abondante chevelure était si éclatante qu'elle semblait de feu. De plus, il avait un regard étrange, fixant Svanhild avec une telle attention que la jeune fille se sentit presque mal à l'aise.

Qui était-il ? D'où sortait-il ? Elle ne l'avait encore jamais vu à la cour du Frankenland. Était-ce lui qui venait de prendre la parole ? Mais dans ce cas, comment était-il au courant de la scène qui venait de se dérouler dans le salon de la reine ? Les avait-il épiées en cachette ? Svanhild se sentit mortifiée, d'autant plus qu'il l'avait traitée de « petite paysanne », lui rappelant ainsi un passé tout proche qu'elle voulait oublier et faire oublier. Comment savait-il ? Le rouge de la honte lui monta aux joues.

— De quoi te mêles-tu ? riposta-t-elle durement, prête à en découdre avec l'insolent. Elle n'avait pas osé répondre à la reine, mais elle n'allait pas se laisser insulter par un simple gamin !

« La petite paysanne n'est pas gentille. Pourtant, je suis son ami. Son véritable ami. Je ne lui veux que du bien. Tout le monde ne peut pas en dire autant... »

Svanhild se sentit de plus en plus intriguée. Le garçon se tenait à trois pas d'elle, et pourtant sa voix semblait si proche qu'on eût dit qu'il venait de lui murmurer ces paroles à l'oreille. Mais elle ne s'arrêta pas à ces mystères. Il se disait son ami, et semblait être au courant de secrets qu'elle ignorait encore. La Cour devait regorger de basses intrigues et de conflits d'intérêts que, dans sa candeur, elle avait mésestimés. Le garçon aux allures de fille et aux cheveux de flammes semblait, malgré son jeune âge, au courant de tout ce qui se tramait dans l'entourage de la reine.

— Si tu sais quelque chose, dis-le franchement ! Qui me veut du mal ?

Le garçon fit entendre un petit rire, pourtant il tenait toujours sa bouche close.

« La petite paysanne a déjà la réponse à sa question. Elle sait bien qui est celle qui attire tous les regards. Elle sait bien qui est celle qui cherche à prendre sa place dans le cœur de la reine. Elle sait bien qui est celle dont elle doit apprendre à se défier... La petite paysanne doit apprendre à faire confiance à ses amis, ses vrais amis, et à se méfier des autres... »

Svanhild manqua s'étrangler de rage. Saga ! Saga, dont elle croyait être l'amie mais dont elle n'était que la dupe ! Saga, qui s'était servie d'elle pour entrer dans l'intimité des souverains du Frankenland, et qui à présent intriguait pour l'éloigner de la reine ! Pour une simple plaisanterie un peu déplacée, Svanhild venait d'être proprement mise à la porte du salon de la reine. Saga, en revanche, était restée. Vara avait prétendu qu'elle devait s'entretenir avec elle seule à seule. Qu'avait-elle de si important à lui dire ? Et pourquoi devait-elle être exclue de la confidence ? À cause de son âge ? Ou bien parce que, depuis son arrivée, Saga avait su se rendre indispensable auprès de la reine au point de supplanter l'affection que cette dernière avait jusque-là accordée à Svanhild ?

Le garçon avait raison. Il était bien renseigné. Et il venait de lui ouvrir les yeux. Il venait de lui montrer toute l'étendue de la duplicité de Saga !

L'adolescente sentait couver en elle le feu brûlant de la jalousie. Oui, elle était jalouse de cette femme parfaite descendue du ciel, qui en si peu de temps avait su prendre une place de choix à la cour du Frankenland. Quel but poursuivait-elle exactement ? Le jour où elle avait surpris son arrivée, à la source aux Dises, la femme-cygne lui avait bien dit qu'elle souhaitait approcher les souverains du Frankenland pour accomplir une mystérieuse mission. « Je te l'expliquerai un jour, lorsque nous nous connaîtrons mieux et que nous serons amies », avait-elle ajouté. Mais depuis, elle s'était bien gardée d'évoquer le sujet. Pourtant, Svanhild et Saga avaient passé des journées entières ensemble, et elles étaient devenues des « amies ».

Des amies ? Allons donc ! Saga n'avait-elle pas feint une amitié avec Svanhild dans le seul but d'approcher la reine ? À présent que son objectif était atteint, l'« amitié » de la jeune fille ne lui servait plus à rien. Saga préférait tenir des conversations secrètes avec la reine. Peut-être même en profitait-elle pour dénigrer Svanhild auprès de Vara… Peut-être intriguait-elle pour se débarrasser de celle en qui elle voyait une rivale à la Cour… Peut-être cherchait-elle à la faire renvoyer dans le monde misérable d'où elle était issue… Saga avait beau être une Dise, une femme venue de l'autre monde, cela suffisait-il pour en faire un être vertueux et désintéressé ? Les dieux eux-mêmes ne sont-ils pas capables de ruses et de faiblesses, voire de crimes ? Saga avait un manteau en plumes de cygne d'un blanc immaculé, mais en vérité son cœur n'abritait que noirceur et hypocrisie.

Tout occupée qu'elle était à ressasser les crimes supposés de Saga, Svanhild ne s'aperçut pas que l'étrange adolescent avait disparu aussi subitement qu'il était venu. Les paroles qu'il avait prononcées, elle les faisait siennes à présent. Au fond, il n'avait fait que mettre des mots sur des vérités que la jeune fille pressentait confusément. À présent, elle pouvait les regarder en face ! Svanhild entretenait ainsi sa colère en interprétant des gestes sans conséquence comme des signes avérés de sa disgrâce. Elle attribuait à des paroles banales des sous-entendus lourds de sens. Son cœur tourmenté d'adolescente la plongeait dans un cauchemar dont elle suscitait elle-même l'horreur. Elle brûlait d'un feu dont elle attisait les braises, s'infligeait des tortures dont elle ne réalisait pas qu'elles n'existaient qu'à ses propres yeux. Saga, en qui le matin même elle voyait une amie, s'était transformée en rivale, puis en ennemie jurée. La belle jeune fille tombée du ciel n'était plus qu'une infâme sorcière résolue à sa perte.

Svanhild sentait qu'elle devait s'éloigner au plus vite du château où elle avait cru à tort trouver une nouvelle famille. Elle devait prendre de la distance. Mais où aller ?

« La source aux Dises... Là-bas est le réconfort. Va à la source aux Dises... »

La voix de l'étrange adolescent résonnait dans l'esprit de Svanhild. Ou bien était-ce la voix de sa propre conscience ? Elle ne parvenait plus à faire la différence entre les deux. Mais peu importait, après tout. Et la jeune fille s'élança en courant vers la source aux Dises.

Chapitre 19

— Tiens, tiens. Comme on se retrouve, ma mignonne…

Svanhild sursauta, étouffant un cri de surprise. Devant elle, sa haute silhouette se détachant sur le fond vert de la source aux Dises, se tenait l'homme au visage de chien sauvage auquel le roi Rerir l'avait ravie, le jour où son village et les siens avaient péris dans les flammes. Le premier mouvement de la jeune fille fut de s'enfuir. Mais ses genoux avaient molli, sous le double effet de la crainte et du trouble. En même temps, la rage qui habitait son cœur lui conférait une forme d'assurance et de témérité. Elle voulait se prouver à elle-même qu'elle n'avait pas peur de cet homme énorme, bien qu'il fût aussi velu et griffu qu'une bête, et sans doute aussi dangereux. Svanhild avait compris que Hunding était l'ennemi de Rerir, mais cela ne voulait pas dire qu'il était le sien ! Et puis, elle repensait à l'émoi étrange qu'elle avait ressenti lorsqu'il lui avait tendu sa main à lécher…

Oui, Hunding était laid, repoussant même. Mais cette laideur s'accompagnait d'une puissance, presque d'une sauvagerie, qui ne laissait pas la jeune fille indifférente. Lorsqu'elle avait couru vers Rerir à son appel, c'est vers un père qu'elle s'était tournée. Un père rassurant et lumineux qui prendrait soin d'elle et la traiterait non comme une esclave, mais comme une personne humaine à part entière, digne d'affection et de respect. En face de Hunding tendant vers elle sa patte grasse de sauce, ce n'était pas le père qu'elle avait reconnu, mais le mâle, inquiétant et fascinant à la fois, qui ne voyait en elle qu'une proie, une victime désignée. Svanhild aurait dû se détourner avec dégoût du regard de prédateur qu'avait alors jeté sur elle l'homme-chien. Mais elle n'en avait rien fait. Au contraire, elle s'était sentie mystérieusement attirée par ce qui la mettait justement en alerte, cette part d'ombre qui émanait du cruel géant. Et si Rerir n'était pas survenu à point nommé, elle aurait certainement goûté, avec une curiosité dont elle ignorait si elle occasionnerait en elle répugnance ou plaisir, à ces doigts enduits de jus de viande.

Et voici que l'homme-chien l'avait retrouvée. Car pas un instant Svanhild ne crut que la présence de Hunding en ces lieux était le fruit du hasard. Il avait dû la faire rechercher, épier, espionner, avant de venir l'attendre à la source aux Dises. Peut-être était-ce pour la croquer, comme le font, dit-on, les ogres issus du pays des géants. Peut-être était-ce pour lui faire du mal, l'avilir et l'anéantir. Mais ce mal, s'il s'agissait bien de mal, était encore une marque d'intérêt, de désir et, pourquoi pas, d'amour. Aux yeux de Hunding, qui s'était donné tant de mal pour la retrouver, Svanhild était sûrement, en cet instant, la personne la plus importante du monde. Et pour goûter cette reconnaissance-là, la petite orpheline était prête à sacrifier ce qui semblait avoir tant d'importance pour l'homme-chien, et qui en avait si peu pour elle. Elle ressentait au creux de ses entrailles le vertige de la proie enfin confrontée au fauve qui la poursuit. Le vertige de la proie qui va s'anéantir, non dans la mort, mais dans le désir de l'autre.

Le reste, Svanhild le vécut comme dans un songe ; un de ces songes fiévreux des sommeils d'après-midi qui laissent au réveil un sentiment de malaise et un goût âcre dans la gorge. En signe, disait-il, d'amitié partagée, Hunding lui avait tendu une fiole remplie d'une liqueur sucrée. Comme par défi, elle l'avait bue entièrement. Elle ne se souvenait plus très bien de la suite. Hunding lui avait pris la main et lui avait murmuré à l'oreille d'étranges histoires. Il y était notamment question d'une pomme, cette même pomme dont Saga avait chanté les merveilles. Puis, les lèvres embroussaillées de barbe du géant s'étaient égarées dans le cou de la jeune fille. Le contact en était rugueux, mais moins désagréable que ce que Svanhild aurait pu redouter. En fermant les yeux, elle s'était laissé faire. Une sourde torpeur avait envahi tout son être. Incapable de demeurer debout, elle s'était allongée près de la source. Au-dessus d'elle, la haute stature de Hunding lui cachait le Soleil. Puis il s'était allongé à côté d'elle, avant de la couvrir de tout son poids. Avant de s'évanouir, elle avait poussé un cri. Un cri bref de biche blessée.

Chapitre 20

Vara ne se reconnaissait plus elle-même. Depuis qu'elle avait croqué dans la pomme enchantée que lui avait apportée Saga, elle était devenue une autre femme. Une femme dont les désirs et les réactions la surprenaient, lui faisaient presque peur. Et pourtant, elle ne s'était jamais devinée aussi en accord avec cette part très intime d'elle-même, jusqu'alors ignorée. C'était un sentiment très étrange et nouveau qui lui donnait le vertige. Ivre. Oui, c'est cela. Elle était prise d'une ivresse qui se diffusait dans chaque parcelle de son corps pour l'éveiller à de nouvelles sensations, de nouveaux désirs. Mais cette ivresse n'avait rien à voir avec celle que procure le vin, la bière ou l'hydromel. C'était une ivresse subtile, légère et gaie, qui tournait la tête sans donner mal au cœur.

Ainsi devaient se sentir les dieux d'Asgard, eux qui chaque jour goûtaient à ces pommes sacrées. De là, sans doute, venait leur exceptionnelle vitalité, mais aussi leur désinvolture, leur indifférence face aux soucis et à la mort qui formaient le lot commun des humains. Ivres des pommes du jardin de Freya, les dieux riaient, les dieux dansaient, les dieux créaient, les dieux jouaient, les dieux jouissaient. Et, pour avoir à son tour mordu dans la pomme d'immortalité – une bouchée, juste une bouchée –, Vara se sentait devenir déesse, affranchie des contingences qui asservissent les mortels, libre de prendre en main son destin, de revendiquer ses désirs. Débordante de vie, elle se savait capable, enfin, de la donner à son tour.

Délaissant le métier à tisser qui lui avait si longtemps servi de refuge, Vara tournoyait dans la salle, soulevant sous ses pieds des nuages de feuilles et de fleurs mêlées, riant à gorge déployée, dansant jusqu'au vertige. Des sources claires jaillissaient au plus intime de son être, se déversaient à grands flots dans chacun de ses membres. Elle devenait rivière, charriant dans son lit des flots tumultueux. Par l'une des ouvertures en ogive qui éclairaient la salle, Vara contempla un instant le cours rapide du Rhin, dont les eaux vertes reflétaient les feux du crépuscule. Il ferait bientôt nuit. Avec un frémissement auquel elle n'était pas accoutumée, la reine songea en rougissant à l'heure où le roi la rejoindrait en sa couche.

Hier encore, elle appréhendait ces rendez-vous nocturnes au cours desquels Rerir s'aventurait gauchement entre ses cuisses, prenant d'elle un plaisir aussi fugace qu'inutile, puisqu'il ne débouchait sur aucune promesse d'enfant. À présent, elle était au contraire impatiente de sentir sur elle le poids du géant blond et roux, son souffle dans son cou, ses mains sur ses seins. De toutes les fibres de son corps soudain réveillé d'un long sommeil des sens, elle appelait la caresse rude de l'homme, sa virilité conquérante, ses amoureux assauts. De l'étreinte nocturne qui les unirait bientôt, Vara savait avec la plus grande assurance que, cette fois-ci, un nouvel être serait conçu.

Chapitre 21

Brunehilde avait rangé dans son coffre secret la pomme de Freya dans laquelle Vara avait avidement croqué. Une bouchée avait suffi à guérir la reine de sa stérilité. En absorber davantage eût été dangereux. Seuls les immortels peuvent impunément se nourrir quotidiennement des fruits d'or du verger de Vanaheim. Les corps des simples humains sont des réceptacles bien fragiles, qui se briseraient comme verre s'ils laissaient se répandre en eux toute la puissance de l'énergie vitale réservée aux dieux.

La mission était donc accomplie... Le tabou avait été transgressé, Frigg trahie, le cours normal des choses contrarié, le destin des hommes et des dieux modifié... Brunehilde se sentit brusquement écrasée par le poids de cet acte qu'Odin avait exigé d'elle et qu'elle avait commis avec tant de zèle... Qu'allait-il se passer, maintenant ? Que devait-elle faire ? Odin ne lui avait donné aucune consigne... Sans doute devrait-elle reprendre le chemin des cieux, et rapporter la pomme entamée à son père divin. Mais ne devait-elle pas attendre un peu afin de s'assurer que la pomme avait bien produit l'effet attendu ? Brunehilde voulait se persuader que cette dernière solution était la bonne : la mission ne pourrait être considérée comme couronnée de succès que si la grossesse de la reine était avérée. Et puis, le temps avait passé si vite, elle n'avait pas encore goûté à tous les mystères de l'existence humaine ! Après tout, rien ne l'empêchait de rester encore un peu... Être sûre que la reine fût enceinte, et partir ! Ou bien peut-être attendre la naissance de l'héritier ? Voire même s'assurer que son éducation fût correctement conduite, et pourquoi pas y participer ! La Walkyrie était embarrassée par ce libre arbitre qui lui était brusquement offert. Qu'il est difficile de faire usage de la liberté ! Pour l'instant, le plus urgent était de tenir soigneusement caché le fruit merveilleux...

Le grincement de la porte donnant sur le couloir prévint Brunehilde que quelqu'un s'apprêtait à entrer dans sa chambre. Elle eut juste le temps de refermer le couvercle du coffre sur les trésors qu'elle tenait cachés : pomme fabuleuse, ceinture de pouvoir, broigne de cuir et manteau magique. Faisant volte-face, elle se trouva face à Svanhild qui, le rose aux joues, la fixait avec une expression hostile. Reprenant son assurance, Brunehilde s'écria :

— Eh bien, Svanhild ! Qu'y a-t-il donc ?

La petite continuait à la dévisager avec insolence, sans proférer un mot. Puis elle tourna les talons et s'enfuit en courant.

Brunehilde fronça les sourcils. Les réactions de cette enfant commençaient à l'inquiéter sérieusement. Svanhild était à cet âge où se forgeaient les admirations et les amitiés indéfectibles, mais aussi les répulsions et les haines les plus tenaces. La Walkyrie ignorait ce qui avait bien pu passer dans l'esprit de l'adolescente, mais elle était visiblement en révolte. Pourquoi était-elle entrée sans prévenir dans sa chambre ? Que venait-elle y chercher ? Et pourquoi avait-elle détalé aussi brusquement ? Brunehilde frôla d'une main le coffre de bois devant lequel elle se tenait. Il lui fallait trouver une autre cachette pour la pomme de Freya.

Le plus vite possible.

Chapitre 22

Un homme de haute taille avançait à pas lents dans la nuit, enveloppé dans une longue cape d'un bleu sombre qui se confondait avec l'obscurité ambiante, coiffé d'un chapeau à large bord qui semblait découpé dans une étoffe de brume, tenant dans sa main droite une lance sur laquelle il s'appuyait pour rythmer sa marche. Il était escorté par deux grands loups gris aux yeux jaunes, tandis que deux corbeaux tournoyaient à sa suite dans l'air noir en poussant des croassements brefs. L'homme parvint enfin devant une humble cahute, faite de terre et de torchis, d'où s'échappait la fumée d'un foyer. Il dut se pencher pour pénétrer dans la maison au plafond bas. À l'intérieur, faiblement éclairée par les braises rougeoyantes du feu, la Vieille l'accueillit en ricanant.

— Tiens, tiens ! Voici une vieille connaissance ! Entre donc te réchauffer un peu, voyageur… Et laisse tes animaux dehors, je te prie. Il y a assez d'une vieille bête ici !

L'homme fixa un instant la Vieille de son œil unique, l'autre étant occulté par le bord du chapeau qui lui mangeait la moitié du visage. Puis il posa sa lance contre le mur et se laissa lourdement tomber sur un banc de bois.

— Cette fois-ci, je n'ai pas eu à t'éveiller de ton profond sommeil, Völa. Le temps des rêves est-il révolu ? énonça l'étranger.

— Il y a un temps pour dormir et un temps pour veiller. Un temps pour rêver et un temps pour agir. Je ne fais que suivre le cours implacable du destin. Et en rétablir l'équilibre lorsqu'il a été rompu à cause du caprice d'un dieu frivole. N'est-ce pas, Odin ?

— Chut ! Ne prononce pas ce nom ! Ici-bas, je ne suis qu'une ombre sans nom, un voyageur errant sans but de par le vaste monde...

— Et moi, je ne suis que la Vieille ! Sale, hideuse, décrépite, mais versée dans les arcanes de la magie la plus noire... Respecte mon anonymat, et je respecterai le tien, étranger.

Le dieu démasqué marqua un long silence, avouant ainsi son embarras. Puis il reprit, d'un ton qui se voulait détaché :

— Quel que soit ton nom, je t'ai connue plus resplendissante... Qu'es-tu venue faire dans ce trou à rats avec une apparence aussi piteuse ?

— Et moi, quel que soit ton nom, je t'ai connu plus glorieux ! Que viens-tu chercher dans les terres oubliées de Midgard en un pareil accoutrement ?

— La même chose que toi, peut-être... Mais sans doute pas avec les mêmes intentions...

La Völa ricana.

— C'est fort possible, voyageur. Ce sont tes oiseaux de ténèbres, sans doute, qui t'ont conduit jusqu'ici. Ils ont dû te révéler également la nature du bien précieux que j'étais venue reprendre. Un trésor hors de prix qui n'aurait jamais dû échouer sur les terres de Midgard. Un trésor indigne des hommes, dérobé au jardin de Freya par un dieu peu scrupuleux...

Odin se rembrunit.

— De quoi te mêles-tu ? Depuis quand t'inquiètes-tu de ce qui est ou non digne des hommes ?

— Et toi, depuis quand violes-tu les lois que tu as toi-même édictées ? Il est vrai que tu n'en es pas à ta première transgression... Dois-je te rappeler dans quelles circonstances l'anneau du nain Andvari fut dérobé ? L'anneau maudit du Nibelung...

À la mention de ce nom, le dieu serra le poing droit, faisant saillir la ligne rouge qui encerclait son majeur. D'une voix sourde, il plaida :

— Pourquoi évoquer le passé ? Tout cela est oublié...

La Völa éclata de rire :

— Oublié ? Allons donc ! Rien ne s'oublie jamais, tu le sais aussi bien que moi. Les événements les plus anodins sont inscrits à l'encre indélébile dans la trame du temps. Les actions les plus banales entraînent immanquablement des conséquences, tantôt bonnes, tantôt mauvaises. Ainsi tourne la roue du destin ! Et le vol de l'anneau d'Andvari est loin d'être un événement anodin ou une action banale ! Pas plus que ne l'est le vol d'une des pommes d'or du jardin de Freya !

Le voyageur au chapeau de brume fronça les sourcils. D'une voix manquant soudain d'assurance, il marmonna :

— Ce n'était pas un vol. Un emprunt, tout au plus...

— Mais comment peut-on être aussi inconséquent ? s'écria la Voyante en perdant patience. Tu sais pourtant que chaque chose est comptée dans l'univers ! Pensais-tu vraiment que ton larcin passerait inaperçu ? Pensais-tu contourner aussi facilement les arrêts de Frigg et les règles qui régissent le monde des dieux ? Offrir une pomme d'or à une simple mortelle, quel gâchis !

Odin tenta encore de plaider sa cause :

— Je n'ai rien offert... Ce n'est pas moi...

La Völa laissa éclater sa colère :

— Crois-tu que je sois dupe ? Crois-tu que j'ignore le rôle que joue la Walkyrie, ta complice ?

— Elle agit librement, argumenta encore le dieu au manteau bleu de nuit.

— Elle agit sous ton influence ! Elle n'est pas plus libre que tu ne l'es toi-même, dieu sans parole ! Crois-tu pouvoir contrer aussi facilement les arrêts du destin ? La race des dieux s'éteindra bientôt, et avec elle celle des hommes nés d'un dieu ! Ta lignée est maudite, Odin ! Et toutes les pommes du jardin de Freya n'y changeront rien ! Même Loki, ton âme damnée, se détourne de toi pour me venir en aide. C'est grâce à lui que la petite Svanhild a trahi Brunehilde pour tenter de lui dérober la pomme !

Le dieu suprême d'Asgard se dressa d'un bond et empoigna sa lance qu'il brandit comme un sceptre.

— Une nouvelle fois je te défie, Völa ! Les dieux ne périront pas ! Et mon sang continuera à couler dans les veines des rois du Frankenland ! D'ailleurs, tu as déjà perdu ! Malgré l'influence de Loki, Svanhild est arrivée trop tard, et sa trahison n'a servi à rien ! À l'heure qu'il est, grâce au charme de la pomme de l'éternel désir, le couple royal a renoué avec la passion et les gestes de l'amour. Cette nuit ne se terminera pas avant qu'un être nouveau soit conçu ! Un être de chair et de sang, issu de la lignée d'un dieu, et qui deviendra le roi le plus puissant de la Terre !

La Voyante poussa un cri terrifiant.

— Pauvre fou ! Sois maudit, toi et tes intrigues indignes de ton rang ! Sois maudit, et avec toi l'arrogante Walkyrie qui ne devait s'intéresser aux destinées des hommes qu'après leur mort ! Sois maudit, comme est maudit le sang qui coule dans les veines de tes bâtards humains ! Sois maudit, dieu sans foi qui violas les eaux du Rhin et portas à ton doigt l'anneau du Nibelung !

L'œil unique du voyageur brillait d'un éclat de haine. D'un coup de lance, il tisonna les braises rougeoyantes du foyer, faisant jaillir des flammes qui s'élevèrent jusqu'au toit de chaume de la masure. Puis il sortit en hâte et s'enfonça dans la nuit, suivi de ses loups et de ses corbeaux.

Chapitre 23

Rerir ne dormait pas. Adossé à la paroi de bois sculpté qui prolongeait la couche royale, il contemplait le corps nu de son épouse assoupie sur les fourrures, doucement rosi par les premières lueurs de l'aube. Du foin mêlé d'herbes fraîches jonchant le sol de la pièce, montait un parfum enivrant. Toute la nuit, ils s'étaient aimés comme dans les premiers temps de leur union. Avec la même fougue, la même passion dévorante, la même soif inextinguible de baisers, de caresses.

Rerir secoua la tête. À la réflexion, le plaisir qu'ils venaient de se donner l'un à l'autre était plus fort encore que ce qu'ils avaient pu éprouver dans le passé, même dans les moments les plus intenses. D'un revers de main, il frôla la hanche de Vara qui gémit dans son sommeil comme une chatte énamourée. En souriant, il se remémorait les gestes inconnus qu'elle avait osés, les positions nouvelles qu'avaient trouvées leurs corps, les mots aussi, étonnamment crus, eux qui jusque-là ne s'étaient accolés l'un à l'autre qu'en silence, et toujours avec une sorte de réserve qui les empêchait de s'abandonner complètement aux vertiges de leurs sens.

Cette nuit, au contraire, ils s'étaient livrés sans honte ni remords à toutes les délices que deux corps aimants peuvent partager, même les plus inattendues ou les plus audacieuses. Ils s'étaient aimés sans retenue, avec une étrange sauvagerie qui rappelait l'accouplement des fauves. Qu'est-ce qui avait bien pu déclencher un tel regain de désir chez sa femme ? Rerir l'ignorait, mais que lui importaient les raisons ? L'essentiel était que Vara le désirait désormais aussi fort que lui-même l'avait toujours désirée. Et de cet appétit violent, presque brutal, qui les jetait l'un vers l'autre, naîtrait immanquablement le fruit qu'ils espéraient tous deux.

Le roi s'allongea contre la reine étendue et, appuyé sur un coude, contempla le beau visage lisse et serein. Il tendit une main avide et caressa le ventre à peine bombé, les hanches pleines, et remonta vers les seins opulents qu'il se mit à pétrir. Encore assoupie, Vara souleva à peine les paupières, ouvrit les jambes et l'attira en elle. En pénétrant une fois de plus le corps de son épouse, Rerir ferma les yeux, s'abandonnant aux images intérieures que lui suggérait son imagination excitée par le plaisir. Parmi elles, une image s'imposa soudain, effaçant toutes les autres. Une image si douloureusement troublante que le roi fut incapable de contenir plus longtemps son ardeur, poussant un cri de jouissance qui déchira le silence de la nuit.

Cette image, se détachant avec une netteté surprenante sur l'écran noir de ses paupières closes, représentait un visage de femme.

Le visage d'une femme dotée d'une incomparable et surnaturelle beauté.

Le visage de Saga.

⁂

Svanhild ne dormait pas. Dans la clarté blafarde de l'aube, elle se faufilait sans bruit dans les longs couloirs du palais. Toute la nuit, elle avait fait le gué, attendant le moment où Saga, comme elle en avait l'habitude, sellerait son cheval pour s'en aller galoper durant les heures fraîches de la matinée. Elle voulait mettre à profit son absence pour s'introduire à nouveau dans sa chambre et s'emparer du fruit merveilleux que Hunding lui avait demandé.

En frissonnant, l'adolescente se remémora l'étreinte confuse qui l'avait unie à l'homme-chien. Sur le moment, engourdie par la boisson qu'il lui avait fait absorber, elle s'était contentée de subir, sans surprise ni révolte, les attouchements auxquels s'était livré Hunding. Lorsqu'il l'avait possédée, avec la brutalité du mâle impatient de prendre sa jouissance, elle n'avait même pas crié malgré la douleur fulgurante qu'elle avait éprouvée au moment de la pénétration. Plus tard, elle avait remarqué une traînée de sang séché sur sa cuisse. Du sang suintant de la blessure que, comme toute femme, elle portait au bas du ventre. Une blessure qui ne se refermerait jamais.

Svanhild aurait dû conserver un souvenir horrifié de cette agression bestiale, dans laquelle elle n'avait joué d'autre rôle que celui de jouet docile et malléable. Pourtant, elle ne pouvait s'empêcher d'éprouver un trouble au plus profond de son être, une sorte de vertige délicieux qui la poussait à se pencher au bord du gouffre. Elle ne désirait plus qu'une chose, c'était de sentir à nouveau l'haleine brûlante de l'homme-chien dans sa nuque, d'endurer la pression de ses griffes lui écorchant la peau, de guetter l'instant où l'homme, aveuglé par son propre désir, s'abandonnait en criant entre les jambes de sa proie, chasseur soudain vaincu. Elle qui n'était jusqu'alors qu'une fillette mal dégrossie, voici qu'elle se sentait devenir femme. Et cette métamorphose, qui touchait à son corps mais également à son âme, ouvrait en elle des perspectives infinies.

De la féminité, elle n'avait jusqu'alors éprouvé que la faiblesse et la fragilité face à la brutalité du monde et des hommes. À présent, elle en pressentait la force, une force basée non sur la violence, mais sur la séduction et l'ascendant sur l'autre. En ce domaine, elle entendait bien se surpasser. Et ce même fauve qui lui avait déchiré le ventre en ahanant viendrait bientôt lui manger dans la main comme un chien soumis et obéissant. Mais avant de circonvenir Hunding par ses cajoleries et ses câlineries, elle devait lui remettre, en guise de dot, ce que Saga dissimulait avec tant de soin dans le coffre de sa chambre. Sans bruit, la gamine se glissa à l'intérieur de la chambre en refermant bien vite la porte derrière elle pour ne pas être surprise par quelque serviteur qui se serait aventuré dans les couloirs du château à une heure si matinale. Puis elle bondit vers le coffre qu'elle ouvrit en grand.

Elle ne vit tout d'abord que des robes et des tuniques, coupées dans des étoffes de prix, que Vara avait offertes à Saga afin qu'elle fût digne du faste et du luxe qui régnaient à la cour du Frankenland. Sans égard pour ces vêtements, qui lui signifiaient la considération dont était entourée la scalde depuis son arrivée, elle les jeta par-dessus son épaule comme s'il se fût agi de vulgaires chiffons. En dessous, bien rangé au fond du coffre, elle découvrit alors le manteau de plumes avec lequel elle avait surpris Saga le jour de son arrivée sur terre. Elle en effleura le duvet du revers de la main, sensible à la douceur et à l'infinie légèreté qui s'en dégageaient. En contemplant de plus près le manteau, elle s'aperçut qu'il n'était pas composé de simples plumes de cygne, mais d'effilochures de nuages, de fragments dispersés de rêves. Ce manteau était tissé dans une matière impalpable qui n'avait jamais existé sur les terres de Midgard. Il s'agissait d'un manteau céleste, réservé aux seules divinités.

Svanhild, cependant, ne s'attarda pas à contempler le magnifique ouvrage. Ce n'est pas lui qu'elle était venu chercher, mais un trésor bien plus considérable encore. Une pomme enchantée. D'un geste brusque, elle jeta à terre le manteau de plumes, s'attendant à trouver la pomme cachée dessous. Mais le manteau ne cachait rien d'autre que le vide. La pomme n'était pas là.

Svanhild se redressa alors, étouffant à grand-peine un cri de rage. Saga avait dû se douter de quelque chose. Elle était partie de bon matin avec la pomme, sans doute dans l'intention de la dissimuler ailleurs.

Ailleurs ? Mais où ? Désormais alertée, Saga se mettrait en quête d'une excellente cache, et jamais Svanhild ne parviendrait à la découvrir.

Plus encore que le dépit d'avoir échoué dans la mission de confiance dont l'avait chargée l'homme-chien, Svanhild ressentait de la colère d'avoir ainsi été dupée par celle que jusque-là elle admirait tant. Incapable de se contrôler davantage, elle se mit à piétiner le manteau de plumes, avant d'en arracher les rémiges, d'en froisser l'ossature. Les duvets blancs retombaient sur elle comme des flocons de neige étincelants. L'accès de fureur qui s'était emparé d'elle finit par décroître, puis s'apaiser. Elle prit alors conscience de ce qu'elle venait de commettre. À son retour, lorsqu'elle constaterait le saccage subi par son cher manteau, Saga saurait immédiatement qui en était responsable. Elle irait s'en plaindre à la reine et au roi, qui dans l'instant chasseraient Svanhild.

Jamais elle ne pourrait supporter une telle honte. Il ne lui restait plus qu'une seule issue. La fuite. La fuite loin de ces lieux où elle s'était imaginé vivre enfin heureuse.

Elle préférait encore affronter la colère de Hunding.

⁂

Hunding ne dormait pas. Avant même que les premières clartés de l'aube ne viennent rosir le ciel, il guettait l'arrivée de Svanhild près de la source aux Dises. Ils étaient convenus de ce lieu de rendez-vous où, la veille à peine, l'homme-chien avait étreint le corps gracile et vierge de la jeune paysanne.

Cette étreinte avait été brève, et la fillette, droguée par les potions de la Vieille, n'avait pas manifesté davantage de réactions que si elle avait été plongée dans un profond sommeil. Cette léthargie avait facilité les desseins de Hunding et pourtant, en y resongeant, il regrettait presque cette victoire trop aisée. Autant, sinon plus que le plaisir qu'il prenait des proies qui lui tombaient entre les mains, il aimait la lutte qui précédait la conclusion des ébats. Oui, il eût préféré que Svanhild lui résistât, tentât de lui échapper en fouettant l'air de ses jambes et de ses bras, le mordît, le griffât et poussât des hurlements de terreur. Il eût aimé que la possession charnelle de la gamine fût accompagnée d'un viol par lequel il aurait pu mieux manifester sa puissance et son autorité. Les sangs échauffés par la légitime rébellion de la jeune vierge, il aurait sans doute éprouvé l'envie de différer la jouissance charnelle par quelque piment de cruauté dont il aurait eu alors l'inspiration. À cette seule évocation, Hunding sentit l'eau lui venir à la bouche. Il enfonça ses griffes dans les paumes de ses mains tandis que ses yeux s'allumaient d'une lueur malsaine. Plus encore que la simple jouissance des sens, il tirait son plaisir des brutalités qu'il imposait à ses victimes. Jouir simplement du corps de l'autre ne lui suffisait pas. Il avait besoin, pour parvenir à l'extase, de contempler l'avilissement de sa proie, d'en sentir le corps juvénile souillé et forcé, de lire dans son regard la répulsion et la haine. Du chien sauvage, Hunding avait conservé l'instinct du prédateur. Mais étant un homme, il y avait ajouté le ferment de la perversité.

Le bruit d'une galopade précipitée le tira de ses pensées impures. Dans la clarté grandissante du jour, il discerna bientôt la silhouette gracile de Svanhild qui courait vers lui. La gamine était hors d'haleine et, malgré la fraîcheur matinale, son front était embué de sueur. Hunding se redressa de toute sa taille, pour mieux toiser l'adolescente essoufflée.

« Elle a couru pour venir me rejoindre, se disait-il intérieurement. Elle avait donc hâte de me retrouver... » Cette pensée le flattait, mais il prit garde de n'en rien montrer à la fillette. Dans la relation qui était en train de naître entre eux, il entendait demeurer le seul maître. Pour cela, il devait afficher une rigueur et une autorité sans faille. Pas d'épanchements ni de gestes tendres. Même si elle avait été accueillie à la cour du Frankenland, Svanhild n'était rien d'autre qu'une paysanne, une esclave. Et elle devait être traitée comme telle.

Fronçant les sourcils, il apostropha la gamine d'un ton sec :

— Eh bien, te voilà enfin ! Tu as pris ton temps, on dirait... J'espère que tu me rapportes ce que je t'ai demandé. Allez, donne !

Hunding tendit la main, ouvrant une large paume brune, l'une des rares parties de son corps qui ne fût pas recouverte d'une épaisse toison. Svanhild, incapable de prononcer une parole, la gorge et les poumons en feu à cause de la longue course, contemplait cette main ouverte avec des yeux hagards. Elle se remémora l'instant où, le jour de leur rencontre, l'homme-chien lui avait tendu ses doigts enduits de sauce afin qu'elle les lèche.

C'était sa paume, à présent, qu'il lui présentait, non pour qu'elle la lèche, mais pour qu'elle y dépose la fruit merveilleux qu'elle était allée quérir pour lui. Pourtant, aimantée par cette main de brute, grossière et épaisse comme une planche de bois, elle faillit y plonger son visage pour humer l'odeur forte et animale qui s'en dégageait. Elle n'en fit rien, cependant. L'homme-chien avait été son amant, mais elle n'osait pas prendre l'initiative de le toucher, même si elle en ressentait confusément le désir. Elle aurait voulu qu'il l'attrape, la soulève de terre ou la jette sur le sol, qu'il la manipule et la violente avec la même impudeur que la veille. Elle n'avait d'autre ambition que d'être sa chose, sa femelle soumise. Mais Hunding ne semblait pas être dans les mêmes dispositions que le jour précédent. Pas tout de suite, en tout cas. Ce qu'il attendait de Svanhild aujourd'hui, ce n'était pas l'offrande de son corps, mais le butin qu'elle était allée conquérir pour lui. La pomme merveilleuse. La pomme que Saga avait emportée elle ne savait où. La pomme qu'elle ne retrouverait jamais.

Hunding commença à s'impatienter.

— Eh bien, qu'attends-tu ? Donne-moi la pomme, fille stupide !

Svanhild leva les yeux et ouvrit ses mains vides, désemparée.

— Tu ne vas pas me dire que tu ne l'as pas avec toi ! Où est cette pomme ? Allez, parle !

Encore essoufflée, la fillette finit par ânonner :

— Je... Je ne sais pas... Saga... Saga a dû l'emporter avec elle ce matin... Le coffre... vide...

Hunding poussa un cri de rage. Il avait eu tort de faire confiance à cette gamine. Elle avait laissé filer la scalde avec son trésor, et à présent il serait impossible de le retrouver. La Vieille n'aurait pas son salaire et refuserait de l'aider à se débarrasser de Rerir. Lors de la prochaine assemblée des chefs de clan, au solstice d'été, le roi du Frankenland serait à nouveau élu. Hunding resterait l'éternel rival, incapable d'imposer son autorité sur les innombrables tribus de Midgard. Il fit un pas en avant et, d'une seule main, empoigna Svanhild par la nuque, la serrant dans l'étau puissant de ses doigts.

— Tu n'as pas la pomme ? Tu oses revenir vers moi sans ce que je t'ai demandé ?

Il ne criait pas mais parlait d'une voix basse, presque murmurante, et ce murmure était plus inquiétant encore que des hurlements de colère. Svanhild, comme hypnotisée, était sans réaction. Eût-elle voulu parler que la main qui lui serrait le cou l'en aurait empêchée. Quant à se libérer de l'étreinte du fauve, il n'y fallait pas songer. Quand Hunding s'attaquait à une proie, il ne la lâchait pas. Jamais.

L'homme-chien avait presque collé son visage contre celui, grimaçant, de la fillette, et lui soufflait dans le nez son haleine empestée en braillant sa colère :

— Tu as échoué, petite idiote ! Tu as échoué !

Il continuait à lui broyer la nuque, sans relâcher la pression de ses doigts, secouant comme un fétu le corps léger de la jeune fille qui claquait des dents de terreur. Il sentait bien que la petite était trop fragile pour supporter longtemps ce traitement, mais il était incapable de desserrer son étreinte. En lui, il entendait comme une voix intérieure qui lui disait :

« Serre... Serre encore... Serre... Ssssss... »

Soudain, il y eut un bruit sec de branche qui casse, et les yeux de Svanhild devinrent troubles. Hunding relâcha son emprise et la gamine s'écroula à ses pieds, molle comme une poupée de chiffon, la nuque brisée. Hunding contempla sa main droite. Il n'avait pas eu conscience qu'il serrait aussi fort. Lorsqu'il était en colère, il ne maîtrisait pas sa force. Il regarda la fillette gisant à terre et scruta attentivement ses membres inertes, son cou tuméfié, son regard vide, l'expression d'horreur qui défigurait son visage. Il poussa un cri de rage et de dépit, furieux envers lui-même. S'il avait su se maîtriser davantage, il aurait pu prendre le temps de s'amuser un peu avec elle. À présent, il était trop tard. Désormais incapable de lui apporter du plaisir et de l'aider à trouver la précieuse pomme, la petite garce ne lui servait plus à rien. Du bout de sa botte, il la fit rouler sur le ventre, afin que fût caché son regard grand ouvert sur la mort.

Un serpent vert s'enfuit en louvoyant, tandis qu'un sifflement assourdissant résonnait à l'intérieur du crâne du criminel.

« Sssss… »

Hunding poussa alors un terrible rugissement, brandissant les bras au ciel comme s'il voulait défier les dieux.

⁂

La Vieille ne dormait pas. Assise sur un tronc d'arbre à demi calciné, elle regardait brûler les derniers vestiges de sa cabane. Les flammes surgies de la lance d'Odin avaient gagné le chaume qui s'était instantanément transformé en brasier. La Vieille n'avait eu que le temps de sortir avant que le toit ne s'écroule en une gigantesque gerbe de feu. Depuis, elle contemplait les progrès de l'incendie qui avait ravagé une partie de la forêt alentour.

Les yeux fixes, le corps immobile, la peau aussi rugueuse que la solive sur laquelle elle se tenait, elle attendait.

— Que s'est-il passé, la Vieille ? On dirait que la foudre s'est abattue sur ta maison…

La haute silhouette de Hunding se détachait dans le jour qui se levait, encore empuanti de fumées noires et d'escarbilles voletant dans l'air tiède comme des papillons de nuit. La Vieille tourna vers le géant son visage pâle et sans expression. Elle semblait avoir encore vieilli depuis la dernière fois qu'il l'avait vue. D'une voix cassée, elle finit par articuler :

— Tu arrives bien tard, Fils de la Chienne. Bien trop tard.

Plus rien n'a de sens désormais. Tu n'as pas la pomme, n'est-ce pas ? Et tu n'as plus la petite non plus... Mais je n'y suis pour rien. Mon philtre était pourtant efficace, et la gamine t'était acquise. Corps et âme. Mais tu es impulsif, beaucoup trop impulsif. Cela te perdra, Fils de la Chienne. Ce n'est pas ainsi que l'on s'impose auprès des autres. Il te manque la patience des rois...

Hunding ne répondit pas. Il savait que la Vieille avait raison. Il avait bêtement supprimé la petite sur un simple coup de sang. Il n'avait même pas pris le temps d'abuser d'elle une seconde fois. Et puis, qui sait, s'il l'avait laissée en vie, peut-être serait-elle parvenue tout de même à trouver cette pomme que la scalde avait emportée avec elle... À présent, il était trop tard. Il avait cassé son objet de plaisir et il ne serait jamais roi.

La Vieille le considérait de son regard oblique.

— Je lis dans tes pensées, Fils de la Chienne. C'est vrai que tu ne vaux pas grand-chose. Pourtant, tu vas voir que je suis moins rancunière que tu ne le redoutes. Sache que, même si ce ne sont pas les mêmes, j'ai autant de raisons que toi de voir périr le roi du Frankenland et s'éteindre son engeance. C'est pourquoi, malgré ton incompétence, je favoriserai tes projets meurtriers. Tout comme tu as assassiné la petite paysanne que tu destinais à ta couche, tu raviras la vie du roi dont tu brigues la couronne. Mais cela ne pourra s'accomplir que par la perfidie et la traîtrise, je t'en préviens. Malgré ta force et ta carrure, tu n'es pas taillé pour affronter Rerir en face. Tu le tueras, mais par surprise. Ainsi, tu le priveras d'une fin héroïque, le condamnant à errer indéfiniment dans les sombres royaumes de Hel au lieu de gagner le Walhalla, le paradis des guerriers...

Hunding redressa la tête, le regard pétillant de convoitise.

— Comment dois-je m'y prendre, la Vieille ?

La Vieille cligna de l'œil en ricanant.

— Approche, homme-chien. C'est la dernière fois que nous nous voyons, et tu n'auras plus jamais l'occasion de faire appel à moi ou à ma magie. Alors, approche et écoute attentivement...

⁂

Brunehilde n'avait pas dormi de la nuit. Dans l'ombre propice du château, elle avait guetté les signes par lesquels elle pourrait avoir l'assurance que la pomme de Freya avait bien rempli son office. Les manifestations d'extase qu'avait exprimées le couple royal avait suffi à la rassurer. Bientôt, la reine serait grosse des œuvres de Rerir, et un enfant naîtrait de leurs amours. Un enfant en qui coulerait du sang divin. Le sang d'Odin.

Peu avant l'aube, Brunehilde s'était à nouveau demandé si elle ne ferait pas mieux de quitter sans délai les terres de Midgard. Alertée par la suspecte attention que lui portait désormais Svanhild, elle redoutait quelque trahison de sa part. Elle avait rempli son office, il lui suffisait maintenant de réunir ses affaires, sa harpe, sa ceinture de pouvoir, son manteau de plumes et la pomme de Freya, de sceller son cheval de nuages, de retourner à la source aux Dises et de prendre son envol pour Asgard. Mais elle ne pouvait se résoudre à partir ainsi, comme une voleuse. Ni la reine ni le roi ne méritaient pareil manque de considération. Ils l'avaient accueillie avec chaleur, lui avaient accordé leur confiance. Si elle devait prendre congé, cela se passerait dans les formes réclamées par la Cour, et non à la sauvette. Brunehilde prit alors conscience que, malgré les menaces qui se profilaient, elle n'avait aucune envie de quitter le monde des hommes. Il fallait toutefois s'assurer que la pomme de Freya ne tomberait pas en de mauvaises mains, en la mettant à l'abri de toute convoitise ou curiosité déplacée.

Elle serra le fruit merveilleux dans sa bourse de cuir et se dirigea vers les écuries.

Chapitre 24

Au commencement des temps, Midgard, le monde où vivaient les hommes, avait émergé du gouffre de Ginnungagap. Midgard était entouré d'un océan infranchissable au sein duquel veillait le serpent géant Jörmungand. Ainsi les hommes étaient-ils protégés d'Utgard, le monde extérieur peuplé de géants et de monstres.

Au centre de Midgard coulait le Rhin, fleuve roi charriant sans trêve ses flots verts et bouillonnants. Mais le Rhin ne se résumait pas à l'eau alimentant son courant ou aux vagues rondes roulant à sa surface. Il abritait sous son apparence de fleuve un être animé et doué de conscience, un être puissant et formidable, barbare et violent, sensuel et capricieux, et surtout immensément riche.

Parfois, surgi de l'onde en perpétuel mouvement, il prenait l'apparence d'une sorte d'immense vieillard entièrement nu, dont le corps spongieux était recouvert d'une peau écailleuse et verte, et dont la longue chevelure et la barbe étaient composées d'algues tressées. C'est sous cette forme qu'il aimait à batifoler dans les flots et lutiner les accortes ondines aux chevelures d'algues rousses et aux seins blancs, qui étaient tout à la fois ses filles et ses amantes. Le Vieux Rhin, ainsi qu'on le nommait, ne savait pas résister aux multiples tentations que lui suggéraient ses sens. De ses désirs jamais assouvis, de ses appétits toujours insatisfaits, de ses colères sans retenue, il entretenait en permanence le cours passionné et irascible du fleuve roi, si redoutable que nul être humain n'était jamais parvenu à le franchir sans y laisser la vie.

Dans les eaux vertes et bouillonnantes du Rhin s'ébattaient en riant les gracieuses Filles du Rhin. Leurs corps sveltes et souples étaient entièrement nus, n'ayant jamais connu d'autre vêtement que l'eau vive qui colorait leur peau de marbrures diaprées. Aussi agiles que des poissons, elles nageaient en faisant ondoyer avec grâce leurs longues silhouettes diaphanes, creusant leur ventre, cambrant leurs reins, bombant leur poitrine, battant les flots de leurs bras et de leurs jambes graciles, sans manifester la moindre gêne à s'exposer ainsi sans artifice aux regards indiscrets. Elles étaient totalement dépourvues de cette pudeur et de cet embarras qui caractérisaient souvent les femmes de Midgard lorsqu'il s'agissait de dévoiler leur intimité. La nudité était aussi nécessaire à leur survie que l'eau au sein de laquelle elles se mouvaient en longs ébats circulaires ou que l'air qu'elles venaient respirer à la surface de l'onde entre deux plongeons. Parfois, elles se reposaient sur l'un des rochers qui trouaient le cours du fleuve de leurs masses lisses et noires. Elles se miraient alors dans le reflet capricieux que leur offrait le miroir liquide du Rhin, passant d'interminables heures à peigner leurs longues chevelures tout en exposant leurs rondeurs charnues aux rayons du soleil, prenant des poses alanguies qui eussent, chez de simples femmes, signifié le comble de l'indécence mais qui, chez ces créatures de l'eau, n'avaient d'autre motivation que le simple plaisir de jouir de cet instant fugitif en toute candeur et totale innocence.

Bien des années plus tôt, Odin avait plongé dans le Rhin afin de s'accoupler à la jeune mortelle qui lui avait donné une descendance humaine. Une partie de la semence du dieu s'était mêlée à l'eau qui avait accueilli leurs ébats. De cette union imprévue entre le fleuve et le dieu suprême d'Asgard étaient nées ces ondines, comme les Walkyries étaient nées des amours entre Odin et Erda, le Ciel et la Terre. Mais Odin ne les avait pas reconnues et ignorait jusqu'à leur existence. Le fleuve qui leur avait servi de mère devint alors tout à la fois leur père, leur mère et leur époux. C'est pourquoi on les appelait simplement les Filles du Rhin.

Du fleuve généreux qui avait accouché d'elles, elles avaient reçu en partage la mobilité, le caractère fantasque et versatile, l'humeur volage et lunatique. Du dieu oublieux qui les avait engendrées, il leur manquait la sagesse, le pouvoir et l'immortalité. C'est pourquoi, à défaut de restaurer ce lien rompu avec le paradis d'Asgard et le monde des dieux, les ondines étaient condamnées à une existence inconsciente et éphémère.

À l'origine, leur nombre s'élevait à plusieurs milliers, nées du bain amoureux qu'Odin avait pris dans le Rhin. Année après année, elles s'étaient éteintes les unes après les autres, vaincues par les flots incessants dans lesquels elles se noyaient, gouttes d'eau rendues à l'impassibilité liquide d'où elles n'étaient sorties que pour y retourner à jamais.

Désormais, elles n'étaient plus que trois. Woglinde, Wellgunde et Flosshilde. Trois Filles du Rhin bientôt promises à la mort et l'oubli. Trois sœurs nageant et riant dans les eaux vertes du fleuve qui avait été leur berceau et qui serait leur tombe. Car elles nageaient et riaient comme elles l'avaient toujours fait, sans se soucier de leur fin prochaine, n'osant plus espérer cette immortalité qui leur faisait défaut. Elles étaient nues et vierges, sans pudeur et sans regrets, sans mémoire et sans avenir.

Wellgunde était allongée sur un récif, occupée à démêler sa chevelure épaisse au moyen d'un peigne improvisé avec une arête de poisson, tandis que sa sœur Woglinde accomplissait de grands cercles en nageant autour du rocher.

— Weia ! Waga ! Wagalaweia ! Wallala weiala weia ! chantonnait Woglinde en éclaboussant sa sœur au passage. Rejoins-moi vite, Wellgunde. L'eau est si bonne !

— Heiaha weia ! répondit Wellgunde. Laisse-moi plutôt me coiffer, Woglinde. Je suis affreuse, ainsi !

Du fond du Rhin surgit alors Flosshilde, qui se mit à nager à son tour autour du rocher.

— Weia ! Waga ! Wagalaweia ! Venez plonger avec moi au fond de l'onde, mes sœurs... Il y a de succulents poissons à croquer, en bas !

— Weia ! Waga ! Heiaha weia ! répondit Woglinde. Cette mijaurée de Wellgunde préfère se faire belle plutôt que d'aller à la pêche !

— Hahahaha ! s'esclaffa Flosshilde. Et si nous allions la chercher, Woglinde ? Tiens, viens m'aider !

Sans cesser de nager de façon circulaire, Woglinde et Flosshilde s'approchèrent du rocher où se tenait leur sœur, et entreprirent de lui saisir les pieds pour l'obliger à plonger dans le fleuve.

Wellgunde se défendit en battant l'air de ses jambes nues tout en poussant des cris aigus.

— Heia ! Heia ! Heiaha weia ! Laissez-moi, sœurs turbulentes et espiègles ! Je n'ai pas fini ma toilette !

— Weia ! Waga ! Wagalaweia ! Justement, c'est l'heure de ton bain ! Rejoins-nous ! Rejoins-nous ! firent les deux ondines.

Pour échapper aux taquineries de ses sœurs, Wellgunde sauta à pieds joints dans le fleuve, éclaboussant le rocher d'une couronne d'écume.

— Heiaha weia ! Wagalaweia ! Me voici parmi vous, coquines ! À présent, essayez de m'attraper !

— Hahahahahaha !

Les trois ondines reprirent leur nage en cercle, se pourchassant, s'attrapant par les pieds ou par les cheveux, jouant et chantant comme des enfants.

— Wallala ! Lalaleia ! Leialalei !

— Heia ! Heia ! Haha ! Hahei !

— Wallala ! Lalaleia ! Leialala !

Soudain, une voix provenant de la rive droite du fleuve vint interrompre les jeux des ravissantes ondines :

— Qui êtes-vous, filles de l'eau ?

Surprises, les Filles du Rhin plongèrent d'un seul coup de reins au fond de l'onde, ne laissant derrière elles qu'un essaim de bulles nacrées. Mais leur curiosité était plus forte que leur prudence, et elles refirent bien vite surface pour découvrir l'être qui avait interrompu leur manège. Elles découvrirent une jeune femme aux longs cheveux nattés, juchée sur un cheval d'un blanc immaculé. Au premier coup d'œil, elles reconnurent en elle non une simple mortelle, mais une créature surnaturelle.

— Heia ! Haha ! Heiajaheia ! Nous sommes les Filles du Rhin, belles aujourd'hui, mortes demain, éphémères et sans lendemain ! Et toi, qui es-tu, fille venue d'un autre monde ? Une Dise ? Une alfe de lumière ? Une déesse, peut-être ?

Brunehilde sourit. Elle avait entendu parler de ces Filles du Rhin, nées de la semence d'un dieu et cependant privées de l'immortalité à laquelle elles auraient pu prétendre. Elle comprit aussitôt le parti qu'elle pouvait tirer de cette rencontre inopinée. Cette mort prochaine à laquelle étaient promises les ondines, elle pouvait la conjurer en leur confiant le trésor qu'elle ne pouvait conserver plus longtemps avec elle, qu'elle ne savait où cacher, et qui commençait à être un fardeau trop lourd à porter.

— Ce que je suis vraiment, je ne puis le dire à personne, pas même à vous, mes sœurs de l'onde. Je n'appartiens pas à ce monde, et ne dois pas m'y attarder plus longtemps. À moins que vous ne m'aidiez...

— Heiajaheia ! Heia ! Haha ! De quoi s'agit-il, sœur de l'air ? Que pouvons-nous faire pour toi ?

Pour toute réponse, Brunehilde ouvrit les fontes de sa selle et en sortit la pomme d'or de Freya. La pomme d'éternelle jouvence, dont la rondeur parfaite avait à peine été entamée par la bouchée qu'avait prise la reine. À la vue du fruit merveilleux, les trois Filles du Rhin tombèrent dans une sorte d'extase.

— Wallalallalala leiahei ! Wallalallalala leiajahei ! Fruit incorruptible et immortel ! Trésor d'abondance et de richesse infinie ! Pomme d'or ! Pomme de vie ! Nous avons tant rêvé de toi ! s'exclama Flosshilde.

— Wallalallalala leiahei ! Wallalallalala leiajahei ! Ô sœur de l'air, donne-nous la pomme tant espérée ! Nous en serons les vigilantes gardiennes. Grâce à elle, nous ne mourrons pas, contrairement à nos sœurs. Grâce à elle, nous serons nous aussi immortelles, comme le dieu qui jadis nous a engendrées. Elle sera notre trésor, notre raison de vivre, et nous ne laisserons aucune main vile s'en emparer ! supplia Wellgunde.

— Wallalallalala leiahei ! Wallalallalala leiajahei ! Confie-nous la pomme d'or ! Nous la conserverons au fond du fleuve qui nous a vues naître et qui, grâce à elle, deviendra lui aussi immortel. La pomme d'or rejoindra ainsi l'Or du Rhin ! insista Woglinde.

— Or du Rhin ! Pomme d'or ! Richesse et immortalité à jamais ! Wallalallalala leiahei ! Wallalallalala leiajahei ! Wallalallalala ! chantèrent en chœur les trois ondines.

Brunehilde tenait toujours la pomme au creux de sa main, hésitant encore à confier le fruit sacré aux insouciantes Filles du Rhin. Elle ne pouvait pourtant pas le garder avec elle, ni le dissimuler dans la première cachette venue, car aucun lieu de Midgard n'était suffisamment sûr. Elle avait bien pensé rejoindre sans délai Asgard, afin de rendre la pomme à Odin, mais réflexion faite, ceci risquerait d'embarrasser le dieu plus qu'autre chose. Peut-être devait-elle plutôt rapporter le fruit merveilleux dans le verger de

Freya, à Vanaheim… Mais la déesse la surprendrait, et l'accuserait d'avoir volé le fruit.

Plus elle y pensait, plus Brunehilde se persuadait que la pomme d'or de Freya devait reposer dans les profondeurs du Rhin, sous la protection vigilante des ondines qui, pour prix de leurs soins jaloux, recevraient en partage cette immortalité à laquelle leur cœur aspirait. La pomme d'éternelle jouvence du jardin de Freya rejoindrait l'Or du Rhin, trésor rare et précieux venant s'ajouter aux biens immenses et magnifiques que recelait déjà le fleuve, et que gardaient jalousement les Filles du Rhin.

Brunehilde allongeait déjà le bras pour confier la pomme aux ravissantes ondines lorsqu'une brutale bourrasque lui gifla le visage, tandis que le ciel jusque-là si pur s'assombrissait de lourds nuages noirs. Une tempête s'abattit sur les rives du Rhin, faisant ployer les arbres voisins au risque de les déraciner. Surgie comme par enchantement de la tourmente, une ombre blanche se profila à l'horizon. Une ombre d'où sortit une voix mugissante :

— Arrête ton geste, fille d'Odin ! Cette pomme n'est pas à toi ! Elle appartient aux puissances originelles qui ont créé ce monde. Tu as commis assez de transgressions comme cela, sur les ordres d'un dieu infidèle et perfide. À présent, tu dois t'incliner devant les forces du Destin, dont les dieux et les hommes sont les humbles jouets. Donne-moi la pomme, Walkyrie semeuse de mort, vierge des massacres ! La Pomme de Vie n'est pas pour toi ! Elle n'est pas non plus pour les filles de l'eau, erreur de la création due au plaisir fugitif et coupable d'un dieu adultère ! Donne-la-moi ! Donne !

L'ombre blanche s'était approchée à une vitesse vertigineuse, se matérialisant sous la forme d'une vieille femme au visage pâle et aux longs cheveux blancs tombant jusqu'à ses pieds. Sa voix de tonnerre était assourdissante :

— Je suis la Völa ! La Voyante ! La Grande Mère des origines qui rêve le monde afin que le monde soit ! Sans moi, le monde ne serait pas, ni les dieux, ni les hommes, ni les habitants des Neuf Mondes. Obéis, fille du maître des batailles ! Obéis, cavalière de la nuit ! Donne-moi la pomme d'éternelle jouvence ! Donne !

— Donne ! Donne-nous la Pomme d'or, fille de l'air ! Wallalallalala leiahei ! Wallalallalala leiajahei ! Wallalallalala ! répondaient les Filles du Rhin en écho.

La Völa se précipita en hurlant vers Brunehilde, comme si elle voulait lui arracher des mains le fruit tant convoité. Plus rapide, la Walkyrie lança la pomme vers les ondines qui, avec toute la vivacité et la souplesse qui les caractérisaient, la saisirent en plein vol.

— Pomme d'or ! Pomme d'or ! À nous, enfin, à nous ! Te voici avec l'Or du Rhin ! Wallalallalala leiahei ! Wallalallalala leiajahei ! Wallalallalala !

Puis les trois ondines plongèrent dans les profondeurs du fleuve, emportant leur précieux trésor si chèrement acquis. Elles ne laissèrent derrière elles que trois couronnes d'écume verte qui s'élargissaient à la surface de l'onde.

— Aaaaaaaah !

Voyant la pomme de Freya lui échapper, la Völa poussa un cri terrifiant. Mais il était trop tard. Le fruit merveilleux n'appartenait plus ni au monde des dieux ni à celui des hommes, mais à l'univers liquide et mystérieux du Rhin, le fleuve roi qui partageait en deux les terres de Midgard, placé sous la surveillance attentive des Filles du Rhin, et personne ne pouvait plus rien y faire, pas même les puissances des origines, pas même la Völa.

— Aaaaaaaaaaaaah !

En poussant un nouveau hurlement, la Voyante frappa du pied le sol avec une violence telle que la terre se craquela. Elle s'engouffra dans la crevasse ainsi ouverte dans un ultime mugissement de fin du monde. Le vent enfin se calma, et le ciel, nettoyé de ses nuages, se rasséréna.

Brunehilde, toujours juchée sur son cheval qui n'avait pas bronché, comprit alors qu'elle venait une fois de plus de contrarier les puissances du Destin. Par son geste d'insoumission, par son refus d'obéir aux injonctions de la terrifiante Völa, la Walkyrie rebelle venait de se couper définitivement le chemin du retour vers le paradis d'Asgard. Il ne lui restait plus qu'à demeurer dans le monde des hommes. Définitivement, cette fois. Elle tira sur les rênes de sa monture pour reprendre le chemin du palais du Frankenland. Derrière elle, les Filles du Rhin s'étaient remises à chanter :

— Weia ! Waga ! Wagalaweia ! Wallalallalala leiahei ! Wallalallalala leiajahei ! Wallalallalala !

Brunehilde s'éloigna au trot de son cheval. Sur ses lèvres se dessinait, presque malgré elle, un imperceptible sourire...

TROISIÈME CHANT

L'aigle de sang

À la lueur mordorée des torches crépitantes d'où s'échappent des fumerolles noires, les guerriers du Walhalla continuent d'écouter mon chant avec une attention religieuse. Leurs yeux fixes semblent contempler les scènes que fait naître mon récit. Leurs cœurs sont agités des émotions contradictoires suscitées par ma voix. Ils en oublient de boire et de manger, et même de se battre. Ils n'attendent qu'une chose : que je continue à brosser devant eux le portrait des dieux et des héros, que j'évoque l'horreur et le carnage des champs de bataille, que je décrive les intrigues, que je suggère les complots, que je réveille les passions, que je ranime l'antique flamme de la saga, l'« Histoire qui se raconte ».

Assis à la place d'honneur de la salle des banquets, Odin m'écoute, lui aussi, même si ses yeux sont toujours clos. On le croirait plongé dans un profond sommeil, indifférent à tout ce qui l'environne. Mais je devine, au pli profond qui barre son grand front, au tressaillement bref de son menton, à ses doigts crispés sur le manche de sa lance Gungnir, que le dieu suprême d'Asgard me prête la même attention que les guerriers morts au combat. Il ne peut oublier que j'ai été l'instrument de ses espérances et la cause de sa chute, moi, Brunehilde, la Walkyrie céleste tombée sur terre, sa fille préférée et maudite, la voix de sa conscience, de ses joies et de ses remords.

Terrassée à mon tour par le poids de ma propre mémoire, je suis incapable de poursuivre mon chant. Je plonge en moi-même, et je me souviens…

Exilée dans les territoires de Midgard, j'avais enduré ce qu'aucun dieu ni aucune déesse n'avaient enduré avant moi. J'avais ressenti dans chaque fibre de mon corps le poids de la chair, la chaleur et le froid, la faim et la soif. Moi qui n'avais jamais vécu qu'entourée des richesses d'Asgard ou de la splendeur du Walhalla, j'avais foulé du pied la tourbe et la boue dont sont faits les chemins de Midgard. Des hommes, dont la Walkyrie que j'étais n'avait jamais connu que la fin héroïque, j'avais appris à découvrir les travers, l'envie, la jalousie, la haine. Pour réussir la mission délicate dont m'avait chargée Odin, j'avais dû braver les puissances invisibles qui régissaient les Neuf Mondes et auxquelles devaient obéir les dieux eux-mêmes. Je m'étais opposée à la Völa, la Voyante des origines. J'avais refusé de rendre la pomme de Freya en la confiant aux Filles du Rhin. J'étais intervenue dans le cours du destin des hommes, niant les prophéties des Nornes. J'étais devenue une paria, aussi suspecte et infidèle aux yeux des Ases que l'était Loki le trompeur. Je m'étais coupé la route du ciel, sans espoir de m'intégrer jamais totalement dans ma demeure terrestre, dont j'étais pourtant la prisonnière…

Je ne regrettais rien, cependant. J'étais fille du ciel, mais aussi de la Terre. Odin était mon père, le dieu céleste d'Asgard, mais ma mère était Erda, la Terre, à la chair lourde de glaise, chargée d'humus et de secrets enfouis. Mon teint et mes yeux clairs, je les devais à Odin, mais Erda m'avait laissé en partage ma chevelure de cuivre, couleur de terre rouge, dans laquelle luisaient des reflets d'or. J'étais faite d'un mélange de lourdeur et de légèreté, de gravité et de grâce, d'ombre et de lumière. J'étais une déesse qui avait accepté de devenir une mortelle, un être humain, une simple femme.

J'ignorais encore quel serait le prix à payer pour cette métamorphose… J'ignorais quelle forme prendrait cette fois la malédiction qui, depuis si longtemps, pesait sur les dieux et leur descendance…

Les guerriers sont toujours là, dans la vaste salle du Walhalla, prêts à écouter la suite de mon récit. Mon silence, pendant ma rêverie, n'a pas fait retomber leur intérêt. Au contraire, ils semblent tendus dans une attente anxieuse.

Odin tient toujours ses yeux fermés. Mais je sais qu'il attend lui aussi.

Je saisis ma harpe, et reprends mon chant…

Chapitre 25

— Il bouge, Saga ! Je le sens gigoter et me donner des coups de pied ! Il n'est pas encore né et déjà il m'épuise…

La reine se tenait le ventre à deux mains, comme pour contenir la sphère ondulante de son ventre distendu. L'enfant promettait d'être de forte taille et de belle vigueur. Vara était pourtant de belle constitution, mais cette grossesse tant espérée la fatiguait énormément, et parfois elle sentait le courage l'abandonner. Il lui semblait non pas porter un enfant, mais se mesurer à un adversaire plus fort qu'elle. Un adversaire qui avait juré de la vaincre en combat singulier. Un adversaire devant lequel elle pouvait d'autant moins se dérober qu'il se cachait à l'intérieur d'elle-même.

— Tout ira bien, ma reine ! Votre enfant sera le plus beau du monde… Il fera votre joie et la gloire du Frankenland.

Depuis des mois, Brunehilde consacrait ses journées à calmer les douleurs de Vara, apaiser ses peurs et ses doutes, lui redonner de la force. Pour distraire la souveraine de sa longue et pénible attente, elle tirait de sa harpe des sons mélodieux et scandait d'anciennes légendes mettant en scène les hommes et les dieux.

La Walkyrie avait juré de mener jusqu'au bout la mission que lui avait confiée le maître d'Asgard. Elle ne pouvait prendre le risque d'échouer. Il fallait que la reine accouchât d'un enfant, un descendant d'Odin, afin que la lignée humaine du dieu soit assurée et se développe, malgré la double condamnation de

Frigg et de la Völa. Tout en dispensant à la reine ses paroles de réconfort, Brunehilde se remémorait les événements qui s'étaient déroulés au cours de ces derniers mois.

Après avoir bravé la Völa et confié la pomme d'or de Freya aux Filles du Rhin, Brunehilde était rentrée au palais du Frankenland. En pénétrant dans sa chambre, elle avait trouvé son manteau de cygne saccagé. Peu lui importait, puisque le chemin d'Asgard lui était désormais interdit, à cause de sa rébellion et de ses transgressions. De toute façon, le pouvoir du manteau était indestructible, même ses plumes arrachées. Brunehilde rangea pieusement dans le coffre les duvets blancs, avec sa ceinture de pouvoir qu'elle n'avait plus le droit d'utiliser non plus. Elle n'était plus une Walkyrie, désormais, mais Saga, la scalde venue des lointaines îles situées au nord de Midgard.

Bien entendu, elle avait tout de suite compris qui avait mis son manteau de plumes en charpie, et ne fut guère étonnée de ne pas voir paraître Svanhild de la journée. La jeune fille hésiterait à se montrer au château après un pareil forfait. Elle devait se terrer dans les bois comme un animal blessé.

Malgré son ressentiment, Brunehilde fut prise à son égard d'un élan de pitié. Svanhild était, certes, une adolescente capricieuse et imprévisible, qui lui vouait une jalousie maladive, aussi vive que l'admiration qu'elle lui avait portée naguère, mais ce n'était pas une raison pour l'abandonner à son sort. Brunehilde se promit de partir à sa recherche dès que Vara n'aurait plus besoin d'elle. Elle n'en eut pas le temps. On retrouva le corps de l'enfant le soir même, près de la source aux Dises. Le cou rompu, le visage pâle et sans vie, la petite avait cessé de souffrir. Personne ne sut qui lui avait donné la mort, mais au visage sombre qu'arborait Rerir, on devinait qu'il se doutait de l'identité du responsable.

Plus encore que le roi, la reine Vara fut profondément affectée par la disparition de Svanhild. Sa peine était ravivée par le souvenir de la scène au cours de laquelle elle avait chassé la gamine de son salon. Elle imaginait que, sans cet accès de colère, par ailleurs parfaitement justifié, la gamine n'aurait pas fugué et serait toujours de ce monde. Brunehilde en était moins sûre que la reine mais elle n'en dit rien.

Lorsqu'elle croisait le roi, Brunehilde remarquait qu'il affectait de ne pas la voir, de peur sans doute de trahir le trouble qu'elle faisait naître en lui et dont il ignorait la cause. La scalde respectait cette indifférence feinte. Elle faisait même tout pour l'encourager. Rien ne devait ternir le climat de sécurité fragile au sein duquel la reine voyait gonfler son ventre mois après mois.

Le fidèle Horst, quant à lui, continuait de dévorer Brunehilde des yeux lorsqu'il tombait nez à nez avec elle. C'était un homme jeune et beau, à l'allure noble et courageuse, et la jeune femme devait s'avouer qu'elle n'était pas insensible à son charme. Mais elle s'interdisait de faciliter en quoi que ce fût ses entreprises. La situation dans laquelle elle se trouvait était suffisamment périlleuse pour qu'elle ne s'exposât pas à des aventures supplémentaires.

De son côté, jamais le loyal vassal du roi du Frankenland n'eut à son égard un mot ou un geste déplacés. Dès le premier regard qu'il avait porté sur la scalde à son arrivée au palais, il avait intuitivement compris qu'elle n'appartenait pas au monde des simples mortels. Il ne l'aimait pas, il l'adorait, comme on adore une divinité. De loin et avec respect. L'attention qu'il lui manifestait n'avait rien d'intéressé. Il lui vouait simplement une dévotion profonde, aussi intense et pure que celle qu'il réservait à son roi.

À présent qu'approchait l'heure de la libération de la reine, Brunehilde recommençait à se poser la question de savoir ce qu'elle ferait après la naissance de l'enfant. Demeurerait-elle à la cour du Frankenland ? Repartirait-elle sur les routes, pour aller de royaume en royaume narrer ses sagas ? Une chose était sûre, privée de ses ailes, elle ne reprendrait pas le chemin d'Asgard. Elle avait voulu connaître le monde des hommes. Elle en faisait désormais partie. Pourtant, tout en elle clamait qu'elle était d'une autre nature que celle des simples humains. Son allure de souveraine, sa beauté surnaturelle, ses dons poétiques étaient les signes évidents par lesquels elle manifestait encore aux yeux du monde son ancienne gloire de Walkyrie.

Une Walkyrie échouée sur la terre des hommes…

Brunehilde ignorait encore qu'elle allait devoir faire face à de nouvelles épreuves, qui allaient la contraindre à demeurer longtemps encore dans le royaume du Frankenland.

Chapitre 26

Les beaux jours étaient revenus, les rives du Rhin majestueux se paraient de leurs verts les plus tendres. La nature, engourdie durant les longs mois d'hiver, s'était éveillée au printemps, emplissant les bois de chants d'oiseaux. Les jours rallongeaient, marquant la victoire du soleil sur la nuit, des forces de lumière sur celles des ténèbres. Bientôt, ce serait le solstice d'été. Le jour le plus long de l'année. Celui où le Soleil conduirait sa course triomphale d'un point de l'horizon à l'autre, répandant sur le monde des hommes la clarté et la chaleur bienveillantes de ses rayons d'or.

Comme chaque année, les différents clans et tribus peuplant la rive orientale du Rhin allaient se réunir rituellement au sommet de la montagne sacrée pour élire un nouveau chef de guerre. Au cours de la nuit précédant le jour du solstice, celui où le Soleil était le plus puissant, étendant son empire d'est en ouest, les chefs choisiraient une fois de plus celui d'entre eux qui serait le plus digne d'incarner la plénitude et la souveraineté de l'astre solaire et d'être sur terre le digne représentant d'Odin.

Rerir était assuré d'être désigné une fois de plus par l'assemblée des chefs, malgré l'opposition grandissante de son rival Hunding. Mais pour cela, il devait se rendre à la montagne sacrée. Or, cette obligation à laquelle il s'était jusqu'alors plié sans réserve lui était devenue cette fois-ci cause de préoccupation et d'angoisse. Car il allait bientôt être père. Plus que tout, il désirait être présent au moment de la naissance de son enfant. Et il craignait que cette naissance ait lieu au moment où il serait retenu au loin. Il ne serait pas là pour accueillir son enfant tant attendu. Il ne serait pas là non plus pour prendre soin de sa femme au moment où elle mettrait au monde le fruit de leurs amours.

Comment concilier les espérances d'un père et les servitudes d'un roi ?

⁂

— Horst, je ne peux laisser la reine seule. J'attends le moment de cette naissance depuis si longtemps, comprends-tu ?

Rerir avait fait appeler son fidèle vassal pour épancher librement son cœur devant un être de confiance, une incarnation de sa propre conscience. Souvent, lorsqu'il était pris d'un doute ou qu'il peinait à trouver la solution juste à un problème, il s'entretenait ainsi avec son dévoué compagnon, lui exposant tour à tour les arguments contradictoires entre lesquels il balançait. Avec toute la sagesse et la bienveillance dont il était pétri, Horst écoutait patiemment son souverain et ne prenait la parole que pour formuler tout haut ce que Rerir savait déjà pertinemment.

— Cette naissance est importante pour vous et pour le royaume, seigneur. Mais il est également capital que vous soyez à nouveau élu chef de guerre par vos pairs. Vous seul êtes capable de contenir les ferments de guerre qui empoisonnent les tribus…

— Je commence à être fatigué de ce rôle… S'ils ne sont pas capables de se gouverner tout seuls, pourquoi devrais-je sans cesse me substituer à eux ? J'ai parfois l'impression d'être un père passant son temps à tancer et dresser ses enfants…

— C'est exactement ce que vous êtes à leurs yeux, seigneur. Un père. Le représentant sur terre de leur père céleste, Odin…

— Mais ils ne sont pas mes enfants ! Mon enfant, mon véritable enfant, est celui qui va naître bientôt ! Et voilà que je dois déjà l'abandonner pour de simples manœuvres politiques !

— Il ne s'agit pas de simples manœuvres politiques, seigneur, et vous le savez. L'enjeu est plus que jamais d'importance. On dit que Hunding a réussi à former une coalition destinée à vous supplanter dans l'assemblée des chefs…

— Hunding ! Ce chien dressé sur deux pattes ! Il n'est pas de taille…

— Ne le sous-estimez pas, seigneur. Tant que vous êtes là, c'est vrai, il n'est pas de taille... Mais en votre absence...

Rerir ne répondit pas, se contentant de froncer les sourcils d'un air grave. Horst avait parfaitement raison. Hunding était un être vil et violent, mais il avait su s'imposer auprès de certains chefs de clans par le biais de la menace et de la corruption. Depuis toujours, le monde de Midgard hésitait entre l'harmonie et le chaos. Les efforts fournis par Rerir pour imposer la première devaient en permanence être renouvelés. Les hommes rechignaient à s'extraire de la glèbe dont ils étaient pétris pour se conformer à l'image divine dont ils étaient les reflets. Parfois, Rerir lui-même se sentait perdre courage, et songeait à tout abandonner. Lorsque le doute commençait à s'infiltrer en lui, il appelait Horst et se confiait à lui. Et Horst, à chaque fois, savait trouver les mots justes. Les mots qui l'affermissaient dans sa lourde mission de souverain.

Rerir redressa la tête et contempla son conseiller.

— Tu as raison, Horst, bien sûr. Je ne puis laisser le champ libre à Hunding. J'irai donc... Mais toi, Horst, tu resteras ici ! Tu veilleras sur la reine, et tu verras naître mon enfant !

Le regard si franc et assuré du vassal se voila imperceptiblement. Jusqu'alors, il avait toujours accompagné son souverain à l'assemblée des chefs, et il ne tenait pas à renoncer à cette mission. Il ne s'agissait pas à ses yeux d'un privilège à conserver, ou d'un prestige dont il aurait cherché à se doter, mais d'une élémentaire mesure de sécurité. Par les temps qui couraient, les routes étaient peu sûres. Au-delà des limites du royaume du Frankenland, les périls étaient nombreux. Et qui sait si quelque complot ne se tramait pas pour ravir le trône par la ruse et la trahison ?

Horst avait juré de toujours protéger son roi. Cette fois-ci, plus que jamais, il ressentait l'urgence de ce rôle. Mais Horst avait également juré de toujours obéir à son souverain, et d'agir en toutes choses comme un double de lui-même. Rerir ne pouvait pas se trouver à la fois à l'assemblée des chefs et au chevet de la reine. Il comptait sur son vassal pour le remplacer dans la moins officielle de ces deux tâches.

Horst raffermit son regard et murmura doucement :

— Je resterai, seigneur. Et je prendrai soin de la reine et de votre enfant...

Chapitre 27

Rerir était parti à l'aube, accompagné d'une courte escorte. Horst avait insisté pour que le souverain s'entourât d'une suite plus conséquente, mais le roi du Frankenland s'y était refusé.

La période du solstice d'été, au cours de laquelle les différents chefs de clans s'acheminaient vers la montagne sacrée, marquait une trêve rituelle au cours de laquelle les tribus renonçaient tacitement à se faire la guerre jusqu'à ce qu'un nouveau chef ait été désigné. Quiconque aurait contrevenu à cette règle se serait placé par ce seul fait hors des lois communes qui régentaient la vie des clans. Aussi Rerir avait-il estimé inutile de s'entourer d'une troupe trop nombreuse. Il s'était contenté d'emmener avec lui quelques cavaliers à peine. Ils mettraient moins de temps à se rendre jusqu'au lieu du rendez-vous annuel.

Toute la journée ils allèrent au trot rapide de leurs montures, jusqu'à ce que les ombres s'allongeant à leurs pieds viennent leur annoncer l'arrivée prochaine du crépuscule. Il était temps de choisir un lieu pour y passer la nuit et laisser aux hommes et aux chevaux l'occasion de prendre un peu de repos. Rerir avait prévu de faire halte au pied d'une cascade se trouvant à une journée de cheval du Frankenland. Ainsi les bêtes pourraient-elles s'abreuver tandis que les hommes prépareraient le feu. Le bivouac venait à peine d'être installé quand le bruit d'une cavalcade retentit à proximité. Les guerriers avaient déjà tiré leurs armes, mais le souverain leur fit signe de les ranger.

— Il n'y a rien à craindre, mes amis. Il s'agit sans doute d'un autre chef de clan en route pour la montagne sacrée. Nous partagerons avec lui notre pitance...

Le tambourinement feutré des sabots sur la terre sèche se faisait plus perceptible. On entendait même quelques hennissements de bêtes. Soudain, une poignée de cavaliers débouchèrent en vue du campement de Rerir. À leur tête se trouvait Hunding.

— Gloire à Odin, roi Rerir ! lança joyeusement le chef du clan de la Chienne Noire, arborant de la main droite le salut rituel tout en mettant pied à terre.

Les guerriers de Rerir s'étaient dressés, en alerte, mais Rerir les calma d'un geste. En ces temps de solstice, il fallait savoir mettre ses inimitiés de côté.

— Gloire à Odin, Hunding ! répliqua Rerir en rendant à Hunding son salut. Je suis surpris de te rencontrer ici...

— Pas moi ! répondit Hunding. Ne nous rendons-nous pas au même endroit ?

Rerir s'interrogeait encore. L'arrivée subite de l'homme-chien ne dissimulait-elle pas quelque piège ?

Hunding éclata de rire.

— Eh bien, roi Rerir ? Aurais-tu peur de moi ? Tu sembles oublier la trêve du solstice ! Je ne te veux aucun mal, au contraire. Je viens à toi dans un esprit de paix et de concorde. Tu ne refuseras pas une main qui se tend ?

L'homme-chien offrait en effet sa large main velue à son royal rival tout en arborant un large sourire. Rerir avait toutes les raisons de se méfier de la bienveillance affichée du chef du clan de la Chienne Noire. Mais il ne pouvait refuser de serrer cette main tendue en signe de concorde. Avec répulsion, il se saisit de la dextre de Hunding et la serra dans la sienne. C'était ainsi que les chefs de clan concluaient entre eux des alliances.

— À la bonne heure ! s'exclama Hunding avec bonne humeur. Nous voici frères désormais !

Rerir ne répliqua pas. Par cette main serrée, il venait en effet de conclure tacitement un pacte de non-agression avec celui qui s'était si souvent élevé contre lui et, à chaque réunion du solstice, avait toujours tenté de faire barrage à son élection. Ces temps d'hostilité étaient-ils révolus ? Rerir aurait bien aimé s'en réjouir, mais il avait encore du mal à y croire.

— Vois-tu, Rerir, j'ai longuement réfléchi ces derniers temps, reprit Hunding d'un ton plus grave. Et j'ai fini par admettre que toi seul méritais d'être élu chef de guerre par l'assemblée du solstice. Toi seul et nul autre…

Hunding semblait sincère. L'était-il vraiment ? Rerir continuait à en douter, mais il était bien obligé d'admettre ce qui, jusqu'alors, lui aurait paru inadmissible. Les chefs des tribus qui se faisaient la guerre sur la rive orientale du Rhin pouvaient se livrer à des violences et des massacres, des pillages et des viols, mais ils n'auraient jamais songé à renier une parole donnée, un pacte conclu ou une main serrée en signe d'alliance, surtout à la veille du solstice. Aucun guerrier, aussi rustre et brutal fût-il, n'aurait osé enfreindre de tels gestes sacrés. Celui qui s'y serait risqué n'aurait fait qu'attirer sur lui la pire des malédictions et le déshonneur auquel l'aurait unanimement condamné l'assemblée des chefs. Aucun guerrier, fût-il le plus vil, n'aurait osé une telle transgression. Aucun, pas même Hunding.

C'est ce que se dit Rerir en scellant le pacte d'amitié avec l'homme-chien.

— À partir de cet instant, Rerir, je te reconnais comme roi et comme mon allié ! continua Hunding. Et je fais le serment solennel de ne pas m'opposer à ta candidature lors de l'assemblée des chefs ! À présent, il est temps de sceller notre alliance en entrechoquant nos cornes à boire !

Chapitre 28

Depuis la veille, Vara était prise de vagues douloureuses qui la laissaient chaque fois plus lasse. Elle ne quittait plus sa chambre qui avait été investie par les meilleures ventrières du royaume. En compagnie de Saga, qu'elle avait priée de rester à ses côtés, et de quelques-unes de ses domestiques, la reine comptait les heures, anxieuse et inquiète.

C'était l'été et pourtant la pièce demeurait froide. Des braseros avaient été placés aux quatre coins de la salle, sur l'ordre des matrones appelées auprès de la souveraine. Elles étaient au nombre de trois, toutes vêtues de noir, comme les Nornes fatidiques. Leur qualité d'accoucheuses faisait d'elles des sortes de sorcières, de passeuses de vie. De leur habileté à délivrer la parturiente de son fardeau de chair, de leur usage judicieux des remèdes naturels et de l'efficacité de leurs invocations magiques dépendaient le sort des enfants à naître et celui des mères en travail. Aussi les tenait-on en grande estime, mais également en grande crainte.

— S'il fait trop froid, la naissance sera difficile ! dit la plus vieille d'un ton sentencieux.

— S'il fait trop chaud, ce sera pire, contredit l'autre.

— Qu'on fasse chauffer de l'eau dans les chaudrons ! ordonna la troisième.

Le roi Rerir avait quitté le royaume le matin précédent. Il ne serait donc pas là pour la naissance de son enfant. Avant son départ, il avait solennellement remis à Vara une de ses chemises, afin que ce vêtement d'homme communiquât à la future mère un peu de la force masculine du père. Quant à Horst, fidèle à sa promesse, il était resté au château mais avait été refoulé sans aménité de la chambre où se préparait le mystère de la naissance. La plus âgée des matrones lui avait lancé :

— Pas d'hommes ici ! Les hommes, c'est juste bon pour faire la guerre et donner la mort. La naissance, c'est une affaire de femmes, et uniquement de femmes !

Brunehilde était envahie par une sorte de stupeur. Elle avait beau avoir attendu cet événement avec la même intensité que s'il se fût agi de son propre ventre, les manières des vieilles accoucheuses, la fébrilité qui s'était emparée des femmes au service de Vara, tout étonnait et inquiétait l'ancienne Walkyrie.

« C'est donc ainsi que les hommes arrivent au monde ? » se disait-elle en plein désarroi.

Elle ne voyait qu'agitation fiévreuse, rituels étranges, préparations insolites, et tout cela lui donnait le vertige.

— Bois, ma reine, disait une ventrière. C'est la matrice d'une hase pilée en poudre et mélangée à de l'hydromel. Tu sais comme cet animal met facilement au monde ses petits !

La deuxième plaçait sous le linge qui couvrait les jambes ouvertes de Vara une fumigation d'herbes aromatiques et émollientes pour assouplir ses chairs.

— Cette agréable odeur va attirer ton enfant à l'extérieur !

La troisième, enfin, passait sous ses narines une poudre épicée qui fit éternuer la reine à plusieurs reprises.

— Voilà de quoi provoquer de bonnes contractions qui vont obliger l'enfant à sortir !

Les murs de la pièce avaient été garnis d'épaisses tentures de laine, les vantaux de bois plaqués sur les étroites ouvertures. On ne savait plus si dehors il faisait jour ou nuit...

Brunehilde assistait à la réalisation de cet acte mystérieux : donner naissance à un être issu de sa propre chair. Elle s'attendait à plus de sérénité, plus de douceur, plus de joie... « Que s'apprête-t-on à célébrer ainsi ? songeait-elle, partagée entre la colère et la peur. La mort, ou une vie nouvelle ? Ô Vara, ma pauvre, ma douce reine... C'est donc ainsi qu'une femme devient mère ! Les déesses d'Asgard ne connaissent pas tous ces tourments, et produisent leur progéniture sans le moindre effort ni la moindre douleur... »

Une matrone déboucha un pot empli d'une sorte de graisse qui dégageait de fortes odeurs de plantes et s'en enduisit les mains. Elle passa le bras sous le drap qui recouvrait le corps de la parturiente et procéda en grand silence à l'examen invasif que la reine subit sans broncher. Puis elle se retira sans mot dire et essuya sa main dans un linge qu'une femme lui tenait prêt, avant d'aller se pencher sur le visage de la jeune femme pour humer son souffle. Enfin, elle s'écarta de la couche.

— Saga, s'il te plaît, joue encore de ta harpe si tu n'es pas trop fatiguée, pria la reine appuyée sur ses oreillers.

C'était Vara en couches, Vara tiraillée par la douleur qui se souciait de la fatigue de la jeune scalde ! Elle était une vraie reine, digne, grande, magnifique, que sa propre souffrance n'empêchait pas de se préoccuper des autres. Saga lui sourit doucement :

— C'est un plaisir pour moi, ma reine, que de te distraire et te soulager...

Elle commença à égrener quelques notes, mais elle entendit la ventrière qui chuchotait aux deux autres :

— Le temps passe et le travail ne se fait pas normalement. Son haleine est mauvaise, ce n'est pas bon signe. Il faut...

Le reste se perdit en murmures secrets entre les trois femmes. Saga sentit son cœur se glacer, et elle dut faire un prodigieux effort sur elle-même pour continuer à jouer. « Pourvu que Vara n'ait rien entendu », se dit-elle avec angoisse.

Non, Vara, n'avait rien entendu... La respiration courte et haletante, les yeux clos, elle subissait une nouvelle vague de contractions.

— Saga, laissa-t-elle échapper dans un souffle.

La jeune fille posa sa harpe et saisit la main brûlante que Vara lui tendait. Elle attendit avec elle que passe l'onde terrible, dont elle croyait sentir vibrer l'écho dans ses entrailles inhabitées. Les matrones s'approchèrent alors.

— Ma reine, dit la plus âgée, tes douleurs ne font pas avancer le travail. Il faut bouger, te lever et marcher. Tes femmes vont t'aider.

« Se lever ? Marcher ? faillit s'écrier Brunehilde. La faire marcher avec cette douleur qui la tenaille ? Mais vous allez la tuer ! »

Les trois ventrières avaient perçu son sursaut et, d'un triple regard impérieux, lui intimèrent le silence. Brunehilde reçut comme un soufflet cet ordre muet, ses mots se bloquèrent dans sa gorge. Après tout, elles avaient le savoir, ces trois sorcières. Elle, la Walkyrie, ne connaissait rien du mystère de la naissance des humains...

Docilement, Vara se redressa et se laissa saisir sous les bras par deux de ses femmes afin de se lever de son lit. Son front était empoissé de sueur. La voyant frissonner dans sa chemise, Brunehilde lui mit sur les épaules une cape de légère laine bise. Vara la remercia d'un sourire.

— Marchez, marchez, ordonnaient les matrones, implacables.

Soutenue par ses deux domestiques, Vara fit plusieurs fois le tour de la pièce, foulant de ses pieds nus les jonchées de feuilles. Parfois elle se pliait en deux, submergée par la douleur.

— Accroupis-toi, ma reine, commandait alors une matrone, comme si tu voulais pousser ta douleur hors de toi.

La marche dura ainsi de longues minutes, entrecoupées de stations où la future mère, pliée en deux, accroupie, gémissait sous les tiraillements qui semblaient la déchirer tout entière, tandis que les trois femmes la soutenaient de leur mieux. Alors qu'elle revenait vers son lit, elle sentit brusquement ses jambes inondées.

— La reine a perdu les eaux !

On la recoucha. Une ventrière fit un nouvel examen et décréta :

— Il faut faire vite ! Qu'on apporte un siège.

⁂

— À ta santé, Rerir ! Tiens, bois dans ma corne !

Hunding tendait à son ancien rival sa corne à boire emplie à ras bord de bonne bière tiède. Imités par leurs hommes, les deux chefs de clans avaient abondamment arrosé leur alliance nouvelle, et ils commençaient à se laisser gagner par l'ivresse. Rerir prit la corne et but à la régalade. Puis il remplit la sienne et la tendit à Hunding.

— À ton tour, Hunding, bois !

L'homme-chien s'exécuta en répandant une partie de la corne sur sa barbe embroussaillée. Les restes d'un sanglier rôti avaient été jetés près du foyer dont les braises rougeoyaient dans la douce nuit d'été. Dès le lendemain matin, les deux chefs de clan reprendraient leur route pour la montagne sacrée. Ils y seraient reçus par les autres chefs de clan et par Swort, leur doyen. L'élection du nouveau chef de guerre aurait lieu, suivie durant toute la nuit par les agapes et les libations rituelles. Désormais, grâce à la reddition volontaire de Hunding, la victoire de Rerir ne faisait plus aucun doute. Aussi les deux anciens rivaux vidaient-ils dans l'alcool leurs anciennes querelles. Hunding se leva et fit quelques pas dans la nuit en vacillant.

— Je crois que j'ai trop bu, ami Rerir ! Je vais me rafraîchir un peu dans l'eau pure de cette cascade. Tu m'accompagnes ?

Rerir se dressa à son tour. Les vapeurs de la bière commençaient à envahir son cerveau. À ses côtés, ses hommes et ceux de Hunding ronflaient déjà.

— Elle est bien fraîche, Rerir ! Viens la goûter !

Hunding avait baigné son visage en plongeant ses bras dans l'eau de la cascade. Puis il se recula pour laisser la place à Rerir. Le roi du Frankenland se pencha vers l'onde claire dans laquelle miroitait le reflet de la lune. Il mit ses mains en coupe et but à longs traits l'eau glacée. Il sentit un réconfort gagner l'ensemble de son corps. Tout en buvant, il songeait à sa femme. Que faisait-elle en ce moment ? Dormait-elle paisiblement ? À moins que le travail d'accouchement n'ait déjà commencé. C'est alors qu'il sentit une douleur fulgurante lui traverser le corps. Il ouvrit la bouche et vomit un flot de sang dans l'eau de la cascade.

En baissant les yeux, il vit l'extrémité d'une lance qui jaillissait de sa poitrine.

⁂

— Maintenant, mettez-vous à quatre, soulevez le siège et laissez-le retomber. Il faut décrocher l'enfant !

« Ce n'est pas possible, ce n'est pas possible... », se lamentait Brunehilde en elle-même. Elle avait reculé jusqu'au mur où elle s'était appuyée pour ne pas tomber, épouvantée par la violence de la scène, un poing dans la bouche pour ne pas hurler, une main crispée sur sa gorge. La reine assise sur ce dur siège de bois... Les femmes qui soulevaient le siège et le laissaient retomber... Le cri qui échappait à Vara à chaque secousse, malgré ses efforts pour dominer la douleur.

« Je veux m'en aller, je veux partir ! Quel monde atroce que Midgard ! »

Un nouveau cri de Vara ramena Brunehilde à sa raison d'être ici-bas, lui rappela sa mission...

— Arrêtez ! cria-t-elle en se précipitant.

Sous l'œil courroucé des ventrières, elle repoussa les femmes, se jeta aux pieds de Vara et lui saisit les mains qu'elle couvrit de baisers.

— Saga ! Reste à mes côtés, je t'en prie ! gémit la reine dont la pâleur faisait peur à voir.

— Je suis là, ma reine, n'ayez pas peur. Je ne vous abandonnerai pas...

— Votre science est grande, fit Vara en se tournant vers les matrones, essoufflée. Je suis honorée d'en bénéficier.

La reine savait que les trois vieilles étaient scandalisées de voir leur autorité ainsi contrariée, et elle devait absolument atténuer leur vexation.

— Permettez-moi de garder Saga auprès de moi, sa présence m'apaise et m'aidera pour la suite. Elle fera tout ce que vous lui direz.

Sous le regard que Vara lui lança, Brunehilde inclina la tête devant les matrones en signe d'obéissance et de respect. Le visage fermé, les trois vieilles consentirent en silence à la requête de la souveraine. Mais déjà les douleurs remontaient à l'assaut du corps tourmenté de la reine, ne laissant le temps à personne de s'appesantir sur l'incident.

— Qu'on l'assoie au bord du lit, ordonna une ventrière. Et toi, dit-elle à Brunehilde, place-toi derrière elle et soutiens-la bien assise.

Tout à fait ressaisie, Brunehilde se mit à genoux sur le lit derrière Vara et, la prenant à bras-le-corps en passant ses bras sous ses aisselles, l'adossa contre elle en la calant bien. Sa bouche se trouva ainsi tout près de l'oreille de la reine. Elle lui chuchota :

— Je suis là, ma reine, tout va bien aller. Repose-toi contre moi, je te tiens solidement, je ne te lâcherai pas...

Les matrones avaient retroussé la robe de lin blanc que portait la reine. L'une d'elles s'installa entre ses jambes, assise au pied du lit, sur une petite escabelle à trois pieds.

— Attachez-lui les genoux aux montants du lit, dit-elle aux deux autres. Il faut qu'elle garde ses jambes bien ouvertes.

Vara se redressa brusquement, les joues rouges.

— Non ! clama-t-elle d'une voix forte. Ce n'est pas ainsi qu'accouche une reine ! Croyez-vous que je vais me débattre ? Laissez mes membres libres de leurs mouvements, je saurai leur commander !

Puis elle s'affaissa, épuisée par l'effort qu'elle venait de fournir. Mais la manifestation de sa majesté avait produit un fort effet sur les ventrières qui n'insistèrent pas. Une contraction plus forte arracha à Vara un cri déchirant.

— Le cuir ! Il faut lui donner le cuir ! réagit une matrone.

Elle extirpa d'un coffret une sorte de langue de peau tannée qu'elle glissa entre les mâchoires de la reine.

— Serrez avec les dents ! Serrez ! Ça vous empêchera de crier !

À la contraction suivante, Vara mordit si fort dans le cuir que la marque de ses dents y demeura imprimée. Son visage, ordinairement pâle, était devenu cramoisi, tandis que ses cheveux dénoués se plaquaient sur son visage trempé de sueur. Brunehilde, qui la tenait contre elle dans ses bras, vivait les douleurs de la reine comme s'il s'agissait des siennes propres. Bouleversée, elle ne s'aperçut pas que ses joues étaient ruisselantes de larmes. Avait-elle jamais pleuré auparavant ?

— Serrez, ma reine, serrez, chuchotait-elle à l'oreille de Vara.

Écartelée, le ventre distendu pointant comme un œuf près d'éclore, les dents contractées sur le mors de cuir qui lui entaillait la bouche, les yeux révulsés par la douleur, les traits tirés, le front moite, les cheveux en désordre, la souveraine en travail semblait soumise à quelque horrible torture.

— Poussez, reine, poussez ! cria l'une des matrones affairées autour du ventre royal.

— Je vois sa tête ! lança une deuxième. Par Odin, il est gros comme deux enfants normaux ! Il va falloir l'aider à sortir !

Deux ventrières se placèrent de chaque côté de Vara et plaquèrent leurs mains sur le ventre distendu, pesant de tout leur poids sur le pauvre corps supplicié.

— Il va sortir !

Vara hurla comme une bête, son bâillon de cuir tomba de sa mâchoire...

— Le voilà !

La ventrière recueillit dans ses mains habiles le nouveau-né qui sortait du ventre de Vara en même temps qu'un flot de sang...

⁂

Rerir sentait sa vie s'écouler hors de lui en même temps que le sang bouillonnant qui s'échappait de sa plaie et de sa bouche. Il pensa à sa femme qu'il ne reverrait plus. Il pensa à son enfant qu'il ne connaîtrait jamais. Il pensa à l'étrange femme venue du Nord qui hantait ses rêves depuis de longs mois, et dont il ne découvrirait jamais les secrets. Puis il s'affala de tout son long dans l'eau écumante, rougie de son propre sang.

Le roi Rerir venait de rendre l'âme. Derrière lui, Hunding tenait encore le manche de la lance avec laquelle il avait perforé de part en part le buste du souverain. Il l'avait tué par-derrière, profitant de la posture de Rerir pour enfoncer l'extrémité de l'épieu dans son omoplate gauche.

Rerir était mort. Mais il n'était pas mort au combat. Il avait été tué par traîtrise et ne pourrait jamais intégrer le Walhalla, le paradis des braves.

Hunding était enfin vengé.

Il poussa alors un hurlement de joie qui se perdit dans le bruissement cristallin de la cascade.

⁂

Une matrone coupa le cordon ombilical avec une lame aiguisée, à quatre doigts du nombril, pour les quatre saisons de l'année et les quatre âges de la vie, et le ligatura avec un lien de chanvre. Puis elle porta le nourrisson à bout de bras, comme un trophée sanglant.

— C'est un garçon ! Le royaume du Frankenland a désormais un héritier !

Exsangue, respirant à peine, Vara renversa la tête en arrière contre l'épaule de Brunehilde. Les pleurs noyaient ses beaux yeux mauves d'habitude si doux, mais qui n'exprimaient plus que frayeur et tourment.

— Ma reine, votre enfant est né, c'est un fils, il est magnifique ! exultait Brunehilde entre deux sanglots. Regardez-le !

Elle soutint la tête de la souveraine pour l'aider à regarder le nouveau-né que présentait la matrone dans ses mains rougies. Il était large et gros, aussi fort qu'un veau ou un poulain. Vara sourit, mais en même temps elle s'effraya de voir tant de sang sur l'enfant, et elle sentit que la tête lui tournait. Elle se sentait si faible…

— Comme il est beau ! Saga, il est magnifique. Il faut appeler Horst, il faut envoyer un messager au roi. Il faut que… Oh…

Vara s'affaissa doucement entre les bras de Brunehilde et sa tête roula sur son épaule. Elle eut un bref soupir. Dans le silence de plomb qui était tombé sur l'assistance, on n'entendait qu'un petit bruit de source… C'était le sang qui s'écoulait de Vara jusque dans le bassin placé au pied du lit.

— Ma reine ? Ma reine ? s'exclama Brunehilde en sentant le poids de la souveraine devenir incroyablement lourd entre ses bras.

Mais la reine ne répondit pas.

La reine Vara venait de trépasser en donnant naissance à son fils.

Chapitre 29

Venus parfois des confins les plus extrêmes de Midgard, les chefs des tribus peuplant la terre des hommes avaient une fois de plus répondu au rendez-vous du solstice d'été pour se réunir au sommet de la montagne sacrée. Accompagnés de leurs hommes et de leurs chevaux, ils avaient dressé leurs tentes aux alentours du cercle où, le soir tombé, se déroulerait la cérémonie au cours de laquelle serait élu le nouveau chef de guerre. Ils s'étaient tout naturellement regroupés en fonction de leur origine géographique ou des alliances conclues entre leurs clans. Ainsi s'étaient retrouvés ensemble les tribus voisines de la rive orientale du Rhin, que Rerir tentait de fédérer depuis des années en un peuple unique et uni.

Parmi eux se trouvaient les fiers Sicambres, majestueux dans leurs broignes de cuir, arborant au côté la longue épée et le scramasaxe au ceinturon. Leurs chefs portaient de longs manteaux d'étoffe rouge attachés à l'épaule par une fibule de bronze, et conservaient leurs cheveux très longs, en signe de souveraineté et de puissance. Les couper équivalait chez eux à une humiliation pire que la mort. En revanche ils se rasaient soigneusement le visage, arborant des joues glabres qui les faisaient parfois ressembler à des filles.

À leurs côtés se tenaient les puissants Burgondes, ceux-là mêmes qui avaient fondé leur royaume autour de la ville de Worms, sur les rives du Rhin, à trois jours de navigation au sud du royaume du Frankenland. Eux aussi arboraient un visage glabre et portaient les cheveux longs, mais ils avaient coutume de les graisser avec du beurre rance pour leur donner du brillant. Dès le matin, leur haleine empestait l'ail et l'oignon, qu'ils dévoraient crus, parfois même avec la peau, pour se fortifier le sang.

À leur suite venaient les Chérusques, les Bataves, les Bructères, les Chamaves, les Chattuaires, les Ubiens et les Longobards, ou « Longues Barbes », ainsi nommés car les femmes de cette tribu se coupaient les cheveux pour s'en faire des barbes postiches, ce qui leur permettait de renforcer le nombre des guerriers en se mêlant aux hommes.

À une autre extrémité du camp se tenaient les tribus orientales, installées entre l'Elbe et le Danube, les Marcomans, les Quades, les Hermondures, les Suèves, les Semmons, les Boëns, les Vandales ainsi que les membres de la puissante ligue des Alamans. Vêtus de peaux de bêtes, barbus et chevelus comme des ours, ces derniers jetaient autour d'eux des regards noirs et féroces.

Enfin se trouvaient les tribus venues du nord de Midgard : les Goths, reconnaissables à leurs longues moustaches pendantes, les Jutes, les Skires, les Chauques, les Angles, les Ambrons, les Wames, les Chaves, les Teutons, les Frisons, gens de mer s'adonnant volontiers à la piraterie, les Cimbres, les Hérules, et enfin les Saxons, à la chevelure et à la peau rousses. Certains, torse nu, arboraient sur leur corps musclé des peintures rituelles ou des tatouages de guerre destinés à effrayer leurs ennemis. D'autres avaient revêtu des hauberts faits de fines plaques de métal ajustées les unes sur les autres, à la façon des écailles d'un reptile. Les uns allaient pieds nus, les autres avaient les chevilles bandées dans des lanières de cuir, ou bien encore de larges braies retenues à la taille par un ceinturon clouté. À l'exception des Burgondes et des Sicambres, dont la chevelure était libre et le visage lisse, la plupart de ces guerriers entretenaient des barbes fournies et attachaient leurs cheveux avec un lien de cuir, à moins qu'ils n'en fissent des nattes ou des queues-de-cheval. Certains se rasaient le crâne, à l'exception d'une longue mèche nattée qui pendait à l'arrière de leur tête.

Tout ce monde-là braillait et s'interpellait en de multiples langues aux intonations rauques et gutturales. Pour prouver leur vaillance, ils se lançaient des défis amicaux, se mesuraient au saut en longueur ou à la lutte sous les encouragements ou les quolibets de leurs congénères. La fête du solstice, marquée par la trêve générale qui interdisait tout affrontement violent entre tribus ennemies, leur donnait l'occasion de se battre pour le seul plaisir du jeu. Ils préfiguraient ainsi les joutes éternelles auxquelles se livraient les guerriers morts au combat qui avaient rejoint la vaste salle du Walhalla, accueillis par Odin et les Walkyries. En prévision de la nuit où allait se dérouler l'élection du nouveau chef de guerre et les festivités qui devaient s'ensuivre, on avait dressé un bûcher auquel on bouterait le feu au crépuscule. La nuit du solstice, même si elle était la plus courte de l'année, ne devait à aucun moment prendre le pas sur la lumière. À peine l'astre solaire serait-il couché que les flammes du brasier illumineraient l'obscurité de leurs brandons rougeoyants.

Le vieux Swort assistait à ces préparatifs avec sa bienveillance et sa vigilance coutumières. Il allait de groupe en groupe, échangeant un salut ou un mot avec chacun. Il était le doyen des chefs de clans. Sa sagesse et son expérience lui valaient le respect de tous.

Bientôt, la fête allait battre son plein. Une occasion unique de se réjouir et d'entrechoquer les cornes à boire au lieu de s'entretuer. Swort ressentait toujours une joie profonde à cette nuit de liesse où se trouvaient assurées tout à la fois la continuité de la royauté parmi les clans et celle de la lumière sur le monde des hommes. Toutefois, son bonheur se trouvait entaché d'une sourde angoisse qu'il ne parvenait pas à refouler. Malgré les rires et les chants qui l'environnaient, il ne pouvait s'empêcher de redouter quelque incident qui pourrait entraver le bon déroulement de la cérémonie. L'arrivée de Rerir parviendrait peut-être à calmer ses appréhensions. Mais Rerir, justement, n'arrivait toujours pas.

Swort se dit que le Soleil était encore haut dans le ciel, et que tous les chefs de clan n'étaient pas encore parvenus à la montagne sacrée. Rerir devait faire partie des retardataires, voilà tout. Il n'y avait aucune raison de s'inquiéter. Celui qui, une fois de plus, emporterait haut la main l'adhésion de la majorité des chefs réunis ne pouvait se permettre de les priver d'une présence souhaitée par tous. Tous, ou presque.

Oui, Rerir allait bientôt arriver. Le noble roi du Frankenland aux cheveux d'or rayonnants de soleil.

Pourtant, tout au fond de lui, Swort sentait un obscur pressentiment le torturer.

Chapitre 30

La tribu des Bersekers n'assistait jamais à l'élection annuelle du chef de guerre. Ces prêtres-guerriers se refusaient à intervenir dans la vie politique des tribus, préférant se vouer totalement à l'union mystique qui les liait à Odin et aux dieux d'Asgard. Ils vivaient en marge des autres peuples, sans terres et sans biens propres, se livrant à une perpétuelle errance qui les entraînait au gré des vents et des saisons d'un bout à l'autre de Midgard.

Soumis dès leur enfance à un entraînement physique et mental implacable, destiné à annihiler en eux toute tentation de sensibilité et de faiblesse, ils inspiraient autour d'eux la crainte et la peur. Leur seul aspect suffisait à provoquer la terreur. Leurs corps marqués de tatouages rituels et de profondes cicatrices, recouverts de peinture rouge qui les faisait ressembler à des écorchés vifs sous les fourrures d'ours et de loup dont ils se revêtaient, leurs cheveux longs, leurs barbes embroussaillées, leur regard perçant qu'ils soulignaient de deux traits noirs autour des yeux, leurs sens exacerbés par les privations et l'usage immodéré des drogues et des plantes magiques, leurs hurlements de bêtes, tout cela faisait d'eux des guerriers invincibles et cruels. Aussi étaient-ils tenus à l'écart des autres clans, qui les considéraient comme des déments, des fous d'Odin.

En cette veille du solstice d'été, les guerriers bersekers couraient dans la forêt, presque nus, armés de leurs seules javelines et des silex tranchants qu'ils portaient en colliers et bracelets, autour du cou, des poignets et des chevilles, à la recherche de gibier à chasser. En dehors des champs de bataille, les Bersekers s'entraînaient en effet à lutter au corps-à-corps avec les animaux sauvages, loups, ours ou sangliers. Ils entretenaient ainsi leur instinct sauvage, leur nature de prédateurs sans pitié. Ils n'avaient de compassion ni pour les bêtes ni pour les hommes. Seul Odin, le dieu suprême d'Asgard, à qui ils avaient été voués dès leur naissance, méritait leur respect et leur adoration.

Soudain, les guerriers nus s'immobilisèrent. Levant la tête, ils aperçurent un essaim de corbeaux qui tournoyaient dans le ciel. Dilatant leurs narines, ils se mirent à humer l'air, comme le font les bêtes pour s'orienter. Leur sens olfactif profondément développé les renseigna aussitôt. L'air sentait la mort. Mais il ne s'agissait pas d'une charogne animale offerte aux appétits des rapaces. Il s'agissait d'un cadavre humain, abandonné sans sépulture. Peut-être le cadavre d'un guerrier oublié par les Walkyries, les filles d'Odin vêtues de duvets de cygne.

Un guerrier, isolé dans la mort, qui ne pourrait jamais trouver le chemin du Walhalla, le paradis des occis. Un guerrier mort promis à l'enfer de Hel, mais dont la *fylgia*, l'âme animale, pouvait être libérée de la prison de son corps désormais impuissant.

Sans hésitation, les prêtres-guerriers d'Odin reprirent leur course en direction du lieu où croassaient les corbeaux.

⁂

Le corps sans vie de Rerir était à demi plongé dans l'eau de la cascade rougie de sang. Sous son omoplate gauche, une profonde blessure s'ouvrait, à l'endroit où la lance l'avait perforé de part en part. Une nuée de corbeaux se disputaient les lambeaux de chair qu'ils arrachaient au cadavre encore chaud du roi assassiné. À quelques pas de là, les guerriers qui accompagnaient Rerir gisaient dans des mares de sang. À leurs postures et l'absence d'armes à leurs poings, on devinait qu'ils avaient été égorgés dans leur sommeil.

Pour éloigner les charognards, les Bersekers poussèrent des hurlements aigus tout en frappant dans leurs mains. Puis ils empoignèrent le corps du souverain par les pieds afin de le sortir de l'eau. Bien sûr, ils avaient reconnu aussitôt l'identité du guerrier qui avait été si lâchement attaqué d'un coup mortel dans le dos. Sans lui être inféodés, ils portaient au roi du Frankenland un profond respect, ressentant intuitivement qu'il était le seul, parmi tous les chefs de clan, à pouvoir se prévaloir d'une authentique filiation avec Odin.

La découverte de son cadavre la veille du solstice d'été était doublement préoccupante. D'une part, parce que la mort du roi du Frankenland, chef de guerre élu depuis des années par l'ensemble des tribus, allait entraîner une profonde crise de succession, aucun prétendant ne possédant le charisme et la valeur du souverain assassiné. D'autre part, parce que ce meurtre intervenait à une date où d'un commun accord les tribus respectaient entre elles une trêve de non-agression. Celui qui avait osé rompre cette trêve avait, par ce seul fait, achevé de briser le fragile équilibre permettant aux différentes tribus de se soumettre à quelques valeurs et objectifs communs. Désormais, le monde des hommes risquait de sombrer dans la violence pure, en instaurant le règne des plus forts sur les plus faibles. Les tribus de Midgard allaient à présent se déchirer, se livrer à des luttes sans merci, au risque de se détruire elles-mêmes.

Les Bersekers étaient trop familiers de la sauvagerie du monde pour s'inquiéter de ces menaces planant sur l'avenir de Midgard. Ils se sentaient plus proches des bêtes ou des dieux que des hommes, et se moquaient bien du sort de ces derniers. En revanche, ils apportaient le plus grand soin au culte des guerriers morts, car ces derniers cessaient d'être de simples mortels pour devenir des invités permanents au grand banquet d'Odin, dans la vaste salle du Walhalla où se déroulaient combats, chants et beuveries. Aux yeux des Bersekers, ce n'était qu'après la mort que les humains naissaient enfin à leur véritable nature. À condition, bien entendu, de mourir vaillamment sur un champ de bataille ou en combat régulier, et d'être accompagnés par une Walkyrie jusqu'au paradis d'Asgard. C'est à ces seules conditions que les morts devenaient des Wals, les hôtes du Walhalla.

Mais Rerir n'était mort ni à la guerre ni en combat singulier. Il avait été abattu lâchement, d'un coup de lance dans le dos, alors qu'il était en train de s'abreuver à l'eau de la cascade. Il n'avait eu le temps ni de se défendre ni de voir la mort en face. Il était mort sans noblesse et sans gloire, et l'accès au Walhalla lui était à jamais interdit. Le grand Rerir, le roi incontesté du

Frankenland, le descendant d'Odin, était condamné à errer jusqu'à la fin des temps dans les sombres demeures de Hel.

Il y avait encore quelque chose à faire, cependant, pour contrebalancer la honte de cette mort indigne et permettre à l'âme de Rerir, sa *fylgia*, son esprit gardien, son double spirituel de forme animale, de prendre son envol. Un rituel destiné à offrir la dépouille de la victime à Odin que les Bersekers étaient les seuls à pratiquer.

Un rituel funèbre et sanglant.

L'aigle de sang.

⁂

Le cadavre du roi Rerir avait été libéré de sa broigne de cuir déchirée, de son casque bosselé, de ses bottes souillées de boue, de ses vêtements ensanglantés. Il était apparu entièrement nu, comme un fruit mûr extrait de sa cosse. L'immobilité parfaite du trépas et la blancheur extrême de sa peau lui donnaient ainsi l'apparence d'une statue tombée à bas de son piédestal.

Les prêtres-guerriers avaient fait avec soin la toilette du défunt, nettoyant la plaie béante, étanchant le sang, baignant longuement les membres roidis, déjà saisis par la rigidité glaciale de la mort, tout en psalmodiant d'étranges mélopées destinées à attirer sur eux l'écoute et la bienveillance des dieux. Ils disposèrent alors sur le sol une couche faite de feuilles et de branches et y allongèrent le cadavre du roi, la tête enfouie dans la terre, le dos découvert. L'un des Bersekers tira alors de sa ceinture un long poignard affilé qu'il pointa vers le ciel en chantant un hymne à Odin. Puis il s'approcha de Rerir et, en une suite de gestes rapides et précis, lui incisa les côtés, gravant dans sa chair deux lignes de sang entrecroisées, reproduisant le dessin d'une rune magique. Puis il rabattit largement les lambeaux de chair du dos et, délaissant son arme, enfouit ses deux mains dans les entrailles du roi pour extirper les poumons du thorax et les déployer ensuite à l'extérieur du torse comme deux grandes ailes rouges.

Du corps de Rerir était né un aigle de sang.

Un aigle de sang, double spirituel et animal du roi défunt, qui pourrait prendre son envol vers les cieux et rejoindre son maître et dieu, Odin.

⁂

Odin sentit une profonde douleur lui meurtrir la poitrine. Il porta la main à son sein et sentit, à travers l'étoffe de sa tunique, du sang perler. Pourtant, il n'avait à la poitrine nulle blessure ni entaille. Mais il souffrait comme si on lui eût percé le corps de part en part. Il souffrait presque autant que lorsque, neuf jours durant, il était demeuré pendu à l'arbre des sacrifices pour acquérir la sagesse des runes.

Assis sur son trône disposé dans la plus haute tour d'Asgard, Odin luttait contre cette atroce brûlure qui venait subitement de s'emparer de tout son être. D'un air hagard, il regarda autour de lui, en quête d'une aide, d'un soutien.

Mais il était seul dans la salle du trône. Seul avec ses corbeaux et ses loups, qui ne pouvaient rien pour lui. Odin souffrait à en hurler, même si aucun son ne sortait de sa bouche. Il souffrait à en mourir, même s'il se savait immortel. Il souffrait, mais à cette souffrance physique s'ajoutait une sourde angoisse qui lui serrait la gorge.

Soudain, surgi de l'ouverture par laquelle le dieu d'Asgard pouvait contempler les Neuf Mondes, une vaste forme pénétra dans la salle. Une sorte de grand oiseau déployant largement ses ailes. Un aigle de sang.

L'aigle ouvrit largement son bec et poussa un cri déchirant qui ressemblait à une imprécation.

Alors, Odin reconnut dans cet oiseau de mort l'esprit gardien de Rerir, sa *fylgia*. Et dans son hurlement il reconnut le nom de son assassin.

Chapitre 31

Le crépuscule allumait des incendies dans le ciel pur de l'été naissant, où semblaient se refléter les flammes du bûcher allumé au sommet de la montagne sacrée. Les chefs de clan saluaient le coucher du soleil en entonnant les chants de leurs tribus et en martelant leurs boucliers du plat de leurs épées. Le vacarme était assourdissant, couvrant le hennissement des chevaux affolés et les criaillements des oiseaux dérangés qui s'envolaient en nuées noires dans l'air tiède. C'était de cette manière, chaque année, que les guerriers réunis lançaient leurs clameurs vers le ciel afin d'attirer sur eux l'attention des dieux, et notamment du plus grand d'entre eux, au nom de qui ils allaient élire un nouveau chef de guerre.

Tous, ils étaient là, harnachés de cuir, couverts d'armures ou vêtus de simples peaux de bêtes. À la lueur du feu, les casques étincelaient, les armes flamboyaient, les torses musculeux et velus se couvraient de sueur. Venus des quatre coins de Midgard, les représentants de chaque clan s'apprêtaient à élire celui qui serait pour l'année à venir le représentant d'Odin sur terre.

Swort était le plus vieux de tous les chefs de clan. Issu d'une tribu située à l'extrême nord de Midgard, il était grand et imposant. Ses longs cheveux, jadis blonds comme les blés, à présent blancs comme neige, lui descendaient jusqu'au bas des reins. Son large front marqué de fines ridules était le signe d'une haute intelligence et d'une grande sérénité. Mais ses mâchoires puissantes et son nez busqué indiquaient une volonté à toute épreuve. Et, par-dessus tout, ses yeux d'un bleu de glace suffisaient à prévenir toute tentative d'intimidation. En tant que doyen, il était considéré comme le plus sage et le plus expérimenté. Au moment des votes, sa voix ne valait pas davantage que celle des autres chefs, mais son ancienneté lui donnait droit à une sorte de préséance. C'était à lui que revenait le rôle d'ouvrir les débats, de modérer les interventions souvent intempestives des chefs, de donner la parole aux plus timorés d'entre eux, de la couper aux plus bavards. C'était lui également qui tenait le compte des suffrages formulés par les chefs pour élire leur futur « roi » et veillait à ce qu'aucune irrégularité ne vienne contrecarrer le bon déroulement des opérations.

Ces votes avaient lieu à bras levé. Au prononcé du nom de chaque candidat, les chefs manifestaient leur accord en faisant le salut rituel d'Odin, cornes pointées vers le ciel. S'ils refusaient le candidat, ils inversaient leur salut en le dirigeant vers la terre en signe d'exécration.

Swort demandait aux chefs de défiler lentement devant lui, poing levé ou baissé, afin d'éviter toute confusion. Il n'était pas rare en effet que certains guerriers peu scrupuleux cherchent à voter deux fois. D'autres forçaient leurs compagnons à brandir le poing malgré eux, ou au contraire à le baisser. Les menaces et les intimidations étaient le lot commun de ces assemblées, et il fallait toute la vigilance du vieux chef pour éviter tricheries et falsifications.

Ce soir, le vieux Swort était sombre. La nuit était tombée et la cérémonie devait commencer sans délai. Ainsi l'exigeait l'antique tradition à laquelle il veillait depuis de si nombreuses années. Rien ne devait empêcher l'élection du nouveau roi, choisi parmi tous les guerriers présents. Rien, pas même l'absence, parmi les postulants au trône, du favori Rerir. Car le roi du Frankenland, le chef de guerre élu jusque-là par la majorité des guerriers, n'était pas venu. La défection du roi était aussi inexplicable que périlleuse. Inexplicable, car Rerir n'avait même pas envoyé un message signifiant son refus de se présenter au rendez-vous rituel. Et périlleuse, car un autre chef de guerre devait impérativement remplacer le roi défaillant. Et cet autre chef de guerre, hélas, était tout désigné. Il ne pouvait s'agir que de Hunding, qui était parvenu au fil du temps à fédérer autour de lui bon nombre de tribus.

Déjà, le chef du clan de la Chienne Noire paradait, poussant des cris sauvages, encouragé par les clameurs de tous ceux dont la voix lui était acquise. En l'absence inespérée de son principal rival, il se voyait déjà élu, et se réjouissait par avance d'un succès qui allait enfin satisfaire ses ambitions et son goût du pouvoir.

— Je te salue, toi, notre auguste doyen, toi, le sage d'entre les sages..., fit Hunding en arrivant à la hauteur de Swort.

Il grimaçait un sourire qui se voulait mielleux mais qui n'en était que plus carnassier encore. Swort considéra l'homme-chien avec un mépris non feint.

— Si tu cherches à te moquer de moi, tu perds ton temps, Fils de la Chienne ! Je ne suis pas dupe de tes manipulations, et tu le sais !

Hunding continuait à sourire.

— Me moquer de toi ? Loin de moi pareille pensée, doyen ! J'ai beaucoup réfléchi ces temps derniers, et j'ai pris conscience de mes erreurs. Je reconnais avoir par le passé cherché à influencer les décisions de l'assemblée des chefs. Je n'aurais pas dû... Oui, Swort, j'ai menacé ou soudoyé certains membres de cette honorable assemblée dans le seul but d'être élu chef de guerre. Je le regrette d'autant plus que j'ai compris depuis que ce n'était pas par l'intimidation que l'on s'affirme comme chef, mais par sa valeur propre. Aussi je te demande pardon pour mes fautes, en t'assurant formellement que, cette année, je n'entreprendrai aucune action visant à influencer le vote des chefs de clan...

Swort savait parfaitement que Hunding était le principal responsable des intrigues et des machinations qui avaient souvent entaché le bon déroulement des élections. Ainsi, au moment où son tour venait d'attirer les voix sur sa candidature, l'assemblée des chefs devenait la proie d'une étrange confusion. Soudoyés par le chef du clan de la Chienne Noire, des guerriers levaient la main droite avec arrogance, cornes dressées, tout en pointant la gauche, armée de quelque lame bien effilée, dans les côtes des chefs dont ils cherchaient à influencer le vote. Les plus peureux levaient alors le poing à leur tour pour échapper aux mauvais coups dont on les menaçait. Mais lorsque c'était au tour de Rerir de se présenter à leurs suffrages, les mêmes levaient à nouveau le poing, par conviction cette fois-ci, et Swort devait les rappeler à l'ordre : ils ne pouvaient pas voter pour deux candidats à la fois ; ils devaient choisir, et choisir librement !

Aussi le vieil homme se méfiait-il d'instinct de toute attitude suspecte du Fils de la Chienne. Il connaissait Hunding depuis trop longtemps pour croire à l'authenticité d'un tel revirement. Loin de le rassurer, la déclaration d'allégeance de l'homme-chien ne faisait que l'alerter davantage. Il se promit de redoubler de vigilance. Déjà, le ton montait parmi les guerriers rassemblés. Pour calmer ces exclamations prématurées, Swort brandit sa lance à bout de bras. À la lueur des flammes du brasier, sa haute silhouette au chef coiffé de neige prit une dimension formidable. Aussitôt, les représentants des clans interrompirent leur tintamarre et se tournèrent vers leur aîné.

— Écoutez, écoutez tous ! commença Swort d'une voix forte et bien timbrée. Nous sommes ici pour élire un nouveau chef de guerre, et je vois que vous êtes nombreux à avoir répondu à l'appel. Cependant, il est de mon devoir, en tant que doyen de cette assemblée, de vous signaler l'absence inattendue de l'un d'entre vous, et non des moindres, puisqu'il s'agit du roi Rerir…

Ces paroles firent naître un brouhaha parmi les hommes réunis en cercle autour du vieux guerrier. La plupart avaient jusque-là été accaparés par leurs jeux et leurs démonstrations de force, et ils n'avaient pas remarqué que leur principal candidat faisait défaut. Ceux qui lui étaient fidèles exprimèrent alors leur inquiétude en évoquant un coup monté, tandis que les partisans de Hunding riaient à grand bruit, savourant déjà la victoire de leur favori qui arborait un large sourire satisfait.

— Du calme ! intervint Swort. Cette absence est incompréhensible et me paraît suspecte. Si le roi du Frankenland avait décidé de ne pas se représenter, il aurait au moins envoyé un émissaire pour me prévenir. Or, personne n'est venu se présenter de sa part. Je propose donc que nous suspendions cette cérémonie jusqu'à ce que nous sachions ce qui est arrivé à Rerir. N'ayant pas le pouvoir de prendre cette décision seul, je propose de la soumettre au vote de la majorité…

— Tu n'as pas le droit ! hurla Hunding, dont le sourire s'était mué en un instant en un masque grimaçant de haine. C'est un déni de justice ! La cérémonie doit avoir lieu normalement, comme les autres années ! Et tant pis pour les absents ! On ne va pas changer la date du solstice pour eux ! Ce serait faire injure à Odin !

Ces mots eurent pour effet de provoquer un tonnerre d'acclamations chez ses affidés et un tollé de protestations chez ses adversaires. Le fait d'avoir fait référence à Odin donnait évidemment du poids à la récusation de Hunding, et Swort sentit qu'il devait réagir avec prudence s'il voulait conserver son ascendant.

— Allons, Hunding, perdrais-tu ton sang-froid ? Ne viens-tu pas de me confier ta volonté de ne contrarier en rien le bon déroulement de notre réunion ? Aurais-tu déjà changé d'opinion ?

Cette remarque fit naître des rumeurs d'incompréhension parmi les partisans du Fils de la Chienne et des rires de dérision parmi ses adversaires. Ce fut au tour de Hunding de se sentir désarçonné un bref instant. Mais il reprit très vite le dessus en rétorquant, d'un ton faussement modeste :

— C'est exact, Swort. Je ne renie rien de ce que je t'ai dit. J'ai juré de ne pas m'opposer à l'élection de mon rival et à l'accepter comme chef de guerre s'il était réélu. Mais pour l'être, encore faudrait-il qu'il soit présent !

Cette argumentation, formulée sur un ton faussement bon enfant, eut l'heur de réveiller les rires parmi les guerriers qui souhaitaient la victoire du fils de la Chienne Noire.

— Dans ce cas, rétorqua Swort, tu n'as nulle raison de t'opposer à ma proposition ! Après tout, Rerir a peut-être été tout simplement retardé. Il serait dommage qu'à cause d'un banal incident de parcours, tu sois privé du plaisir d'assister à la victoire de celui dont tu affirmes accepter désormais la prééminence !

Ce fut au tour des partisans de Rerir de s'esclaffer devant la remarque de Swort, formulée avec l'esprit d'à-propos dont il était coutumier. Hunding, de son côté, paraissait à bout d'arguments. Il fronça le front, comme s'il réfléchissait à la meilleure conduite à tenir, puis, comme mû par une impulsion soudaine, il s'écria :

— Entendu, Swort ! Qu'il en soit fait comme tu le proposes. Votons pour savoir si nous devons ou non surseoir à cette élection. Et si le vote est positif, nous attendrons d'avoir retrouvé Rerir avant de désigner un nouveau chef de guerre !

Les alliés de Hunding se retournèrent vers lui avec des

expressions de surprise, tandis que les autres le considéraient de façon soupçonneuse. Ils connaissaient l'acharnement du Fils de la Chienne à vouloir prendre la place du roi Rerir. Les concessions auxquelles il se livrait soudain étaient bien peu dans sa nature. Swort fut étonné lui aussi, mais il n'en montra rien. Pour ne pas laisser à Hunding le temps de se reprendre, il déclara alors :

— Bien. Dans ce cas, nous allons tout de suite procéder au vote. Que chaque chef de clan défile devant moi en levant le poing s'il est d'accord pour retarder l'élection, ou en le baissant à terre s'il veut au contraire y procéder sans tarder.

Les fiers guerriers étaient silencieux à présent. Ils avaient conscience de la solennité de l'instant et des conséquences qui pouvaient en découler. De leur choix allait dépendre le sort de la communauté des chefs. Si une majorité approuvait le report de l'élection, des recherches seraient engagées pour retrouver le roi Rerir qui, sans contestation, serait élu une fois de plus chef de guerre. Dans le cas contraire, la candidature de Hunding risquait de l'emporter. Certains s'en réjouissaient, car ils pensaient y gagner des avantages personnels, ainsi que le leur avait laissé entendre le chef du clan de la Chienne Noire. D'autres, au contraire, s'inquiétaient du caractère belliqueux et cruel de l'homme-chien, qui n'aurait de cesse de mettre les territoires de Midgard à feu et à sang.

Un par un, chacun des chefs de clans manifesta son choix, soit en levant fièrement le bras, en faisant le salut d'Odin, soit en le dirigeant vers le sol. Les tribus rhénanes, des Burgondes aux Sicambres, étaient largement favorables à Rerir. Ils votèrent donc massivement pour le renvoi de l'élection. Mais les tribus plus éloignées, venues du Nord ou de l'Est, étaient d'avis partagés. Si certaines confirmèrent le choix des chefs précédents, les Goths, les Saxons, les Vandales et les Alamans prirent fait et cause pour Hunding en réclamant des élections immédiates.

Swort comptait les voix en disposant devant lui des cailloux blancs pour les votes positifs, et noirs pour les autres. Deux tas s'élevaient peu à peu, et l'on pouvait ainsi mesurer du regard l'évolution des opinions exprimées par chacun des clans. Les cailloux blancs furent tout d'abord les plus nombreux, après le passage des tribus rhénanes. Les deux tas s'équilibrèrent ensuite, prenant en compte le choix des tribus hostiles à la résolution prônée par Swort. Mais au fur et à mesure que s'épuisait la liste des guerriers, le tas de cailloux blancs augmenta encore, jusqu'à être deux fois plus important que l'autre.

Le vieux Swort commençait à respirer plus librement. À présent, il savait qu'il aurait gain de cause. Rien ne pouvait plus inverser la tendance qui se dessinait devant lui. La majorité des guerriers désiraient attendre la venue de Rerir pour procéder à l'élection.

Du coin de l'œil, il examina la réaction de Hunding. Étrangement, l'homme-chien semblait serein, comme s'il s'attendait déjà à ce résultat.

Les derniers chefs de clans approchaient, mais leur choix ne pouvait plus rien changer. Le vieux Swort avait gagné. Il avait obtenu le sursis qu'il désirait. Il se redressait, déjà prêt à proclamer le succès de sa proposition, lorsqu'un bruit sourd se fit entendre dans la nuit. Le son d'une trompe funèbre résonnait dans le lointain. Les chefs de clans s'étaient retournés, se désintéressant du vote déjà acquis. Intrigués par la sonnerie lugubre, ils attendaient d'en connaître la provenance. Swort s'en étonnait aussi.

S'agissait-il de Rerir et de son escorte parvenant enfin à leur but ? Dans ce cas, les élections allaient pouvoir suivre leur cours normalement, pour le plus grand bien des tribus de Midgard. Mais pourquoi ce son de trompe ? Pourquoi cette musique sinistre ? Les nouveaux arrivants parvinrent enfin au sommet de la montagne sacrée, éclairés par les flammes rougeoyantes du bûcher. Swort étouffa un cri. Ceux qui s'approchaient étaient des guerriers bersekers. Le sonneur de trompe ouvrait la marche, suivi d'un groupe d'hommes à demi nus, couverts de peintures rituelles, qui s'avançaient en portant à bout de bras un catafalque fait de branches de bois tressées sur lequel était allongé le corps d'un gisant.

Le corps sans vie de Rerir, le roi du Frankenland.

Chapitre 32

Brunehilde étendit doucement la reine et, après une dernière caresse sur le visage pâle et immobile, se retira de la couche où elle avait soutenu Vara pendant ses douleurs. Elle se sentait brisée, autant dans son corps que dans son âme. La farouche vierge guerrière, depuis son arrivée au Midgard, avait en peu de temps découvert la tendresse, l'amitié, la compassion. Confiante, curieuse, avide, elle s'était ouverte à ces émotions auparavant inconnues d'elle. Et là, tandis qu'elle regardait le nouveau-né que les matrones avaient lavé et emmailloté, elle sentait sourdre en elle un sentiment qu'elle ne savait pas nommer, et qui était la haine : haine pour le dieu insensé dont le descendant avait tué sa mère humaine, la douce reine Vara... Et elle, Brunehilde, était la complice consentante de ce dieu inconséquent ! Ce dieu prêt à toutes les transgressions pour assurer la continuité de sa lignée humaine, quelles qu'en fussent les dramatiques conséquences. Ce dieu manipulateur qui ne voyait dans ses créatures que des outils au service de ses desseins. Ce dieu qui était son père...

Sortant de la salle où les femmes en pleurs s'affairaient autour de Vara, Brunehilde percuta Horst qui arrivait précipitamment, averti du drame. Il fut saisi en voyant le visage décomposé de Brunehilde, elle toujours si altière et maîtresse d'elle-même. Dans un geste spontané de réconfort, il referma ses bras autour d'elle. L'espace d'un instant, elle s'appuya contre lui, posa sa joue contre son torse où battait à grands coups un cœur affolé par la douleur d'avoir perdu sa reine, et par la joie inespérée d'embrasser la jeune scalde. Ils se ressaisirent en même temps, s'éloignèrent l'un de l'autre comme s'ils s'étaient brûlés, et échangèrent un bref regard interloqué.

— L'enfant ? interrogea Horst, le souffle court.

— Fort et beau comme un dieu..., répondit Brunehilde en baissant les yeux, la bouche amère.

— Je vais dépêcher un messager pour prévenir le roi.

Ils courbèrent les épaules tous deux, écrasés déjà par le poids du chagrin de Rerir qu'ils ressentaient comme le leur. Des femmes les bousculèrent, faisant des allers et retours dans la chambre de la reine, portant des bassins, des linges rougis. On entendait les vagissements du nouveau-né.

— Retournez près d'*elle*..., ordonna doucement Horst. Envoyez-moi les matrones, afin que je les paie et qu'elles s'en aillent quérir une nourrice pour l'enfant.

Brunehilde se redressa pour se donner du courage et entra dans la chambre à pas feutrés. Les femmes avaient revêtu Vara de sa robe d'apparat, garnie de galons tissés aux couleurs vives. Elles avaient lissé ses cheveux avant de les recouvrir d'un long voile léger, maintenu sur le front de la reine par un cercle d'or martelé. Vara était belle, son visage était lisse et calme, elle semblait sommeiller...

Brunehilde renvoya les matrones, puis saisit sa harpe et se mit à chanter à voix basse près du corps inanimé de la reine. Des chants anciens qui glorifiaient la grandeur des dieux siégeant dans les hauteurs célestes d'Asgard. Des chants qui exaltaient le courage des hommes guerroyant sur les terres de Midgard. Des chants décrivant la fragilité et la beauté de la vie, la fatalité et l'injustice de la mort. Des chants qui, par la magie des mots et le miracle de la musique, apportaient au malheur une forme de consolation. Brunehilde chantait, tandis que le royaume du Frankenland portait le deuil de sa souveraine qui, en donnant la vie, avait trouvé la mort.

En une longue et interminable procession, tous les occupants du château vinrent rendre un dernier hommage à la dépouille de la reine, allongée telle une gisante de marbre sur son lit aux colonnes de bois torsadées. Les nobles et les membres de la Cour en premier lieu, puis les guerriers, et enfin les domestiques. Tous s'inclinèrent devant la jeune mère au front glacé.

Quand ce triste défilé fut terminé, Horst demeura au chevet de sa souveraine. Son visage était dur et crispé, comme s'il se retenait de fondre en larmes. Il songeait au chagrin qui s'abattrait sur son roi lorsqu'il apprendrait le décès subit de son épouse. La joie d'avoir un héritier compenserait-elle, au moins en partie, cette perte ? Le cœur du souverain ne serait-il pas irrémédiablement brisé ? Et puis, qui s'occuperait désormais d'élever le fils de Rerir ?

Brunehilde continuait à chanter à voix basse, comme si elle berçait la reine dans son sommeil de mort. Horst sentit une émotion subite le gagner. La voix de la jeune scalde le touchait au plus profond de son être. Il aurait voulu qu'elle chante ainsi toujours, les yeux mi-clos, la tête légèrement inclinée, les doigts caressant les cordes de sa harpe. Cette voix si douce, si enchanteresse semblait venir d'ailleurs, d'un autre monde peut-être. Et même si elle chantait le malheur et la tristesse, ce malheur et cette tristesse se paraient d'une clarté nouvelle qui les rendait presque désirables. Horst se força à s'arracher à l'attraction qu'exerçait sur lui cette voix, comme un sortilège puissant qui lui ôtait le raisonnement.

Un messager essoufflé vint le tirer de sa contemplation.

Un nouveau drame venait de se produire.

⁂

La cour du château du Frankenland était emplie de guerriers silencieux, la mine sombre, les cheveux dénoués et les joues couvertes de cendres en signe de deuil. À leur tête se tenait Swort. Au centre de leur groupe, allongé sur le catafalque de fortune, se trouvait le cadavre de Rerir, couvert de fourrures ne laissant apparaître que son visage blanc comme neige. Près de lui, on avait disposé ses armes, son casque et son armure.

Horst s'avança d'un pas mal assuré vers le corps de son roi. Son teint était presque aussi livide que celui du défunt. Swort s'approcha de lui et lui posa un bras sur l'épaule en un geste paternel de consolation.

— Ce sont des guerriers bersekers qui l'ont trouvé. D'après eux, il était à demi noyé dans l'eau d'une cascade, la poitrine perforée. Mais comment savoir, à présent ?

Le vieux chef hésita avant de poursuivre.

— Ils ont procédé sur le corps du roi à leur rituel funèbre habituel.

— Ils l'ont mutilé ? balbutia Horst d'une voix blanche.

Swort, en guise de réponse, se contenta de baisser la tête. Après un bref silence, il reprit :

— Nous avons fait le nécessaire pour rendre le corps du roi présentable. À condition de le maintenir sur le dos.

— Ils lui ont ouvert le dos, n'est-ce pas ? Ils lui ont arraché les poumons ? C'est leur façon de sacrifier des humains à Odin... Mais ne dit-on pas qu'ils ne procèdent à ce rituel barbare, non sur des morts, mais sur des vivants ? Les cris de douleur de leurs victimes n'est-il pas censé, à leurs yeux, plaire au dieu suprême d'Asgard ?

Swort regarda le vassal dans les yeux.

— Les Bersekers n'ont pas d'états d'âme et méprisent la douleur, qu'il s'agisse de la leur ou de celle d'autrui. Mais jamais ils n'auraient osé porter la main sur le roi du Frankenland s'il avait été vivant. Ils n'ont fait que libérer son âme, sa *fylgia*...

— Qui peut en être sûr ? rétorqua Horst d'une voix tremblante de colère. Ce sont des fanatiques ! Ils ne respectent rien ni personne ! Ils se comportent comme des bêtes !

— Oui, mais des bêtes qui adorent un dieu, Odin. Pourquoi auraient-ils de sang-froid assassiné le représentant d'Odin sur terre ?

— Qui sait ? gronda Horst. Et si ce n'est pas eux, qui donc a pu commettre pareil crime ?

Swort garda le silence un long moment avant de murmurer :

— Je ne sais pas, Horst. Je ne sais pas. Mais cet attentat a semé la haine et la confusion parmi les clans. La guerre a éclaté... Pour pouvoir ramener la dépouille de Rerir en son château, j'ai laissé derrière moi un champ de bataille déjà jonché de cadavres. Hunding a pris l'ascendant. C'en est fini de l'unité des clans. Tout est à reconquérir, Horst. Mais qui y parviendra ? Qui ?

Chapitre 33

Le nouveau-né braillait dans son berceau. Il avait déjà épuisé le lait de trois nourrices mais il n'était pas rassasié pour autant. Il faut dire qu'il était aussi grand et gros que deux bébés réunis, et avait un appétit en rapport avec sa taille.

C'est cette taille inhabituelle, justement, qui avait rendu l'accouchement si difficile et qui, sans doute, avait provoqué le décès de la reine. L'annonce de la mort violente du roi avait achevé de jeter un voile d'ombre et de malheur sur le château en deuil. La naissance du jeune prince du Frankenland, si longtemps espérée, s'était accomplie dans le sang, les larmes et la mort, comme si l'obscure malédiction qui avait corrompu la pureté des dieux s'était à présent transmise aux hommes.

Brunehilde reçut la nouvelle de la mort de Rerir presque sans surprise. Elle voyait dans cette succession de malheurs et de deuils l'expression de la puissance incontrôlée et incontrôlable d'Odin. Une fois la première transgression commise, il n'y avait plus de limites, tout pouvait arriver... La violente bouffée de haine qu'elle avait éprouvée pour son père à la mort de Vara s'était cependant dissipée. Brunehilde avait admis l'idée que la stratégie d'Odin pour perpétuer l'espèce divine parmi les habitants du Midgard comportait fatalement des risques pour certains d'entre eux... Quelques êtres immolés pour servir un dessein supérieur. Brunehilde avait également compris qu'Odin n'était pas libre. Et puis peut-être souffrait-il, lui aussi, de voir les désastres qui s'étaient abattus sur le Frankenland. Dans cette tragédie, elle portait elle-même une part de responsabilité. Son désir d'approcher le peuple de Midgard avait été plus fort que son respect des règles immuables. Odin s'était servi d'elle, certes, mais elle devait reconnaître qu'elle n'avait pas essayé de résister...

Maintenant, Brunehilde s'inquiétait du sort de cet enfant, dont elle était la seule à savoir qu'il était un demi-dieu. Il était à lui seul la justification de tous les sacrifices qui en son nom avaient été consentis, et du double drame qui avait accompagné sa naissance. À présent, il fallait qu'il vive coûte que coûte. Qu'il vive pour succéder à son père et monter un jour sur le trône du Frankenland.

Elle se pencha sur le berceau pour attraper le bébé et le tenir dans ses bras. Instantanément, le nouveau-né cessa ses braillements et la considéra de ses grands yeux étonnés, avec dans le regard une pénétration étonnante pour un enfant de cet âge. Brunehilde se mit à le bercer doucement, tout en chantonnant une mélodie enfantine. Mais l'enfant ne fermait pas les yeux. Il la fixait toujours de son regard grave.

— Mon Dieu, cet enfant n'a même pas de nom..., murmura-t-elle.

En effet, dans le monde des hommes, c'était au père de donner un nom à son enfant, avec sa bénédiction. Mais Rerir était mort sans avoir vu son fils. Or, le choix du nom était primordial, car de ce choix dépendait en grande partie l'avenir du nouveau-né. C'est en acquérant un nom personnel que chaque être humain intégrait véritablement son identité ainsi que le sens de sa mission sur terre. Car un nom n'était pas une simple appellation désignant tel ou tel individu, mais une sorte de devise, de formule magique dans laquelle chaque lettre apportait sa vibration particulière. Un être affublé d'un nom ne lui correspondant pas serait le restant de sa vie sous l'emprise de forces étrangères qui viendraient contrarier son destin.

C'était à Rerir, en tant que père de l'enfant et descendant du dieu Odin, qu'il revenait de choisir un nom pour le jeune prince ; un nom qui serait pour lui un gage de pouvoir et de sagesse, de courage et de magnanimité. À présent que Rerir était mort, comment choisir un nom pour l'enfant sans prendre le risque de se tromper ?

Brunehilde savait, bien sûr, que la mort n'est pas une fin, et que les défunts continuent à se manifester aux vivants même après leur trépas. Elle savait aussi que ces communications ne se faisaient jamais sans l'accord et le secours des dieux. Elle savait enfin qu'un nom, s'il est choisi par le père, doit être soufflé à l'enfant par un être de l'autre monde, un être protecteur et bienveillant qui prendra soin de lui durant toute sa vie : une Walkyrie, qui donnera au nom du futur héros son énergie spirituelle et magique. C'était à elle, Brunehilde, qu'il revenait de baptiser le nouveau-né du nom qui ferait sa gloire. Mais ce nom, elle devait le tenir de Rerir lui-même.

Rerir était mort, mais son âme immortelle, sa *fylgia*, était encore vivante quelque part. Rerir était mort, mais Odin était toujours présent, dans son palais d'Asgard. L'un ou l'autre pouvaient intervenir. Non pas directement, bien sûr, mais sous une forme masquée qu'il s'agirait de reconnaître. Brunehilde devait être attentive aux signes.

L'enfant pesait dans ses bras. Qu'il était lourd et costaud, déjà ! La Walkyrie lui tendit un doigt et le nouveau-né le serra dans sa menotte, si fort qu'elle poussa un petit cri.

— Prince du Frankenland, tu seras un fier guerrier ! Et quelqu'un de volontaire aussi. Tu as un regard si dense, si profond...

Brunehilde allait reposer le nourrisson dans sa nacelle lorsque, par une fenêtre percée dans la muraille de la chambre, deux corbeaux noirs entrèrent en croassant.

Elle reconnut aussitôt Hugin et Munin, les corbeaux d'Odin. Était-ce là le signe attendu ? Venaient-ils au nom du dieu souffler à Brunehilde le nom de l'orphelin ? Mais les corbeaux n'étaient pas venus seuls. À leur suite pénétra dans la salle un oiseau de grande envergure, aux vastes ailes rouges qui battaient l'air furieusement. Il s'agissait d'un aigle. Un aigle de sang. Les femmes qui se tenaient là prirent peur et sortirent en courant. Entouré des deux corbeaux qui lui faisaient escorte, l'aigle sanglant se pencha vers l'enfant que Brunehilde tenait toujours dans les bras, et le considéra longuement sans ciller. Le bébé ne parut ni surpris ni effrayé par l'étrange apparition. Son visage se fendit même d'un large sourire et il entrouvrit les lèvres, comme s'il allait parler. Mais de sa bouche ne sortit qu'un babil inarticulé.

L'aigle redressa alors la tête et trompetta un long cri qui résonna longuement d'un mur à l'autre :

— Wälsung ! Wälsung ! Wääälsung !

Puis l'aigle de sang s'en fut d'où il était venu, accompagné des deux corbeaux.

Brunehilde se pencha vers l'oreille du bébé et murmura :

— Bienvenue dans ton royaume, Wälsung.

Et elle alla informer Horst que l'héritier du Frankenland avait reçu un nom.

Chapitre 34

Un gigantesque bûcher fut dressé dans la cour du château du Frankenland, au sommet duquel on avait disposé les corps des deux souverains, unis à tout jamais dans la mort.

Le roi Rerir et la reine Vara, vêtus de leurs tenues d'apparat qui ne laissaient paraître que leurs visages de cire, allaient connaître la purification par le feu. Leurs dépouilles seraient réduites en cendres, qui seraient ensuite dispersées par les vents. Libérées de leur prison de chair, leurs *fylgias* pourraient se mêler aux rayons du soleil, à l'air chaud de l'été, aux éléments de la nature. Tout sur terre n'était qu'un perpétuel recommencement. La mort n'était jamais qu'un changement de forme, une transmutation, comme le glaive trempé dans le feu de la forge.

Tous les nobles du Frankenland étaient présents, ainsi que les guerriers, les domestiques et les marchands. Tous étaient là pour rendre les derniers honneurs à leur roi et à son épouse.

Horst se tenait près du bûcher. C'est lui qui donnerait l'ordre d'y mettre le feu. Grave, le visage marqué d'un profond désarroi, il contemplait une dernière fois celui à qui il avait prêté serment de fidélité et dont jamais plus il n'entendrait la voix et le rire joyeux. Rerir, le glorieux roi du Frankenland, n'était plus.

Brunehilde se tenait assise aux côtés du vassal, sa harpe sur les genoux. Ainsi qu'il était d'usage, elle chantait de sa voix puissante et suave les hauts faits du souverain défunt. Les chants des scaldes accompagnaient toujours les funérailles royales. Le peuple tout autour assemblé pouvait ainsi se remémorer les actes de bravoure et les titres de gloire des souverains que le destin avait ravis à leur estime et leur affection. Mais ces chants funèbres avaient aussi pour fonction d'attirer l'attention des dieux sur le sort des défunts. Dans leur splendeur éthérée, les glorieux Ases pouvaient ainsi accorder leur grâce aux âmes des disparus.

Rerir n'étant pas mort au combat, il ne méritait pas d'entrer dans la Halle des Occis, où les Wals étaient admis dans l'intimité du dieu Odin. Mais son âme légère, sa *fylgia*, pourrait demeurer sur terre et adopter une forme animale avant de se réincarner dans un autre corps humain. Quant à celle de Vara, elle demeurerait indéfectiblement liée à celle de son époux, car elle était unie à lui dans la vie comme dans la mort.

La voix de Brunehilde se tut enfin, sur un dernier accord de harpe. Horst fit un geste bref. Les torches furent jetées sur le bûcher et le feu se propagea. Les flammes partirent à l'assaut du catafalque sur lequel reposaient les souverains dont les vêtements enduits de résine s'embrasèrent en même temps que le bois qui leur servait de couche.

Longtemps, les corps brûlèrent, répandant alentour une fumée noire et l'insupportable odeur de la chair calcinée. Mais personne dans l'assistance ne songea à quitter les lieux. Chacun voulait demeurer là jusqu'au bout, jusqu'à ce que le roi et la reine ne soient plus que cendres voletant dans le vent. Lorsque les flammes s'apaisèrent enfin, une nourrice s'approcha, tenant dans ses bras le jeune prince emmailloté. Horst le lui prit des mains et, le soulevant au-dessus de sa tête afin que chacun puisse le contempler, il annonça d'une voix forte :

— Le roi et la reine sont morts. Mais ils ont laissé derrière eux un héritier au trône du Frankenland. Voici votre nouveau roi. Il a pour nom Wälsung !

Aussitôt, toute l'assemblée se mit à pousser des vivats :

— Vive le roi ! Vive le roi Wälsung ! Wälsung ! Wälsung ! Wäääälsung !

QUATRIÈME CHANT

L'épée dans le frêne

Une fois de plus j'interromps mon chant, le cœur oppressé par tant d'émotions surgies du passé. À la lueur des flambeaux accrochés aux murs de la Halle des Occis, les Wals semblent figés pour toujours, comme s'ils s'étaient changés en statues de pierre. Au milieu d'eux, Odin ne feint plus le sommeil. Il regarde dans ma direction et un bref instant, je croise son œil bleu, aussi froid et coupant que la glace. Mais il ne me voit pas et, déjà, il baisse à nouveau la tête. Il y a entre nous tant de secrets, tant de non-dits...

Je sais à quel point il fut affecté par la mort de Rerir. Mais à ses yeux, la naissance de Wälsung compensait largement la perte tragique du roi. Les dieux n'ont pas la liberté de céder aux émotions qui parfois les submergent. Ils ne doivent songer qu'à la pérennité de leur règne et à la survie de leur lignée.

Odin m'avait envoyée à Midgard pour que je veille à ce que sa filiation humaine perdure et croisse, malgré les arrêts de Frigg et de la Völa. Peu importaient les souffrances et les morts ; peu importaient les luttes et les sacrifices ; peu importaient les intrigues et les ruses, les alliances rompues et les trahisons. Ce qui seul comptait, c'était que les fils d'Odin réalisent sur terre ce que leur père avait tenté, en vain, d'imposer dans le ciel : l'avènement d'un âge d'or.

Mais cet âge d'or n'était encore qu'un rêve lointain.

Les souvenirs se pressent aux portes de ma mémoire, et je ne puis endiguer leur flot qu'en les mettant en mots et en musique.

Seul l'art, désormais, me permet de donner à ma vie le sens qu'en vain je lui cherche...

D'un revers de la main je fais résonner les cordes de ma harpe. Je gonfle ma poitrine et reprends le fil de mon chant...

Chapitre 35

Après le meurtre de Rerir, la cohésion entre les clans avait irrémédiablement volé en éclats. Les tribus s'étaient affrontées au sommet de la montagne sacrée en une rixe sans précédent, laissant s'exprimer violemment des haines tenaces entretenues par d'ancestrales rivalités, avant de se séparer sans qu'un nouveau chef de guerre ne fût désigné. En l'absence de ce modèle vivant qui leur servait de guide et de repère, les peuplades disséminées sur la rive droite du Rhin ne tardèrent pas à retourner à leur sauvagerie originelle. Les tentatives de Rerir pour instaurer un âge d'or avaient échoué. Désormais, les territoires de Midgard se trouvaient plongés dans la barbarie de l'âge de fer.

Des rives du Rhin jusqu'à celles de l'Elbe, du Danube jusqu'aux frontières du nord, ce n'étaient que guerres et massacres, pillages et viols, misère et famine. Rerir avait voulu faire de Midgard un reflet d'Asgard, une terre digne de briguer la beauté et la perfection du paradis céleste. En son absence, Midgard s'était transformé en un enfer de feu et de sang, d'où tout espoir de rédemption semblait banni. Hunding, le plus enragé de tous, ne manquait aucune occasion d'attiser ces violences en exhortant les peuples à des guerres sanguinaires et fratricides, tout en ralliant le plus grand nombre d'entre eux à sa cause. Il était même parvenu à édifier son propre royaume, le Gotland, en fédérant autour de lui les tribus dissidentes situées au nord et à l'est de Midgard, notamment les Goths, les Saxons, les Vandales et les Alamans. Le monde de Midgard risquait de pâtir encore longtemps de ces rivalités qui, depuis si longtemps, alimentaient des guerres fratricides.

Les Walkyries avaient fort à faire en ces temps maudits. De nuit comme de jour, elles survolaient les innombrables champs de bataille pour y glaner leur moisson de morts. Les hommes, cependant, ne mouraient plus en héros, mais en bêtes avides de carnage, et la vaste salle du Walhalla manquait de prétendants, tandis que les enfers de Hel regorgeaient de recrues. Les filles de l'air délaissaient leurs chevaux écumants pour grimper sur l'échine de loups aux yeux rouges dont les crocs acérés semaient la terreur parmi les agonisants, tandis que des nuées de corbeaux se repaissaient des cadavres encore fumants.

Parfois, Brunehilde sentait se réveiller son cœur de vierge guerrière. Elle aussi, elle aurait voulu endosser ses ailes de cygne pour aller prêter assistance aux héros qu'elle aurait choisis. Elle ne pouvait oublier qu'elle avait été une fière Walkyrie, la fille du maître des combats chevauchant les vents, errant sans fin dans la nuit. Mais ces temps étaient pour elle révolus. Ses ailes étaient entravées, et elle n'avait plus le droit de prendre part aux manifestations divines. Elle ne se préoccupait plus que d'une chose : protéger la lignée humaine d'Odin en prenant tout le soin possible d'un enfant dont la naissance avait été maudite par les dieux.

Dans le tumulte de la guerre des clans qui cernait le Frankenland, les vassaux de Rerir eurent la sagesse de s'accorder entre eux pour concéder à Horst la régence du royaume. Leur seule chance de salut était de rester unis et rassemblés auprès d'un chef valeureux qui continuerait à galvaniser son peuple autour des valeurs instaurées par Rerir.

Wälsung n'était encore qu'un nouveau-né, orphelin de père et de mère, héritier d'un royaume affaibli par les guerres et les luttes qui ravageaient les territoires de Midgard. Horst prit soin du jeune prince comme un père aurait pris soin d'un fils. Cet homme brave, oubliant que c'était Rerir lui-même qui l'avait prié de rester au château auprès de la reine, se reprochait secrètement de n'avoir pas accompagné le roi, de ne pas avoir éventé le piège, de ne pas avoir prêté main-forte à son souverain. La seule façon d'expier ce qu'il considérait comme une faute était de veiller à conserver intact le royaume de Rerir, afin que Wälsung puisse en hériter lorsqu'il en aurait l'âge.

Horst pria Brunehilde de rester au Frankenland afin de participer à l'éducation du jeune prince. Tandis qu'il formait lui-même Wälsung au maniement des armes et aux règles de l'aristocratie et du gouvernement, c'est à la scalde venue des îles mystérieuses du Nord qu'il revint de l'initier aux arcanes de la sagesse cachée, à la maîtrise des pouvoirs et à la connaissance des runes. Elle lui enseigna également l'art de la poésie et du chant, et lui montra comment reconnaître les signes par lesquels les dieux manifestaient sur terre leur splendeur. Horst promit à la jeune femme que ce serait elle, une fois l'éducation du futur roi achevée, qui lui ceindrait l'épée dont il serait digne. L'épée serait le prolongement de son bras, solide et vigoureux. Et la lame en serait d'un éclat éblouissant, reflet de son âme pure...

Si Horst était pour Wälsung le père qu'il n'avait pas connu, Brunehilde était pour lui la mère dont il avait été privé. Le fidèle vassal aurait pu mettre à profit cette responsabilité qui les rapprochait l'un de l'autre pour tisser avec elle des liens plus intimes et plus personnels. Mais il n'en fit rien. De même qu'il ne fit jamais allusion à la brève étreinte qui les avait réunis au seuil de la chambre où Vara venait de rendre son dernier soupir. Il conserva à l'égard de la belle jeune femme cette réserve naturelle qu'il avait toujours eue à son égard, cette distance respectueuse qu'il avait manifestée dès le premier jour. Pour autant, jamais il ne prit femme, ni ne fonda la famille à laquelle il aurait eu droit. Wälsung était toute sa famille. Et Brunehilde constituait l'unique objet de son adoration...

Wälsung grandit, et devint bientôt un jeune homme vaillant, aussi noble d'aspect et de cœur que l'avait été son père. Brunehilde l'avait initié à des secrets inconnus de la plupart des hommes. À seize ans révolus, il en savait autant que le plus grand des sages, et put assumer le poids de cette couronne qui lui revenait de droit : la couronne du Frankenland.

Pour devenir roi, Wälsung devait toutefois se choisir une reine : telle était la coutume, afin que le royaume pût avoir des héritiers. Brunehilde se chargea de lui présenter des jeunes filles en accord avec son rang et sa naissance, mais il les refusa toutes. Il décréta qu'il n'aurait jamais d'autre épouse que celle qui l'avait élevé. Les conseillers se réunirent pour débattre de cette épineuse question, et n'y virent aucun obstacle. Certes, Brunehilde avait servi de mère au jeune roi, mais elle n'était pas sa mère de sang. Rien n'empêchait le prince de s'unir à elle, si tel était son désir. Horst donna lui aussi son accord. Brunehilde guetta dans ses yeux une marque de dépit, de jalousie peut-être. Mais elle n'y lut qu'une grande sérénité, dans une acceptation sans faille de ce qui devait être. Il eut juste un geste qu'il ne put maîtriser, un geste comme une question muette à laquelle il n'exigeait pas de réponse : il porta la main à son visage, que les années avaient durement griffé, puis la tendit vers celui de Brunehilde, qui était aussi lisse et aussi jeune que le jour où elle était arrivée au Frankenland, et il lui effleura légèrement la joue… Horst avait deviné en elle un être de l'autre monde, et reconnu en Wälsung le digne descendant de son auguste père. Le fait que ces deux êtres d'exception soient désormais mari et femme les confondait à ses yeux en un objet unique d'adoration.

De son côté, Brunehilde s'était depuis longtemps attachée à Wälsung par des liens plus intenses que ceux qu'une simple éducatrice porte à son protégé. Il résumait à lui seul la splendeur des dieux qu'elle avait connus et la bravoure des hommes qu'elle avait appris à connaître. En lui coulait le sang d'Odin, le père de tous les dieux, mais il était avant tout un homme. Un homme qu'elle pouvait aimer et dont elle pouvait être aimée. Brunehilde allait devenir une femme comme les autres.

Une femme comme les autres, ou presque.

Chapitre 36

Les noces de Wälsung et de Brunehilde furent célébrées au cœur de l'été, avec tout le faste que méritait l'union du souverain du Frankenland avec sa reine.

Tout le pays participa aux réjouissances célébrant l'événement. Les nobles, les guerriers, les domestiques, mais aussi les paysans, les artisans, les artistes et les mages issus de toutes les contrées environnantes s'étaient acheminés jusqu'au palais niché au bord du Rhin qui, pour l'occasion, avait recouvré une partie de sa splendeur d'antan. Ces festivités furent accueillies par tous comme un répit, une trêve d'insouciance et de gaîté dans une vie devenue brutale et chaotique depuis la disparition de Rerir et la recrudescence de la guerre des clans.

Des tentes multicolores avaient été dressées aux portes de la ville afin qu'y fussent logés les nombreux invités. Des cuisines installées en plein air laissaient s'échapper de bonnes odeurs de viande grillée, tandis que des fûts mis en perce coulaient des flots de bière ambrée que les convives recueillaient dans leurs cornes à boire. Des harpistes, des danseurs et des jongleurs improvisaient des spectacles, éveillant les rires et les applaudissements, tandis que des ours savants, dressés sur leurs pattes arrière, se balançaient lourdement, obéissant aux ordres que leurs dompteurs leur transmettaient au moyen d'une chaîne qui leur perçait le nez. Enfin, des scaldes venus de tous les horizons de Midgard chantaient les hauts faits des nouveaux souverains, sans oublier que la reine avait jadis été l'une des leurs, sous le nom de Saga.

Mais Saga n'était plus. En changeant de statut, l'épouse du roi avait également changé de nom, ainsi qu'il était d'usage. Saga avait été son surnom de scalde, au temps déjà ancien où elle était arrivée au Frankenland après avoir traversé les terres de Midgard depuis les lointaines îles du Nord où, disait-on, elle était née. En devenant reine, elle avait choisi de reprendre son nom d'origine, celui qui lui avait été donné à sa naissance : Brunehilde. Mais qui lui avait donné ce nom ? Et de quelle lignée pouvait-elle s'enorgueillir ? Nul ne le savait, pas même le roi Wälsung.

Un autre mystère planait sur la nouvelle souveraine. De nombreuses années s'étaient écoulées depuis son arrivée dans le royaume, et pourtant son visage demeurait aussi frais et son corps aussi juvénile qu'au premier jour. Comment se préservait-elle ainsi des attaques du temps ? Tous l'ignoraient. Seul le fidèle Horst ne semblait pas s'étonner de l'éternelle jeunesse de la nouvelle reine. Depuis longtemps, il avait compris qu'elle était d'une autre nature.

À vingt ans, Wälsung était quant à lui devenu un jeune homme fort, plein de vigueur et de santé. Sa haute taille, que soulignait encore une carrure imposante, ses longs cheveux d'un blond roux descendant jusqu'aux reins, sa barbe généreuse, son teint fleuri renforçaient l'impression de force et de santé qui émanait de lui. Brunehilde et lui formaient un couple magnifique, l'un de ces couples de légende qui semblent issus d'un autre monde pour permettre aux hommes de contempler un peu de la splendeur des dieux.

Les noces durèrent huit jours et huit nuits sans discontinuer. La plupart des chefs de clan étaient venus rendre hommage aux nouveaux souverains, ceux en tout cas qui étaient demeurés fidèles au souvenir de Rerir. Pour recevoir dignement tous les chefs de clan venus célébrer les royales épousailles, Wälsung avait fait bâtir à l'écart du château une vaste halle circulaire, composée exclusivement de bois et édifiée autour du tronc imposant d'un grand frêne. Bien que rustique et sans confort, cette halle adossée à l'arbre vénérable était pour Wälsung un reflet des Neuf Mondes accrochés au tronc, aux frondaisons et aux racines du frêne Yggdrasil qui formait l'axe de l'univers.

Wälsung siégeait aux côtés de Brunehilde. Tous deux étaient assis sur de hautes chaises de bois dont les dossiers savamment ouvragés étaient décorés d'entrelacs en forme de runes, tandis qu'à leurs pieds montaient les fragrances du foin fraîchement épandu. Les chefs de clan venaient les uns après les autres s'incliner devant eux avant d'échanger avec les nouveaux souverains quelques paroles amicales. Les alliances anciennes étaient renouvelées, tandis que se forgeaient des projets de collaboration future. Ces accords étaient scellés par des libations rituelles au cours desquelles l'on faisait circuler les cornes à boire.

Le soir, après les festins quotidiens, Wälsung et Brunehilde retournaient dans l'enceinte du château où des chambres jumelles leur étaient destinées. Chacune d'elles contenait un grand lit, fabriqué par les meilleurs artisans du royaume pour favoriser le repos des nouveaux souverains. Des deux, le lit de la mariée était deux fois plus large, car il devait accueillir, non seulement Brunehilde, mais aussi Wälsung lors de ses visites nocturnes. Car telle était l'une des finalités essentielles du mariage royal : assurer la descendance du royaume grâce à la fécondation de la reine. Or, cette importante tâche semblait moins aisée à remplir qu'il n'eût été souhaitable.

La première nuit, alors que Brunehilde reposait déjà dans son lit, vêtue d'une simple tunique de lin blanc, Wälsung vint la rejoindre et s'allongea près d'elle. Mais, sans doute impressionnés par cette soudaine intimité, les souverains ne mêlèrent pas leurs corps comme il est d'usage entre époux nouvellement unis. Et Wälsung se retira dans ses appartements sans avoir ravi la virginité de Brunehilde. La deuxième nuit aurait pu leur être favorable. Mais leur étreinte ne dépassa pas le stade d'une main serrée dans le noir. La troisième nuit ne fut pas plus heureuse. La quatrième non plus. Et les nuits suivantes pas davantage.

Pourtant Wälsung était un fier gaillard que la nature avait pourvu de tous les attributs dont peut s'enorgueillir un homme. Et Brunehilde désirait ardemment bénéficier des étreintes de l'homme dont elle avait accepté de partager la vie. Certes, elle savait que le sacrifice de sa virginité entraînerait l'interdiction formelle d'utiliser ses pouvoirs magiques et la contraindrait à sacrifier les privilèges liés à son statut d'immortelle. Mais elle était prête à ce renoncement car, en échange, elle allait recevoir ces grâces réservées aux seules mortelles, et que leur enviaient les déesses impassibles : l'ivresse des sens exaspérés par le désir, le vertige délicieux de cette petite mort vécue par deux corps accouplés dans la fusion amoureuse, et enfin la faculté inouïe d'abriter en son ventre une vie à venir.

Wälsung, de son côté, adorait son épouse, cette femme si belle qui l'avait accueilli dans ses bras dès sa naissance et qui n'avait jamais cessé de lui prodiguer tendresse et amour. Le désir qu'il avait de s'unir à elle ne datait pas d'aujourd'hui, et la célébration des noces lui donnait enfin le droit d'y céder. Pourquoi, dans ce cas, si peu d'empressement dans l'ombre complice de la nuit ? Il n'en savait rien, et s'en désespérait. Chaque nuit, pourtant, il venait partager la couche de la reine. Mais il lui était impossible de franchir cette invisible frontière qui lui rendait Brunehilde inaccessible. Alors il se relevait et retournait tristement dans sa chambre.

Chapitre 37

Seul, assis sur son trône d'Asgard, Odin observait les Neuf Mondes étendus à ses pieds. D'un geste négligent, il flattait de la main gauche l'encolure de ses loups tandis que ses corbeaux lui becquetaient la barbe. Soudain, il retira sa main comme s'il venait de se brûler. À la base de l'annulaire, un trait rouge se dessinait, là où jadis le dieu avait glissé à son doigt l'anneau maudit du Nibelung. Parfois, l'ancienne cicatrice se ravivait, comme pour rappeler à Odin la menace qui pesait sur lui et les dieux d'Asgard. La menace du Ragnarök.

Surgi de nulle part, un cercle de flammes apparut au beau milieu de la salle. Les loups d'Odin se mirent à gronder en dévoilant leurs crocs tandis que ses corbeaux battaient furieusement des ailes. Ce feu spontané s'éteignit aussi rapidement qu'il s'était allumé. À sa place se tenait Loki.

— Tu as fait peur à mes bêtes, pesta Odin. Est-ce de cette façon que l'on entre chez le dieu suprême ?

Odin ne parvenait toujours pas à s'habituer aux perpétuelles lubies du génie du Feu. Pourtant, il les subissait avec une indulgence qui aurait paru incompréhensible à quiconque. Pourquoi le dieu suprême d'Asgard supportait-il ainsi sans broncher les élucubrations de l'adolescent androgyne ? Au sein du monde parfait et bien ordonné d'Asgard, Loki incarnait le désordre et la rébellion. Mais, étrangement, ce désordre et cette rébellion étaient nécessaires à l'équilibre du domaine des dieux.

« Je venais simplement t'apporter des nouvelles des Neuf

Mondes dont tu es le maître... Je vais, je viens, ici et là, j'écoute ce qui se dit, j'entends ce qui se murmure, j'observe ce que l'on veut cacher, je surveille ce qui se trame... »

La voix sucrée de Loki résonnait à l'intérieur du crâne d'Odin avec la douceur envoûtante des berceuses que l'on chante aux enfants pour les endormir.

— Eh bien, parle ! s'emporta le dieu suprême d'Asgard. Quelles sont ces nouvelles que je ne connaîtrais pas déjà, malgré le zèle de mes corbeaux ?

Le dieu ponctua sa phrase en caressant le plumage de ses fidèles messagers qui lancèrent un petit croassement de plaisir. Les corbeaux d'Odin, Munin et Hugin, étaient les yeux et les oreilles du dieu. Chaque jour, ils s'envolaient jusqu'aux confins de l'univers avant de revenir faire à leur maître un rapport détaillé des événements dont ils avaient été les témoins. Ainsi, rien n'échappait à la vigilance du maître d'Asgard.

Loki émit un petit rire de gorge et pirouetta sur lui-même, produisant un tourbillon de flammèches crépitantes.

« Tes corbeaux ne savent pas tout, ô Père des nuées. Ils entendent les mots que les hommes prononcent, non leurs pensées. Ils sont témoins des actes, non des intentions. Leur seule aptitude est de voler : ils survolent les choses, mais n'en pénètrent pas le cœur ; moi, je maîtrise le feu qui brûle les êtres à l'intérieur d'eux-mêmes. »

Loki, dans l'instant, se transforma en torche vivante, ravivant l'inquiétude des loups couchés aux pieds d'Odin. Mais il reprit instantanément sa forme première.

— Parle, dans ce cas ! Parle, te dis-je ! répéta le dieu suprême. Que sais-tu qui puisse m'intéresser et que j'ignore encore ?

« Ton Wälsung a bien du mal à honorer la Walkyrie de ses faveurs... »

Le visage d'Odin se durcit, comme s'il avait reçu un camouflet.

Pourtant, il n'ignorait pas ce que Loki prétendait lui apprendre. Par l'intermédiaire de ses corbeaux, il suivait attentivement l'évolution des relations entre son descendant mortel et sa fille céleste. De leur union dépendait en effet le succès de sa lignée sur terre. Mais jusqu'à présent, cette union n'avait guère tenu ses promesses.

— Eh bien, que veux-tu que j'y fasse ? grogna le dieu borgne. Wälsung est jeune. Il a tout le temps devant lui...

Loki fit à nouveau retentir son petit rire agaçant.

« Le temps ne fera rien à l'affaire ! La vérité, c'est que Frigg n'a pas vu d'un bon œil les noces de Wälsung et de Brunehilde... Il se pourrait bien qu'elle ait inspiré à Wälsung une... timidité maladive et malencontreuse ! »

Odin tiqua, honteux de ce que Loki venait de dire, et qui pourtant était l'exacte vérité. Son épouse s'était toujours opposée au développement de la lignée humaine que le dieu borgne avait semée sur la terre de Midgard. Frigg n'avait jamais pardonné cette violation de ses prérogatives de déesse des liens du mariage. Elle avait condamné la descendance humaine d'Odin à disparaître, et pourtant Wälsung était né.

Certes, cette naissance s'était produite dans les souffrances et les sacrifices. La reine Vara était morte en couches. Rerir avait été assassiné. Mais Wälsung, lui, était bien vivant, et grâce aux soins de Brunehilde, il avait grandi en force et en sagesse et avait remplacé son père défunt sur le trône du Frankenland. Et voici qu'il venait de convoler en justes noces avec celle qui l'avait élevé avec tant de conscience. C'était un nouveau déni de la justice immanente que les dieux exerçaient sur les hommes. Et Frigg, bien entendu, ne tolérerait pas une entorse supplémentaire à sa juridiction. Il était déjà scandaleux à ses yeux que Wälsung soit né ; il serait insupportable qu'il devînt, de surcroît, père ! Wälsung n'était qu'un bâtard qui n'aurait jamais dû voir le jour. Son existence seule suffisait à provoquer l'ire de Frigg, mais après tout, les hommes sont mortels, et Wälsung finirait bien par disparaître de cette terre semée de périls. Mais si ce descendant illégitime d'Odin engendrait à son tour une lignée forte et prospère en s'unissant avec la Walkyrie, elle-même fille d'Odin, c'en serait bientôt fini de la suprématie des dieux.

Loki avait deviné juste. La tiédeur que Wälsung manifestait auprès de son épouse n'était due qu'à l'acharnement de Frigg à faire obstacle aux visées que le dieu suprême avait sur sa descendance humaine. Odin porta sa main gauche à ses lèvres, comme pour calmer l'irritation qu'il éprouvait à l'endroit où l'anneau du Nibelung avait laissé sa marque.

— Que puis-je faire pour abolir les sortilèges de Frigg ? interrogea le dieu d'une voix grave.

« Tu ne peux pas libérer Wälsung de son envoûtement, et personne ne le pourra tant que Frigg ne l'aura pas décidé elle-même. »

Odin se renfrogna encore. Loki savait ce qu'il disait, lui, le maître des enchantements et des magies de toutes sortes. Nul ne pourrait défaire ce que Frigg avait soigneusement lié.

« Toutefois, si tu tiens absolument à préserver ta descendance sur terre, il reste un dernier espoir... »

Odin regarda Loki avec curiosité. Le trublion s'ingéniait à jouer avec ses nerfs. Mais le dieu borgne se retint de montrer son impatience. D'un ton calme, il répondit :

— Je t'écoute, Loki. Parle... Que faut-il faire ?

« Eh bien... »

La voix de Loki se mit alors à chuchoter dans l'esprit d'Odin, sur un ton si familier que le dieu ne parvenait plus à savoir d'où venait cette voix, et finit par la prendre pour l'écho de sa propre conscience. Lorsqu'il eut fini de parler, Loki s'éclipsa aussi soudainement qu'il était apparu. Odin ne s'en rendit même pas compte. Il ne pensait qu'à une seule chose. Il ne pensait qu'à la façon dont il allait s'y prendre pour braver une fois de plus les interdits de Frigg.

Il pensait à sa fille, Brunehilde, et au fruit de chair que bientôt elle porterait en son sein.

Chapitre 38

Brunehilde demeurait seule dans son trop grand lit. La tiédeur de cette nuit d'été faisait perler à son front de légères gouttes de sueur. Comme chaque nuit, elle avait espéré que la visite du roi se soldât enfin par la rencontre de leurs corps. Le roi était venu, comme à l'accoutumée. De sa puissante main il avait effleuré le front de son épouse, puis il était reparti sans risquer d'autres caresses. Elle, de son côté, n'avait rien fait pour le retenir. Ces initiatives qu'il n'osait prendre, elle se sentait incapable de les provoquer.

Allongée sur le dos, les yeux clos, sa crinière de feu largement étalée sur le drap blanc, un bras relevé en arrière au-dessus de sa tête, l'autre posé sur son ventre, Brunehilde cherchait en vain le sommeil, ce sommeil qui la fuyait nuit après nuit. Pour tromper son insomnie, elle songeait à toutes ces années passées aux côtés de Wälsung, le digne héritier de Rerir, le descendant d'Odin. C'est elle qui avait permis sa conception en offrant à la reine Vara l'une des pommes d'éternelle jeunesse, dérobée au jardin de Freya. C'est elle qui l'avait pris dans ses bras à sa naissance, après la mort de sa mère. C'est elle encore qui l'avait patiemment élevé, éduqué, initié aux mystères des runes et aux arcanes de la magie. Elle avait été pour lui une mère, une enseignante, une initiatrice. Et à présent, elle était devenue son épouse. Avait-elle le droit d'aller jusque-là ? En acceptant d'unir sa destinée à celle de Wälsung, ne transgressait-elle pas quelque tabou qui la placerait irrémédiablement au ban des hommes et à celui des dieux ? La froideur du jeune roi n'était-elle pas la punition encourue pour avoir outrepassé les limites de la mission que lui avait jadis confiée le Père de l'Univers ?

Brunehilde poussa un profond soupir, tandis que la main qu'elle avait posée sur son ventre rejoignait l'autre, étendue au-dessus de sa tête, ce qui eut pour effet de faire saillir sa gorge recouverte de la simple tunique de lin blanc qui collait à sa peau moite. Remontant le fil de ses souvenirs, elle se remémora alors l'époque où elle n'était ni une scalde ni une reine, mais une vaillante Walkyrie. Qu'il lui semblait loin, le temps où, accompagnée de ses sœurs, elle volait dans l'immensité du ciel et survolait les territoires de Midgard avant de revenir dans l'enceinte divine d'Asgard ou dans les vastes salles du Walhalla.

Elle ne regrettait rien, pourtant. Le choix qu'elle avait fait de descendre sur terre, elle l'avait fait librement. Comme elle avait choisi librement de demeurer au Frankenland aux côtés de l'orphelin royal dont elle était désormais l'épouse. Mais l'était-elle vraiment ? Pouvait-elle s'honorer d'être la femme de Wälsung, tant que ce dernier se refusait à la toucher ? Que valait leur mariage s'il n'était pas couronné par un enfant à naître ? Brunehilde ne pouvait s'empêchait de songer au désarroi de Vara, qui avait si longtemps attendu d'être mère. Mais à défaut d'être mère, au moins était-elle devenue femme entre les bras de Rerir ! Tandis que Brunehilde, condamnée à une chasteté qui n'était plus de mise, se désolait de cette virginité qui jadis avait été la garantie de ses pouvoirs de Walkyrie.

La jeune mariée passa une main sur son visage. Elle avait les tempes brûlantes. La température de la pièce ne venait-elle pas brutalement de s'élever ? Brunehilde repoussa les draps et remonta sa tunique, dévoilant ses cuisses tièdes. Oui, il faisait très chaud, anormalement chaud. L'air était empreint d'une touffeur oppressante annonciatrice d'orage. Soudain, un léger bruit de pas retentit dans la chambre silencieuse. Brunehilde rouvrit les yeux et se dressa sur son séant. Devant elle se tenait une silhouette massive qui se découpait dans la pénombre de la pièce éclairée uniquement par les rayons de la lune. Elle faillit crier mais se reprit en identifiant l'homme qui s'approchait d'elle.

— Wälsung !

C'était Wälsung, en effet. Brunehilde reconnaissait sa haute stature, ses longs cheveux qui pendaient jusqu'au bas de ses reins, sa barbe coulant sur son torse puissant. Pourtant, un élément nouveau provoquait la surprise de la nouvelle reine. Car Wälsung était nu. Entièrement nu. Et, dans la pénombre complice, Brunehilde pouvait constater le désir qui s'était emparé de son corps.

Ce désir faisait écho au sien propre. Lorsque le roi la rejoignit, la jeune femme comprit que toute la timidité qui avait jusque-là bridé leurs émois s'était envolée. D'un geste conquérant, Wälsung acheva de retrousser la tunique immaculée qui couvrait le corps de son épouse et posa sur elle des mains brûlantes de passion mal contenue. Dans l'instant, Brunehilde se sentit fondre. Les mains de Wälsung se faisaient plus précises, plus exigeantes. Elles cherchaient non à caresser, mais à prendre, avec une rudesse un peu brutale qui, à l'étonnement de Brunehilde, était plus délectable et plus affolante que le plus doux des attouchements.

S'abandonnant à la virile étreinte, la reine rejeta les bras en arrière, dans le même mouvement qu'elle avait eu plus tôt lorsqu'elle était seule dans son lit, mais à présent, c'était pour offrir à son époux la primeur de sa gorge palpitante, la douceur de son ventre, la chaleur de ses cuisses. Elle se livrait sans retenue ni pudeur aux empoignades de l'homme, au souffle chaud de son haleine attisée par un désir grandissant. Sous les mains qui la pétrissaient, elle se sentait devenir à la fois braise et fontaine ; elle brûlait et coulait tout à la fois, comme si tout son être se décomposait en éléments bruts de la nature : terre de son corps malaxé ; air de sa respiration cadencée en un rythme de plus en plus rapide ; feu de son cœur qui s'embrasait de passion dévorante ; eau sourdant de son intimité comme une source souterraine. Et Wälsung devenait à son tour le vent et la montagne, le brasier et le torrent, mais aussi le potier avide de donner forme à la glaise, le forgeron attisant le feu pour y tremper sa lame, le sourcier faisant jaillir les nappes d'eau enfouies.

Ces sensations nombreuses étaient si intenses que Brunehilde ne parvenait pas à décider si elles s'apparentaient au plaisir ou à la torture. Car ce plaisir était si douloureux, et cette torture si délicieuse, que la jeune femme ne parvenait plus à distinguer l'un de l'autre. Elle était le métal en fusion dans le creuset, en attente du marteau qui viendrait lui donner forme puis du bassin d'eau froide qui éteindrait enfin la morsure du feu. Et cette attente était aussi intolérable qu'elle était délectable. Ivre de désir et de frustration mêlés, Brunehilde haletait comme une femme en travail, ses longs cheveux dénoués collant à son front ruisselant de sueur, car la chaleur ambiante s'était encore accentuée, faisant écho à son désir brûlant.

C'est alors que Wälsung, répondant enfin à l'appel muet de ce corps frissonnant, implorant d'être écartelé, supplicié, martyrisé, sacrifié, s'engagea entre les cuisses de Brunehilde et la pénétra d'un seul coup de reins. La douleur fut si vive, si brutale, que la Walkyrie poussa un cri sauvage, aussitôt refréné par la bouche de Wälsung se posant sur ses lèvres ouvertes. Sous l'incroyable assaut, Brunehilde referma ses cuisses autour des reins de son époux, l'enlaça de ses bras, se cramponnant à son dos qu'elle labourait de ses ongles, mordit au sang la bouche qui lui mangeait les lèvres, arc-boutée autour du mâle qui la possédait de toute sa vigueur. Elle se sentait envahie, emplie de cette force virile qui s'imposait à elle. Elle en pleurait de rage et de bonheur confondus, tandis que quelques gouttes de sang signaient le sacrifice de sa virginité.

Plus jamais elle n'aurait le droit d'être cette Walkyrie fière et orgueilleuse qui jadis venait cueillir le dernier souffle des guerriers moribonds.

Elle était devenue femme. Réellement femme. Entre ses bras, le corps de Wälsung irradiait sa chaleur. De sa peau nue semblait émaner une étrange clarté. Était-ce bien un homme qui pesait ainsi sur elle de tout son poids ? Tout entier concentré sur son désir et la passion dévorante qui l'habitait, il se faisait plus brûlant, plus rayonnant. Il devenait pareil à un astre, à une boule de feu, à un foyer d'énergie qui irradiait dans le corps de Brunehilde et achevait d'enflammer ses sens. Car la douleur ressentie lors de la pénétration s'était vite muée en un plaisir diffus, puis une jouissance qui la submergeait, la portait bien au-delà d'elle-même. Jamais elle n'aurait imaginé qu'un simple corps charnel puisse éprouver des sensations aussi exquises et lancinantes. Elle comprit alors que lorsqu'ils faisaient l'amour, les êtres humains devenaient les égaux des dieux.

Le plaisir de ces deux corps ainsi soudés l'un à l'autre atteignit alors son apogée. Brunehilde sentit que Wälsung se libérait en elle, inondant son ventre de semence féconde. C'est alors qu'un furieux coup de tonnerre retentit au-dehors, ébranlant la quiétude du ciel dans lequel s'étaient amoncelés de noirs nuages gonflés de pluie. Un éclair de foudre creva ce ventre de nuées d'où s'épanchèrent des cataractes d'eau trop longtemps contenue. Brunehilde hurla, saisie à son tour par la jouissance. Au moment de l'acmé, elle eut comme un vertige. Ce n'était plus le visage humain de Wälsung qui se trouvait au-dessus d'elle, mais un masque d'or pur qui semblait refléter l'image d'un dieu. L'impression fut si fugitive que Brunehilde crut à une hallucination née du plaisir trop fort qu'elle ressentait. Aussitôt après, Wälsung était redevenu lui-même et roulait à ses côtés, en nage, hors d'haleine.

Ils demeurèrent étendus ainsi un long moment, sans bouger ni échanger une parole. Au-dehors, l'orage continuait à se déchaîner, libérant des flots de pluie au milieu des éclairs et des grondements du tonnerre. Puis Wälsung se pencha au-dessus de Brunehilde et lui déposa un baiser sur le front, avant de se glisser hors du lit pour s'éloigner aussi discrètement qu'il était venu. Avant de s'endormir, Brunehilde posa une main sur son ventre, et un sourire naquit sur ses lèvres.

Elle savait que le royaume du Frankenland aurait bientôt un nouvel héritier.

Chapitre 39

Wälsung dormait profondément. Un sommeil lourd et sans rêves qui s'était emparé de lui dès qu'il s'était mis au lit, après avoir quitté la couche de son épouse.

Ce soir, comme les soirs précédents, le roi n'avait pas su oser les gestes qui auraient pu faire de Brunehilde réellement sa femme. Il était demeuré dans le noir, incapable d'approcher ce corps qui attendait pourtant de se donner à lui. Et comme les autres soirs, il était retourné dans sa chambre en laissant son épouse aussi intacte qu'elle l'était avant les noces.

Pourtant, contrairement aux autres soirs, Wälsung n'avait pas souffert de cette insomnie tenace qui le tenait généralement éveillé jusqu'au petit matin, l'obligeant à se tourner et se retourner sans cesse dans son lit en ressassant les motifs de sa honte et de son insatisfaction. Il s'était écroulé en travers de sa couche et s'était mis aussitôt à ronfler comme s'il avait abusé de bière et de cervoise. Ce sommeil était si subit et profond qu'il ne pouvait s'agir d'un sommeil naturel. Quelque magie devait en être la cause. Puis, aussi abruptement qu'il s'était endormi, Wälsung se réveilla en sursaut, comme si une invisible main l'avait secoué. En poussant un cri, il se dressa sur son séant, le cœur battant, le front en nage, comme si le feu s'était déclaré dans sa chambre. Mais nul feu ne brûlait dans la pièce, bien qu'il y régnât une chaleur inhabituelle. Au-dehors, la tempête faisait rage. La lune, en partie masquée par les nuages noirs, ne répandait plus qu'une faible clarté à l'intérieur de la salle. Et c'est dans cette pâle lueur lunaire que se détachait la silhouette inconnue d'un adolescent. Un adolescent aux traits féminins et aux cheveux de braise qui observait le roi de ses yeux fixes et reptiliens, tandis qu'un fin sourire se dessinait sur son visage.

— Qui es-tu ? Que fais-tu là ? bredouilla Wälsung d'une voix encore empâtée de sommeil.

L'adolescent ne répondit pas, et pourtant le souverain entendit une voix résonner à l'intérieur de son cerveau :

« Je viens te féliciter, ô noble roi Wälsung, fils de Rerir, petit-fils de Sigi, arrière-petit-fils du dieu Odin lui-même. Oui, je viens te féliciter pour tes épousailles et t'annoncer une bonne nouvelle. Réjouis-toi, ô noble Wälsung, car le ventre de ton épouse a été fécondé et bientôt tu seras père. Oui, réjouis-toi, roi du Frankenland, car le royaume aura l'héritier qu'il mérite et retrouvera sa gloire passée... »

Wälsung était si stupéfié par ces révélations et par l'apparition insolite du jeune adolescent, qu'il crut tout d'abord être la proie de quelque absurde cauchemar. Pour mettre fin à l'hallucination dont il se croyait la victime, il secoua la tête de gauche à droite, se frotta les yeux puis les écarquilla. Mais ce fut peine perdue. L'étrange jeune homme aux cheveux de feu était toujours là, et il continuait à lui parler à l'intérieur de sa tête :

« Non, tu ne rêves pas, ô vaillant Wälsung. Je suis bien là devant toi, moi, l'humble messager des dieux, descendu tout exprès d'Asgard pour t'apporter ces bonnes et heureuses nouvelles... Ne t'en réjouis-tu pas, ô preux et brave Wälsung ? Ne rends-tu pas grâce aux dieux généreux qui ont consenti à ce que la reine soit fécondée et accouche bientôt d'un prince héritier ? Serais-tu ingrat à ce point, ô fier Wälsung ? Toi dont l'épouse vierge verra bientôt son ventre s'arrondir ? Toi qui auras l'insigne honneur de servir de père à son enfant à naître ? N'importe qui, à ta place, se mettrait à crier de joie, à hurler de bonheur ! Pourquoi pas toi, Wälsung ? »

Wälsung voulait crier, non de joie et de bonheur, mais de terreur et de colère. De terreur, car l'adolescent qui lui instillait ces paroles en esprit était à ses yeux plus effrayant et monstrueux que le plus dangereux des fauves. Et de colère car il sentait que ce que disait le jeune homme, bien qu'impossible en apparence, n'était que la stricte vérité.

« Ah ! Je vois ce que c'est ! reprit l'adolescent. Tu te

demandes bien comment ton épouse peut être enceinte puisque tu ne l'as même pas effleurée… C'est cela qui te perturbe, n'est-ce pas ? Mais tu ne dois pas t'inquiéter pour si peu, ô candide Wälsung. Dis-toi simplement que ce que tu n'as pas su mener à bien, un autre y est parvenu à ta place. Mais quelle importance ? L'essentiel est que la reine soit grosse, et accouche d'un héritier, non ? »

Cette fois-ci, Wälsung en avait assez entendu. Ivre de rage, il voulut s'élancer vers l'insolent pour lui rompre les os mais, étrangement, il demeurait immobile, comme si une force étrangère l'obligeait à écouter sans pouvoir réagir.

« Je vois une expression d'indignation se peindre sur ton visage. Tu te dis que la reine t'a été infidèle, n'est-ce pas ? Qu'elle s'est donnée à un autre que toi ? Mais rassure-toi, ô Wälsung à la triste figure, c'est bien à toi que Brunehilde a fait cette nuit l'offrande de sa virginité. À toi ou, plus exactement, à quelqu'un qui avait pris ton apparence. Ainsi ton honneur est sauf ! Nul ne saura jamais que ce n'est pas toi qui as défloré la reine, pas même elle ! Tu devrais remercier celui qui t'a rendu ce service en prenant soin de préserver ta dignité ! »

Wälsung manqua s'étrangler de fureur en entendant ces propos infâmants. Et sa fureur était encore attisée par l'attitude moqueuse et méprisante qu'affectait le trouble adolescent en face de lui. Ce dernier dut sentir qu'il devait refréner son insolence s'il voulait s'assurer la complicité du roi du Frankenland. Il ne fallait pas que ce dernier se laissât submerger par un esprit de vengeance qui mettrait tout en péril. Aussi s'approcha-t-il de Wälsung et, d'un ton à présent doux et rassurant, il ajouta de sa voix silencieuse :

« Tu ne dois pas avoir honte de la situation inédite dans laquelle tu te trouves, ô Wälsung, car celui qui a pris ta place dans le lit de Brunehilde n'est pas un rival ; il ne s'agit d'ailleurs pas d'un homme dont tu aurais à te défier. S'il a pris ton visage pour approcher la reine, c'est qu'il est un autre toi-même, plus glorieux encore que tu ne l'es. Celui qui a substitué ses œuvres aux tiennes est ainsi parvenu à rompre le sortilège qui te rendait si froid aux côtés de ton épouse. Nul autre que lui n'aurait pu y parvenir, aussi tu n'as nul ressentiment à nourrir à son encontre. Encore une fois, lui seul pouvait approcher la jeune épousée, la déflorer et la rendre féconde. Lui seul et nul autre, pas même toi.

Mais tu dois être fier de cet autre Wälsung qui, le premier, a tenu Brunehilde entre ses bras. Car sache, ô roi, que cet autre toi-même n'est autre qu'Odin, le premier et le plus grand de tous les Ases qui siègent au paradis d'Asgard. Et ton fils à naître, car ce sera un fils, sera non le fils d'un homme, mais celui d'un dieu. Garde bien ce secret en ton cœur, Wälsung, et aime ton épouse comme si elle avait été tienne cette nuit. Veille sur sa progéniture comme si elle avait été conçue de tes propres reins. Ne dis rien à personne, jamais, pas même à ta femme, et sois fier qu'un autre, plus grand que toi, t'ait ouvert le chemin de sa féminité. Car à présent, le sortilège est levé, ô bienheureux Wälsung, et la couche de la reine ne te sera plus hostile. Après la première naissance, d'autres enfants lui pousseront au ventre, qui seront bien de toi, ceux-là. Mais le premier-né, celui qui a été conçu durant cette nuit où tu dormais profondément d'un sommeil surnaturel, celui-là seul sera roi après toi. Lui, le fils d'un dieu. »

Lorsque la voix de l'adolescent se tut, Wälsung crut à nouveau qu'il avait imaginé toute la scène. Autour de lui, il n'y avait que l'ombre de la chambre. L'étrange apparition s'était dissipée. Avait-elle seulement existé ? La chaleur suffocante était brutalement tombée, remplacée par un froid glacial tout à fait inhabituel en pareille saison. Au-dehors, la pluie torrentielle s'était transformée en averse de neige.

— Quel est ce prodige ? murmura Wälsung abasourdi.

Sans bruit, il entra dans la chambre de Brunehilde. La lune et la neige répandaient dans la pièce une étrange lueur bleutée et glacée. Wälsung aperçut la forme du corps de Brunehilde sous les fourrures dont elle s'était couverte. C'est vrai qu'il faisait froid après cette vague de feu qui s'était abattue sur le palais… Le jeune roi frissonna et se glissa en hâte sous les fourrures, où la tiédeur de Brunehilde l'enveloppa tout entier. Elle se tourna vers lui, ouvrit les yeux, et il reçut comme un éblouissement la lumière de son regard, du même blanc bleuté que la lueur qui baignait la pièce. Ses cheveux épandus sur la toile du lit étaient presque bleus, eux aussi… Elle lui sourit et murmura :

— Wälsung, mon époux, mon bien-aimé… Wälsung…

Elle n'avait jamais été aussi belle, transfigurée, voluptueuse, amoureuse, tendre. Elle ne l'avait jamais regardé de cette façon ey il en était remué jusqu'au fond de lui-même, troublé comme il ne l'avait jamais été.

— Reste…, dit-elle d'une voix éteinte, près de sombrer dans le sommeil.

À tâtons, elle lui prit la main qu'elle porta à ses lèvres et baisa à plusieurs reprises, telle une enfant soumise. Bouleversé, Wälsung refoula son amertume : comme c'était bon d'être aimé ainsi par elle… Elle ne savait pas… Et lui, il pouvait bien supporter seul le poids de ce terrible secret, pour leur bonheur à tous les deux… Ils n'étaient de toute façon que les jouets de dieux dont les desseins dépassaient leurs petites vies limitées…

— Oui, je reste, Brunehilde, ma femme…, répondit-il doucement en lui caressant les cheveux.

Rassurée, heureuse, comblée, elle s'endormit avec un soupir de bien-être.

Wälsung se coucha près elle, mais il resta éveillé malgré son immense lassitude. Le cœur lourd, il la regarda dormir, vaincue, rassasiée de plaisir, tandis que dehors les grondements de l'orage et les tourbillons de neige ravageaient les prairies d'été…

Chapitre 40

Montée sur son char d'or tiré par deux puissants béliers, Frigg franchissait les terres de Midgard secouées par une violente tourmente de neige. De sa main gauche elle tenait fermement des rênes de cuir tandis que de la droite elle serrait la poignée d'un fouet d'or avec lequel elle lacérait les flancs des bêtes écumantes dont elle cherchait à accélérer la course. Ses cheveux dénoués flottaient sur ses épaules cuirassées d'argent, dévoilant son beau visage sur lequel se peignait une expression marquée par le courroux le plus vif. Ses yeux ardents couleur d'ardoise étaient baignés de larmes, que le vent tourbillonnant ne parvenait pas à sécher. Ses lèvres étaient serrées, comme pour juguler les cris de rage accumulés au fond de sa gorge.

Elle s'engagea dans un goulet rocheux environné de sapins noirs ployant sous les éléments déchaînés. Sous l'éclat blafard de la lune, ce paysage montagneux enseveli par les neiges au plus fort de l'été semblait, dans sa grandeur désolée, aussi hostile et furieux que l'équipage divin qui le traversait dans un fracas de tempête. Soudain, Frigg tira violemment sur les rênes pour arrêter son char. Les béliers freinés dans leur élan se mirent à blatérer en soufflant une haleine grise. La corne de leurs sabots résonna sur les roches noires qui affleuraient. Là-bas, au sommet du roc qui dominait la sapinière enneigée, une forme se détachait dans la pénombre du ciel éclairé par la lune. Frigg avait reconnu la silhouette d'Odin, enveloppé de son manteau bleu de nuit, coiffé de son chapeau de nuées, appuyé sur sa lance

Gungnir, flanqué de ses inséparables loups et de ses corbeaux fidèles. Odin qui, de son œil unique, contemplait l'immensité des territoires de Midgard étendus à ses pieds.

Frigg lâcha les rênes, jeta le fouet sur le sol enneigé, descendit du chariot enfin immobilisé et, délaissant les bêtes ahanantes, se dirigea d'un pas vif vers le dieu abîmé dans sa contemplation. Elle s'arrêta à trois pas de lui et, d'une voix étranglée par l'émotion et la colère, s'écria :

— C'est donc ici, dans ces montagnes, que tu viens te cacher pour fuir le regard de ton épouse ! Toi, l'infidèle ! Toi, le parjure ! Toi, l'indigne !

Odin, le dos tourné, ne réagit pas à ces récriminations. Il semblait n'avoir rien entendu.

— Retourne-toi, Odin ! Inutile de jouer les sourds avec moi ! Je suis venue te chercher, je ne te lâcherai pas ! Retourne-toi, et affronte mon regard si tu l'oses...

Le dieu, comme accablé d'avance par la scène qu'allait lui imposer Frigg, poussa un profond soupir. Puis il se retourna lentement pour faire face à son épouse vibrante de rage.

— Que me veux-tu encore, Frigg ? Je ne peux pas faire un pas sans que tu te jettes à mes trousses... Tu me poursuivrais jusqu'au bout du monde. Ne peux-tu, pour une fois, respecter mon désir de liberté et de solitude ?

Ces paroles, murmurées d'un ton las qui trahissait le profond ennui qu'éprouvait Odin à se trouver ainsi traqué par son épouse, eurent pour effet de décupler la colère de la déesse.

— Comment oses-tu me parler ainsi ! À moi, ton épouse légitime, que tu viens à nouveau de bafouer ignominieusement ! Moi, la gardienne des liens du mariage que tu viens de violer une nouvelle fois sans vergogne !

Odin toisa la déesse échevelée de toute sa stature, la fixant de son œil unique, d'un bleu froid aussi coupant que la glace, pour tenter de lui imposer son autorité. Mais Frigg renâcla comme un cheval rétif.

— Inutile de chercher à m'impressionner ! Je suis dans mon droit et tu le sais ! Toi, en revanche, tu ne te complais que dans la débauche et le mensonge ! Tu ne recules devant rien pour assouvir tes penchants les plus bas ! Sache, ô dieu corrompu, que l'écho de tes plaisirs illégitimes sont parvenus jusqu'aux hauteurs d'Asgard ! Les cieux en ont été retournés, et les saisons contrariées ont inversé leur cours. Toi, le souverain des dieux, tu devrais être irréprochable et montrer à tous la voie de la droiture et de la justice. Au lieu de quoi tu transgresses les lois les plus sacrées en usant de vils stratagèmes et de travestissements puérils pour garantir ton impunité. Mais qui crois-tu leurrer ainsi ? Les humains, peut-être, ces stupides créatures mortelles. Mais pas les dieux ! Et surtout pas moi ! Ô être impudique, dégénéré, incestueux !

— Les dieux ne sont pas soumis aux mêmes interdits que les hommes ! tonna Odin. Ce qui est jugé criminel chez les humains est autorisé, voire nécessaire, chez les immortels ! C'est toi qui éloignais Wälsung du lit de Brunehilde afin de l'empêcher de la féconder ! J'ai fait en sorte que ma lignée sur terre se poursuive malgré tout… Et si tu fulmines aujourd'hui, c'est parce que j'ai contrecarré tes plans, et non à cause d'une quelconque morale !

Frigg foudroya le dieu de son regard gris, qui semblait presque noir.

— La belle excuse ! Fallait-il pour autant t'attarder aussi complaisamment entre les cuisses de l'épouse ? Fallait-il bramer ton plaisir sans la moindre retenue ? La vérité, c'est que dès que tu es en présence d'une femme, tu ne te contrôles plus ! Tout est bon pour satisfaire tes désirs de jouissance !

Odin se renfrogna soudain. Il aurait voulu réagir à l'insulte, tempêter à son tour, museler d'un mot ou d'un geste la furie qui s'acharnait sur lui. Mais il ne s'en sentait ni le droit ni le courage. Ces imprécations terribles que lui lançait Frigg, il savait les avoir méritées. Et les justifications qu'il invoquait pour excuser ses actes sonnaient faux. Éprouvait-il du remords, au moins, de les avoir commis ?

Oui, certes, en se glissant dans la couche de Brunehilde à la place de Wälsung, il avait pris du plaisir. Mais à présent, au souvenir de cet instant brûlant, il éprouvait de la honte. Désormais, il ne pourrait plus regarder la Walkyrie en face. Il devait bien reconnaître qu'il méritait mille fois les accusations et les reproches formulés par Frigg. Par quel obscur penchant s'était-il laissé influencer pour accomplir cet acte irréparable ? Une vive brûlure à la base de l'annulaire de sa main gauche vint lui rappeler la cause de ces manquements criminels.

Loki. Une fois de plus, c'était Loki qui avait tout manigancé. Loki, son double noir, sa part d'ombre, sa mauvaise conscience qui le poussait toujours à agir de façon contraire à ce qu'il aurait fallu. Loki, qui lui avait donné jadis l'anneau maudit du Nibelung. Loki, qui l'avait contraint à rompre son alliance avec les géants. Loki, qui avait excité la jalousie des nains contre les Ases d'Asgard. Loki, qui avait engendré les monstres appelés, un jour, à se liguer contre les dieux, Hel, la reine des enfers, Jörmungand, le serpent de Midgard et Fenrir, le loup cosmique. Pour chasser ces funestes évocations, Odin serra de sa main droite la lance Gungnir.

— Il ne sert à rien de larmoyer, Frigg. Le passé est le passé.

La déesse se mit à ricaner amèrement.

— Ah oui, c'est facile, n'est-ce pas ? Le passé est le passé ! Et les conséquences de tes actes, tu t'en laves les mains, peut-être ? Tu as raison, je ne pleure pas sur le passé, car l'éternité ne suffirait pas à mes larmes... Mais je songe à l'avenir. En prenant la place de ton descendant, Wälsung, dont j'avais refroidi les ardeurs, tu as une nouvelle fois bravé mes arrêts. À cause de toi, la Walkyrie déchue va porter un enfant, un fils, un futur roi d'origine divine, comme l'était Sigi. En gaspillant ta semence sur la terre de Midgard, tu fomentes la chute d'Asgard et la fin prochaine des dieux !

— Les dieux sont condamnés, admit avec regret Odin. Mais au moins, qu'une parcelle de leur éclat continue de vivre chez les hommes... C'est le seul vœu que je formule...

— Tu te laisses emporter par tes rêves de grandeur et de toute-puissance ! Ce ne sont pas les hommes qui t'importent ! Tu ne cherches qu'à survivre à travers eux !

— Et quand bien même ! s'emporta le dieu suprême d'Asgard. Est-ce un crime pour un créateur d'aimer ses créatures ?

Frigg foudroya Odin de ses grands yeux gris.

— Oui, il s'agit d'un amour criminel quand un créateur aime sa créature au point de la rejoindre dans sa couche ! Un amour criminel qui pousse un père vers sa propre fille !

Odin ne répondit rien, se contentant de baisser la tête. Frigg en profita pour pousser son avantage :

— Le ventre de Brunehilde est désormais fécondé, et je ne puis l'empêcher de porter des fruits. La reine du Frankenland donnera bientôt naissance à un fils, un futur héritier du trône. Ainsi en a décidé le sort. Je ne peux rien retrancher à cet état de fait, mais en revanche je peux y ajouter mon offrande ! Lorsque la reine accouchera, le fils qui lui est promis ne viendra pas seul. Une fille à son image sortira de son ventre. Puis, chaque année, la reine donnera naissance à un nouvel enfant, mais aucun de ceux-là ne sera de toi ; ils seront engendrés par leur père légitime. La descendance de Brunehilde sera nombreuse et prospère, n'est-ce pas ce que tu souhaitais ? Elle aura onze fils en tout. Onze fils et une fille. Et c'est par la fille que la malédiction se déchaînera sur les fils, dont aucun ne régnera ! Ainsi prendra fin la lignée bâtarde de Wälsung, le descendant d'Odin !

Frigg avait proféré ces paroles d'une voix vibrante. À présent, il n'y avait plus rien à ajouter. D'un mouvement rapide, elle fit volte-face et regagna son char qui l'emporta dans un tourbillon de flocons blancs.

Odin n'avait pas bougé. Il se tenait à sa lance comme s'il craignait de tomber à terre. Ses loups le regardaient de leurs yeux mi-clos, comme s'ils ressentaient son désarroi, et les corbeaux perchés sur ses épaules émirent des croassements lugubres. Une nouvelle fois, Frigg était parvenue à se mettre en travers de la route du dieu, pour réduire en cendres ses projets les plus chers. Avant même de naître, sa lignée était condamnée. Pouvait-il, une fois de plus, contourner les arrêts de la déesse ? Un seul être au monde pouvait l'y aider. Celui par qui tout le malheur était arrivé, celui-là seul avait le pouvoir de contrer la fatalité. Odin brandit sa lance et appela :

— Loki !

Sa voix puissante se répercuta à tous les échos, comme une vague roulante sans cesse renouvelée, à laquelle s'ajoutèrent les cris des corbeaux et les hurlements des loups.

— Loki ! Loki ! Viens jusqu'ici ! Loki ! Loki ! J'invoque ta présence en ces lieux, génie du Feu ! Loki ! Loki !

De la lance brandie un éclair fusa soudain, zébrant le ciel d'une traînée de foudre. Cette flamme céleste se concentra en une gigantesque boule incandescente pareille à un nouveau soleil né au cœur de la nuit. La boule tourbillonna dans l'espace comme une étoile devenue folle puis s'écrasa sur terre, à quelques pas du dieu suprême d'Asgard, avant de se dissoudre en fumée. À sa place se dressait la frêle silhouette de Loki, environné des dernières fumerolles. Sa voix douce se mit à résonner à l'intérieur du crâne d'Odin :

« Tu m'as appelé, maître de la foudre et des tempêtes ? Que fais-tu dans ces lieux sombres et désolés ? Te lasserais-tu des splendeurs d'Asgard pour venir chercher refuge dans les neiges de Midgard ? »

— Loki, je t'ai appelé afin que tu rachètes tes torts !

« Mes torts, ô dieu magnanime et bienveillant ? De quels torts suis-je coupable selon toi ? Ne t'ai-je pas servi du mieux que j'ai pu ? Regrettes-tu déjà les délices que t'a procurées cette nuit d'amour ? Ne te réjouis-tu pas de la prospérité future de ta lignée sur terre ? »

— Pour qu'elle prospère, encore faudrait-il que cette lignée échappe aux malédictions qui pèsent sur elle ! Que m'importe que cette lignée soit nombreuse et que s'y mêlent mes propres enfants et ceux de Wälsung ! Qu'ils soient dispersés par les vents contraires du sort, condamnés par les arrêts des dieux ou pourchassés par les obscures machinations des hommes, mais qu'un seul d'entre eux survive à ces destins hostiles ! Un seul, celui à qui je veux léguer sur terre le pouvoir que j'ai dans les cieux. Que soient sacrifiés les enfants de Brunehilde, sauf son fils premier-né. Mon fils. Le fils d'Odin. Ainsi, même si les dieux disparaissent, une parcelle de leur éclat continuera à subsister chez les hommes…

Loki virevolta sur lui-même, faisant naître une gerbe de flammes, avant de répondre :

« Tous condamnés, sauf un, n'est-ce pas ? Le fils premier-né. Celui que tu as conçu cette nuit. Ce que tu demandes n'est pas si simple à réaliser, tu dois t'en douter. Tant d'ennemis vont s'acharner contre lui… Pour leur échapper, il lui faudrait une protection surnaturelle sans précédent… Cela ne va être facile. Oh non, pas facile du tout… »

Tout en discourant, Loki s'amusait à attraper les flocons de neige qui tombaient en rafale autour de lui et produisaient un grésillement chaque fois que l'un d'entre eux s'écrasait dans la paume incandescente de sa main pour s'y dissiper en buée.

— Ne te fais pas prier, Loki ! reprit Odin. Tu as déjà accompli des exploits bien plus extraordinaires…

Loki était sensible à la flatterie. Ses yeux reptiliens se mirent à pétiller de plaisir tandis que ses lèvres s'ouvraient en un large sourire dévoilant ses dents petites et pointues.

« Tu as raison, dieu de l'univers ! Rien n'est impossible à Loki ! Rien ni personne ne lui résiste, tout comme rien ni personne ne résiste à la morsure du feu ! »

Loki exhala de sa bouche un souffle qui, au contact du froid, s'enflamma aussitôt, de sorte qu'on eût dit qu'il crachait du feu comme font les dragons.

Odin ébaucha un sourire. Même dans les circonstances les plus désespérées, il se laissait amadouer par les fanfaronnades et les réactions juvéniles du génie du Feu.

— Tu vois bien ! Je suis sûr que tu sauras trouver cette protection dont tu parles... As-tu déjà une idée ?

Loki redevint subitement sérieux, fixant Odin de son regard magnétique.

« Un anneau serait l'idéal. Un anneau semblable à celui que tu glissas un jour à ton doigt. T'en souviens-tu ? »

Odin poussa un juron et pointa sa main gauche en direction de l'insolent génie.

— Peste, si je m'en souviens ! J'en ai encore la marque à la base du doigt ! L'anneau maudit du Nibelung ! Tu n'as rien trouvé de mieux ? D'ailleurs, cet anneau est perdu...

« Il n'est pas perdu pour tout le monde, Odin. Il est gardé par Fafnir qui, sous l'apparence d'un dragon, veille sur lui dans les hauteurs de Gnitaheid, au cœur de la Forêt de Fer. L'anneau est puissant, et celui qui le porte est immortel... ou presque. Mais je t'accorde que cet anneau est difficile à conquérir. Dans ce cas, je ne vois qu'une autre forme de protection efficace... »

— Laquelle ? tonna Odin.

« Une épée. »

Le maître de l'univers considéra le génie du Feu d'un air perplexe.

— Une épée ? Une simple épée ?

« Non pas une simple épée, évidemment. Je pensais à une épée magique, forgée spécialement par certain artisan nain de ma connaissance. N'oublie pas que j'ai mes entrées à Niflheim et à Svartalaheim... »

— Les mondes brumeux et souterrains où vivent les nains et les alfes noirs, commenta sinistrement Odin.

« Je t'accorde que ces contrées ne sont guère riantes, reprit

Loki. Mais on y trouve de puissantes forges dont j'aime à alimenter le feu. C'est là, dans ces profondeurs ténébreuses où n'évoluent que des spectres et des êtres difformes, que l'on trouve les meilleurs fabricants d'épées. Les lames qui sortent de leurs ateliers sont aussi légères que la plume et aussi tranchantes que le cristal. Les nains versés dans les magies les plus complexes y gravent des runes qui confèrent à ces armes des pouvoirs sans limites, réservés au maître unique qui leur est destiné. »

— Oui, j'ai entendu parler de ces épées magiques, mais je n'en ai jamais tenu une seule entre les mains, répondit rêveusement Odin.

« Laisse-moi faire, ô dieu sans pareil ! Je te fournirai l'épée qui rendra ton rejeton aussi puissant sur terre que tu l'es dans les cieux. Une épée que tu lui offriras lorsqu'il sera assez mûr pour s'en servir, c'est-à-dire à l'âge de seize ans, et dont il n'usera que lorsqu'il sera plongé dans la plus grande détresse. C'est pourquoi cette épée aura pour nom Notung, « détresse ».

— Notung, l'épée de détresse, répéta le dieu à voix basse, comme s'il se parlait à lui-même. Notung, l'épée de la dernière chance…

Chapitre 41

— Siegmund ? Sieglinde ? Où êtes-vous ?

La reine Brunehilde cherchait ses aînés. Comme d'habitude ils étaient introuvables.

« Ils n'ont pas besoin de moi, se dit-elle avec regret. Ils n'ont jamais eu besoin de moi. Ils n'ont besoin de personne. »

Brunehilde avait raison, Siegmund et Sieglinde n'avaient besoin de personne. Ils se suffisaient à eux-mêmes, à condition de demeurer réunis. Ensemble, ils auraient eu la force de défier le monde. Séparés, ils n'étaient plus rien. Perdus à jamais. Ils ne pouvaient survivre que par la présence constante à leur côté de cette autre part d'eux-mêmes qu'était Siegmund pour Sieglinde, et Sieglinde pour Siegmund.

Siegmund et Sieglinde était jumeaux. Ils étaient nés neuf mois après cette fameuse nuit où Brunehilde était devenue femme. Elle s'en souvenait comme si c'était hier. Plus de seize années s'étaient écoulées depuis, Wälsung était revenu visiter sa couche presque quotidiennement, dix autres enfants étaient sortis de son ventre, mais aucune de ces nombreuses nuits ne lui avait procuré les mêmes vertiges, et aucune de ces nombreuses grossesses ne lui avait apporté une joie identique.

Pour Brunehilde, tout s'était joué lors de cette toute première fois, lorsque son jeune époux l'avait rejointe dans sa chambre une nuit d'orage et lui avait fait connaître cette fusion des corps et des âmes qui l'avait ravie en extase, et qu'elle n'avait jamais plus ressentie depuis. Comme si Wälsung n'avait pu exprimer qu'en une seule fois toute la puissance de sa passion. Certes, Wälsung avait toujours été pour elle un époux aimant et attentionné, et Brunehilde aimait à s'abandonner entre ses bras, mais il manquait à leurs effusions cette flamme divine qui les avait transpercés durant leur première nuit d'amour. Wälsung se comportait comme un homme plein de fougue, à la fois tendre et viril, et la femme la plus exigeante n'aurait pas eu à se plaindre de lui. Mais il se comportait comme un homme, justement, simplement un homme. Tandis que cette première nuit, il s'était comporté comme un dieu. En se faisant cette réflexion, qu'elle avait si souvent ressassée durant toutes ces années, Brunehilde fronça les sourcils. Lorsque au fond de son cœur elle formulait ces mots : « comme un dieu », elle ne pouvait s'empêcher de ressentir, mêlé au souvenir sublime, une sorte de malaise diffus.

Comme un dieu.

Souvent, elle s'était presque laissée aller à se poser la question de savoir si l'être lumineux qui lui avait ravi sa virginité de Walkyrie était réellement Wälsung. Mais cette simple question lui procurait un tel trouble qu'elle préférait ne pas l'approfondir. Elle redoutait trop d'en deviner la réponse. Elle avait su tout de suite que cette nuit d'amour allait porter ses fruits. Bien avant que son ventre ne s'arrondisse, Brunehilde avait senti, dans toutes les fibres de son corps, qu'elle allait être mère.

Étrangement, Wälsung aussi avait eu très tôt le même pressentiment. Il l'avait énoncé tout naturellement à son épouse : elle allait bientôt accoucher d'un fils, le futur roi du Frankenland. Il semblait absolument convaincu de ce qu'il avançait, comme s'il l'avait lu dans les astres. Pourtant, il s'était en partie trompé. Ce n'était pas simplement un fils que Brunehilde avait mis au monde, mais un fils et une fille. Des jumeaux. Siegmund et Sieglinde.

— Siegmund ? Sieglinde ? Mais où êtes-vous donc ? Répondez !

— Nous sommes là, mère. Près de la halle au frêne...

Ils avaient répondu en même temps, sur le même rythme, dans le même souffle, la voix cristalline de la jeune fille inextricablement liée à celle, plus grave, de son frère, comme sont liées les branches fleuries du rosier aux ceps pleins de fruits de la vigne sur les tombes des amants morts d'amour. À les entendre, à les voir tous deux assis l'un à côté de l'autre sur une solive roulée près de l'entrée de la halle que Wälsung avait jadis fait édifier autour du frêne vénérable, Brunehilde sentit s'évanouir le mélange d'inquiétude et d'agacement qui tout à l'heure encore empoisonnait son cœur. Ils étaient si beaux, si gracieux, si jeunes encore. Ils venaient de fêter leurs seize ans, cet âge indécis qui sépare l'adolescent de l'adulte.

Siegmund était un fier jeune homme, droit et mince comme la lame d'une épée, et comme elle brillant d'un éclat presque surnaturel. Sieglinde avait le même visage fin que son frère, les cheveux du même blond et de même longueur, la même silhouette élégante et mince, agrémentée toutefois de rondeurs féminines qui, seules, la différenciaient de son jumeau. Pour le reste, elle semblait son reflet exact, au point que lorsqu'ils étaient ensemble on eût dit non deux êtres distincts, mais un seul reflété par un invisible miroir. Plus tard, bien sûr, d'autres différences apparaîtraient. Les joues glabres de Siegmund se couvriraient de barbe, son corps juvénile se tendrait de muscles à l'épreuve des combats, il conquerrait sa virilité tandis que Sieglinde s'épanouirait en femme. Mais pour l'heure, à la mesure de leurs seize printemps, ils semblaient, plus encore que des jumeaux, les deux moitiés d'un seul être androgyne que la nature aurait à regret séparé en deux corps semblables.

Brunehilde poussa un imperceptible soupir. Depuis toutes ces années passées sur terre, elle n'avait pas pris une ride et, aux regards du monde, paraissait avoir le même âge que ses propres enfants. Bientôt, ce seraient eux qui paraîtraient plus âgés qu'elle. Le temps les marquerait peu à peu de son irrémédiable emprise, comme il avait commencé à marquer Wälsung. Seule Brunehilde conserverait le corps et le visage de ses seize ans. C'était là son sort d'immortelle. Pour chasser le trouble qui commençait à l'envahir, Brunehilde reprit la parole d'un ton qu'elle voulait assuré :

— Siegmund, Sieglinde, il est l'heure de rejoindre vos frères. N'oubliez pas qu'ils sont plus jeunes que vous, et ne peuvent veiller aussi tard.

Après la naissance des jumeaux, Brunehilde avait eu dix autres enfants. Dix fils, à raison d'une naissance par an. Le plus jeune avait à peine six ans. Ces dix fils puînés étaient tous des garçons vaillants et en bonne santé, dont auraient pu être fiers les parents les plus exigeants, pourtant aucun d'entre eux n'égalait les aînés sur le plan de la grâce et de la beauté. À côté de leurs jeunes frères, Siegmund et Sieglinde semblaient d'une autre nature, d'une autre origine. Il émanait de leur être un étrange charisme qui s'imposait naturellement à tous ceux qui les approchaient. Il suffisait d'un regard de leur part, plein de candeur et d'innocence, pour désarmer chez autrui toute velléité de critique et toute tentative de violence. Ils étaient couronnés d'une aura presque surnaturelle qui les rendait intouchables et inaccessibles, même pour leurs proches.

Brunehilde, elle-même si différente des simples humains qu'elle côtoyait depuis de si longues années, était la seule à entretenir avec Siegmund et Sieglinde une sorte de lien privilégié, même si elle avait conscience de sa fragilité. Mais Wälsung éprouvait à leur encontre une réserve, presque une froideur, qu'il n'avait pas avec les plus jeunes de ses enfants. Parfois, il semblait craindre ses aînés, et il éprouvait une sorte de répulsion à user à leur égard de son autorité paternelle. Pour autant, il leur accordait sa protection et leur fournissait tout ce à quoi ils pouvaient avoir droit en tant qu'enfants de roi. Mais il semblait agir davantage par devoir et fidélité à un engagement que par simple tendresse paternelle.

Siegmund et Sieglinde semblaient deux astres égarés sur terre, lumineux et solitaires.

Chapitre 42

— Approche, mon fils… Approche, je t'attendais…

La Chienne Noire ne dormait pas. La Chienne Noire ne dormait jamais. Depuis toujours elle tenait son repaire dans les profondeurs de la Forêt de Fer, vaste territoire peuplé de fauves et d'esprits obscurs situé dans les contrées extrêmes du nord de Midgard.

Son vrai nom était Managarm, mais personne ne l'avait jamais appelée ainsi. On la sunommait la Chienne Noire, bien qu'elle ressemblât davantage à une louve, ou à quelque monstre issu des enfers de Hel. On l'appelait aussi la Chienne de la Lune, car l'on disait qu'à la fin des temps et du règne des dieux, lorsque l'axe du monde que représentait le frêne Yggdrasil serait brisé et la Terre engloutie sous les flots, Managarm s'élancerait dans le ciel pour croquer d'un seul claquement de dents la Lune et les étoiles, tandis que le loup Fenrir, le fils de Loki enchaîné par les Ases dans les profondeurs de Svartalaheim, engloutirait le Soleil dans sa gueule géante. Et ce jour-là, le monde des dieux et des hommes disparaîtrait à jamais.

En attendant ce jour, la Chienne Noire veillait.

La Chienne Noire ne dormait pas. La Chienne Noire ne dormait jamais. Elle feignait le sommeil pour mieux tromper la vigilance des imprudents qui osaient s'approcher d'elle. Alors, elle ouvrait les yeux, pareils à deux lunes de sang rougeoyant dans la nuit. Alors, elle montrait les crocs, semblables à des épées étincelantes déchirant l'obscurité. Alors, elle dévorait sa proie, comme elle dévorerait les astres du ciel le jour du Ragnarök.

— Approche, mon fils... Tu n'as pas peur de ta mère, j'espère ! Tu n'es pas comme ces imbéciles d'hommes dont je ne fais qu'une bouchée ! Pouah ! Ils n'ont que la peau sur les os ! Et ils sont faibles comme des oiselets tombés du nid ! Les géants, eux, au moins, avaient plus de répondant !

La Chienne Noire méprisait les hommes, mais elle admirait les géants pour leur force primaire et leur appétit sans limites.

Jadis, après s'être unie au loup Fenrir et avoir accouché des deux louveteaux, Hati et Skoll, dont l'un poursuivait le Soleil et l'autre la Lune en attendant que leurs parents engloutissent les deux astres lumineux, elle s'était accouplée à l'un de ces géants issu du Jötunheim.

Leurs ébats, ou plus exactement leur lutte amoureuse, avait fait trembler le monde sur ses bases. L'union improbable et contre nature de leurs deux corps démesurés, jetés l'un contre l'autre comme des météorites en fusion, puis imbriqués en d'immondes enlacements, avait provoqué des cataclysmes effroyables. Les vents avaient tournoyé en tornades sifflantes, en écho aux râles et aux hurlements des deux monstres. La Terre s'était fissurée en maints endroits, ouvrant de larges gouffres dans ses entrailles rocheuses tandis que la Chienne Noire offrait son ventre. Les volcans réveillés en sursaut avaient éructé des fleuves de lave bouillonnante de leurs bouches putrides au moment où le géant lâchait sa semence.

Un être était né de ces épousailles maudites. Un homme-chien, à la stature de géant, au corps entièrement recouvert d'une épaisse fourrure brune. Hunding, le chef du clan de la Chienne Noire. Hunding, le Fils de la Chienne. Le seul être au monde à pouvoir s'approcher de sa terrifiante mère sans avoir à craindre le tranchant de ses crocs.

— Approche, fils... Approche de ta vieille mère... Tu m'as délaissée ces derniers temps. Je me sens bien seule... Et par-dessus tout, j'ai faim. J'ai très faim ! Et j'ai besoin de toi pour me procurer de quoi calmer mon appétit. Veux-tu, mon fils, aider ta pauvre vieille mère à se nourrir ?

Hunding se racla la gorge pour se donner de l'assurance. Il était toujours impressionné par l'apparence de la Chienne Noire, masse obscure et velue taillée dans l'étoffe de la plus sombre nuit. Il n'était pourtant plus un enfant. Les années avaient passé sur lui avec leur cortège de blessures, durcissant son cuir, parsemant sa toison noire de filaments d'argent, labourant son poitrail d'un entrelacs de cicatrices gagnées sur les champs de bataille. Depuis bientôt trois fois vingt ans, il avait quitté le ventre moite de la bête qui lui avait donné la vie, mais il continuait à la craindre avec le même effroi que dans ses jeunes années.

— Tu n'as pas besoin de moi pour te nourrir, mère ! À toi seule tu fais plus de ravages dans la région qu'une meute de loups. On ne compte plus les troupeaux que tu as exterminés, les villageois que tu as dévorés, et jusqu'aux simples enfants…

La Chienne Noire montra les dents en poussant un grognement menaçant.

— Que m'importent les troupeaux, les villageois et les enfants ! Jamais leur viande ne parviendra à me rassasier… Ce qu'il me faut, ce n'est pas seulement de la chair morte promise à la pourriture, mais une chair incorruptible et immortelle. Ce qu'il me faut, c'est ce qui brille au firmament. Le Soleil, la Lune et les étoiles. Et au-delà de ces luminaires, ce sont les dieux qui président à leur clarté qu'il me faut dévorer. Comprends-tu, mon fils ? J'ai faim de ce qui éternellement luit et pourtant un jour s'éteindra ! J'ai faim de ce qui ne peut mourir et pourtant un jour mourra ! J'ai faim des dieux tout-puissants et qui pourtant un jour seront vaincus ! J'ai faim de lumière !

Hunding sentit ses poils se hérisser de frayeur enfantine en écoutant sa mère soliloquer ainsi. D'une voix légèrement tremblante, il chercha à la raisonner :

— Que me demandes-tu là, mère ? Que j'aille te décrocher du ciel le Soleil, la Lune et les étoiles ? Que j'aille déloger les dieux d'Asgard pour te les offrir en pitance ?

La Chienne Noire ricana, et ce ricanement était plus terrifiant encore que le pire des hurlements.

— Ce n'est pas la peine d'aller si loin, mon fils ! La lumière n'est pas seulement dans les astres ou chez les dieux. La lumière s'est incarnée ici-bas, sur terre… Elle coule comme un sang d'or dans les veines de rejetons humains nés de la semence d'un dieu, le plus grand de tous ! Je veux la boire comme un nectar d'immortalité ! Tu sais bien où luit cette lumière, fils ! Tu sais bien qui sont ces enfants dont je veux dévorer la chair lumineuse et l'âme immortelle…

Hunding maugréa, pour retarder le moment de la révélation.

— Que sais-je de tout cela ? J'ignore tout des dieux et de leur descendance. Je ne connais que les hommes et les bêtes dont ils se distinguent si peu...

— Tu le sais, fils hypocrite et menteur ! Tu le sais parfaitement ! Il s'agit des enfants de Wälsung et Brunehilde, les souverains du Frankenland ! Non pas les plus jeunes, mais les aînés, les jumeaux, le frère et la sœur sans pareils !

Hunding baissa les yeux. Bien sûr qu'il savait tout cela.

Wälsung. Le fils de son ancien rival, Rerir, qu'il avait jadis assassiné en lui plantant un épieu dans le dos. Wälsung. Le nouveau roi du Frankenland, époux de l'étrange femme venue des îles du Grand Nord, et qui ne vieillissait pas. Wälsung. Le père de douze enfants aux cheveux blonds comme le Soleil, à la peau blanche comme la Lune, aux yeux scintillants comme les étoiles. Onze garçons.

Et une fille.

Après un long temps de méditation, Hunding releva finalement la tête et regarda sa mère dans les yeux. Son visage se fendit d'un sourire grimaçant.

— C'est entendu, mère. Tu auras ce que tu demandes...

Oui, Hunding fournirait à la Chienne Noire les proies dont elle avait si faim.

Il lui fournirait les onze fils de Wälsung. Les onze fils seulement.

Pour la fille, il avait d'autres projets.

Chapitre 43

— Linde...

— Mund...

— Si je devais te perdre, je crois que j'en mourrais...

— Moi aussi j'en mourrais si je devais te perdre, mon frère. Mais pourquoi dis-tu cela ?

— Je ne sais pas. Une sorte d'obscur pressentiment qui gâche mon bonheur d'être près de toi. Une peur sans raison qui parfois me tenaille le ventre et m'éveille en sursaut au milieu de la nuit. Ne ressens-tu pas cela, Linde ?

— Je le ressens, Mund. Moi aussi j'ai peur sans raison. Moi aussi je suis torturée par des cauchemars. Mais qui songerait à nous séparer ? Ne sommes-nous pas ensemble depuis toujours ? Qui oserait nous infliger une telle souffrance ?

— Je l'ignore, Linde. Mais je redoute quelque chose de terrible...

Siegmund se tut. Son beau visage lisse et éclatant était assombri par un pli d'inquiétude qui lui barrait le front. Sa sœur posa ses deux mains fraîches sur les tempes de son frère et commença à les masser doucement. Siegmund ferma les yeux de plaisir et ses lèvres esquissèrent un sourire.

— C'est bon quand tu me touches ainsi, Linde. Plus rien n'existe alors que toi et moi. Je n'ai plus peur de rien ni de personne.

— C'est bon de te toucher, Mund. Tu as la peau si douce, plus douce que la mienne...

— Non, Linde, ce sont tes mains qui sont douces. Si douces… Je pourrais mourir de bonheur sous la caresse de tes doigts.

— Non pas mourir, Mund, mais vivre ! Pourquoi mourir lorsqu'on est si heureux ? Vivre ensemble à jamais, tel est notre destin.

— Tu as raison, Linde. Vivre ensemble à jamais. Et si nous devons mourir, ce sera d'être un jour séparés l'un de l'autre. Ni toi sans moi…

— Ni moi sans toi.

À présent, Siegmund et Sieglinde se tenaient étroitement enlacés, front contre front, les yeux mi-clos, plongés dans une rêverie commune qui les isolait du monde extérieur. Ils s'évadaient alors, par le seul moyen de leurs esprits conjugués, vers les contrées lointaines et fabuleuses que leur suggérait leur imagination. Ils n'étaient plus sur la terre aride de Midgard, mais dans des palais somptueux suspendus dans le ciel, entourés d'êtres lumineux et resplendissants pareils à des dieux et des déesses. Ces visions intérieures étaient si précises, nourries de sons, d'odeurs et de couleurs d'une telle intensité qu'elles leur semblaient être plus vraies que la réalité prosaïque qui les entourait. Et dans ces visions si palpables, ils ne faisaient plus qu'un. Ils n'étaient plus des jumeaux distincts mais un seul être au sexe indistinct, radieux et serein. Une sorte de dieu.

⁂

Soulevant la tenture de cuir qui occultait l'une des ouvertures du palais royal surplombant la halle au frêne, Wälsung observait les jumeaux d'un air sombre. Au plus profond de lui, il souffrait de les voir si unis, si parfaitement comblés par la présence l'un de l'autre. Enlacés, main dans la main, front contre front, ils ressemblaient moins à un frère et à une sœur qu'à un couple d'amants. Ces deux-là s'aimaient d'un amour exclusif qui faisait naître dans le cœur de Wälsung un sourd ressentiment mêlé d'envie. Jamais, avec sa propre femme, il n'avait éprouvé une telle fusion amoureuse. Pourtant, il lui avait fait douze enfants.

À l'énoncé de ce chiffre, Wälsung se mordit les lèvres avec agacement. Des douze rejetons sortis du ventre de Brunehilde, dix seulement étaient de lui. Les aînés étaient les enfants d'Odin, le dieu masqué qui avait pris sa semblance pour ravir le premier la virginité de la reine. Depuis plus de seize années, Wälsung était seul à porter ce secret qui empoisonnait son âme. Brunehilde elle-même ignorait qui était le véritable père des jumeaux. Wälsung ne pouvait se confier à personne, car il répugnait à faire à quiconque l'aveu de ce qu'il considérait comme un déshonneur, et aussi parce qu'il craignait de contrarier le dieu qui avait choisi ce moyen pour assurer sur terre sa filiation divine.

Il se souvenait encore, mot pour mot, des étranges révélations que lui avait faites cette nuit-là l'adolescent pâle qui s'était glissé jusqu'à sa chambre : il aurait de nombreux enfants avec Brunehilde, mais seul le premier était appelé à devenir roi. Le fils aîné. Le fils d'Odin. Siegmund.

Ce qui n'était pas prévu, c'était la naissance simultanée d'une sœur jumelle. Si Siegmund était destiné à devenir un jour le roi du Frankenland, quel serait le sort réservé à Sieglinde ? Quel plan poursuivait le dieu suprême d'Asgard en donnant au monde non pas un fils mais un fils et une fille, jumeaux inséparables de surcroît ? À moins que cette double naissance ne fût pas prévue à l'origine ? Cela signifiait-il que les dieux n'étaient pas infaillibles ? Cela signifiait-il que les dieux étaient capables de commettre des erreurs, voire des injustices, et devaient en assumer les conséquences imprévues ?

Wälsung s'efforça de chasser ces pensées blasphématoires de son esprit. Il ne voulait pas être amené à remettre en question le pouvoir que les dieux avaient sur les hommes, car il savait qu'il n'était pas de taille à se mesurer à eux. Il avait peur des dieux, au fond, comme il avait peur de ces deux enfants parfaits qu'il ne parvenait pas à comprendre ni à aimer. Et il enrageait malgré lui de savoir que le trône du Frankenland reviendrait à ce fils aîné si différent des autres. Siegmund, un jour, serait roi du Frankenland. Quant à Sieglinde…

Wälsung fut interrompu dans ses sombres pensées par trois coups discrets frappés à la porte de la salle où il se tenait. Il s'agissait du vieil Horst, le fidèle Horst qui, après avoir été le vassal du défunt roi Rerir, avait assumé la régence du royaume durant toute l'enfance de Wälsung, avant d'assurer la fonction de conseiller après que le prince fut monté sur le trône. Horst était à présent un homme âgé, mais sous ses cheveux de neige et ses traits ridés par de multiples hivers, il conservait le même regard franc qu'il avait lorsqu'il était jeune homme. Il salua le roi de sa main droite, index et auriculaire dressés, comme le réclamait l'antique hommage à Odin.

— Entre, Horst, et prends place près de moi, lança Wälsung en lui rendant son salut. Quelles nouvelles t'amènent ?

Par déférence, le vieil homme négligea le siège que lui désignait le roi et répondit de sa belle voix vibrante :

— Seigneur, pardonnez mon intrusion, mais je suis en effet porteur de nouvelles...

— Bonnes ou mauvaises, Horst ?

— Je ne saurais me prononcer sur ce point, seigneur. Disons qu'elles sont... inattendues.

— Inattendues, dis-tu ? Tu excites ma curiosité, Horst. De quoi s'agit-il ? Une nouvelle guerre a été déclarée ?

— Non, seigneur. Une telle nouvelle, hélas, n'aurait rien d'étonnant. Ce n'est pas d'une déclaration de guerre qu'il s'agit. Il s'agit même de tout le contraire...

Wälsung observa avec attention le visage de son conseiller pour tenter d'en déchiffrer l'expression, mais Horst demeurait de marbre.

— Comment cela, tout le contraire ? répliqua enfin le roi. Ce n'est pas une déclaration de paix, tout de même ?

— Si, justement. Enfin, presque. Il s'agit d'une demande d'alliance...

— D'alliance ? reprit Wälsung, incapable de dissimuler sa nervosité grandissante. Mais d'alliance avec qui ?

— Avec le royaume du Gotland.

Wälsung demeura sans voix. Horst avait raison. Il s'agissait en effet d'une nouvelle plus qu'inattendue.

Le royaume du Gotland, né d'une confédération réunissant les tribus situées dans les territoires du nord et de l'est de Midgard, était traditionnellement réfractaire à la suprématie du Frankenland. Hunding, l'adversaire de toujours, proclamé souverain de ce royaume lointain, usait de son pouvoir pour susciter et alimenter les guerres qui, depuis de nombreuses années, mettaient le pays à feu et à sang. Depuis le meurtre inexpliqué du roi Rerir, qui avait mis fin à la période de relative concorde au cours de laquelle l'ensemble des tribus acceptaient de se placer sous l'autorité d'un chef de guerre unique, Hunding n'avait eu de cesse de détruire l'œuvre de son rival défunt en multipliant les actes de violence et les prises de position hostiles. Et voici que ce même Hunding proposait une alliance entre les deux royaumes ennemis…

— Explique-moi ce mystère, Horst ! finit par reprendre Wälsung. S'agit-il d'une plaisanterie ? Ou bien d'un piège ?

Horst marqua un bref silence avant de répondre.

— Je ne sais pas, seigneur. Mais l'émissaire envoyé ce matin par Hunding, et qui attend une réponse avant de reprendre la route, a très clairement délivré le message qui lui a été confié. Le roi du Gotland propose de mettre fin aux années d'hostilité et de sceller une alliance durable entre nos deux royaumes.

Wälsung fourragea dans sa barbe, essayant de deviner quel intérêt caché Hunding pouvait avoir à une proposition aussi peu en accord avec la politique belliqueuse qu'il avait menée jusque-là.

— Et à quelle condition propose-t-il cette alliance ? Je suppose qu'il attend quelque chose en échange ? De quoi s'agit-il ?

Horst baissa les yeux, comme s'il hésitait à répondre.

— Le roi du Gotland propose de conclure cette alliance par un échange de serments…

— Entre lui et moi ? interrompit Wälsung. Il attend que nous échangions des serments de paix ?

— Pas exactement, reprit Horst en hésitant. Il songe plutôt à une union…

— Une union ?

— Oui, seigneur. La condition que met Hunding à la conclusion de cette alliance repose sur une demande en mariage qu'il vous prie d'agréer.

— Hunding désire se marier ? À son âge ? Et avec son physique de fauve ? Je ne saurais imaginer époux aussi repoussant ! Et avec qui prétend-il convoler en justes noces, ce hideux fils de la Chienne Noire ? Quelle malheureuse prétend-il mettre dans son lit ?

Malgré son âge, Horst ne put s'empêcher de rougir à cette scabreuse évocation. Les yeux toujours baissés, il finit par répondre :

— Votre fille, seigneur. Le roi Hunding vous prie de lui

accorder la main de la princesse Sieglinde en échange d'un traité d'alliance entre le royaume du Gotland et celui du Frankenland.

Wälsung baissa les yeux à son tour. Il se sentait soudain aussi gêné que son fidèle conseiller. Puis il se retourna et s'approcha de l'ouverture par laquelle il avait tout à l'heure observé les jumeaux. Siegmund et Sieglinde étaient toujours là, à la même place, étroitement enlacés, plongés dans leur rêverie, étrangers au monde qui les entourait. Wälsung ne pouvait imaginer couple plus disparate que la gracieuse et jeune Sieglinde et le vieux Hunding. Une telle union serait insupportable, contre nature. Jamais Sieglinde ne se donnerait à un tel époux. De plus, ce mariage signifierait la fin de cette relation fusionnelle qu'elle entretenait depuis la naissance avec son frère jumeau. Mais cette relation elle-même n'était-elle pas contre nature ? Les jumeaux n'étaient-ils pas destinés un jour à être séparés ? Siegmund, lorsqu'il succéderait à Wälsung, ne devrait-il pas se marier à son tour, afin d'assurer la continuité du royaume ? Sieglinde ne serait-elle pas amenée, elle aussi, à lier son sort à celui d'un roi lointain ? Hunding, certes, n'était pas un époux bien attirant. Mais il était puissant, et il promettait de conclure une alliance de paix en échange de la main de la jeune princesse. Ceci mettrait fin à des années de guerre, de violence et de haine. Cette perspective heureuse ne justifiait-elle pas un sacrifice ? Que représentait le bonheur d'une seule personne en regard de celui de tout un peuple ?

Et puis, Wälsung n'aurait plus à supporter la présence constante et humiliante de ces enfants qui lui étaient étrangers. Sans tourner la tête, le roi Wälsung murmura :

— Eh bien, Horst, qu'attends-tu ? Fais monter le messager du roi du Gotland.

Chapitre 44

Plus de seize années après les noces de Wälsung et de Brunehilde, le royaume du Frankenland s'apprêtait à célébrer un nouveau mariage. La halle au frêne avait été préparée pour accueillir les représentants des cours des deux royaumes qui allaient s'unir par le biais des serments matrimoniaux échangés par les futurs époux. Des étoffes de prix avaient été accrochées aux parois de bois circulaires qui entouraient le frêne, tandis qu'à la place des ramées et des jonchées de foin, des peaux de loups et d'ours avaient été jetées sur le sol. De part et d'autre du tronc de l'arbre géant planté au milieu de la halle, et dont les branches et les frondaisons s'échappaient par des ouvertures ménagées dans le toit, de hauts sièges de bois gravés d'entrelacs avaient été disposés pour accueillir les principaux protagonistes de cette cérémonie.

D'un côté de la halle avaient pris place Wälsung, le roi du Frankenland, son épouse Brunehilde et la princesse Sieglinde, toute vêtue de blanc. Derrière elle se tenaient son frère Siegmund et ses dix frères, ainsi que tous les notables de la Cour. De l'autre côté se tenait Hunding, le roi du Gotland, accompagné de sa horde. Hunding, le futur époux de Sieglinde.

Le royaume du Frankenland s'apprêtait à célébrer un nouveau mariage, et pourtant rien ne rappelait la liesse qui avait égayé la précédente union, lorsque Wälsung avait pris Brunehilde pour épouse. On eût dit moins un mariage que la préparation de funérailles.

La saison elle-même semblait en désaccord avec ces noces si mal assorties. Le mariage de Wälsung et de Brunehilde avait eu lieu en été, au moment où les jours écrasés de chaleur s'étirent paresseusement en longueur. L'union de Hunding et Sieglinde intervenait à la fin de l'automne, au moment où les arbres se dégarnissent de leurs feuilles, où les jours raccourcissent et où les pluies et les brouillards viennent ternir l'éclat du paysage. Bientôt, ce serait l'hiver, le long et triste hiver et son cortège de frimas et de givre.

Seul Hunding exprimait ouvertement son contentement. Bien calé sur le siège de bois qui peinait à soutenir sa corpulence de géant, ses mains puissantes couvertes de poils entrecroisées sur son ventre distendu par les excès de table, la gueule ouverte par un large sourire qui laissait entrevoir des canines acérées, il considérait de ses petits yeux porcins sa future épouse, avec une gourmandise non dissimulée. Derrière lui, les hommes de son clan s'ébrouaient bruyamment, impatients de voir la cérémonie s'achever afin de pouvoir profiter sans retenue du festin qui allait suivre. Sieglinde, assise en face de son promis, gardait la tête droite mais tenait ses yeux baissés vers le sol. Ses traits étaient figés comme dans l'immobilité de la mort, et sur son visage de cire on pouvait lire la répulsion instinctive qu'elle éprouvait pour l'être bestial à qui on allait la livrer. Siegmund arborait la même expression de dégoût, mais contrairement à sa sœur il jetait à Hunding des regards de haine, serrant les poings jusqu'à en faire blanchir les jointures. Wälsung, lui, demeurait de marbre, décidé à mener à bien cet étrange mariage malgré l'opposition de ses proches. À ses côtés, Brunehilde avait du mal à dissimuler sa réprobation. Elle avait invoqué mille arguments pour tenter d'infléchir la décision de son époux, mais le roi n'avait rien voulu entendre, imposant sa volonté avec une farouche obstination. Brunehilde, à regret, avait dû se soumettre, comprenant que Wälsung, pour quelque raison intime connue de lui seul, se refuserait jusqu'au bout à remettre en cause cette union contre nature. Bien entendu, elle admettait volontiers que la tendresse que se portaient les jumeaux était excessive, que leur complicité trop exclusive les tenait enfermés dans un cocon qui risquait de les étouffer, et qu'ils devraient un jour accepter de se séparer pour vivre des destins autonomes.

Celui de Siegmund était tout tracé. Il était l'héritier du trône sur lequel il monterait à la suite de Wälsung. Celui de Sieglinde l'était également. En tant qu'unique princesse du Frankenland, elle devait se marier à quelque souverain étranger à la tête d'un puissant royaume. Gotland était puissant, et une alliance contractée avec lui permettrait de conclure enfin une paix durable entre les tribus de Midgard qui s'étaient livrées jusque-là à des guerres sanglantes et fratricides. Mais Hunding, le roi du Gotland, était bien trop vieux et trop laid pour épouser la jeune et gracieuse Sieglinde. À la seule idée que l'homme-chien poserait bientôt ses grosses pattes poilues sur l'épiderme frais et intact de sa fille unique, Brunehilde frissonnait de dégoût.

Sans cesser de contempler sa future épouse, avec une expression libidineuse qui lui déformait le visage, Hunding s'écria soudain :

— Eh bien, Wälsung ! Tu as agréé les présents que je t'ai apportés en échange de la main de ta fille : cent belles génisses brunes, trente peaux d'ourses blanches et un coffre débordant de bijoux. Il est grand temps de procéder à l'union des fiancés !

Wälsung parut s'extraire d'une profonde rêverie.

— Tu as raison, Hunding. Je pense que personne ne tient à ce que cette cérémonie se prolonge indéfiniment. Sieglinde, veux-tu bien te lever ? Et toi aussi, Hunding.

Quatre hommes, dont deux appartenaient à la cour du Frankenland et les deux autres à celle du Gotland, saisirent les quatre extrémités d'une large peau de loup qu'ils soulevèrent à la manière d'un dais. Wälsung pria les deux futurs époux de se placer sous cette peau tendue avant de se prendre la main. Hunding ne se le fit pas dire deux fois. De ses doigts velus et griffus il saisit la paume blanche de Sieglinde et la serra si fort qu'elle poussa un cri. Siegmund faillit s'élancer vers Hunding pour le forcer à lâcher sa proie, mais Brunehilde arrêta son geste en lui posant la main sur l'épaule. Aucune des personnes présentes n'avait le droit d'interrompre ce mariage désiré par le roi. Il était trop tard. Tout refus, toute rébellion serait considérée comme une offense grave faite aux hôtes du Frankenland, et les noces avortées se concluraient par un bain de sang. Il fallait se résoudre à accepter l'inacceptable. Que la belle Sieglinde épouse l'ignoble Hunding et quitte sa terre natale pour devenir la reine du lointain Gotland.

Wälsung se posta devant le couple et, faisant de la main droite le salut d'Odin, il prononça les paroles rituelles par lesquelles devait être scellée l'union :

— Par Draupnir, l'anneau de la souveraineté, par Gungnir, la lance des serments, par Mjollnir, le marteau de mort et de résurrection, je vous déclare, Hunding et Sieglinde, unis comme mari et femme...

La horde de Hunding poussa des grognements d'approbation tandis que le maître se penchait vers sa nouvelle épouse pour lui donner un baiser. Mais la jeune fille se détourna brutalement en se cachant le visage de sa main demeurée libre.

Humilié par ce geste de refus, Hunding cracha entre ses dents :

— Ah ! Tu fais la fière ! Mais je saurai bien te mater... Désormais, tu fais partie des possessions de Hunding, avec ses chevaux, son bétail et son armée. Et il fera de toi ce qu'il voudra, selon son bon plaisir !

Ces paroles outrageantes avaient été prononcées à voix basse, mais Siegmund, attentif aux moindres détails de cette pénible scène, avait tout entendu. Se libérant de l'étreinte de sa mère, il était prêt à en découdre avec l'ogre terrifiant qui torturait ainsi sa sœur lorsqu'un incident vint interrompre la cérémonie. Un homme venait d'entrer dans la halle au frêne. Il n'avait fait aucun bruit mais sa présence seule avait suffit à attirer sur lui l'attention de l'ensemble des personnes présentes. Cet homme ne faisait partie ni de la cour du Frankenland ni de celle du Gotland. Il s'agissait d'un étranger dont rien ne permettait de deviner l'origine. Grand, vêtu d'un ample manteau bleu de nuit, il était coiffé d'un large chapeau qui cachait l'un de ses yeux. Mais l'éclat bleu de l'autre éveilla la peur de tous ceux qui le croisèrent. Son abondante barbe blanche et ses longs cheveux de neige étaient ceux d'un vieillard, mais son allure fière et droite était celle d'un homme dans la force de l'âge. Il était suivi de deux loups gris, tandis que deux corbeaux volaient lourdement à ses côtés.

Bouleversée, Brunehilde reconnut Odin. « Père, père, père ! » l'appela-t-elle muettement de toute son âme, de tous ses regards, de tout son être tendu vers lui. Mais le dieu suprême n'était pas venu pour elle. De son poing levé, l'étrange visiteur brandissait une épée qu'il fit tournoyer au-dessus de sa tête, dessinant un cercle de pure lumière accompagné d'un sifflement suraigu. On eût dit non une épée, mais une langue de feu chuintant et brasillant qui virevoltait dans l'espace.

D'instinct, tout le monde s'écarta pour laisser le passage libre à l'étrange vieillard qui s'approcha du frêne et, d'un seul mouvement du poignet, enfonça l'épée dans le tronc jusqu'à la garde. Puis il fit volte-face et, sans dire un mot ni accorder un seul regard à quiconque autour de lui, il sortit de la halle, accompagné de ses bêtes, aussi silencieusement et mystérieusement qu'il y était venu. Désemparée, Brunehilde avait pâli et vacillé. Seul Horst, le fidèle, le loyal Horst, avait remarqué, dans la stupeur générale qui s'était emparée de l'assemblée, le désarroi extrême de la reine. Il s'était rapproché d'elle et, alors que le trouble la faisait chanceler, il fut là juste à côté d'elle pour la soutenir discrètement contre lui.

L'apparition avait provoqué un tel effet de surprise que, durant un long moment, personne ne songea à réagir. Puis, lentement, les hommes commencèrent à remuer et à commenter entre eux l'événement. L'inconnu avait éveillé leur curiosité, pourtant c'était l'épée fichée dans le frêne qui aiguisait leur convoitise. Cette épée semblait légère et solide à la fois. Il se dégageait d'elle une telle lumière qu'on ne pouvait douter de son origine magique. Celui qui la posséderait deviendrait certainement puissant et invincible.

Pour l'instant, elle n'était à personne. En l'introduisant dans le tronc du frêne, le voyageur inconnu s'en était visiblement dessaisi. Au profit de qui ? Il n'avait rien dit ni regardé personne. L'épée appartiendrait donc au premier qui s'en emparerait.

— Faites place ! s'écria alors Hunding, après avoir lâché la main de Sieglinde.

Puis il s'avança vers le frêne et empoigna le manche de l'épée pour tenter de l'extirper du tronc. Mais il eut beau tirer de toutes ses forces, il ne parvint pas à déloger l'arme de son habitacle.

— Magie ! s'écria-t-il enfin. Si je ne puis sortir l'épée de ce fourreau, personne n'y parviendra, car de tous les hommes ici présents je suis le plus fort !

Comme s'il lançait là un défi, il invita d'un geste ses hommes à tenter leur chance après lui. Mais ils eurent beau agripper le manche à deux mains, s'y mettre à plusieurs, l'épée ne bougea pas d'un pouce. Essoufflés par l'effort, les hommes échangeaient entre eux des regards navrés. Wälsung essaya à son tour, mais en vain. Les autres membres de sa cour n'eurent pas davantage de succès.

Un seul n'avait pas encore essayé.

Siegmund.

Il était le seul homme à ne pas avoir les yeux rivés sur l'épée dans le frêne. Il avait profité de la diversion pour s'approcher de Sieglinde et la prendre dans ses bras. La jeune fille, effrayée par l'aspect et les manières de son nouvel époux, se laissait embrasser par son frère, dont les égards et la présence la rassuraient un peu.

À côté d'eux, Brunehilde semblait plongée dans ses pensées. Elle non plus ne regardait point en direction de l'épée. Ses yeux étaient dirigés vers l'entrée de la halle, à l'endroit où était apparu le porteur de l'épée puis s'en était allé. C'est alors que Hunding, cherchant une occasion de rabaisser en public le frère trop prévenant de son épouse, lui lança :

— À ton tour, blanc-bec ! Viens tirer l'épée ! Montre de quoi tu es capable ! À moins que tu aies peur des armes ? Tu préfères peut-être jouer avec des chiffons, comme ta sœur ? Avec tes joues de fille, cela ne m'étonnerait pas !

Les hommes de Hunding applaudirent à cette saillie de leur maître, mêlant à leurs rires gras des gestes obscènes.

Piqué au vif par l'invective de son ennemi, Siegmund se retourna et, cédant à l'invite qui lui était faite, se dirigea à son tour vers le puissant frêne d'où émergeait la poignée de l'arme fabuleuse. Déjà, Hunding et ses hommes s'apprêtaient à déverser sur l'adolescent moqueries et quolibets. Inquiète, Sieglinde se demandait comment son frère réagirait face à ces insultes. Il avait le sang vif et ne supportait pas qu'on lui manque de respect. Siegmund posa la paume de sa main sur la poignée et, d'un seul mouvement, délogea l'épée enfoncée dans le frêne pour la brandir à bout de bras, comme l'avait fait le vieillard tout à l'heure.

L'épée se mit à briller de mille feux dans la pénombre de la halle. Face à un tel sortilège, l'assistance demeura médusée et le silence se fit. Personne ne parvenait à en croire ses yeux. Et le moins étonné n'était pas Siegmund, qui contemplait avec admiration l'arme claire et légère.

Sur la lame étaient gravés des runes, ainsi qu'un nom : « Notung ». Siegmund prononça à voix basse ce nom, et il sentit la garde de l'épée vibrer dans son poing comme s'il s'agissait d'un être vivant. Il sut alors que Notung était le nom de l'épée. L'épée qui venait de trouver son maître.

Hunding fut le premier à rompre à nouveau le silence :

— Une telle épée ne peut rester entre les mains d'un gamin ! Donne-la-moi, Siegmund ! Cette arme m'appartient de droit !

— Jamais ! hurla le jeune homme en pointant vers le roi du Gotland la pointe de son arme. Le seul contact que tu auras désormais avec cette épée, c'est lorsque je te la passerai en travers du corps !

— Roi Wälsung ! Ton propre fils me menace sous ton toit ! C'est faire injure aux lois les plus élémentaires de l'hospitalité !

Wälsung s'interposa entre les deux hommes :

— Baisse la garde, Siegmund. Hunding a raison : il est notre hôte, et ne doit pas être inquiété.

À regret, Siegmund posa la pointe de l'épée à terre, continuant à foudroyer du regard son adversaire.

— Tu payeras cette injure un jour ou l'autre ! cracha Hunding. Mais je ne souillerai pas de ton sang le sol où j'ai pris femme et où nos deux peuples se sont alliés. À présent, il est temps de nous retirer. La noce a eu lieu mais elle est gâchée, et je ne resterai pas un instant de plus en ces lieux. Mes hommes, avec moi ! Et toi aussi, princesse !

Hunding tendit son poing à Sieglinde avec une telle autorité que la jeune fille y posa immédiatement sa main blanche et se laissa entraîner, tandis que les suivait la horde sauvage arborant désormais une hostilité manifeste. Siegmund voulut s'interposer mais Wälsung l'arrêta d'un geste :

— Non, Siegmund. Ta sœur est régulièrement mariée à Hunding, nul n'a désormais le droit de la lui disputer. Pas même le porteur d'une épée fabuleuse.

Déjà, le groupe formé par Hunding et sa horde franchissait le seuil de la halle au frêne. Avant de disparaître, Sieglinde se tourna vers son jumeau en poussant un dernier cri :

— Mund !

— Linde ! répondit-il en s'élançant tout en brandissant son épée.

Wälsung se jeta en travers de son chemin et lui décocha un croc-en-jambe qui envoya le jeune homme à plat ventre sur le sol. Malgré sa chute, Siegmund ne lâcha pas l'épée, sur le pommeau de laquelle son poing était crispé. Le front contre le sol, les joues brûlantes de colère et d'humiliation, il vibrait tout entier.

Brunehilde se précipita auprès de son fils et se pencha vers lui :

— Tu la reverras, lui murmura-t-elle à l'oreille. Je te jure que tu la reverras.

Et, ce disant, elle planta un regard de défi dans les yeux de Wälsung qui contemplait la scène d'un air mauvais. Brunehilde n'avait même pas pu serrer sa fille dans ses bras avant son départ pour le Gotland…

Chapitre 45

Le Vieux Rhin inscrivait au cœur du monde des hommes une frontière vivante séparant depuis toujours les peuples originaires de l'est et du nord de Midgard de ceux qui se situaient à l'ouest et au sud.

Les premiers, que le défunt roi Rerir puis après lui Wälsung avaient tenté de fédérer autour du royaume du Frankenland, adoraient les dieux d'Asgard, les prestigieux Ases, au premier rang desquels se situait Odin, dont ils se disputaient la paternité. Les seconds, en revanche, s'étaient progressivement détournés des anciennes divinités pour ne plus honorer qu'un seul dieu, immortel et tout-puissant, dont on disait qu'il s'était incarné sur terre comme simple être humain avant d'être mis à mort sur une croix pour ressusciter le troisième jour et retourner au ciel.

Plus tard, beaucoup plus tard dans l'avenir du monde, un jour d'hiver exceptionnellement froid, le fleuve roi gèlerait, recouvrant ses flots tempétueux d'une croûte solide et glacée. Alors, les fils d'Odin franchiraient le Vieux Rhin prisonnier pour se lancer à la conquête des terres inconnues situées au-delà de la rive occidentale. On parlerait alors de « grandes invasions », pour qualifier l'exode des peuples barbares.

En réalité, les fils d'Odin finiraient à leur tour par se convertir au dieu à la croix. Mais ce temps n'était pas encore venu. Tant que la frontière liquide du Vieux Rhin serait là, roulante et bouillonnante, elle séparerait rigoureusement les fils d'Odin des disciples du dieu unique.

S'il était infranchissable dans la largeur, le Rhin n'en était pas moins navigable dans la longueur à condition de suivre son cours depuis sa source torrentielle jaillissant entre de profondes gorges rocailleuses, au cœur des montagnes de Midgard que l'on nommerait plus tard les Alpes, jusqu'à son embouchure au bord de la mer située au nord de Midgard, là où se situait le royaume de Gotland. Pour franchir toute l'étendue du territoire séparant le Frankenland et le Gotland, le meilleur moyen était de se laisser porter par le fleuve, au moyen d'une de ces fines embarcations de bois à fond plat dotées de rames et de voiles carrées que construisaient les artisans de Midgard. Le courant du fleuve était rapide, surtout à la belle saison, ce qui permettait aux navigateurs de franchir en quelques jours à peine une distance qui, parcourue par voie de terre, leur aurait coûté dix fois plus de temps. C'est sur l'un de ces équipages qu'avaient pris place Wälsung et ses fils pour répondre à l'invitation que leur avait faite le roi du Gotland pour fêter le printemps.

Les longs mois d'hiver s'étaient écoulés depuis l'union de Hunding et de Sieglinde, une union entachée de haine et de violence. Le fils de la Chienne Noire et sa horde avaient regagné leur royaume du Nord, emmenant avec eux la jeune et frêle Sieglinde, au grand désespoir de son frère jumeau et de sa mère. Depuis ce funeste jour, Siegmund s'était mis à dépérir, comme une plante privée d'eau et de soleil. Pour la première fois de sa courte existence, il était privé de la présence rassurante de celle qui, miroir de son être profond, était nécessaire non seulement à son bonheur, mais à sa simple survie. Chaque jour passé loin de Sieglinde enlevait un peu plus d'éclat à son regard et de couleurs à son visage. Il n'avait plus goût à rien, et traînait un ennui que ne parvenait pas à compenser le plaisir qu'il éprouvait à s'exercer avec Notung, l'épée magique qu'il avait arrachée au frêne sans le moindre effort, l'arme ayant reconnu la main de son seigneur.

Brunehilde s'était inquiétée de voir son fils aussi éprouvé par l'absence de sa sœur. En vain avait-elle essayé de le distraire de la mélancolie qui le rongeait, et dont il ne sortait que pour se livrer à des démonstrations de colère et de violence. Il était prêt alors à partir en guerre contre le monde entier dans l'espoir de reconquérir sa sœur. Mais il savait n'avoir aucun droit à cette conquête et, en soupirant, il retombait dans sa prostration.

À la fin de l'hiver, enfin, un émissaire du Gotland s'était présenté au palais, porteur d'un message de paix et de conciliation. Hunding regrettait d'avoir écourté sa présence au Frankenland, gâchant ainsi les festivités qui devaient prolonger ses noces. Il proposait de se racheter en priant le roi du Frankenland et sa famille de venir sans délai au royaume du Gotland, où de splendides réjouissances seraient organisées en leur honneur au printemps. Wälsung s'était réjoui de cette invitation qui confirmait la volonté qu'avait Hunding de rétablir la paix entre les deux royaumes rivaux. C'est ainsi qu'ils avaient embarqué, lui, ses fils ainsi que son escorte, sur un navire qui les emportait en direction de l'estuaire du Rhin. Brunehilde avait voulu se joindre à eux mais le roi du Frankenland l'en avait dissuadée. L'un des deux souverains devait demeurer au palais, tandis que l'autre accomplissait ce lointain périple. La reine avait dû s'incliner. Depuis les berges du fleuve, elle avait vu le navire qui emportait son mari et ses fils s'éloigner, puis disparaître dans le lointain.

Chapitre 46

Sur le pont du bateau que manœuvraient les marins, Wälsung et ses fils contemplaient le grandiose paysage qui s'offrait à leur vue. Sur les rives du fleuve roi, les arbres arboraient leurs parures de printemps, tandis que les prairies se couvraient de fleurs colorées. Après le long hiver froid et terne, le Rhin retrouvait son aspect riant, égayé par le réveil de la nature demeurée trop longtemps engourdie sous son manteau de neige, et par mille petits tableaux pleins de vie mettant en scène les biches et leurs faons, les juments et leurs poulains, les vaches et leurs veaux, les oiseaux et les oisillons, sans parler des essaims d'insectes bruissant dans l'herbe verte.

Soudain, un concert de voix cristallines se fit entendre à la proue du navire :

— Weia ! Waga ! Wagalaweia ! Wallala weiala weia !

— Wallala ! Lalaleia ! Leialalei !

— Heia ! Heia ! Haha ! Hahei !

Se penchant par-dessus l'étrave de bois sculptée en forme de tête de dragon, le roi aperçut trois ravissantes ondines qui nageaient en batifolant. Il s'agissait de Woglinde, Wellgunde et Flosshilde, les trois Filles du Rhin auxquelles Brunehilde avait jadis confié la pomme d'or de Freya. Wälsung connaissait l'existence des filles de l'eau, mais il ne les avait jamais vues. Il faut dire que les Filles du Rhin se montraient rarement aux humains. On disait qu'elles ne leur apparaissaient que lorsqu'elles avaient un message de la plus extrême urgence à leur transmettre.

Les fils de Wälsung avaient rejoint leur père et contemplaient à leur tour les belles ondines qui plongeaient dans les profondeurs du Rhin avant de remonter à la surface dans de grandes gerbes d'écume.

— Wallalallalala leiahei ! Wallalallalala leiajahei !

— Je vous salue, filles de l'eau ! se mit à crier joyeusement Wälsung. Vous êtes aussi belles que ce que rapportent les légendes à votre sujet... Que nous vaut l'honneur de vous rencontrer ?

Les ondines se retournèrent vers le roi, réglant leur nage sur la vitesse du navire.

— Las ! Nous sommes porteuses de bien tristes nouvelles, roi ! répondit Flosshilde.

— Las ! La race de Wälsung est d'avance condamnée ! ajouta Woglinde.

— Las ! Le roi et ses fils feraient mieux de rebrousser chemin ! renchérit Wellgunde.

À ces mots, le visage de Wälsung se rembrunit.

— Que me chantez-vous là, mes belles ? Pourquoi prononcer de si funestes paroles ?

— Weia ! Waga ! Wagalaweia ! Nous sommes là pour t'alerter, roi Wälsung ! reprit Flosshilde. Rien de bon ne peut advenir de ton voyage...

— Non, rien de bon ! insista Woglinde. Ceux qui se rendent au Gotland ne reviendront pas vivants.

— Il est temps encore ! supplia Wellgunde. Rentre chez toi avec tes enfants, roi ! Sinon, jamais tu ne reverras ton épouse !

Furieux, Wälsung se redressa de toute sa hauteur.

— Que m'importent vos menaces, ondines écervelées ! Vous ne savez pas ce que vous dites, femmes à la chair de poisson ! Retournez au fond de l'eau et laissez passer le roi du Frankenland !

Prises de frénésie, les trois Filles du Rhin se mirent à tourbillonner dans l'eau verte avant de disparaître.

— Adieu, roi Wälsung ! Tant pis pour toi ! Nous t'aurons prévenu ! Weia ! Waga ! Wagalaweia ! Wallalallalala leiahei ! Wallalallalala leiajahei ! Wallalallalala !

⁂

Après quelques jours de traversée, le royaume du Gotland apparut enfin. Le palais royal était bordé d'un côté par les rives de la mer du Nord où allait se jeter le Rhin, et de l'autre par la sombre et profonde Forêt de Fer, où nul être ne s'aventurait sans ressentir un profond effroi. Wälsung et ses fils étaient attendus par des membres du clan de la Chienne Noire qui les conduisirent à un campement de tentes où ils devraient passer la nuit. Ils ne seraient reçus que le lendemain par le roi et la reine du Gotland.

Un foyer avait été allumé, sur lequel mijotait une marmite remplie d'une sorte de brouet noirâtre destiné à apaiser la faim des voyageurs. Wälsung y goûta en trempant une cuiller en bois dans le magma immonde avant de tout recracher.

— Pouah ! Cela augure mal de la suite des festivités ! Si l'accueil que nous réserve le roi du Gotland est à la mesure de sa cuisine, nous risquons de regretter notre cher Frankenland !

Heureusement, il restait des provisions prévues pour le voyage, que les enfants dévorèrent avant de s'endormir, sauf Siegmund, qui ne voulut rien avaler. Wälsung non plus n'avait pas faim. Il regrettait de ne pas avoir été présenté au roi dès son arrivée, et s'interrogeait sur les raisons de ce manque de savoir-vivre. Malgré lui, les paroles funèbres des Filles du Rhin lui revinrent en mémoire. Les sombres prophéties qu'elles avaient énoncées contenaient-elles une part de vérité ? Se pouvait-il que Hunding renie sa parole en les attirant, lui et ses fils, dans un piège ? Le roi aurait-il dû écouter les ondines et renoncer à son voyage ? D'un geste agacé, Wälsung balaya ces pensées craintives, qui étaient à ses yeux indignes d'un roi. Certes, Hunding ne les recevait pas aussi bien qu'ils l'auraient souhaité, mais de là à imaginer quelque sordide traquenard, il y avait une marge ! De son côté, Siegmund se lamentait d'avoir encore une nuit à attendre avant de retrouver sa sœur. Le bel adolescent n'était plus que l'ombre de lui-même, décharné, maigre et pâle comme s'il se mourait de consomption. Seule la présence de Sieglinde saurait redonner à ses joues les couleurs de la vie.

Soudain, dans le silence de cette belle nuit de printemps, des bruits de pas foulant le sol se firent entendre. Dans l'obscurité qui régnait dans le camp, à l'exception des braises du foyer qui lançaient une lueur rougeâtre, se profila bientôt une silhouette féminine.

— Linde ! s'écria Siegmund.

— Mund ! répondit Sieglinde.

Elle se jeta dans ses bras, essoufflée par sa course. Les jumeaux étaient enfin ensemble. Wälsung observa avec surprise sa fille qui venait de surgir aussi mystérieusement.

— Qu'est-ce que cela signifie ? finit-il par articuler. Quelle étrange réception, décidément ! Des tentes, un mauvais feu, une nourriture infâme, et voici à présent que la reine du Gotland vient nous trouver en cachette ! Explique-nous cela, Sieglinde ! Et dis-nous où est Hunding ? Où est ton époux ?

À regret, Sieglinde se dégagea de l'étreinte de son frère et, se tournant vers son père, lui répondit d'une voix tremblante d'anxiété :

— Je suis venue vous prévenir, père ! Hunding prépare quelque chose, mais il ne s'agit pas des festivités annoncées. Lui et sa horde sont sur le pied de guerre. Cela fait des jours qu'ils fourbissent leurs armes dans l'attente de votre venue. Il ne m'a rien dit, mais je suis certaine qu'il projette de vous faire un mauvais sort. Je vous en prie, fuyez ! Fuyez dès cette nuit ! Demain il sera trop tard !

— Quoi ? Toi aussi, tu parles comme les Filles du Rhin ? s'emporta Wälsung. Toi aussi tu cherches à me faire battre en retraite comme une femme craintive ? Sache que le roi du Frankenland n'a peur de rien ni de personne. Et si, comme tu le dis, Hunding nous veut du mal, nous saurons nous défendre ! Mais fuir, jamais !

— Je t'en supplie, père ! Ils sont beaucoup plus nombreux que vous, et mieux armés ! S'ils vous attaquent, vous n'aurez aucune chance d'en réchapper !

— Tu oublies mon épée ! intervint Siegmund. Je me ferai un plaisir de planter Notung dans le ventre de ce gros porc de Hunding, comme j'aurais dû le faire le jour de ton mariage !

— Tais-toi, Siegmund ! fulmina Wälsung. Nous nous battrons si nous sommes attaqués, mais nous ne prendrons pas les devants. Pour l'instant, nous demeurons les hôtes du roi du Gotland, même s'il nous reçoit bien mal. Ta sœur se fait peut-être des idées et se laisse abuser par son imagination ou ses craintes…

— Ce n'est pas de l'imagination, père ! plaida Sieglinde. Hunding me fait peur, c'est vrai, et sa présence comme son contact me sont insupportables. Mais je n'ai rien inventé. Demain, dès l'aube, lui et sa horde vous attaqueront !

— Eh bien, dans ce cas, nous serons prévenus, et il trouvera à qui parler ! rétorqua Wälsung. En attendant, tu es toujours sa femme et tu n'as rien à faire ici ! Retourne au palais de ton époux ! Là est ta place !

— Mais, père...

— Assez ! Retourne tout de suite d'où tu viens, avant qu'il ne se rende compte de ton absence. Nous nous verrons demain...

Siegmund voulut retenir sa sœur, mais la volonté de son père prévalait. Les jumeaux à peine réunis durent à nouveau se séparer.

Sieglinde s'en fut dans la nuit, comme elle était venue.

— Ce n'est pas de l'imagination, s'écria Sieglinde. Hunding me fait peur, c'est vrai, et sa présence comme son contact me sont insupportables. Mais je n'ai rien inventé. Demain, dès l'aube, lui et sa horde vous attaqueront.

— Eh bien, dans ce cas, nous serons prêts, et il trouvera à qui parler ! rétorqua Wälsung. En attendant, tu es toujours sa femme ; [illegible] ton [illegible] à ta place.

— [illegible]

— Assez ! [illegible] où il te [illegible] demain.

[illegible]

Chapitre 47

Hunding, corseté dans sa broigne de cuir cloutée de fer, passait en revue ses guerriers. Armés d'épées, de lances et de haches, le visage couvert de peintures rituelles destinées à attirer sur eux la protection des dieux de la guerre, les hommes se préparaient à l'attaque prochaine en se frappant le torse et en poussant des hurlements de fauves. Les yeux exorbités, la bave aux lèvres, les muscles tendus, ils vibraient d'impatience dans l'attente du combat à venir comme des chiens avant la curée.

Leur chef esquissa un sourire de contentement dans son épaisse barbe grise. Ses hommes inspiraient un réel effroi, et dès qu'ils seraient lâchés ils ne feraient aucun quartier. Leur ardeur à se battre était encore attisée par les libations auxquelles ils s'étaient livrés une grande partie de la nuit. Ils avaient ingurgité par larges rasades un hydromel hautement fermenté dans lequel avaient macéré des herbes de sorcière, des champignons toxiques et du venin de serpent. Il s'agissait là d'une potion destinée à renforcer le courage et à ôter toute sensibilité et tout sentiment de peur chez ceux qui l'absorbaient. Sous l'emprise du breuvage magique, les êtres les plus doux et les plus timorés se métamorphosaient en monstres sanguinaires avides de carnages. Stimulés par les poisons et les drogues circulant dans leur sang, auxquels s'ajoutait l'ivresse de l'alcool, les guerriers abandonnaient leur condition humaine, avec son lot d'émotions, de faiblesses et de douleurs, pour se transformer en bêtes dressées pour tuer, sans états d'âme, sans pitié et sans peur. Ces chiens obéissaient aveuglément à leur chef de horde, Hunding, qui leur avait donné des ordres formels : ils ne devaient sous aucun prétexte attenter à la vie des fils de Wälsung, mais les faire simplement prisonniers. Non que Hunding eût décidé de prendre en pitié les héritiers du trône, mais il avait promis la primeur de leur chair et de leurs âmes à Managarm, la Chienne de la Lune.

Les premières lueurs de l'aube commençaient à poindre en direction de l'est, là où s'étendait l'immense Forêt de Fer. L'heure était venue de lancer les chiens de Hunding à l'attaque. Sur un signe de leur chef, la horde se mit en route au pas de course. On entendait résonner le martèlement des bottes sur le sol, le cliquètement des armes et le halètement des guerriers. Hunding courait en tête, vif et alerte malgré son âge et sa corpulence. Mais le plaisir d'aller défier Wälsung lui ôtait toute fatigue.

Bientôt, le campement du roi du Frankenland et de sa suite se profila dans la clarté blafarde du petit matin. Hunding comptait surprendre ses adversaires dans leur sommeil. Il serait plus facile ainsi de les réduire à merci. Lorsqu'ils furent parvenus à un jet de pierre des tentes, les hommes en armes s'immobilisèrent. Hunding se retourna vers eux et leur fit ses dernières recommandations :

— Capturez les enfants, sans toucher à un seul cheveu de leur tête. Attention à l'aîné, il possède une épée redoutable. Massacrez tous les autres, sans distinction. Vous m'avez bien compris ?

Les hommes acquiescèrent en poussant des grognements. Leurs yeux injectés de sang et leurs visages crispés témoignaient de leur hâte à se jeter dans la mêlée. Ivres d'alcool, de drogues et de haine, ils avaient soif d'assouvir au plus vite leurs instincts de violence. Pour calmer leur fureur meurtrière, il leur fallait entendre les cris de douleur de leurs victimes, voir leurs chairs déchirées, contempler avec délectation l'œuvre de mort qu'ils allaient perpétrer.

Hunding fit signe à ses hommes de le suivre sans bruit. À pas lents, ils s'approchèrent des tentes dressées autour du foyer éteint. Puis, avec des cris de déments, ils se ruèrent à l'intérieur des abris de toile pour se jeter sur leurs occupants. Mais aux cris des guerriers se lançant à l'assaut de l'ennemi succédèrent des clameurs de surprise et de rage. Car les tentes étaient vides. Wälsung, ses fils et ses guerriers ne s'y trouvaient pas.

— Les chiens ! cracha Hunding. Ils se sont sauvés ! Ils ont dû se douter de quelque chose. Il faut les chercher, les rattraper !

Un instant déstabilisée, la horde se regroupa autour de son chef qui se mit à crier :

— Où te caches-tu, Wälsung ? Montre-toi, lâche, si tu l'oses !

— Je ne me cache pas, Hunding, je t'attendais ! répondit une voix.

D'un bosquet proche surgirent alors, tout armés, Wälsung et les siens. Ses plus jeunes enfants demeuraient invisibles, mais Siegmund, avec son épée miraculeuse, se tenait fièrement campé près de son père. Les autres membres de l'escorte du roi avaient pris place de chaque côté, pointant vers la horde de Hunding leurs lances et leurs javelines. Hunding étouffa un juron. Comment Wälsung avait-il eu connaissance du piège dans lequel il avait été attiré ? Qui l'avait prévenu ? À moins qu'il n'ait fait appel à quelque magie ? La reine Brunehilde, qui ne vieillissait pas, devait être une sorcière, une nécromancienne. C'est elle qui avait dû faire bénéficier Wälsung de ses prophéties... Mais dans ce cas, pourquoi Wälsung était-il venu se jeter dans la gueule du loup avec une si faible escorte ? Car les hommes du Frankenland étaient dix fois inférieurs en nombre à ceux du Gotland. À cette pensée, Hunding retrouva son assurance. Le combat serait moins aisé qu'il ne l'avait prévu, mais ce serait tout de même lui qui finirait par l'emporter. Levant bien haut la lance qu'il tenait à la main, il s'écria alors :

— Je te défie, roi Wälsung ! Je t'ai fait venir ici pour laver dans le sang l'affront public que m'a fait ton fils ici présent le jour de mes noces ! Les règles de l'hospitalité m'ont empêché d'y répondre chez toi, mais en ces lieux, nous ne sommes ni sous ton toit ni sous le mien. Nous allons donc régler cette affaire entre hommes, fer contre fer !

— Tu nous as attirés ici par ruse, Hunding ! rétorqua Wälsung. C'est indigne d'un roi, et encore plus indigne d'un parent, puisqu'en te donnant ma fille je t'ai considéré comme un frère. Tu t'étais engagé à respecter une alliance de paix entre nos deux royaumes, mais je m'aperçois qu'il n'en est rien ! Je te défie donc moi aussi, Hunding ! Et c'est mon épée qui aura l'honneur de te trancher en deux !

À ces mots, Wälsung et les siens se ruèrent vers Hunding et sa horde. Le choc fut brutal. Les hommes du Frankenland avaient pour eux le courage et la vaillance, ainsi que la conviction d'être dans leur bon droit. Ils se battaient non seulement pour défendre leur vie menacée, mais aussi pour résister à l'injustice et la traîtrise dont ils étaient victimes. Odin, le maître des cieux, ne pouvait qu'être de leur côté. Les guerriers du Gotland, eux, étaient dénués de motivation ou de soutien aussi glorieux. Mais l'alcool et les drogues qui couraient dans leur sang les rendaient aussi dangereux que des bêtes sauvages. Ils étaient là pour tuer, égorger, massacrer, au mépris même de leur propre vie. Armés de haches ou de javelines, de lances ou de massues, les combattants formaient une mêlée inextricable d'où s'échappaient des clameurs et des vociférations, rythmées par le choc des fers fendant les broignes ou martelant les casques. Le sang se mit à ruisseler des plaies vives, se mélangeant à la boue qui maculait le sol. Au milieu de cet enchevêtrement de corps haletants, Siegmund se battait comme dix, faisant tournoyer Notung au-dessus de lui. L'épée magique semblait dotée d'une vie propre. Elle dansait dans l'air, comme un rayon de lumière tranchante pourfendant les ténèbres.

Notung, l'épée de détresse, qui rendait invincible celui à qui elle appartenait.

Mais Notung ne pouvait à elle seule vaincre toute une armée. Les hommes du Frankenland étaient braves, mais ils étaient inférieurs en nombre à ceux du Gotland. Pour se garder des attaques-surprises dans le dos, ils s'étaient disposés en cercle, afin de ne se présenter à leurs assaillants que de face. Ces derniers les avaient encerclés et les contraignaient à se serrer de plus en plus, au point qu'ils manquaient d'espace pour combattre et se trouvaient entravés dans leurs mouvements. Leurs ennemis les attaquaient de tous côtés, cherchant à briser le cercle et à compromettre leurs défenses. Un à un, les guerriers du Frankenland tombaient sous les coups de leurs ennemis. Ils étaient trop peu nombreux pour résister durablement à une offensive aussi violente. Bientôt, il ne subsista plus que Wälsung et Siegmund. Dos à dos, ils continuaient de se battre avec l'énergie de la dernière chance. Wälsung devait faire face à dix assaillants qui s'acharnaient sur lui, épuisant peu à peu ses forces, attentifs à la moindre marque de faiblesse, au moindre signe de relâchement.

Soudain, pour mieux repousser l'un de ses attaquants, Wälsung fit un pas en avant et découvrit un instant son dos. Hunding n'attendait que cela. De toute sa force, il enfonça sa lance sous l'omoplate gauche du roi du Frankenland, à l'endroit même où il l'avait jadis plongée dans le corps du roi Rerir.

— Crève, Wälsung ! Comme crèvera toute ton engeance !

Wälsung s'effondra de tout son long, face contre terre, en poussant une dernière invective :

— Traître ! Mon fils me vengera ! Je meurs, mais tu mourras bientôt toi aussi ! Je t'attends dans les enfers de Hel !

Entendant ces paroles, Siegmund tourna la tête. Voyant son père tombé, sans vie, il leva haut son épée pour l'abattre sur Hunding.

— Meurs à ton tour, chien !

Mais il n'eut pas le temps de mettre sa menace à exécution. L'un des guerriers du Gotland à qui il tournait le dos lui écrasa sa massue sur la nuque.

Laissant Notung filer entre ses doigts, Siegmund tomba à son tour à terre, évanoui.

Chapitre 48

La Forêt de Fer couvrait une large partie du royaume de Gotland, mais rares étaient ceux qui s'y risquaient, car on la savait hantée par des hordes de loups et de chiens sauvages qui dévoraient quiconque tombait entre leurs pattes. De toutes ces bêtes effrayantes, la plus féroce était Managarm, la Chienne de la Lune, celle qui avait jadis mis Hunding au monde.

Après sa victoire sur les troupes du Frankenland, Hunding avait fait enchaîner les fils du défunt Wälsung – les frères de Siegmund s'étaient cachés à proximité du lieu où leur père venait d'être tué – pour les conduire au cœur de cette terrible forêt d'où nul, jamais, n'était ressorti vivant. Les enfants avaient été abandonnés là, sans nourriture ni secours possible, les membres entravés par des fers attachés à un solide tronc. Il leur était impossible de s'enfuir, ou même de se mouvoir suffisamment pour se procurer la moindre subsistance.

Pourtant, ce n'est pas de faim qu'ils allaient mourir. Ils n'en auraient pas le temps. Les fils de Wälsung finiraient dans le ventre de Managarm, la Chienne Noire. Hunding s'y était engagé. Et pour une fois, il tiendrait sa promesse.

La forêt était si profonde qu'il y régnait une obscurité perpétuelle. Les rayons du soleil ne parvenaient pas à percer les épaisses frondaisons couronnant les arbres immenses. Il y faisait également très froid. La tiédeur du printemps ne parvenait pas jusqu'à elle. Le sol était couvert d'une mousse humide et spongieuse d'où émanaient des exhalaisons putrides.

Grelottant de froid autant que de frayeur, les plus jeunes fils de Wälsung pleuraient en réclamant leur père et leur mère. Seul Siegmund restait impassible, mais il arborait un air sombre, se sentant coupable de ne pas avoir su prêter assistance à son père et de s'être laissé sottement assommer par l'un des sbires de Hunding. Lorsqu'il avait repris conscience, il se trouvait lourdement enchaîné et ne pouvait plus se défendre. Bien entendu, Hunding lui avait confisqué Notung, l'épée de détresse, sans laquelle il n'était plus qu'un adolescent sans défense. Dans un instant d'inattention, il avait été vaincu par Hunding et sa horde. À présent, il allait mourir avec ses jeunes frères. Plus jamais il ne reverrait son père, lâchement assassiné d'un coup de lance dans le dos et qui, désormais, devait errer dans les enfers de Hel, comme tous ceux qui n'avaient pas eu la chance d'affronter la mort en face. Plus jamais il ne reverrait sa mère, la belle Brunehilde éternellement jeune. Et plus jamais il ne reverrait Sieglinde, sa sœur jumelle, plus intime que la prunelle de ses yeux, plus indispensable que le souffle dans ses narines. Peu lui importait de mourir. Mais être séparé de sa chère Linde lui était une torture plus insupportable que ces fers qu'il portait aux pieds, que cette sombre forêt d'où il ne sortirait jamais ou que la fin atroce qui lui était réservée.

Depuis combien de temps les garçons étaient-ils enchaînés ainsi ? Ils n'auraient su le dire, car privés de la lumière du jour, ils étaient incapables de mesurer l'écoulement du temps. Sur le qui-vive, ils sursautaient au moindre craquement de branche, au moindre hululement d'oiseau de nuit. Soudain, un grognement sourd résonna sous la voûte de la Forêt de Fer. Terrorisés, les enfants cessèrent de pleurer. Une sorte d'énorme masse noire surgit alors de l'ombre. Une masse dans laquelle brillaient deux yeux cruels et une mâchoire gigantesque.

C'était Managarm, la Chienne de la Lune.

— Tiens, tiens ! fit-elle en faisant grincer ses larges crocs. On dirait que mon souper est servi !

Les enfants, interloqués un instant par l'inquiétante apparition, se mirent à pleurer de plus belle. Leur frayeur eut pour effet de provoquer chez la Chienne Noire un ricanement infernal.

— Pleurez, mes enfants, pleurez ! Cela ne vous servira à rien, mais accentuera la joie que j'aurai à vous croquer ! Car je ne me nourris pas que de chair, voyez-vous ? Je me nourris avant tout de la douleur et de la peur de mes victimes. Les pleurs et les sanglots me sont aussi doux au palais que le miel. Ce dont je raffole encore plus, ce sont les prières et les supplications ! Ne voulez-vous pas ajouter ce piment à mon repas, mes petits ?

Comme s'ils acquiesçaient aux injonctions de la bête, les plus jeunes enfants de Wälsung la supplièrent de les prendre en pitié et de leur laisser la vie sauve. La Chienne de la Lune se mit à rire de plus belle. Écœuré par ce manège pervers, Siegmund harangua l'odieuse bête :

— Finissons-en, chienne du diable ! Égorge-nous, puisque tel semble être ton dessein. Mais cesse de martyriser ces enfants...

— Hé hé ! L'aîné semble plus courageux que les jeûnots ! Pour la peine, je le dévorerai en dernier. Je le garde pour la bonne bouche ! Pour ce soir, je me contenterai du plus jeune. Voyons voir, il me semble qu'il s'agit de celui-ci...

La Chienne Noire avait repéré le plus jeune des fils de Wälsung, âgé d'à peine six ans. Se voyant désigné, le petit se mit à hurler, implorant ses frères comme s'ils avaient le pouvoir de le sauver. Mais il ne pouvait attendre de secours ni d'eux ni de quiconque. Abandonnés dans la sombre Forêt de Fer, les prisonniers n'avaient aucun moyen de se sauver ni de se défendre. En salivant, la Chienne Noire s'approcha de l'enfant et, d'un seul coup de dents, lui trancha la carotide. Au comble de l'épouvante, les autres fils de Wälsung s'époumonaient tandis que leur benjamin se faisait déchiqueter sous leurs yeux affolés. Lorsqu'elle eut croqué jusqu'aux os de l'enfant, la Chienne de la Lune disparut dans les bois pour digérer son horrible festin. Chaque nuit, elle revint ainsi, dévorant chaque fois l'un des enfants, en le choisissant par rang d'âge. Les pauvres étaient de plus en plus désespérés, d'autant plus que la faim et la soif les affaiblissaient énormément. Autour d'eux, les restes de leurs frères déjà sacrifiés achevaient de se décomposer, créant une atmosphère pestilentielle qui ajoutait encore à l'horreur de la situation.

Et puis, Siegmund se retrouva seul. Ses dix frères avaient été engloutis les uns après les autres par l'immonde bête. La nuit suivante, ce serait son tour. Épuisé par les privations et l'atroce attente, il aspirait presque à cette fin qui viendrait mettre un terme à ses souffrances. Il se préparait à cette horrible fin, lorsque son attention fut attirée par un bourdonnement qui provenait du sommet de l'arbre auquel il était attaché. Levant la tête, il aperçut un essaim d'abeilles qui s'activaient autour d'une ruche qu'elles avaient construite entre deux branchages. Siegmund songea qu'il s'agissait là d'un signe du destin. Mû par une impulsion subite, il attrapa l'un des os à demi rongé ayant appartenu à l'un de ses pauvres frères, et le jeta de toutes ses forces en direction de la ruche. Sous le choc, le frêle abri oscilla et les abeilles se sauvèrent en bourdonnant de plus belle. Le jeune homme s'y reprit à plusieurs fois, jetant tous les os qui se trouvaient à sa portée, jusqu'à ce qu'il parvienne à décrocher la ruche qui tomba à ses pieds.

Sans prendre garde aux dernières abeilles qui voletaient autour de lui, Siegmund éventra la ruche et recueillit les rayons de miel qui s'y trouvaient, apaisant ainsi sa faim. Dans son avidité, il se barbouillait le visage du liquide blond et se pourléchait les mains. Même s'il devait bientôt mourir, au moins ce ne serait pas le ventre vide. Le grondement habituel par lequel la Chienne de la Lune s'annonçait se fit bientôt entendre. Siegmund l'attendait sans peur. Réconforté par le bon miel dont il venait de se nourrir, il avait l'intention de vendre chèrement sa peau. La Chienne Noire s'avança vers lui, babines retroussées.

— Tu es le dernier, fils de Wälsung ! Je t'ai conservé pour la fin, car ta chair sera pour moi la plus savoureuse, la plus nourrissante ! Tes frères n'étaient que des fils d'homme. Mais toi, tu es le fils d'un dieu, tu es un être de lumière ! Un vrai régal ! Ce sera pour moi un avant-goût du festin qui m'attend au jour du crépuscule des dieux !

La Chienne se mit à flairer le garçon, découvrant une odeur inédite.

— Tiens ? Qu'est-ce que cela ? Cela sent bon...

D'un coup de langue, elle lécha le miel qui se trouvait collé sur le visage de Siegmund.

— Mmmm... C'est bon, c'est sucré.

Siegmund entrouvrit la bouche, et la Chienne Noire y enfonça la langue afin de lécher plus avant le bon miel. C'est alors que Siegmund referma brusquement sa mâchoire sur la langue de la bête. La Chienne se mit à hurler et tenta de se libérer, mais le jeune homme la tenait fermement, la mordant jusqu'au sang. Elle se débattit, secoua la tête en tous sens, mais ce fut peine perdue. Siegmund l'avait prise au piège, et il ne la laisserait pas échapper.

Du sang jaillissait de la gueule du monstre, qui poussait des cris de douleur. En tentant de se dégager, la Chienne tira si fort qu'elle finit par briser les chaînes qui retenaient Siegmund prisonnier. Ce dernier n'avait pas lâché sa prise un seul instant.

Et, dans un dernier claquement de dents, Siegmund trancha net la langue de la chienne qui, horriblement mutilée, s'enfuit dans la Forêt de Fer sans demander son reste.

Siegmund recracha la langue sur le sol. Il était couvert de sang des pieds à la tête, et n'avait plus figure humaine. Mais il avait vaincu la Chienne de la Lune. Il était libre.

Chapitre 49

Siegmund courait dans la Forêt de Fer. De temps à autre, il interrompait sa course pour humer l'air, comme l'aurait fait un chien. Puis il se remettait en route sans hésiter davantage sur la direction à suivre.

Malgré les privations et les longues journées de veille angoissée, le jeune homme se sentait en pleine forme. Il n'avait jamais été aussi vif et alerte. Les sens en éveil, il était plein d'énergie. Il lui semblait que sa vision s'était subitement aiguisée, de même que son odorat. La sombre forêt dans laquelle il était perdu se révélait à lui sous un aspect nouveau. Il s'y trouvait à l'aise comme s'il avait été chez lui, s'orientant sans difficulté dans le dédale des arbres, sautant par-dessus les halliers, évitant les branches basses auxquelles il aurait pu se heurter. Un instinct inédit avait pris possession de tout son être. Un instinct qui le guidait plus sûrement que la réflexion ou la raison. Un instinct de bête fauve.

Cet instinct s'était révélé depuis qu'il avait été aux prises avec Managarm, la Chienne de la Lune. En lui arrachant la langue, en goûtant le sang chaud jailli de sa blessure, Siegmund avait incorporé une partie de l'âme sauvage de la bête. De par sa naissance divine, il était déjà pourvu de talents inconnus des simples humains. S'y ajoutaient désormais des aptitudes d'origine naturelle et animale, nécessaires à la survie d'un être solitaire perdu dans un univers hostile. Siegmund était à présent pareil à ces chiens sauvages errant dans les bois ou ces loups échappés de leur meute. De victime, il était devenu prédateur. De gibier, il s'était métamorphosé en chasseur.

Il s'arrêta une nouvelle fois pour se repérer. Fronçant les narines, il cherchait à reconnaître à distance une odeur familière. Celle de sa sœur jumelle, Sieglinde.

Il repartit en courant.

⁂

Depuis des jours, Sieglinde se morfondait dans le triste château du Gotland dont elle était moins la souveraine que la captive. Hunding l'avait accusée d'avoir donné l'alerte à son père et ses frères et lui interdisait désormais de sortir de sa chambre. Elle ignorait le sort qui avait été réservé à sa famille, mais se doutait qu'il ne pouvait qu'être tragique.

L'homme-chien dont elle partageait désormais la destinée lui faisait horreur, autant par son physique repoussant que par ses mœurs cruelles. Plusieurs fois, il avait tenté d'assouvir auprès d'elle les plaisirs qu'un mari est en droit d'attendre de sa jeune épousée, mais elle l'avait toujours repoussé avec obstination. Étrangement, il n'avait pas insisté, bien qu'il fût de taille à prendre de force ce qu'on ne lui accordait pas de bon gré. Mais loin de le refroidir, cette hostilité paraissait s'accorder à ses attentes secrètes. Un mince sourire aux lèvres, il contemplait la vierge farouche et grommelait pour lui-même : « Tu ne perds rien pour attendre... »

Sieglinde appréhendait avec horreur le jour où son époux monstrueux déciderait de mettre sa menace à exécution. Elle était résolue à se donner la mort plutôt que de céder aux appétits bestiaux de Hunding. Mais tant qu'elle n'avait pas l'assurance que son père et ses frères n'étaient plus de ce monde, elle s'accrochait à la vie et à l'espoir de les revoir. Un soir, alors qu'elle méditait tristement sur son sort, elle entendit un hurlement lugubre retentir au-dehors. Le hurlement d'un loup qui résonnait dans l'air tiède du printemps.

Sans doute s'agissait-il d'une bête échappée de la Forêt de Fer qui, privée de sa meute, venait glaner sa pitance dans le monde des hommes. Les loups étaient coutumiers du fait lorsqu'ils étaient affamés. Le hurlement était proche. Le fauve devait être tout près. Cette présence inquiétante ne provoquait chez la jeune fille nulle panique, bien au contraire. Elle se dit qu'elle préférait cent fois périr sous la dent d'un loup que de céder aux avances de Hunding. Et n'était son espoir, tout infime qu'il fût, de retrouver les siens sains et saufs, elle se serait sans doute précipitée vers ce fauve qui semblait l'appeler.

Le hurlement se faisait de plus en plus insistant. Sieglinde se mit à l'écouter avec une attention plus grande. Il s'agissait moins d'un hurlement que d'une sorte de chant désespéré. Une longue plainte entrecoupée de gémissements. Soudain, Sieglinde crut reconnaître son propre nom dans les modulations de la mélopée.

— Liiinde ! Liiiinde !

D'un bond, elle se précipita vers l'une des ouvertures percées dans le mur de sa chambre et, écartant la tenture de cuir qui la protégeait, se pencha au-dehors.

— Mund ? C'est toi, Mund ?

En contrebas, elle vit son frère. Il était méconnaissable. Les cheveux hirsutes, les vêtements en lambeaux et le visage couvert de croûtes sanglantes, mais c'était bien lui. Et c'était lui aussi qui avait poussé ces cris de loup hurlant à la lune.

— Linde ! Enfin, je te retrouve ! Rejoins-moi vite ! Saute !

Sans réfléchir davantage, la jeune fille enjamba le parapet et plongea dans le vide. Elle fut rattrapée au vol par les bras puissants de Siegmund. Siegmund, son frère jumeau, son double. Il avait changé, pourtant. Il semblait plus mâle, plus puissant. Ses joues, jadis lisses comme celles d'une fille, étaient recouvertes d'un duvet dru qui lui mangeait une partie du visage. Son regard était empreint d'un magnétisme étrange. Sa voix était plus rauque, aussi, comme s'il avait subitement mué.

— Linde ! Nous voici de nouveau ensemble. À présent, je ne te quitterai plus !

Siegmund serrait sa sœur contre sa poitrine avec une ardeur qu'elle ne lui avait jamais connue.

— Mund ! Je te croyais mort ! Et notre père, nos frères, où sont-ils ?

— Morts ! Nous sommes les seuls survivants.

— Qu'allons-nous devenir ?

— Nous allons nous construire un refuge dans la forêt. Là, nous vivrons de ce que nous offrira la nature.

D'un geste large, il désigna le paysage tapi dans l'obscurité complice de ce beau soir de printemps.

— Les tempêtes de l'hiver ont laissé place au doux mois de mai. Regarde ! Le printemps rayonne dans la clarté de la lune. Il danse dans le souffle des zéphyrs ; il saute comme un cabri par les prés et les bois et son œil brille de joie. Les oiseaux gazouillent leur chant d'amour, tandis que des parfums suaves s'exhalent des fleurs épanouies. Les germes et les pousses nouvelles sortent de terre, et les plantes sont gonflées de sève.

— Mais… Les bêtes sauvages… Les loups…

Siegmund sourit largement, dévoilant des dents étincelantes qui brillaient dans la clarté lunaire.

— Je n'ai pas peur des loups ! Nous vivrons comme eux, comme des êtres sauvages et libres. Libres, oui ! Affranchis des servitudes, des obligations et des lois des hommes ! Avec ses tendres armes, le printemps a soumis le monde. L'hiver et le froid ont cédé à ses assauts, comme la sœur cédera au frère qui s'élance vers elle. Je serai un loup parmi les loups, et tu seras ma louve !

Siegmund serrait sa sœur de plus en plus fort, lui soufflant son haleine forte au visage.

— Mund ! Que t'est-il arrivé ? Je ne te reconnais plus !

— Tu ne comprends donc pas, Linde ? Nous ne faisons plus partie du monde des humains. Désormais, nous devrons nous en remettre à nos instincts. Tous nos instincts. La passion était cachée au fond de nos cœurs, le printemps l'a réveillée de son sommeil, et à présent elle resplendit en pleine lumière ! Le frère vient délivrer la sœur. Ce qui les séparait s'est écroulé. À présent, ils se reconnaissent comme un couple. Passion et printemps sont réunis, comme Siegmund et Sieglinde !

— Tu me fais peur, Mund ! Tu me fais penser à Hunding. Lui aussi se prend pour une bête ! Lui aussi cède à ses passions et ses instincts.

— Hunding ! Je le tuerai, comme il a tué mon père ! Sais-tu où il a caché mon épée, Notung ?

Sieglinde désigna une sorte de grange où étaient remisés les armes et les outils.

— L'épée refusait de se laisser manier par lui. Alors il l'a abandonnée dans ce réduit.

D'un bond presque animal, Siegmund se rua vers la remise et en sortit presque aussitôt avec son arme au poing.

— Notung ! Notung ! Mon épée, enfin ! L'épée de détresse !

Puis il revint vers Sieglinde et la contempla avec, dans le regard, une lueur de désir. Tous ses sens en alerte, il reconnaissait en elle non la sœur, mais la femme.

— Linde... Linde... Ô délices suprêmes ! Ô femme divine ! Dans la lune de printemps, tu resplendis comme une claire silhouette aux formes exquises. Ta chevelure ondoyante t'auréole de grâce et de noblesse. Tu es l'image que je portais en moi. Et à présent, tu es à moi, rien qu'à moi !

Siegmund brandit son épée à bout de bras.

— Notung ! Notung ! Je te prends à témoin ! Sois la garante de l'amour que le frère porte à la sœur ! Notung ! Notung ! Devant la face brillante de ton acier, j'épouse ce soir ma sœur pareille et la libère du joug de l'ennemi !

Puis, se retournant vers Sieglinde, Siegmund reprit avec exaltation :

— Suis-moi loin d'ici ! Allons vers le riant printemps ! Là-bas, l'épée te protégera si un jour Siegmund succombe par amour pour toi ! Te voici pour le frère à la fois épouse et sœur. Que vive et croisse ainsi le sang de la lignée de Wälsung !

Saisi d'une impulsion irrésistible, Siegmund écrasa les lèvres de Sieglinde de sa bouche gourmande, lui donnant son premier baiser d'amour. Puis il la saisit par le bras et l'entraîna avec lui dans la Forêt de Fer.

CINQUIÈME CHANT

Le roc embrasé

L'émotion me serre la gorge et me contraint à interrompre à nouveau mon récit. Dans la vaste salle de la Halle des Occis, les Wals sont émus jusqu'aux larmes à l'évocation du sort contraire qui s'est acharné si longtemps sur Wälsung et sa lignée.

Seul Odin ne pleure pas. Son visage est dur et figé, comme s'il était de pierre. Les dieux ne pleurent jamais. Ils auraient pourtant des motifs nombreux de le faire. Mais les dieux, contrairement aux hommes, sont incapables de repentir, et ils remâchent leurs crimes sans espoir de pardon.

Odin. Mon père. Celui qui fut à la fois l'auteur de mes jours et l'artisan de ma honte et de mon déshonneur.

Celui qui, pour satisfaire son désir de conquête, viola jusqu'aux règles les plus sacrées de la paternité.

Celui qui, sous un masque d'emprunt, abusa sans vergogne de sa propre fille.

Celui qui me donna un fils et une fille qui, à leur tour, s'aimèrent d'un amour coupable.

J'observe longuement le dieu borgne, guettant l'instant où son regard bleu croisera le mien afin qu'il y lise toute la douleur qu'il m'a infligée.

Mais Odin ne relève pas la tête, comme s'il fuyait obstinément mon regard.

Bien sûr, je fus longtemps à ignorer l'ampleur de ses ruses et de ses agissements. J'étais humaine, trop humaine, et je bénéficiais de cet aveuglement qui préserve les mortels de la cruelle vérité. Je ne savais rien, ou feignais de ne rien savoir, même si, au fond de moi, je me doutais de quelque chose. Mais depuis que je suis revenue dans l'enceinte du Walhalla, dans les hauteurs d'Asgard, j'ai retrouvé l'infernale lucidité qui caractérise les dieux.

Désormais, je sais. Je sais tout. Et ce que je sais m'empêchera à jamais de retrouver la paix.

Il est temps de redonner souffle à ma voix, car je dois jusqu'au bout chanter l'histoire de Wälsung et de ses enfants. Mes enfants.

Je saisis ma harpe, et reprends le fil de mon récit...

Chapitre 50

Loki, sous son apparence de vent, s'était envolé des hauteurs célestes où résidaient les Ases d'Asgard pour plonger vers les ténèbres de Svartalaheim.

Après l'enfer de Hel où végétaient les morts sans gloire et sans espoir, privés à jamais des splendeurs d'Asgard, Svartalaheim était le plus obscur des Neuf Mondes composant l'univers. Le royaume était plongé dans un gouffre profond et obscur. Nul ne se serait risqué de son propre chef dans ces souterrains sans clarté et sans vie, au risque d'y demeurer à jamais prisonnier. Car si Hel était la demeure des défunts, Svartalaheim était celle des alfes noirs, ceux qui avaient renié la lumière des cieux et la suprématie des Ases au profit des ténèbres glacées où ils avaient choisi de se complaire. Mais Loki, le maître des formes, le génie de la Ruse et des Transformations, se sentait partout chez lui, que ce soit dans les palais brillants où se tenaient les dieux ou dans les recoins obscurs où se terraient les nains, les alfes noirs et les âmes perdues. La puanteur et l'angoisse qui régnaient dans ces lieux abandonnés de tous ne l'indisposaient pas davantage que ne le réjouissaient les fragrances sucrées qui émanaient du verger de Freya. Loki n'appartenait à aucun monde, ce qui lui permettait de trouver sa place partout. Ainsi circulaient sans entraves ses ruses et ses machinations, d'un bout à l'autre de l'univers.

Pour mieux se diriger dans les noirs souterrains de Svartalaheim, Loki quitta sa forme de vent pour adopter celle du feu, sa préférée. Prêt à naître de la moindre étincelle pour se propager en incendie, mobile et changeant, juvénile et séduisant, fascinant et destructeur, avide et jamais rassasié, parfois réduit à l'état de braises menacées de s'éteindre mais renaissant toujours de ses cendres, tel était le feu, et tel était Loki, le dieu, ou plus exactement le génie du Feu, puisqu'il n'appartenait ni à la caste des Ases ni à celle des Vanes.

Le feu follet qu'était devenu Loki n'accorda aucune attention aux entités sans nom qui erraient dans les profondeurs de Svartalaheim. Sans hésiter, il se dirigea vers le fond de ce gouffre désolé, là où s'ouvrait une gigantesque grotte, plus obscure et froide encore que ne l'étaient les obscurs et froids corridors qu'il venait de traverser. L'accès à cette grotte se faisait par une faille étroite qui, avec le temps, s'était rétrécie au point de se boucher presque entièrement, comme les lèvres d'une blessure ne laissant plus apparaître qu'une cicatrice boursouflée. Mais Loki se serait glissé dans un trou de souris. Il coula son corps de flamme dans la fente et pénétra dans cet antre maudit. À la faible lueur des flammerolles qui se dégageaient de lui, Loki découvrit de hautes parois semées de cristaux aussi coupants que les lames les plus acérées. Mais aucune lame, aucun cristal ne pouvait entailler le feu. Il se laissa couler le long de ces murailles jusqu'à toucher le fond de la grotte, baignée dans une mare spongieuse d'où s'exhalaient des relents putrides.

Enfin parvenu au terme de son périple, Loki changea à nouveau de forme pour reprendre son visage humain, celui d'un jeune homme androgyne aux cheveux crépitant de flammes. D'un revers négligent de la main, il défroissa les plis de sa tunique rouge sang. Puis, de sa voix étrange qui n'était perçue qu'à l'intérieur du crâne de ceux qui l'écoutaient, il s'écria d'un ton joyeux qui contrastait avec l'austérité lugubre des lieux :

« Eh bien, mon fils, quelles sont les nouvelles à Svartalaheim ? »

Une ombre gigantesque, plus sombre encore que les ténèbres où elle était plongée, se mit à tressaillir dans le fond de la grotte, tandis qu'un sourd grondement résonnait sous les voûtes de la caverne.

« Oh, pardon, mon fils, je t'ai réveillé il me semble ! »

L'ombre s'agita encore, déployant ses longs membres engourdis, puis se dressa de toute sa hauteur. Il s'agissait d'un loup. Mais d'un loup si colossal que son corps déplié occupait presque tout l'espace de la vaste grotte et que sa tête énorme en frôlait le plafond. Il ouvrit les yeux. On aurait dit deux brasiers ardents s'allumant dans le noir. Il ouvrit la gueule, aussi large qu'un four, et révéla des crocs pareils à une double rangée de haches, entre lesquels une épée était enfoncée jusqu'à la garde. Après avoir bâillé, le loup géant observa longuement Loki avant de répondre :

— Tiens tiens, Loki. Je pensais que tu m'avais abandonné à mon sort. Que tu t'étais rallié définitivement à tes bons amis les Ases, ceux qui m'ont jeté par traîtrise au fond de cette fosse...

Le loup avait du mal à articuler à cause de la lame fichée dans sa gueule. À chacune de ses paroles, le fil de l'épée lui entaillait les babines, d'où coulait en permanence une bave sanglante qui alimentait la mare spongieuse couvrant le sol de la fosse. Malgré ce handicap, la voix du loup était si puissante qu'à chacune de ses inflexions les murs de la grotte se mettaient à trembler. Loki passa une main dans ses cheveux qui, à son contact, s'allumèrent comme un feu de paille, projetant une langue ignée qui semblait surgir de son crâne, avant de revenir à leur état premier.

« Moi, t'abandonner ? Mais pour qui me prends-tu, mon cher fils ? Quant aux Ases, ils ne sont pas et n'ont jamais été mes amis. Patience, Fenrir, ton heure sonnera bientôt, et tu auras ta revanche... »

Fenrir était un loup, mais il n'était pas un loup ordinaire. Il était un monstre échappé du Chaos primordial, une aberration de la nature, une bête assoiffée de sang et de meurtre, un être si vil que son existence même faisait offense à la Création. Aussi avait-il été rejeté de la face du monde vers cette fosse abjecte où il se morfondait. Il était l'un des trois fruits immondes nés des amours de Loki et de la repoussante géante Angrboda, « celle qui annonce le malheur ». Or, les Nornes avaient prophétisé que les enfants monstrueux de Loki devaient un jour provoquer la fin du monde et la chute des dieux.

Alors, Fenrir serait à son tour libéré de sa prison pour se battre avec les Ases et provoquer la mort du plus glorieux d'entre eux, Odin, avant de s'élancer dans le ciel et d'engloutir le Soleil dans sa gueule géante. Ce jour-là, le monde des dieux et des hommes disparaîtrait à jamais.

Le jour du Ragnarök, le crépuscule des dieux.

En attendant, Fenrir se morfondait dans les profondeurs de Svartalaheim, incapable de s'enfuir malgré sa force prodigieuse. Car Fenrir était relié à la roche par un lien magique que rien ne pouvait briser. Et sa gueule était occultée par une épée qu'il ne pouvait cracher.

Loki contempla son fils, le grand loup noir, et sentit une vague de fierté le submerger. Fenrir était réellement impressionnant. Plus encore, il était terrifiant. Pourtant, il était aussi inoffensif qu'un jeune chiot. Jamais Fenrir n'aurait dû se laisser circonvenir ainsi. Car non seulement il était indomptable et aussi fort qu'une légion de géants, mais il avait hérité la ruse et la malignité de son père. Non, jamais Fenrir n'aurait dû se laisser attraper. Pour parvenir à ce résultat improbable, les Ases avaient dû une fois de plus déployer des trésors de malice et de lâcheté. En fronçant imperceptiblement ses sourcils couleur de feu, Loki se remémora les circonstances qui avaient entouré la capture de son monstrueux rejeton.

Les Ases avaient entendu les sombres prophéties que les Nornes avaient faites au sujet du rôle que tiendrait la descendance de Loki dans l'accomplissement du Ragnarök. À cette époque-là, les trois enfants de Loki et de la géante Angrboda étaient élevés dans les montagnes de Jötunheim, la Terre des Géants située à l'ouest du monde. Odin demanda à ce que ces trois enfants lui soient présentés. Ils étaient jeunes alors, et bien peu terribles d'aspect. Jörmungand avait la taille d'une couleuvre, Hel n'était qu'une fillette innocente et Fenrir un louveteau balourd. Les Ases se rirent d'eux et demandèrent s'il s'agissait bien là des créatures invincibles qui un jour provoqueraient leur chute.

Mais le père de l'Univers ne partageait pas la dérision de ses pairs. Il savait d'expérience que les Nornes ne peuvent mentir, et se contentent d'énoncer ce que leur dicte le *Wyrd*, le Destin, cette force mystérieuse à laquelle les dieux mêmes doivent obéir. Il fallait à tout prix mettre les trois enfants de Loki hors d'état de nuire. Il ne pouvait cependant être question de les tuer. Il est des lois, des tabous que nul ne peut transgresser, pas même les dieux. Certains êtres, y compris les plus déshérités et les plus abjects, bénéficient de protections occultes qui les conservent à l'abri des dangers mortels. Ainsi en allait-il de la progéniture de Loki.

Odin se saisit tout d'abord du serpent Jörmungand, qu'il jeta au fond de l'océan entourant Midgard. Il ignorait que le monstre grandirait jusqu'à atteindre la taille de cet océan, le rendant aussi infranchissable qu'une barrière de feu. Ensuite, il attrapa la jeune Hel et la précipita vers les contrées hostiles de Hutgard. Mais Hel ne périt pas. Avec l'aide des nains obscurs, elle creusa un royaume souterrain infernal dans lequel furent jetés les morts indignes de rejoindre le Walhalla.

Quant à Fenrir, il fut décidé dans un premier temps qu'il serait élevé chez les Ases. Tyr, l'un des propres fils d'Odin, connu pour sa vaillance et son courage, fut désigné pour donner à manger chaque jour au loup noir. Mais le loup se mit à grandir et grossir si rapidement que les occupants d'Asgard prirent peur. De son père Loki, Fenrir avait hérité le caractère fantasque et rebelle. Souvent, il s'absentait d'Asgard pour s'en aller visiter les Neuf Mondes et y répandre la terreur. Il s'était même accouplé à Managarm, la Chienne de la Lune, qui avait accouché de deux louveteaux monstrueux, Hati et Skoll, dont l'un s'amusait à poursuivre le Soleil et l'autre la Lune. Si Fenrir continuait à errer ainsi librement dans l'univers, il engendrerait une armée de monstres qui iraient gonfler les rangs des ennemis des Ases. Il fallait à tout prix mettre fin aux allées et venues du grand loup noir et le contraindre à rester tranquille. Pour ce faire, les Ases forgèrent un lien puissant qu'ils nommèrent Loeding, et l'apportèrent à Fenrir en le mettant au défi de s'en libérer. Le loup accepta et se laissa entraver. Mais d'une seule contraction de son échine il rompit le lien comme s'il s'était agi d'un vulgaire fétu de paille.

Les Ases en alerte fabriquèrent un second lien, plus solide encore que le premier, qui eut pour nom Dromi. Il s'agissait d'une chaîne large et épaisse, forgée dans le fer le plus résistant. Ils le présentèrent à nouveau à Fenrir, excitant son orgueil et sa vanité afin qu'il se soumette à nouveau à ce joug volontaire. S'il parvenait à rompre ce lien, dirent-ils, Fenrir acquerrait une renommée de force et de puissance qui ferait sa gloire dans tout l'univers. Fenrir, de son côté, se disait que sa force avait encore décuplé depuis qu'il avait brisé Loeding. Aussi accepta-t-il de tendre le cou à ce nouveau piège. Cette fois-ci, les Ases crurent bien que Fenrir était pris. Dromi était si solide que le loup dut se débattre comme un forcené, agitant les chaînes qui l'enserraient, les mordant de ses crocs acérés, s'arc-boutant comme un étalon en furie. Mais Fenrir finit par venir à bout de Dromi, dont les anneaux volèrent en mille morceaux. Fenrir s'ébroua, plein de morgue et de mépris pour les faibles Ases qui l'observaient, médusés. Et il sentait que sa force avait encore grandi. Les dieux d'Asgard se réunirent pour tenir conseil. Aucun lien, aucune chaîne, aucune attache ne semblait pouvoir contenir la force formidable de Fenrir, qui ne faisait qu'augmenter de jour en jour. Il ne restait qu'une dernière chance de venir à bout du loup. Mais les Ases en étaient désormais incapables. Ils devaient s'en remettre à l'artisanat magique des alfes noirs qui logeaient tout au fond des souterrains obscurs de Svartalaheim.

C'est à Skirnir, le serviteur nain du dieu Freyr, le frère de Freya, que fut dévolue la délicate mission de descendre jusque dans les entrailles de la Terre. Il emprunta Bifrost, le Pont de l'Arc en ciel, et se rendit jusqu'à Svartalaheim, où il put se glisser grâce à sa petite taille. Là, il rencontra des alfes noirs experts en sortilèges et en magie qui, en échange d'un pacte de non-ingérence auquel se soumettraient les Ases, fabriquèrent un lien magique qu'ils baptisèrent Gleipnir. Ce lien magique avait l'apparence d'un simple ruban de soie. Mais il était plus résistant que la plus solide des chaînes, car plus on tirait dessus pour le briser, plus il se resserrait et se durcissait. Ainsi, il s'adaptait toujours à la force de celui qu'il entravait et, une fois refermé sur sa proie, ne pouvait plus jamais être défait.

Pour construire ce lien merveilleux, les alfes noirs avaient dû réunir six ingrédients si rares que d'aucuns affirmaient qu'ils n'existaient pas : il s'agissait du bruit du pas des chats – car les chats, de tous les animaux, sont les plus silencieux –, de la barbe des femmes – qui conservent, de naissance, le menton glabre –, ou encore des racines des montagnes, des tendons des ours, du souffle des poissons et de la salive des oiseaux. Composé de choses qui « n'existaient pas », Gleipnir était donc une sorte de lien impossible qui, ne pouvant lui-même exister, ne pouvait pas être détruit.

Skirnir revint à Asgard avec son précieux lien, devant lequel les Ases s'ébahirent. Sans tarder, ils allèrent le présenter à Fenrir, l'enjoignant de se défaire de cette nouvelle attache comme il l'avait fait des précédentes. Fenrir commença à suspecter un piège. Il flaira le ruban de soie sans y toucher et déclara que nul surcroît de renommée ne lui serait attribué s'il parvenait à rompre un lien aussi fragile. Par ailleurs, si ce ruban en apparence insignifiant avait été fabriqué par artifice et tromperie, il n'était pas question qu'il y touchât.

Pour convaincre le loup, les Ases se saisirent l'un après l'autre de Gleipnir et tentèrent de le déchirer, en vain. Ils firent alors valoir au loup que ce lien était plus solide qu'il n'en avait l'air, et que s'il parvenait à le rompre, ce dont ils ne doutaient pas, sa gloire en serait d'autant renforcée. Mais Fenrir se méfiait encore. Il accepta toutefois de se prêter au jeu, mais à une condition : que l'un des dieux place son bras dans sa gueule ouverte, en gage de bonne foi. Les Ases se regardèrent du coin de l'œil. Aucun n'était décidé à prendre le risque de sacrifier sa main. Seul le vaillant Tyr se porta volontaire, et engouffra toute la longueur de son bras dans la gueule du loup.

On plaça alors Gleipnir autour de Fenrir qui, comme à l'accoutumée, se mit à ruer, à mordre, à sauter et à s'arc-bouter. Mais cette fois-ci, loin de se rompre, le lien se resserra de plus en plus, jusqu'à ce que le loup épuisé fût incapable de faire le moindre mouvement. Voyant qu'il avait été joué par les Ases qui riaient de ses efforts inutiles, Fenrir referma bruyamment sa mâchoire sur le bras de Tyr. Ce dernier voulut ôter son membre, mais il ne fut pas assez rapide. Sa main fut sectionnée à la base du poignet, le laissant manchot. Fenrir était désormais bel et bien prisonnier des Ases. Après lui avoir fiché une épée dans la gueule, la pointe dirigée vers le fond de son palais, ces derniers l'entraînèrent de force jusqu'aux profondeurs de Svartalaheim, où depuis lors il demeurait attaché au lien dont l'extrémité avait été murée dans une paroi de la grotte.

⁂

Loki s'approcha du loup prisonnier et, d'un geste qui se voulait apaisant, caressa sa fourrure. Fenrir gronda, montrant les crocs.

— Ne me touche pas, Loki ! Je n'ai pas été habitué aux marques d'affection. Je n'y vois qu'un moyen d'endormir ma vigilance...

Loki se retira prudemment. Après tout, il ne tenait pas outre mesure aux démonstrations paternelles. Fenrir était son fils, mais il était surtout un instrument de pouvoir qu'il souhaitait garder à sa disposition. Car même enchaîné au fond des abîmes, Fenrir demeurait puissant. Et même à distance, il pouvait exercer son influence sur les autres loups et chiens de l'enfer qui étaient libres de courir le monde, comme Managarm, la Chienne de la Lune, avec qui il s'était jadis accouplé. Si Loki parlait dans la tête des gens, Fenrir, lui, commandait à la horde des loups. Lorsqu'il se mettait à hurler, les loups l'entendaient et reprenaient son hurlement. Et lorsqu'il choisissait une victime, c'est sur cette victime, et nulle autre, que s'acharnaient les fauves en liberté.

Fenrir était prisonnier, mais son esprit était libre. Libre de manœuvrer l'armée des loups, de la soumettre à ses moindres désirs. Quant à Loki, il lui suffisait de maintenir son ascendant sur Fenrir pour devenir à son tour le maître des loups. Mais pour y parvenir, il devait faire preuve de doigté et de patience.

« Je suis ton père, Fenrir, je ne veux que ton bien. Tu as tort de te défier de moi. Nous sommes attachés l'un à l'autre par des liens bien plus serrés que ne le sont ceux qui t'enchaînent ici. Et nous avons tous deux à cœur de mettre fin à la suprématie des Ases… N'est-ce pas, mon fils ? »

Fenrir observa Loki avec suspicion. Il savait que son père était un expert en ruses et en machinations retorses. Il menait en permanence un double jeu et n'agissait jamais sans être motivé par quelque arrière-pensée obscure.

— Il me semble pourtant que tu bénéficies depuis longtemps de l'hospitalité des Ases et de la confiance d'Odin. En as-tu déjà assez des splendeurs d'Asgard ? Préfères-tu les ténèbres de Svartalaheim ?

Fenrir s'était exprimé sur un ton railleur et persifleur qui n'avait pas échappé à Loki.

« Asgard est condamné, Fenrir, de même que la race des Ases. Les Nornes en ont fait la prophétie depuis longtemps, et rien ne saura dévier cet arrêt du destin. Mais que m'importe le sort d'Asgard et des Ases ? Le monde est vaste, et je suis partout chez moi. »

Le loup géant ne répliqua pas. Il connaissait suffisamment son père pour mesurer toute l'étendue de son cynisme et de son égoïsme. Ce n'est que lorsqu'il les revendiquait aussi ingénument qu'il faisait preuve de sincérité.

« Les dieux disparaîtront bientôt, reprit Loki. Rien ne pourra les sauver. Pas même les enfants mortels qu'Odin a engendrés avec la Walkyrie. Ils peuvent même devenir les instruments de sa chute. Mais pour cela, ils ont besoin de toi, Fenrir. »

Le loup se mit à gronder sourdement en dévoilant ses crocs. Il connaissait en effet l'existence de la lignée humaine d'Odin, ces enfants de lumière conçus pour transmettre aux hommes la flamme divine.

— Tu veux parler des jumeaux, les bâtards de Wälsung. Je les hais, comme je hais le Soleil et la Lune ! Managarm devait dévorer le garçon, comme elle a dévoré les plus jeunes, mais c'est lui qui lui a arraché la langue ! Qu'il soit maudit ! Qu'il crève comme un chien ! Tu as raison, j'ai le pouvoir de jeter les loups cruels à ses trousses. Il n'en réchappera pas !

Loki pirouetta sur lui-même, faisant naître une gerbe de flammes qui illumina brièvement l'antre obscur. Puis il reprit la parole sur le ton de la confidence :

« Tu te trompes, mon fils. Les jumeaux ne sont plus les êtres de lumière qu'Odin a appelés de tous ses vœux. En tranchant la langue de la Chienne de la Lune et en goûtant à son sang, Siegmund a conclu sans le savoir un pacte avec les puissances des ténèbres. Il était le fils d'un dieu et d'une Walkyrie ; à présent il est devenu un homme-loup, tout comme Hunding est devenu un homme-chien. Car les loups sont plus nobles que les chiens, tout comme les dieux sont plus nobles que les géants ! »

— Et alors ? répliqua Fenrir. Il n'en est pas moins notre ennemi !

« Non, pas notre ennemi, mais notre allié ! Le sang de la Chienne Noire qu'il a ingurgité coule désormais dans ses veines et empoisonne goutte à goutte son âme divine, qui n'y survivra pas ! Le frère a déjà pris sa propre sœur pour épouse, violant tout à la fois les lois sacrées de la nature et celles non moins sacrées du mariage, puisque la sœur était déjà mariée à Hunding ! Bientôt, ces amours incestueuses porteront leur fruit maudit. Un être hybride naîtra de l'union interdite de Siegmund et de Sieglinde. Un être pétri d'ombre autant que de lumière. Un descendant d'Odin conçu dans un moment de folie lunatique et de lubricité bestiale. Un être complexe et torturé, écartelé entre son origine divine et céleste et sa nature d'enfant loup incestueux et bâtard. Avec notre aide, il oubliera vite la première pour adopter la seconde… Celui qui aurait pu sauver les hommes et les dieux causera leur perte et assurera notre victoire ! Mais pour cela, il faut qu'il naisse. Il faut qu'il vive et qu'il grandisse. Il lui faut donc l'assistance des loups. »

Fenrir demeurait encore sur la défensive. Il hésitait à se rendre aux raisons de Loki et tentait d'avancer des arguments contraires :

— Il ne pourra jamais survivre parmi les loups. Il se fera dévorer, à moins qu'il ne meure de faim ou de froid. Les hommes ne sont pas faits pour aller avec les bêtes.

« Celui-ci sera différent, Fenrir. Élevé par les loups, il aura beau avoir le visage d'un jeune dieu, il conservera le cœur sauvage d'un fauve. Et Odin, dont il sera l'unique descendant, le dernier espoir, ne se méfiera pas de lui. Fais-moi confiance, mon fils. Mon fils, mon cher fils… »

Fenrir fixa ses prunelles ardentes sur le génie du Feu.

— Personne ne peut te faire confiance, Loki. Moi encore moins qu'un autre. Mais au point où j'en suis, je n'ai plus rien à perdre. J'enverrai mes loups prendre soin de ce bâtard maudit. En espérant qu'il hâtera la venue du Ragnarök.

« Oui, Fenrir, le Ragnarök. Le crépuscule des dieux prévu par les Nornes. Ce jour-là, tu seras libéré de tes liens, et tu t'élanceras à l'assaut du ciel pour détruire Asgard et dévorer le soleil… »

Sur ces mots, Loki claqua des doigts et se métamorphosa à nouveau en flamme. Une flamme qui déroula ses volutes rougeoyantes jusqu'au plafond de la grotte où était enfermé Fenrir, puis disparut soudain comme si on l'avait soufflée.

Fenrir se retrouva dans l'obscurité. Déjà, il ne songeait plus à la visite de Loki, mais au jour où il s'évaderait de sa prison obscure pour donner libre cours à sa vengeance… Il songeait au crépuscule des dieux, dont il désirait par tous les moyens hâter la venue. Alors il gonfla sa puissante poitrine et poussa un long hurlement.

Il appelait les loups.

Chapitre 51

Siegmund avait laissé Sieglinde à l'abri d'une simple cabane de bois qu'il avait construite au cœur de la Forêt de Fer avant de se mettre en chasse. Avec l'instinct du mâle prenant soin de sa femelle, il avait assuré à sa sœur un gîte qui lui permettrait de se garder du froid et des bêtes sauvages. Il devait à présent lui fournir sa subsistance.

Depuis des heures, Siegmund suivait à la trace une biche dont il avait flairé le passage. Fronçant le nez pour mieux humer les fumées abandonnées par le gibier en fuite, plissant les yeux pour mieux accommoder sa vue perçante, tendant l'oreille pour percevoir les bruits les plus infimes, il s'orientait dans le labyrinthe de la forêt avec autant d'aisance qu'il l'eût fait dans le palais du Frankenland. La biche était épuisée par sa course, il pouvait le sentir aux fragrances poivrées qui flottaient dans son sillage. Siegmund gagnait du terrain sur elle. Déjà, il imaginait la bête acculée, prête à se rendre. Déjà il se voyait lui sauter à la gorge et lui trancher la jugulaire, comme l'aurait fait un loup. Sa vie de prince héritier du royaume du Frankenland lui semblait bien lointaine. Il était devenu un prédateur impatient de goûter au sang de sa victime.

Soudain, des cris inarticulés déchirèrent le silence de la forêt. Siegmund interrompit sa course et, tout haletant, écouta. C'étaient des hurlements. Des hurlements de fauves. Sur la défensive, tous les sens en alerte, il scruta la pénombre du bois dans lequel il s'était aventuré. Des éclairs rouges clignotaient dans la forêt, comme des étoiles de sang tombées sur terre. C'étaient des yeux de loup.

Alors, une dizaine de loups gris surgirent du sous-bois, arborant une attitude menaçante, les oreilles basses et les crocs dégagés. Lentement, ils s'approchèrent du jeune homme. Siegmund sentait qu'ils allaient attaquer. Seul en face de la meute, il n'avait aucune chance de s'en sortir. Si seulement il avait pu se défendre avec son épée Notung... Mais il l'avait laissée à Sieglinde. La seule chose qu'il pouvait faire désormais était de vendre chèrement sa peau. À son tour, il retroussa les lèvres et exhiba ses canines en produisant un grognement guttural de son arrière-gorge. Les loups l'encerclaient, l'air furieux, une bave épaisse coulant de leurs babines rouges. Ils allaient lui sauter à la gorge. C'est alors qu'un grondement sourd se mit à résonner dans l'obscur de la forêt. Un grondement qui semblait surgir des entrailles mêmes de la Terre, avant de se répercuter en écho d'arbre en arbre.

En un instant, les loups changèrent d'attitude. Redressant les oreilles et refermant leurs gueules, ils se posèrent sur leur séant, l'air interloqué. D'un seul coup, les fauves avaient perdu toute leur agressivité. Les oreilles pointées, ils semblaient reconnaître, dans le grondement qui à présent faisait vibrer le sol, une voix secrète s'adressant à eux seuls. Pointant leurs museaux vers le ciel, ils se mirent à hurler de concert, mais ce hurlement n'avait plus rien à voir avec celui qui avait mis Siegmund en alerte. Il s'agissait à présent d'une sorte de mélopée étrange, comme surgie du fond des âges. On eût dit une sorte de chant, à la fois doux et vibrant, qui éveilla dans le cœur de Siegmund une émotion inattendue. Il percevait comme l'écho de son nom dans ce chant ancestral.

— Siegmuuuund.... Muuuuund... Ouuuuh...

Puis, le grondement cessa et les hurlements des loups s'apaisèrent. Les fauves, comme domptés par une volonté qui s'imposait à eux, s'approchèrent alors de Siegmund, la mine basse et la queue entre les pattes, dans une attitude de totale soumission, avant de se coucher à ses pieds comme des chiens fidèles. L'un des mâles, qui devait être le chef de meute, avança alors son museau vers la main du jeune homme, implorant visiblement une caresse. Siegmund lui flatta l'échine, le mâle se laissa faire, les yeux mi-clos. Les loups venaient de faire allégeance au jeune prince. Siegmund reprit alors sa course interrompue à la poursuite de la biche aux abois.

Les loups le suivirent.

Chapitre 52

Depuis l'humble cabane qui lui servait d'abri, Sieglinde scrutait les profondeurs de la noire forêt qui déployait autour d'elle ses massifs d'arbres pareils à des guerriers figés en des poses menaçantes. Depuis que Siegmund l'avait libérée de sa captivité et de l'odieuse présence de Hunding, elle se trouvait confrontée à une liberté qui l'effrayait presque autant. Certes, elle n'avait plus à endurer les regards concupiscents de son époux haï et ses menaces d'attouchements lascifs, mais elle redoutait à présent les dangers inconnus que recelaient ces bois inhospitaliers, la proximité inquiétante de créatures sauvages qui l'épiaient dans l'ombre, et surtout la solitude cruelle que lui imposait son frère lorsqu'il s'en allait chasser. Trop effrayée pour s'aventurer dans cette forêt étrangère où elle n'était qu'une intruse, elle se contentait d'attendre avec impatience son retour, sursautant au moindre bruit suspect qui suffisait à ranimer ses peurs, froissement de feuille, battement d'aile, bourdonnement d'insecte, frôlement d'animal, feulement et grondement de fauve. Élevée dans l'enceinte rassurante du château du Frankenland, elle ignorait tout des lois impitoyables qui régissent la nature et des incessants combats que se livrent ses hôtes pour survivre. Dévorer son prochain ou être dévoré par lui, tel était le choix unique et ancestral qui s'offrait à tous ceux, bêtes ou hommes, qui cherchaient refuge dans ces sous-bois obscurs.

Siegmund, lui, n'éprouvait aucune de ces craintes. Il paraissait se mouvoir dans la Forêt de Fer avec la même aisance que s'il y fût né et n'eût jamais connu rien d'autre de sa vie que le labyrinthe obscur de ses arbres et la compagnie des animaux sauvages. Comme il avait changé, depuis qu'il avait quitté la cour du Frankenland ! Il était toujours son frère sans pareil, tendrement adoré, mais la similitude de traits et d'apparence qu'il avait toujours partagée avec elle s'était estompée au profit d'une complémentarité nouvelle. Sieglinde demeurait la même jeune fille aux traits fins et à la peau douce, auréolée d'une grâce immatérielle. Siegmund, de son côté, s'était durci, ses joues se couvraient de barbe et il émanait de lui une énergie animale.

En rougissant, Sieglinde se remémora leur fuite éperdue dans la forêt, suivie de ces étreintes passionnées et inédites qui, dès la première nuit, avaient transformé en femme l'innocente vierge qu'elle était jusque-là. Tout au fond d'elle-même, elle avait conscience du caractère scandaleux de ces amours. En s'aimant non plus comme frère et sœur mais comme mari et femme, ils s'étaient délibérément situés en marge des lois de la nature et de celles des hommes. Qui sait de quelle terrible punition ils seraient châtiés pour ce crime ?

Pourtant, Sieglinde n'éprouvait aucun regret. Quel que soit le châtiment, quelle que soit la malédiction, ils n'étaient rien en regard des instants de délices qu'elle avait connus dans les bras de son frère. Jusqu'à présent, les jumeaux s'étaient aimés d'un amour intense et fusionnel, comme si leurs deux corps n'abritaient qu'un seul cœur. Séparés l'un de l'autre durant de trop longs mois, ils s'étaient laissés lentement dépérir, incapables de vivre l'un sans la présence de l'autre. Leurs retrouvailles brutales par une belle nuit de mai leur avait enfin rendu la vie et l'espoir, mais ce trop-plein de bonheur s'était mué en une sorte d'ivresse qui avait pris entièrement possession de leur raison et de leurs sens. Au-delà de la sœur, Siegmund avait reconnu la femme et l'avait soustraite aux griffes de son rival pour en faire sa compagne. Et Sieglinde, tout d'abord surprise et un peu effrayée par le violent désir que manifestait son frère, s'était bien vite laissé séduire par les caresses et les embrassements voluptueux qui l'avaient conduite à l'extase. Non, Sieglinde ne regrettait rien. Elle était prête à demeurer sa vie durant au cœur de cette forêt sombre et inhospitalière, à condition que Siegmund reste toujours à ses côtés.

Ses réflexions furent interrompues par un hurlement déchirant la rumeur feutrée des bois. Le hurlement d'un loup. Elle reconnut la voix de Siegmund. Déjà, lorsqu'il était venu la chercher au château du Gotland, il avait attiré son attention en contrefaisant l'appel du fauve. Depuis, il signalait toujours son retour en émettant ces poignantes modulations animales qui faisaient battre le cœur de la jeune fille et mettaient fin à ses angoisses.

Malgré ses craintes, Sieglinde sortit de son refuge et se précipita à la rencontre de son frère. Soudain, elle s'immobilisa, interrompue dans son élan. Car ce n'était plus uniquement le cri de ralliement familier qui lui parvenait aux oreilles, mais un véritable concert de hurlements qui se mêlaient à lui. Siegmund ne rentrait pas seul. Il était poursuivi par des loups. Des loups qui allaient bientôt le rattraper, lui sauter à la gorge et se nourrir de sa chair fumante avant de retourner leur rage contre Sieglinde et la dévorer à leur tour. Au comble de l'horreur, la jeune fille poussa un cri :

— Mund ! Mund !

En écho à son appel de détresse, elle entendit la voix aimée lui répondre :

— Linde ! Linde !

C'est alors que Siegmund surgit du sous-bois, la dépouille d'une biche jetée sur ses épaules, tandis qu'une meute de loups gris couraient derrière lui. Sieglinde s'attendait déjà à voir son frère déchiré sous ses yeux par les crocs des cruels carnassiers. Mais, à sa grande surprise, les loups haletants se couchèrent en rond autour d'elle, tandis que Siegmund jetait la biche à terre avant d'enlacer sa sœur de ses bras puissants.

— Linde ! Ma chère Linde ! Regarde ! Je reviens avec de la nourriture et de fidèles compagnons !

Sieglinde observait d'un air inquiet les bêtes allongées.

— Mais, Mund... Ce sont des loups !

Siegmund partit d'un grand rire, dévoilant ses dents éclatantes.

— Oui, des loups ! Mais ils sont nos alliés. Ils ont reconnu en nous les enfants de Wälsung ! Grâce à eux, tu n'auras plus rien à craindre de la forêt. Ils seront tes protecteurs, et moi mes compagnons de chasse !

Comme s'ils comprenaient ses paroles, les fauves se mirent à agiter leur queue, langue pendante, comme des chiens dressés.

Se redressant de toute sa taille, le front ombrageux et les yeux lançant des éclairs, Siegmund s'écria :

— Que les hordes du Gotland viennent nous chercher, à présent ! Ils seront bien reçus ! Ils s'attendront à capturer deux orphelins esseulés, mais il se trouveront en face d'une meute de loups enragés ! De la pointe de Notung, je crèverai la panse de ce porc de Hunding ! De ma main, je tuerai le traître, l'assassin, vengeant du même coup le meurtre de mon père et de mes frères et l'offense faite à ma sœur...

Après avoir prononcé cet anathème, Siegmund prit Sieglinde par la taille et l'entraîna avec lui à l'intérieur de la cabane. Les loups, couchés en cercle autour de l'humble abri, étaient là pour veiller sur les amours du frère et de la sœur.

Chapitre 53

— Eh bien, Horst, toujours pas de nouvelles du Gotland ?

Le vieil homme baissa les yeux pour ne pas croiser le regard de Brunehilde. Malgré son âge, il ne parvenait toujours pas à dissimuler l'émotion qu'il ressentait lorsqu'il se trouvait en présence de sa souveraine. De plus, les informations n'étaient guère encourageantes, et il ne savait pas comment s'y prendre pour les formuler sans briser le cœur de la reine.

Brunehilde connaissait le fidèle conseiller depuis si longtemps qu'elle avait appris à déchiffrer ses gênes et ses silences. Elle n'avait pas oublié les regards ardents qu'il lui lançait lorsqu'il était le jeune vassal du roi Rerir. Les années avaient passé, une vie d'homme presque entière, les passions de la jeunesse s'étaient lentement assagies, mais elle sentait bien que, malgré ses rides et ses cheveux blancs, Horst avait conservé, pour elle du moins, un cœur d'adolescent. Aussi, afin de faciliter la tâche du vieux confident, Brunehilde s'approcha de lui pour lui parler à mi-voix.

— C'était un piège, n'est-ce pas ? Wälsung et mes fils sont retenus là-bas contre leur gré, sinon ils seraient déjà de retour. Au moins auraient-ils dépêché quelque émissaire…

Sans répondre, Horst se retourna vers la fenêtre en poussant un profond soupir. La proximité de la reine achevait de le mettre au supplice. Elle était si jeune d'aspect, malgré toutes ces années écoulées, toutes ces grossesses supportées, toutes ces luttes pour sauvegarder l'indépendance et le prestige du

Frankenland. Horst était à la fin de sa vie. Mais Brunehilde, elle, semblait immortelle. De la même voix murmurante, la reine poursuivit :

— Je vais aller là-bas, Horst. C'est à moi de les libérer, s'il en est encore temps...

Le conseiller se retourna d'un bloc, comme piqué au vif par cette décision :

— Non, ma dame ! Ce n'est pas à vous de prendre ce risque ! J'irai, moi, avec une escorte bien armée !

Brunehilde sourit avec douceur des raisons qui motivaient secrètement cette violence à peine contenue du fidèle vassal. Ému bien au-delà de ce qu'il aurait souhaité, il la contemplait à présent, ses yeux dans les siens. Ils s'étaient rarement trouvés aussi près l'un de l'autre. La première fois, c'était après la mort de la reine Vara et la naissance de Wälsung, lorsqu'il avait tenu quelques instants la jeune femme entre ses bras. À présent, d'un seul geste, il pouvait effleurer la joue lisse de la souveraine, ainsi qu'il l'avait déjà fait jadis. Mais ce geste, il aurait préféré se couper la main droite plutôt que de l'oser à nouveau. Il se contenta de s'abîmer dans les yeux clairs de Brunehilde, comme s'il plongeait dans un lac empli d'eau de jouvence. Brunehilde soutint ce regard avec toute l'intensité dont elle était capable, pour continuer à capter l'attention du vieil homme.

— Horst, mon ami, tu oublies que tu n'as plus la force de tes vingt ans, même si tu en as toujours l'enthousiasme.

Le conseiller sentit ses joues s'empourprer, ravivant son teint pâle des couleurs de sa jeunesse enfuie. Mais il ne baissa pas les yeux pour autant.

— Mais vous, reine... Une femme...

Il dit ce dernier mot avec une sorte de retenue, de pudeur, comme s'il feignait seulement de s'apercevoir que Brunehilde, avant d'être reine, était une femme, avec ses forces et ses faiblesses. Et le rôle d'une femme était de donner la vie, pas de se mêler des affaires de la guerre. Sans cesser de fixer Horst de ses grands yeux célestes, Brunehilde eut un sourire énigmatique.

— Une femme, Horst ? En es-tu bien sûr ? Regarde mon visage. A-t-il changé depuis le premier jour où tu l'as découvert, lorsqu'une étrangère venue des îles du Grand Nord est arrivée au royaume avec sa harpe de scalde ? Répond, Horst. S'agit-il du visage d'une femme soumise aux aléas du temps ? S'agit-il du visage d'une simple mortelle ?

Horst avait la gorge serrée. Jamais il n'aurait pensé aborder un jour ces questions avec celle-là même qui, depuis tant d'années, hantait son esprit. Incapable d'articuler un mot, il se contenta de secouer brièvement la tête, en signe de dénégation.

— Tu es le seul qui a su me deviner, Horst. Mieux que Wälsung. Mieux que quiconque. Et si je te parle ainsi aujourd'hui, c'est que je vais redevenir celle que j'étais avant de me présenter au royaume du Frankenland. Et c'est sous cette forme abandonnée depuis si longtemps que je me rendrai dans le nord de Midgard, dans les terres hostiles du Gotland. Là où Wälsung et son escorte sont tombés au pouvoir de l'ennemi, là où d'autres guerriers risqueraient leur vie sans espoir de réussite, je parviendrai peut-être à assurer la victoire. Mais ce changement d'état, que je pensais n'avoir plus jamais à accomplir et auquel me contraint la gravité de la situation, sera sans retour. Je vais partir, Horst, et je ne reviendrai pas...

Le vieil homme continuait d'écouter en silence. Cette minute d'intimité avec la souveraine, cette minute qu'il avait attendue toute sa vie, était la dernière.

— Je ne reviendrai pas, reprit Brunehilde. Tu assumeras à nouveau la régence, comme tu t'en es si bien acquitté durant les années de jeunesse de Wälsung. Tu prendras soin du royaume jusqu'à ce que son roi légitime lui soit rendu, ou à défaut son fils aîné...

Les yeux de Brunehilde se voilèrent légèrement.

— Bientôt, Wälsung régnera à nouveau. Et si ce n'est lui, ce sera Siegmund. Ainsi en a décidé le père tout-puissant des dieux et des hommes, dont je n'ai été que l'instrument. Et c'est en tant qu'instrument de sa volonté que je dois reprendre les armes et l'uniforme de ma jeunesse, malgré les interdits qui pèsent sur moi. Quel que soit le prix à payer...

Horst, subjugué par la voix de Brunehilde, n'était plus sûr de comprendre le sens des paroles qu'elle égrenait ainsi, comme des révélations trop longtemps contenues. Il ne retenait qu'une chose : la reine, pour qui il aurait donné plus que sa vie, allait partir et ne reviendrait plus.

— Adieu, Horst. Adieu. Merci pour tout ce que tu as fait. Et merci aussi pour ce que tu t'es abstenu de faire…

D'un doigt, Brunehilde effleura brièvement les lèvres sèches du vieil homme. Puis elle fit volte-face et sortit précipitamment de la pièce.

Chapitre 54

— Hojotoho ! Hojotoho !

Chevauchant son cheval de nuages, poussée par les vents complices, Brunehilde poussait l'antique cri de ralliement des Walkyries en survolant les terres de Midgard.

— Hojotoho ! Hojotoho !

Une fois de plus, elle avait transgressé les règles, bravé les interdits, provoqué le destin. En choisissant de vivre sur terre de préférence au ciel, en s'unissant à un homme, en lui donnant des enfants, la fille d'Odin avait sacrifié son statut d'immortelle pour partager le lot commun des humains. Elle était devenue une femme, une simple femme, et s'était engagée à ne plus jamais user des objets magiques qui assuraient jadis sa suprématie sur les hommes. La broigne de cuir, le casque ailé, la ceinture de pouvoir, la cuirasse aux carreaux de foudre, le manteau en duvet de cygne, tous ces accessoires guerriers avaient été remisés au fond d'un vieux coffre auquel la souveraine du Frankenland n'avait plus touché depuis qu'elle avait fait son choix entre les hommes et les dieux. Et jamais plus elle n'aurait dû y avoir accès. Ainsi en avaient décidé les antiques puissances qui réglementaient les Neuf Mondes. Une Walkyrie déchue devenait une simple femme et n'avait plus le droit de reprendre son ancien statut de servante d'Odin. Ayant consenti au don de sa virginité, elle avait par là même accepté de sacrifier sa divinité et renoncé à l'usage de ses anciens pouvoirs.

En violant ces lois irréfragables, elle commettait un sacrilège impardonnable qui serait puni par une sanction cruelle : désormais, elle ne pourrait revenir dans le monde des hommes, sans pour autant rejoindre celui des dieux. Elle s'était condamnée elle-même à errer pour l'éternité entre les deux, sans trêve et sans repos, ne trouvant nul lieu qui pût l'accueillir, n'ayant d'autre recours que celui de rejoindre l'armée maudite des esprits noirs, la chasse fantastique des créatures de l'ombre, l'infernale cohorte des âmes désincarnées dont les plaintes et les pleurs hurlaient dans les ténèbres glacées.

— Hojotoho ! Hojotoho !

Brunehilde savait tout cela. Elle savait qu'en redevenant une Walkyrie, elle s'interdisait tout retour en arrière. Comme elle l'avait dit à Horst, elle ne régnerait plus sur les terres du Frankenland, ni ne partagerait la couche de Wälsung. Plus jamais elle ne prodiguerait ses soins maternels à ses enfants. Mais elle savait aussi que les siens, et donc l'humanité entière, étaient en danger de mort, et que seule une Walkyrie pouvait les sauver s'il en était encore temps. Une armée mettrait plusieurs jours pour rejoindre le Gotland, même en suivant le cours du Rhin. Tandis que, portée par l'ouragan qui accompagnait le galop de son cheval, Brunehilde pouvait s'y rendre à la vitesse de l'éclair.

— Hojotoho ! Hojotoho !

La Walkyrie perçut alors un cri surmontant la tourmente :

— Heiaha ! Heiaha !

Au milieu des nuées bousculées par les vents furieux, ses sœurs surgirent tout à coup, volant à la rescousse de celle qui les avait quittées depuis si longtemps.

— Hojotoho ! Hojotoho !

— Heiaha ! Heiaha !

Elles étaient toutes là : Gerhilde à la lance pointée, Ortlinde aux doux séjours, Waltraute conduisant à la victoire, Schwertleite à l'épée de combat, Helmwige au heaume de bataille, Siegrune à la course victorieuse, Grimgerde la gardienne de la fureur, et Rossweisse au cheval blanc.

— Brunehilde ! Brunehilde ! Bienvenue, sœur !

Les huit Walkyries entouraient Brunehilde et lui faisaient fête en jetant dans la tempête leurs exclamations martiales :

— Heiaha ! Heiaha ! Heiahaaaa !

Malgré l'extrême détresse dans laquelle elle se trouvait, Brunehilde ne put s'empêcher d'éprouver une grande joie à retrouver celles qu'elle croyait perdues pour elles à jamais.

— Hojotoho ! Hojotoho ! Bienvenue, mes sœurs ! N'avez-vous pas peur de saluer la renégate, celle à qui ses transgressions interdisent le chemin du Walhalla ? Ne craignez-vous pas la colère du dieu suprême ?

— Heiaha ! Heiaha ! répondit Waltraute. Tu as en effet provoqué le courroux d'Odin et attiré sur toi la malédiction de Frigg et de Freya. Mais tu es toujours notre sœur, et nous te devons assistance, quoi que tu aies fait !

— La Halle des Occis paraît vide sans toi ! ajouta Ortlinde. Lorsque nous versons l'hydromel sacré aux Wals réunis autour de la table des banquets, ta présence affectueuse nous manque tellement !

— Depuis que tu es partie, Odin demeure grave et triste, renchérit Siegrune. Jamais il ne parle de toi, mais nous sentons bien qu'il y pense sans arrêt. Veux-tu que nous intercédions pour toi auprès de lui ?

— C'est inutile, répondit Brunehilde. Je me suis moi-même coupée à jamais du monde des dieux. Et en reprenant mes armes de Walkyrie, je m'éloigne désormais de celui des hommes ! Je suis maudite, mes sœurs, ne demeurez pas plus longtemps près de moi. Fuyez ! Fuyez avant d'attirer sur vous la colère d'Odin !

— Jamais ! Jamais ! Jamais ! répondirent en chœur les Walkyries.

— Si tu ne peux nous rejoindre au Walhalla, laisse-nous au moins t'aider ici-bas, reprit Schwertleite. Où voles-tu ainsi ? Vers quel champ de massacre ? Quels sont les guerriers dont tu cherches à cueillir le dernier souffle ?

— Les plus braves de tous, mes sœurs ! rugit Brunehilde. Wälsung, le roi du Frankenland, et ses fils. Mon époux et mes enfants !

— Heiaha ! Heiaha ! Nous allons avec toi ! hurlèrent les huit Walkyries. Nous combattrons à leurs côtés et leur apporterons la victoire sur leurs ennemis !

— S'il en est encore temps, mes sœurs. Car je redoute le pire ! Mais puisque vous m'offrez votre aide, alors volons ensemble ! Volons vers le Gotland ! Hojotoho ! Hojotoho !

— Heiaha ! Heiaha !

Les neuf Walkyries à nouveau réunies s'envolèrent en direction du Nord.

Chapitre 55

Odin se tenait au sommet d'un roc escarpé depuis lequel il contemplait les splendeurs de la terre de Midgard étendue à ses pieds. Vêtu de son manteau bleu de nuit, coiffé de son large chapeau dont le bord dissimulait son œil mort, la main droite agrippée à sa lance Gungnir dont il se servait de bâton de marche, il ressemblait à un humble voyageur errant par montagnes et vallées, flanqué de ses corbeaux noirs et de ses loups gris qui lui servaient d'escorte. Seule sa silhouette haute et massive et l'éclat vif et tranchant de son regard bleu dénotaient une origine plus qu'humaine. Dilatant ses narines, il huma les senteurs fleuries et sucrées qu'exhalait la nature au printemps.

« Que ce monde est beau ! » se dit-il avec une pointe de fierté.

Oui, ce monde était beau, et il en était l'auteur. Ou, plus exactement, il était l'auteur du meurtre rituel qui avait présidé à la création de Midgard. Jadis, à l'issue de la guerre opposant les Ases et les géants du givre qui vivaient avant eux, les jeunes dieux triomphants avaient sacrifié et démembré le vieil Ymir, le père des géants des origines. Odin avait eu l'idée d'utiliser chaque élément du corps du géant tombé pour donner naissance au monde de Midgard. Son sang bouillonnant avait alimenté les flots des fleuves tumultueux, ses os avaient servi à édifier les montagnes, ses dents étaient devenues des pierres, sa chair s'était muée en une terre grasse et féconde arrosée par la pluie de ses larmes, ses cheveux longs et noirs s'étaient transformés en forêts de sapins, sa barbe embroussaillée avait poussé en halliers et buissons touffus, son crâne avait servi de coupole à la voûte céleste, ses yeux éclatants y avaient été accrochés en guise de luminaires et sa cervelle s'était effilochée en nuages.

C'était ainsi qu'avait été créé Midgard. Dans la sauvagerie et les douleurs d'un meurtre cosmique. Le monde des hommes était né du cadavre torturé du géant primordial. Mais, par l'effet de quelque indicible miracle, ce monde accouché dans le sang était devenu beau, merveilleusement beau. Il demeurait profondément empreint de la puissance et de la fécondité d'Ymir, qui survivait à sa cruelle mise à mort en manifestant mille signes de son immortalité joyeuse. Lorsque la terre grondait et tremblait, c'était parce que Ymir, plongé dans son sommeil sans fin, se mettait à ronfler. Lorsque les oiseaux gazouillaient au printemps, c'était parce que Ymir, se réjouissant du réveil de la nature, riait au beau milieu d'un rêve. Oui, par l'effet d'un prodigieux miracle, la mort avait donné naissance à la vie et au sein de cette terre nourricière sur laquelle croissaient et multipliaient les mille et une richesses de Midgard, le cœur ardent et généreux du géant Ymir continuait à battre. Ce monde était beau, et Odin avait contribué à le façonner en se servant de la dépouille du vieux géant des origines. Mais la matière même de ce monde, sa richesse, son abondance et sa beauté provenaient du corps martyrisé et magnifié d'Ymir. Odin était le sculpteur, mais c'est Ymir qui avait fourni l'argile.

— Ssssss...

Un petit serpent vert se faufila dans l'herbe tendre avant de s'enrouler autour de la lance d'Odin. Parvenu au sommet de Gungnir, le serpent se métarmophosa en une boule de feu, transformant la lance en torche incandescente.

— Loki ! grommela le voyageur. Encore une de tes pitreries !

Instantanément, la boule de feu éclata dans un crépitement de flammèches avant de se dissiper dans un nuage de fumée. La frêle silhouette de Loki se matérialisa dans les dernières volutes.

— Que me veux-tu encore ? gronda Odin. De quel mauvais conseil es-tu porteur ? Quel venin viens-tu encore m'inoculer ?

La voix sifflante de Loki retentit à l'intérieur du crâne d'Odin :

« Ssssss... Quelle ingratitude, Odin ! N'est-ce pas grâce à moi que ta lignée humaine ne s'est pas éteinte prématurément ?

Oublierais-tu que le sang d'Odin coule dans les veines des enfants de Wälsung ? »

— Parlons-en ! Wälsung a été tué lâchement par ce chien de Hunding ! Ses dix plus jeunes fils dévorés par Managarm, la Chienne de la Lune !

« Mais les jumeaux sont bien vivants... Le fils aîné, surtout, le successeur du trône. Siegmund, celui à qui, grâce à mon aide précieuse, tu as fait don de Notung, l'épée de détresse... Ssss... »

Odin brandit sa lance d'un geste rageur, faisant s'envoler les corbeaux perchés sur ses épaules.

— Que peut Notung contre une armée ? Hunding et sa horde se sont lancés à la poursuite des jumeaux enfuis ! Siegmund et Sieglinde sont seuls, isolés dans la Forêt de Fer, contraints à vivre comme des bêtes sauvages ! Voilà ce qu'est devenu ma lignée ! Des enfants loups !

« Ne méprise pas les loups, Odin. Leur race survivra aux dieux et aux hommes, ne l'oublie pas. Qui est ami des loups n'a rien à craindre de ses ennemis. Et les jumeaux nés de ton sang sont protégés par les loups de la Forêt de Fer. Que peuvent Hunding et ses chiens contre une meute de fauves féroces et aguerris ? Grâce à moi, Siegmund est le maître de Notung, l'épée invincible. Grâce à moi, Siegmund est le maître des loups. Grâce à moi, Siegmund vaincra Hunding. Et grâce à moi encore, Siegmund et ses descendants régneront sur la terre de Midgard... »

— Ses descendants, dis-tu ? interrogea Odin d'un air soupçonneux.

« Tes corbeaux ont-ils une fois de plus oublié de te renseigner, ô Père de l'Univers ? N'ont-ils pas assisté aux amours du frère et de la sœur, par une belle nuit de mai ? Ne t'ont-ils pas parlé du fruit de chair qui bientôt tendra le ventre de la belle Sieglinde ? Ne t'ont-ils pas annoncé la naissance future d'un garçon beau et fort, le fils de Siegmund et de Sieglinde, ton descendant sur terre ? »

Odin demeurait songeur. Sieglinde attendait un enfant. Le fils de Siegmund. Un être neuf issu de la lignée d'Odin mais préservé du mauvais sort qui s'était jusque-là acharné sur sa parentèle humaine.

Le dieu suprême se remémorait les paroles terribles formulées jadis par Frigg, à l'issue de cette nuit où il s'était glissé dans la chambre de Brunehilde en prenant l'apparence de Wälsung : « Brunehilde aura onze fils et une fille. Et c'est par la fille que la malédiction se déchaînera sur les fils, dont aucun ne régnera ! Ainsi prendra fin la lignée bâtarde de Wälsung, le descendant d'Odin ! »

À cause de l'anathème proféré par Frigg, aucun des fils de Brunehilde ne régnerait jamais. Les dix plus jeunes avaient déjà péri sous les crocs de la Chienne Noire. Seul Siegmund avait survécu. Il est vrai que Siegmund était plus robuste et courageux que ses frères. Siegmund était le fils d'Odin. Siegmund possédait Notung, l'épée de détresse forgée par les nains de Niflheim et de Svartalaheim. Siegmund bénéficiait de la protection des loups. Mais Siegmund était maudit. Frigg l'avait désavoué avant même sa naissance. Plongé dans ses réflexions, Odin se caressait la barbe d'un geste machinal de la main gauche lorsqu'il sentit se réveiller la brûlure obsédante qui lui démangeait l'annulaire. L'annulaire qui jadis avait porté l'anneau du Nibelung. Odin comprit alors que Siegmund avait été maudit bien avant que Frigg ne prononçât sa condamnation. Il avait été maudit dès l'instant de sa conception. En lui transmettant le germe de la vie, Odin lui avait légué dans le même temps la malédiction de l'anneau.

Siegmund portait en lui tout le poids de la culpabilité de son père divin. Il n'était pas libre de son destin. Malgré lui, il se trouvait contraint à répéter les mêmes crimes que le dieu qui l'avait engendré. Le père avait commis l'inceste avec sa fille, le fils l'avait commis avec sa sœur. Odin était condamné à périr le jour du Ragnarök, Siegmund était condamné à tomber sous les coups de Hunding. Comme le dieu avait jadis été corrompu à jamais en glissant à son doigt l'anneau d'Andvari, le fils du dieu ne pouvait s'affranchir seul de cette corruption. Et Notung, l'épée de détresse et d'invincibilité dont le père avait fait don à son fils, n'était jamais qu'un signe de plus de la servitude de ce dernier à l'égard de son géniteur. Car sans le secours d'Odin, Siegmund n'aurait pas reçu Notung. Et sans l'aide de Notung, Siegmund serait déjà mort. Siegmund n'existait que par la volonté du dieu, par l'artifice d'une épée magique et par la protection des loups fomentée par Loki. Sans Odin, sans Notung, sans les loups, Siegmund n'était rien.

Mais désormais, Siegmund n'était plus l'ultime espoir du dieu. Car Sieglinde attendait un enfant. Un fils. Un être nouveau et libre, affranchi de toute servitude ancienne, de tout attachement suspect, de toute influence néfaste. Un être libre, sur lequel ne pèserait pas la malédiction de l'anneau. Odin avait cru créer en Siegmund l'homme neuf qui saurait racheter la faute des dieux. Il avait échoué. En le faisant naître dans une famille royale, en armant son poing d'une épée invincible, Odin avait privé Siegmund de sa liberté ; il en avait fait un simple instrument de sa volonté de puissance. Mais le fils de Sieglinde naîtrait dans la forêt, sans secours ni assistance. Odin ne lui confierait aucune arme magique. Il l'abandonnerait à son sort. Il le laisserait libre. Et c'est librement, sans influence aucune, sans conseils judicieux, sans éducation royale, sans épée invincible, que le fils de Siegmund grandirait sur la terre des hommes. Et c'est librement que, répondant au seul appel de son cœur, il rachèterait les crimes et les erreurs de son aïeul divin. Oui, le fils à venir de Sieglinde naîtrait libre, entièrement libre. Et c'est cette liberté qui, mieux que toute arme, lui permettrait de conjurer enfin la malédiction de l'anneau du Nibelung.

Odin releva lentement le front et regarda autour de lui. Loki avait disparu sans qu'il s'en aperçoive. Mais il ne songeait plus à lui. Il songeait au fils à venir de Siegmund et de Sieglinde.

Mais pour que ce fils naisse libre, il fallait sacrifier le père.

Le fils de Siegmund devait vivre. Mais Siegmund, lui, devait mourir.

Chapitre 56

À la tête de sa horde, Hunding menait depuis des jours une gigantesque battue pour retrouver les jumeaux en fuite. Lorsque, au lieu des ossements de Siegmund, il avait découvert des entraves rompues, lorsqu'il avait entendu les plaintes de Managarm affreusement mutilée résonner dans les bois, lorsqu'il avait constaté l'absence de Sieglinde et la disparition de Notung, il avait compris que le frère lui avait ravi son épouse pour l'emmener avec lui. Ils n'avaient pu aller bien loin, toutefois. Seuls, sans secours ni montures, ils n'avaient pu se réfugier qu'au sein de la profonde Forêt de Fer. Ils étaient condamnés à y mourir de faim, à moins que les bêtes fauves n'abrègent leurs souffrances. Mais Hunding ne voulait rien laisser au hasard. L'engeance de Wälsung était d'une autre trempe que les humains ordinaires, et ne se laisserait pas éradiquer aussi facilement. Il en allait comme du chiendent ou des mauvaises herbes. Ils survivaient aux sécheresses comme aux intempéries. Pour s'en débarrasser, il fallait les arracher de terre, les brûler et disperser leurs cendres aux quatre vents.

Ainsi ferait-il avec Siegmund, le seul fils survivant du clan ennemi dont il avait juré la disparition. Après l'avoir fait mettre à mort par ses sbires, il lui arracherait le cœur et le dévorerait encore tout palpitant. Puis il ferait placer la dépouille du prince défunt près de celle de Wälsung, accrochée à un gibet et exposée dans un champ à proximité du château du Gotland, livrée depuis près d'une lunaison aux corbeaux et aux vers.

Enfin, il ferait dresser les deux charognes sur un bûcher auquel il mettrait lui-même le feu. Quant à Sieglinde, il l'obligerait à contempler jusqu'au bout l'anéantissement dans les flammes de son père et de son frère avant de la faire publiquement cravacher pour lui apprendre l'obéissance. Ensuite, mais ensuite seulement, il en ferait sa femme, de gré ou de force, avant de l'égorger de ses propres mains.

Ainsi finirait, dans le sang et les cendres, la lignée honnie des souverains du Frankenland.

⁂

— Linde, Hunding et ses hommes se rapprochent. Je sens d'ici leur odeur ! Et les loups sont nerveux... Je vais bientôt pouvoir me mesurer à eux.

— Mund ! Tu ne peux vaincre seul ! Fuyons, tant qu'il est encore temps !

— Fuir ? Cela ne servirait à rien. Ils nous poursuivront toujours. Hunding ne nous laissera jamais en repos. Et puis, je ne risque rien ! J'ai Notung avec moi ! Et mes fidèles loups !

Siegmund se sentait de plus en plus à l'aise en compagnie de ses loups, au point qu'il finissait par ressembler à l'un d'entre eux. Les postures qu'il prenait lorsqu'il était aux aguets, sa façon de froncer le nez, de tendre les oreilles ou de retrousser les lèvres sur ses dents étincelantes, la lueur fauve qui s'allumait au fond de ses pupilles dilatées, tout en lui évoquait la bête sauvage, le prédateur avide de proies. Même sa façon de manger n'avait plus rien d'humain. Lorsque ses loups égorgeaient un sanglier ou une biche, Siegmund se servait le premier, arrachant de ses dents des lambeaux de viande crue qu'il dévorait sans dégoût. Puis il démembrait un cuissot qu'il faisait rôtir sur un feu afin de nourrir sa sœur. Il abandonnait le reste à ses loups qui, sur un seul geste de lui, se jetaient sur la carcasse sanguinolente.

Non seulement les attitudes, mais également l'apparence physique de Siegmund avait changé. En quelques jours à peine, une épaisse toison s'était mise à pousser sur sa poitrine, ses bras et ses jambes, tandis que ses joues se couvraient de barbe. S'il ne s'était tenu debout, on l'eût aisément confondu avec les fauves dont il était le maître.

— Reste ici, Linde ! Wolfweisse veillera sur toi pendant que j'irai venger la mort de notre père !

Wolfweisse était une louve blanche qui demeurait toujours près de Sieglinde, veillant sur elle lorsque Siegmund et sa meute s'en allaient à la chasse. Sieglinde l'avait prise en amitié. Elle aimait se lover contre sa fourrure couleur de neige pour se tenir au chaud.

— Reviens vite, Mund ! Ne me laisse pas seule... Que deviendrais-je sans toi dans cette grande forêt ?

— Je reviendrai vite, Linde ! Et je déposerai à tes pieds la tête de ton époux que j'aurai tranchée avec l'aide de Notung !

Siegmund partit d'un grand éclat de rire, tout en tirant son épée qui fendit l'air en sifflant comme un serpent d'acier. Puis, après un dernier baiser arraché aux lèvres de sa sœur, il s'élança dans la pénombre de la forêt, suivi de ses loups.

⁂

— Hojotoho ! Hojotoho !

— Heiaha ! Heiaha !

Portées par les vents furieux, les Walkyries tournoyaient dans le ciel noir d'orage en poussant leurs rugissements de guerre. En contrebas, à l'embouchure de la mer du Nord, s'étendait le royaume du Gotland, en lisière de l'immense Forêt de Fer que nul n'avait encore franchie.

— Hojotoho ! Par ici, mes sœurs, descendons ! clama soudain Brunehilde.

— Hojotoho ! Heiaha ! Nous te suivons ! répondirent en chœur les chevaucheuses de nuées.

Elles se laissèrent couler jusqu'au sol comme des feuilles mortes tombant d'un arbre, s'approchant sans bruit de la terre où vivaient les ennemis du Frankenland.

— Sentez-vous ces odeurs de pourriture ? chuchota Grimgerde. Il y a un charnier dans les parages. Qu'en dites-vous, mes sœurs ? S'agit-il de carcasses de bétail ou de cadavres d'hommes ?

— Non, pas des bêtes, mais des guerriers ! répondit Helmwige.

— Des guerriers morts sans sépulture ni bûcher ! trancha Gerhilde. Quelle infamie !

— Nous n'étions pas là pour recueillir leur dernier souffle ! déplora Rossweisse. Ils sont morts sans l'espoir de rejoindre le Walhalla !

— Honte à ceux qui les ont massacrés ! jura Waltraute. Que le sang qu'ils ont versé leur retombe sur la tête !

Brunehilde ne disait rien. Elle se doutait déjà de l'horrible spectacle qui l'attendait en bas. Guidées par les odeurs de putréfaction qui se dégageaient du charnier exposé en plein air, les Walkyries découvrirent enfin ce qu'elles cherchaient. Jetés pêle-mêle sur la terre battue, les corps des guerriers du Frankenland, à demi dévorés par les corbeaux et les loups, achevaient de se décomposer. Au-dessus de cette masse immonde de chairs putréfiées, une forme suspendue à un gibet tournait comme une girouette, harcelée par les vents et les oiseaux de proie. C'était le corps de Wälsung. Alors, un cri longuement réprimé jaillit de la poitrine de Brunehilde :

— Vengeance !

Les autres Walkyries reprirent en écho :

— Vengeance ! Vengeance ! Vengeance !

⁂

Sieglinde était demeurée seule dans la cabane en bois. À ses côtés la fidèle Wolfweisse la regardait de ses grands yeux fixes, comme pour la rassurer sur le sort de son frère. Mais Sieglinde ne l'était pas. De mauvais pressentiments la hantaient, comme des ombres glacées surgies du plus profond de la forêt sinistre qui l'entourait. D'une main, elle caressait la fourrure de la louve en lui murmurant des paroles affectueuses :

— Que tu es belle, Wolfweisse ! Aussi blanche que la neige. Aussi légère que les nuages. Quelle chance j'ai de t'avoir pour amie...

La louve plissait les yeux de plaisir en produisant de petits jappements ravis. Soudain, une sonnerie de trompes retentit au loin. Sieglinde étouffa un cri.

— C'est la trompe de Hunding ! Je la reconnais ! Il avance à la tête de sa meute de chiens ! Nulle épée ne saurait résister à leur assaut. Mund, mon frère, que va-t-il t'arriver ?

Sieglinde se redressa, pâle comme une morte, les yeux dans le vague, comme si elle assistait à une scène prophétique.

— Je te vois, Mund ! Et je vois ton ennemi, Hunding ! Vision d'horreur ! Les loups se battent avec les chiens ! Les loups sont braves, mais les chiens sont plus nombreux ! Ce sont de véritables molosses assoiffés de sang ! Hunding, ce géant, brandit sa lance ! Toi, Mund, tu le défies de ton épée, Notung ! Mais que vois-je ! Ah ! L'épée vole en morceaux ! Mon frère tombe sous les coups de l'ennemi ! Le frêne s'abat ! Le tronc se brise ! Mon frère ! Siegmund ! Ah !

⁂

Siegmund et sa meute venaient d'atteindre une clairière lorsque l'appel lugubre de la trompe de chasse se mit à résonner sous la voûte des arbres agités par un vent d'orage. Ce son funèbre se répercutait à tous les échos, comme s'il provenait des quatre coins de la forêt. Soudain, les guerriers du Gotland surgirent des fourrés. Armés de haches et d'épieux, cuirassés de broignes de cuir ou de fer, coiffés de casques ornés de longues cornes pointues, ils avançaient sur un seul rang, déployés en demi-cercle, comme un long serpent aux redoutables écailles louvoyant vers sa proie. Ils étaient des dizaines, des centaines peut-être, alors que Siegmund était seul avec sa poignée de loups.

La horde de guerriers avançait d'un pas régulier, rythmé par le cliquetis des armes et les vociférations des hommes, tandis que la trompe de Hunding jetait aux quatre vents son sinistre appel. Siegmund s'était immobilisé au milieu de la clairière, l'épée dressée au-dessus de lui, tandis que ses loups, campés à ses pieds, retroussaient leurs babines en grognant. Hunding interrompit sa sonnerie de trompe pour haranguer son ennemi :

— Comme on se retrouve, bâtard de Wälsung ! Tu m'as échappé une première fois, mais tu ne m'échapperas pas la seconde ! Je vais te trouer le ventre, maudit ! Ainsi tu pourras rejoindre l'âme damnée de ton père dans les enfers de Hel !

— Je t'attends, Fils de la Chienne ! Mais c'est ton ventre qui sera fendu par l'épée que voici ! Et c'est toi qui, ce soir, t'en iras souper en compagnie de Hel ! Je n'ai peur ni de toi ni de tes chiens ! J'ai Notung avec moi, et mes loups !

— C'est ce qu'on va voir, frère dégénéré ! Prends garde à toi !

Et, sonnant dans sa trompe, Hunding donna le signal de l'assaut.

⁂

Les Walkyries avaient repris leur vol, tournoyant comme de grands oiseaux de proie au-dessus de l'impénétrable Forêt de Fer. Leur instinct guerrier les guidait. Elles avaient la faculté innée de sentir à distance les lieux des combats, et elles s'y portaient à la vitesse du vent avant même que les premières escarmouches ne soient échangées. Elles étaient dotés d'un flair très sûr pour détecter l'odeur fade du sang, mais aussi celle des effluves acres se dégageant des corps en sueur des guerriers se lançant à l'attaque. Elles humaient la mort comme s'il s'agissait d'un parfum rare et précieux, et s'en délectaient.

Brunehilde s'étonnait de la facilité avec laquelle elle avait retrouvé ces aptitudes, inutilisées depuis si longtemps. En choisissant de vivre la vie d'une simple mortelle, elle avait volontairement occulté les pouvoirs surnaturels qui étaient les siens depuis toujours. Elle s'était contentée des cinq sens auxquels les humains ont l'habitude de faire appel, en s'efforçant d'oublier les dons merveilleux dont elle était pourvue. Délaissant durant tant d'années l'usage du manteau en duvet de cygne et de la ceinture de pouvoir, elle avait cru perdre à jamais la faculté de voler, de chevaucher les nuages ou de commander aux éléments de la nature. Elle redécouvrait intactes ces facultés oubliées et sentait se réveiller en elle l'ardeur sauvage des Walkyries. Cette ardeur était encore attisée par la haine qu'elle portait au meurtrier de Wälsung, et sans doute aussi de ses fils. Son âme de Walkyrie criait vengeance pour tenter d'apaiser les souffrances de son cœur d'épouse et de mère.

— Là, mes sœurs, en bas ! Regardez ! s'exclama soudain Rosshilde.

— Siegmund ! C'est mon fils ! Seul face à la horde de Hunding ! s'écria Brunehilde.

— À l'assaut ! hurlèrent en chœur les glaneuses de morts.

Les neuf Walkyries fondirent vers la clairière en poussant leurs cris de guerre :

— Hojotoho ! Hojotoho !

— Heiaha ! Heiaha !

⁂

Siegmund se battait seul contre cent, mais à lui seul il était de taille à se mesurer à une armée entière. Entre ses doigts, Notung faisait merveille, virevoltant et tournoyant au-dessus de sa tête avant de s'abattre infailliblement sur les assaillants qui se pressaient autour du prince. Légère comme la plume, coupante comme le cristal, étincelante comme la flamme, l'épée de détresse semblait animée d'une vie propre, tranchant têtes et bras comme s'il se fût agi de simples feuilles d'arbre. Elle parait les coups avant même qu'ils ne fussent portés par les combattants, anticipait les réactions des ennemis pour mieux déjouer leurs attaques. Toute l'adresse de Siegmund consistait à se laisser guider par son épée, à s'abandonner aux charmes et sortilèges puissants qui l'animaient. Sans elle, il aurait déjà été écrasé sous le nombre de ses adversaires. Avec elle, il pouvait, sinon les vaincre, en tout cas résister plus longtemps.

Ses loups se révélaient eux aussi de redoutables attaquants. Sans cesser d'aboyer comme des chiens enragés, ils sautaient à la gorge des hommes de Hunding, leur arrachaient le nez, leur mordaient les mollets et les bras. Faisant un rempart de leurs corps autour de Siegmund, ils repoussaient les guerriers qui, exposés en même temps à la lame de Notung et aux crocs des fauves, ne savaient comment se rendre maîtres du jeune rebelle. Ils avaient, toutefois, l'avantage du nombre. Siegmund et ses loups avaient beau se battre avec vaillance et courage, ils finiraient par s'épuiser devant les assauts incessants des hommes de Hunding qui, tôt ou tard, finiraient par avoir le dessus. En l'absence de renforts, Siegmund était perdu.

C'est alors qu'au-dessus des clameurs barbares poussées par les combattants, des voix inconnues se firent entendre :

— Hojotoho ! Hojotoho !

— Heiaha ! Heiaha !

Les hommes de Hunding virent s'abattre sur eux des silhouettes étincelantes de femmes cuirassées et casquées, armées de javelines, qui se mirent à les pourfendre et à les transpercer de part en part en poussant leurs cris sauvages :

— Hojotoho ! Hojotoho !

— Heiaha ! Heiaha !

Frappés d'épouvante par ces apparitions surnaturelles, aussi meurtrières et éblouissantes que les éclairs, les guerriers du Gotland se dispersèrent en tous sens, tentant de prendre la fuite devant cet ennemi inattendu. Les furieuses Walkyries les poursuivirent, abandonnant leurs chevaux de nuages pour grimper sur l'échine des loups et s'en servir de montures. L'assaut bien préparé par la horde de Hunding se terminait en débandade. Encouragé par cette aide insolite, Siegmund faisait assaut de prouesses, poursuivant à son tour les fuyards. C'est alors que, au milieu des casques bosselés et des haches jetées à terre, il reconnut son rival et ennemi, le meurtrier de son père, Hunding.

— Te voilà enfin, chien ! s'écria Siegmund. Je t'ai promis de te trouer le ventre au moyen de cette épée. Le moment est venu !

Hunding était deux fois plus haut que le jeune prince, mais celui-ci n'avait pas peur. Le géant dirigea sa lance vers son ennemi en maugréant :

— Je t'attends ! Viens te faire embrocher sur la pointe de ma lance !

Saisi de fureur, Siegmund s'élança vers le roi du Gotland, brandissant fièrement Notung. Lorsqu'il fut à deux pas de son ennemi, une Walkyrie se glissa près de lui et lui murmura à l'oreille :

— Frappe, Siegmund ! Aie foi en Notung !

Le prince reconnut immédiatement la voix de sa mère, Brunehilde. Que faisait-elle ici, dans son harnachement de glaneuse de morts ? Il ne perdit pas de temps à tenter d'élucider ce mystère. Encouragé par la présence maternelle dans laquelle il puisait un surcroît de confiance et de bravoure, il prit son élan et abattit le tranchant de son épée en direction du Fils de la Chienne.

À cet instant précis, surgi de la nuée noire qui s'était amoncelée sur le champ de massacre, un vieillard de haute taille apparut. Vêtu d'un manteau bleu de nuit, coiffé d'un chapeau à large bord qui dissimulait son visage, il tenait à la main une lance flamboyante dont il frappa l'épée de Siegmund juste avant qu'elle n'atteignît sa cible.

— Que l'épée cède devant la lance ! proféra le terrible vieillard.

Notung se brisa sur le coup, volant en éclats dans une grande gerbe d'étincelles, tandis que Siegmund, comme terrassé par la foudre, chancelait et s'écroulait à terre en poussant un grand cri. L'homme à la lance disparut aussitôt, emporté par la nuée.

Poussant un rugissement de haine victorieuse, Hunding enfonça sa lance dans le corps du prince évanoui.

⁂

Sieglinde poussa un cri en portant la main à son cœur. Il lui semblait qu'un fer aiguisé venait de lui transpercer le corps.

— Mund ! Mund ! C'est toi que l'on frappe ! C'est toi que l'on blesse ! Je peux sentir ta souffrance dans mon propre corps... Une souffrance insoutenable... Je sens ton sang couler... Ton souffle se suspendre... Ton âme prête à s'envoler... Mon frère ! Où es-tu ? Si tu meurs, je veux mourir avec toi ! Ne me laisse pas seule... Siegmund ! Siegmund ! Ah !

Incapable d'affronter plus longtemps la vision terrifiante, Sieglinde s'effondra sur le sol, inanimée. La louve blanche, gémissante, vint la flairer et presser son museau contre le visage immobile.

Chapitre 57

Siegmund, blessé à mort, sentait la vie le quitter. Ses yeux embués ne distinguaient plus que de vagues silhouettes. Les bruits de lutte et les cris lui parvenaient assourdis, comme l'écho d'une clameur lointaine à laquelle il ne devait plus prendre part. Ses lèvres articulèrent faiblement un nom :

— Linde... Linde... Ma sœur, où es-tu ? Je meurs, Linde...

C'est alors qu'il distingua un visage ami qui se penchait vers lui. Le visage de sa mère, Brunehilde.

— Siegmund ! Siegmund, mon fils, regarde-moi ! Je suis celle qui t'a donné le jour, je suis celle qui va t'accompagner dans la mort. C'est moi que tu dois suivre à présent...

Brunehilde, profondément émue, tenait entre les bras son fils mourant. Ses sentiments de mère la poussaient à se révolter contre cette mort injuste, à pleurer la mort du fils qu'elle chérissait, à s'apitoyer sur l'infernale malédiction qui s'acharnait ainsi sur elle et les siens. Mais les sentiments de la mère devaient laisser la place à l'indifférence froide de la Walkyrie, dont la fonction était de choisir les valeureux guerriers morts au combat pour les conduire au Walhalla. Siegmund parlait avec peine. À chaque mot, des flots de sang vermeil coulaient de sa bouche pâle :

— T'accompagner, mère ? Où cela ? Où me conduis-tu ?

— Je te conduirai au Walhalla, là où règne le père des élus. Ce séjour m'est désormais interdit, mais tu y as ta place, car tu es mort bravement...

— Dans ce Walhalla dont tu me parles, le père des élus vit-il seul ?

— Non, mon fils. Il est entouré de la légion nombreuse des Wals, les braves morts vaillamment au combat, comme toi. Ils seront tes compagnons pour l'éternité.

— Ne trouverai-je que des compagnons, au Walhalla ? N'y trouverai-je pas une femme ?

— Tu y seras accueilli par les belles et nobles Walkyries qui te serviront un hydromel enchanté.

— Mais en dehors des sublimes Walkyries, le frère retrouvera-t-il là-haut celle qui fut à la fois sa sœur et son épouse ? Siegmund et Sieglinde seront-ils réunis pour l'éternité au sein du Walhalla ?

Brunehilde devint sombre.

— Non, mon fils. Celle dont tu parles ne pourras te rejoindre au Walhalla. Siegmund ne retrouvera pas Sieglinde.

Dans un ultime effort, Siegmund se redressa et, d'une voix mourante, murmura :

— Alors salue pour moi le Walhalla, mère. Salue pour moi Odin, et tous les héros qui l'accompagnent. Salue pour moi les douces femmes qui versent l'hydromel dans des cornes à boire. Mais je ne te suivrai pas vers eux...

Brunehilde avait envie d'éclater en sanglots. Mais une Walkyrie ne pleure pas et doit jusqu'au bout demeurer ferme et intraitable.

— Je ne suis plus ta mère, Siegmund. Je suis à nouveau une Walkyrie. Celui qui a vu le visage fatal de la Walkyrie doit la suivre. C'est la loi !

— Là où demeure Sieglinde, là sera Siegmund. J'ai vu ton visage fatal, mais je saurai résister encore. Je ne te suivrai pas !

— Ta vie te fuit, ô Siegmund. Tu es fort et vaillant, mais tu ne peux rien contre ta mort. Elle finira par t'emporter...

— J'ai Notung avec moi... L'épée de détresse... Celui qui la porte est invincible...

— Celui qui te destina Notung en la plantant dans le tronc du frêne est celui-là même qui l'a brisée en deux tout à l'heure, d'un coup de sa lance... Il t'a ainsi privé de l'épée de détresse et t'a condamné à mourir...

Siegmund était de plus en plus pâle. Noyé dans une mare de

sang, il était au bout de ses forces. Il trouva encore la ressource d'articuler :

— Si je suis abandonné de celui qui voulut tout d'abord ma victoire, si je dois mourir vaincu par un lâche, si je dois quitter à jamais ma sœur et mon épouse, alors je renonce au Walhalla, à sa gloire et à ses délices. Que Hel m'emporte dans ses enfers glacés !

Brunehilde, bouleversée par l'entêtement de son fils, cherchait désespérément à le convaincre :

— Mon fils, fais-tu si peu de cas des délices éternelles ? Et ne redoutes-tu pas l'éternité de souffrance qui t'attend dans les enfers de Hel ? Rien ne t'est donc plus cher que la présence de Sieglinde ?

— Rien ! Que je meure, et que Sieglinde me rejoigne chez Hel !

Brunehilde était à bout d'arguments. Elle ne pouvait forcer la décision de Siegmund. Mais elle pouvait encore sauver la vie de Sieglinde.

— Fils, ne condamne pas ta mère à perdre la fille après avoir perdu le père et les fils. Je ne peux t'obliger à te rendre au Walhalla. Mais épargne ta sœur ! Il faut qu'elle vive !

— Elle ne voudra pas vivre plus longtemps si je ne suis plus là. Ni moi sans elle, ni elle sans moi. Nous serons liés dans la mort comme nous l'avons été dans la vie...

— Tu ne sais pas tout, Siegmund. Je vais te révéler un secret. Si Sieglinde meurt aujourd'hui, elle ne mourra pas seule. Car son ventre abrite déjà une autre vie. Elle porte un enfant, un enfant de toi ! Sieglinde doit vivre pour que vive ton fils !

Siegmund eut comme un éblouissement et ferma les yeux. Brunehilde eut peur qu'il ait rendu l'âme. Mais il releva les paupières et articula avec peine :

— Dans ce cas, qu'elle vive. Prends soin d'elle, mère, elle m'attend dans la forêt, dans la cabane en bois que je lui ai construite. Les loups t'y conduiront. Prends soin d'elle et de mon fils... Mon fils... Quel nom portera mon fils ? Je veux que ce soit toi qui le nommes, comme tu m'as nommé à ma naissance, comme tu as nommé ma sœur... Je veux partir pour le grand voyage avec dans les yeux le visage de ma sœur et dans mon oreille le nom de mon fils à naître...

Brunehilde se pencha vers son fils moribond et, saisie d'une fulgurante intuition, lui murmura :

— J'ai appelé ta sœur Sieglinde, « Douce victoire ». Je t'ai donné pour nom Siegmund, « Bouche de victoire ». Mais en fait de victoire, vous n'avez connu que celle de l'ennemi. Je forme le vœu que votre enfant connaisse enfin une ère de paix. C'est pourquoi je le nomme Siegfried, « Paix victorieuse ». Siegfried sera le nom du fils de Siegmund et de Sieglinde…

Siegmund répéta doucement ce nom :

— Siegfried !

Puis il rendit l'esprit.

Chapitre 58

Juchées sur les loups gris qui leur servaient désormais de montures, les Walkyries galopaient dans la Forêt de Fer, se frayant un chemin au travers du maillage serré que formaient les arbres plantés en terre comme des épées gigantesques. En tête de leur funèbre cortège se trouvait Brunehilde. Les dents serrées pour s'empêcher de crier, les yeux brouillés par les larmes, elle n'accordait nulle attention aux ronces qui lui griffaient les bras et aux branches qui lui giflaient le visage. Insensible à la souffrance physique, serrant la bride à la douleur qui lui dévastait le cœur, elle s'élançait vers le dernier enfant qu'avait pour l'instant épargné le destin cruel. Sieglinde, la « Douce victoire » en qui croissait le germe de la « Paix victorieuse ».

Les loups connaissaient le chemin qui conduisait à la cabane cachée dans la forêt où le frère et la sœur avaient abrité leur amour. Ils débouchèrent bientôt dans la clairière où les attendait Wolfweisse, hurlant à la mort à côté du corps inanimé de Sieglinde. Brunehilde crut qu'elle arrivait trop tard, une fois de plus. Sautant à bas du loup qui l'avait portée, elle s'élança vers la jeune fille évanouie et saisit entre ses mains son pâle visage, émacié par les pleurs et les rigueurs de la vie sauvage à laquelle elle se trouvait astreinte depuis qu'elle avait quitté le palais de Hunding.

— Sieglinde ! Sieglinde ! Réponds-moi !

La jeune princesse ouvrit lentement ses yeux clairs et contempla sa mère, sans s'étonner de sa présence en ces lieux.

— Suis-je déjà dans le royaume d'Odin ? murmura-t-elle d'une voix éteinte. Suis-je dans les radieuses prairies des Vanes, ou bien dans le jardin enchanté de Freya ?

Brunehilde, brisée par l'émotion, tenta d'affermir sa voix avant de répondre.

— Non, ma fille. Tu n'es ni dans le royaume d'Odin, ni dans les prairies des Vanes, ni dans le jardin de Freya.

Sieglinde fixait toujours son regard limpide sur le visage de sa mère penché sur elle.

— Alors je me trouve dans le royaume de Hel. En tout cas, j'ai franchi les rives de la mort puisque je te vois ici, mère, vêtue comme une guerrière...

— Non, ma fille, tu n'as pas franchi les rives de la mort, et ce costume que tu vois est le seul que j'ai le droit de porter désormais. C'est celui de la Walkyrie, de la glaneuse de morts...

Sieglinde sourit faiblement.

— C'est donc ma mort que tu viens m'annoncer, mère, comme la délivrance que j'attends. Car la mort est mon amie... Depuis qu'elle a emporté mon frère sans pareil, j'attends impatiemment sa venue afin qu'elle m'emmène près de lui.

La Walkyrie refoula un sanglot au fond de sa gorge.

— Non, ce n'est pas ta mort que je viens t'annoncer, ma fille. Ton frère a péri sous les coups de l'ennemi, comme tu l'as deviné, mais je ne peux t'emmener auprès de lui. Car tu dois vivre encore...

La jeune fille ferma les yeux, puis les rouvrit en chuchotant d'un ton las :

— Si mon frère est mort, ma place est auprès de lui. Nul autre endroit sur terre ne peut convenir à celle qu'il a aimée. Tant qu'il vivait, je pouvais me battre à ses côtés, ou l'attendre dans l'humble cabane qu'il avait bâtie pour moi. Si je m'étais trouvée sur les lieux du combat, j'aurais offert ma poitrine à la lance du meurtrier, lui abandonnant ma vie comme il a volé celle de mon frère et époux ! J'aurais rendu l'âme en même temps que Siegmund, mon Mund adoré, unie à lui dans la mort comme je l'ai été dans la vie ! Mais à présent je suis seule... Loin de Siegmund. Loin de ce qui faisait tout le bonheur de ma vie. Aie pitié de moi, mère ! Plonge dans mon cœur la pointe de ta javeline !

— Tu dois vivre, Sieglinde ! Tu dois vivre au nom de l'amour que tu portes à ton frère. Tu dois vivre pour sauver le gage que t'a transmis cet amour : bientôt tu accoucheras d'un enfant, le fils de Siegmund !

Le visage de la jeune fille s'éclaira d'un doux sourire.

— Que dis-tu, mère ? Un enfant ? Un enfant de Siegmund ? Oh, alors que je vive pour ce souvenir vivant de mon frère perdu. Que je vive pour donner naissance à cette vie nouvelle ! Sauve-moi, mère ! Sauve mon enfant ! Sauve l'enfant de Siegmund !

— Je ne puis te sauver, Sieglinde. Je ne puis même pas me sauver moi-même. J'ai enfreint les lois de la Terre et du ciel. À présent, je vais devoir payer. Je vais devoir affronter la colère d'Odin… Mais toi, tu peux encore échapper à son courroux ! Prends la fuite, Sieglinde ! Tu seras accompagnée des loups. Ils te protégeront, ils prendront soin de toi.

Sieglinde s'était dressée, pleinement consciente, forte de la tranquille certitude que la vie qui l'habitait suffirait désormais à justifier sa propre existence.

— Fuir ? Mais où ? Dans quelle direction ? Cette forêt est si mystérieuse, si impénétrable…

— Enfonce-toi au cœur de cette forêt obscure. Avance droit devant toi, sans te retourner… Endure les peines avec courage, endure la faim et la soif, la fatigue et le manque de sommeil, les épines et les pierres. Fuis ! Que personne ne retrouve ta trace, qu'il soit dieu ou mortel. Fuis ! Mais n'oublie jamais que tu portes en toi la vie, la vie d'un héros, le fils de Siegmund et de Sieglinde…

Après la colère, puis l'abattement, Brunehilde était soudain saisie par l'exaltation et la frénésie que lui dictait l'urgence de la situation.

— Vois, j'ai rapporté les tronçons de Notung, l'épée brisée de ton frère. Conserve-les pieusement pour celui à qui tu donneras naissance. Lorsqu'il sera en âge, il les reforgera. Et l'épée retrouvée lui donnera la victoire. Fuis ! Et sauve l'enfant dont j'ai déjà révélé le nom à ton frère mourant, et que je te livre à ton tour : Siegfried, celui qui apportera au monde la « Paix victorieuse », Siegfried, le joyeux vainqueur !

— Siegfried ! reprit Sieglinde en portant la main à son ventre en un geste d'une douceur infinie.

De noirs nuages d'orage s'étaient amoncelés dans le ciel que l'on apercevait dans la trouée des arbres. Un vent de tempête se déchaîna soudain, tandis que le tonnerre grondait et que les éclairs faisaient rage. Une voix puissante s'éleva, couvrant presque le vacarme :

— Brunehilde ! Brunehilde !

La Walkyrie sursauta à l'appel de son nom.

— C'est la voix du père des combats ! C'est la voix d'Odin ! Il est à ma recherche. Fuis, Sieglinde, fuis ! Il ne doit pas te trouver ici. Fuis, fuis !

Brunehilde étreignit une dernière fois sa fille avant de la repousser presque brutalement, pour ne pas être tentée de la garder avec elle. Sieglinde, suivie des loups gris et de la louve blanche, s'enfuit en courant dans la sombre forêt.

— Vite, mes sœurs, fuyons à notre tour ! cria Gerhilde.

— C'est moi qu'il poursuit ! répondit Brunehilde. Laissez-moi l'affronter seule !

— Il te tuera ! rétorqua Waltraute. Viens avec nous, Brunehilde. Envolons-nous loin d'ici ! Hojotoho ! Hojotoho !

— Heiaha ! Heiaha !

Les neuf Walkyries s'élancèrent vers le ciel noir d'orage. Juchées sur leurs fidèles coursiers de nuages, elles reprirent leur chevauchée en direction de l'est.

Chapitre 59

Odin était le dieu des Combats et le maître des tempêtes. Brandissant sa lance Gungnir d'où fusaient des éclairs, galopant sur Sleipnir, son fidèle cheval à huit pattes dont les sabots réveillaient le tonnerre sous ses pas, l'Ase suprême était redevenu le chasseur impénitent, courant à travers cieux après un gibier mystérieux qui toujours se dérobait. Son large manteau bleu de nuit flottait dans le vent noir, son chapeau de nuées lui masquant la moitié du visage. Odin était d'un aspect terrible à voir. Des flammes semblaient jaillir de son œil unique, tandis que ses mâchoires crispées ne s'ouvraient que pour lancer des cris vibrants de fureur :

— Brunehilde ! Brunehilde !

Au loin, il distinguait les Walkyries en fuite, les armures semées de carrés de foudre et couvertes de manteaux de cygne, chevauchant de conserve au-dessus des frondaisons de l'impénétrable Forêt de Fer. Elles allaient à la vitesse du zéphyr, mais Odin gagnait sur elles du terrain. Les insolentes ne pourraient pas se garder de lui plus longtemps.

— Brunehilde ! Brunehilde !

Au milieu de la Forêt de Fer, près des hauteurs de Gnitaheid, s'élevait un roc abrupt dominant le paysage d'arbres, comme un récif émergeant de l'océan. On l'appelait le Rocher de la Biche. Il s'agissait d'une sorte de pic rocheux impossible à escalader, dont le sommet formait une terrasse naturelle qui servait d'aire aux aigles et aux oiseaux de proie. C'est là que, renonçant à leur course éperdue, les Walkyries épuisées vinrent s'échouer. Déjà, Odin les avait rejointes.

— Brunehilde ! Où te caches-tu, fille rebelle ? Brunehilde ! Montre-toi !

La colère du dieu était si terrible que les Walkyries, malgré leur bravoure, prirent peur. Redoutant que le maître des combats ne foudroie sur place leur sœur, elles la cachèrent au milieu de leur groupe.

— Père, apaise ton courroux ! Notre sœur est venue implorer notre secours. Ta colère l'emplit de peur et de crainte ! Sois magnanime, père des combats ! Aie pitié de ta créature !

— Aucune pitié ! tonna Odin. Est-ce là le courage dont je vous ai dotées ? Vous, si vaillantes au combat, ai-je rendu vos cœurs durs et secs pour vous voir geindre et pleurer sur le sort de votre sœur rebelle ? Sachez donc quels sont les torts de cette malheureuse ! Apprenez les crimes commis par celle pour laquelle vous versez des larmes ! Nul être au monde n'était plus proche de mes pensées intimes. Nul être ne connaissait mieux qu'elle mes volontés. Mais elle a brisé le lien qui nous unissait ! Elle a bravé ma volonté, elle a contrecarré mes desseins. Entends-tu, Brunehilde ? Toi à qui j'ai donné la vie, toi à qui j'ai donné un nom, toi à qui j'ai offert le casque ailé et le manteau en plumes de cygne, la broigne de cuir et la ceinture de pouvoir, n'as-tu pas le courage de m'affronter pour subir ton châtiment ?

Écartant ses sœurs, Brunehilde parut alors, se livrant au dieu furieux.

— Me voici, père. Décide de mon châtiment.

Odin fulminait toujours. Mais à la vue de sa fille, il sentit le plus gros de sa colère s'apaiser, comme l'orage se calme après avoir fait trop longtemps résonner le tonnerre.

— Ce n'est pas à moi de décider de ton châtiment. C'est toi-même qui, par tes transgressions, as fixé ta peine. Tu n'existais que par ma volonté. Mais tu as ignoré cette volonté ! Tu étais là pour exécuter mes ordres. Mais tu y as substitué tes propres commandements ! Tu étais ma lance et mon bouclier. Mais tu les as retournés contre moi ! Tu allais sur les champs de bataille glaner des héros pour moi. Mais tu as pris fait et cause pour les héros contre moi ! Tu n'es plus la fille de mes vœux. Tu n'es plus une Walkyrie. À toi de dire ce que tu es désormais...

— J'ai été une femme...

— Ton époux est mort ! Et tes fils avec ! Tu n'as plus ta place sur terre ! Mais tu n'en as pas davantage à Asgard ! Plus jamais tu ne seras la messagère du Walhalla. Tu ne conduiras plus les nobles héros morts au combat dans la salle des festins. Tu ne leur serviras plus le doux hydromel aux festins que je préside. Tu ne me tendras plus tendrement la corne à boire. Tu es chassée de la légion divine, exclue de la lignée des immortels. Le lien qui nous unissait est brisé ; sois bannie de ma vue pour toujours !

— Las ! Hélas ! implorèrent les Walkyries, effrayées par les perspectives cruelles qui pesaient sur leur sœur.

— Quelle place m'alloues-tu, si je ne puis rejoindre le Walhalla ? interrogea avec gravité Brunehilde.

— Aucune place ne t'est désormais dévolue ! tonna le dieu des massacres. Aucun lieu ne tolérera ta présence ! Le royaume des dieux t'est interdit, mais le monde des hommes te reniera aussi. Te voici par ta faute condamnée à un éternel exil, Brunehilde ! Comme l'oiseau migrateur qui cherche en vain une terre où se poser, tu chevaucheras sans fin ton cheval de nuages, ne trouvant nulle part le repos, ni du corps ni de l'âme...

— Pitié ! se lamentaient les Walkyries. Pitié pour notre sœur ! Ordonne un châtiment moins cruel ! Sa honte retombera sur nous toutes !

— N'avez-vous pas compris que votre sœur rebelle ne fait plus partie de la troupe des Walkyries ? repartit Odin d'un ton excédé. Elle ne chevauchera plus avec vous dans les airs. Si son sort vous effraye, fuyez la malheureuse ! Éloignez-vous d'elle comme vous le feriez d'un monstre. Celle qui oserait demeurer près d'elle subirait le même sort infâmant ! Partez, à présent ! Fuyez cette forêt maudite !

— Hélas ! Hélas ! Pas de pitié ! Pas de secours ! Pas d'espoir !

— Hojotoho ! Hojotoho !

— Heiaha ! Heiaha !

Affolées par les imprécations de leur père, les Walkyries se dispersèrent dans des cris sauvages et s'enfuirent sans se retourner, au milieu des nuages noirs.

Chapitre 60

À peine les femmes-cygnes eurent-elles pris leur envol que la tempête s'apaisa brusquement, tandis qu'un crépuscule rouge envahissait le ciel redevenu serein.

Brunehilde était seule en face d'Odin. La colère du dieu semblait calmée, elle aussi. Une sorte d'immense accablement l'avait remplacée. Debout au milieu du roc, s'appuyant sur sa lance désormais inoffensive, Odin fixait le sol d'un air las. Lui qui s'était acharné à poursuivre sa fille adorée et maudite, voici qu'à présent il paraissait regretter de l'avoir retrouvée. C'est elle qui, s'avançant vers lui, reprit la parole la première.

— Était-ce si honteux, ce que j'ai commis ? Était-ce si vil, ce que j'ai fait ? Père, regarde-moi dans les yeux ! Dis-moi clairement quelle faute obscure te contraint à répudier ton enfant préférée ?

Odin répondit d'une voix sourde, le regard baissé :

— Interroge tes actes. Tu connaîtras ta faute.

— Je n'ai fait qu'exécuter tes ordres, argumenta la Walkyrie.

— T'ai-je demandé de défendre Siegmund ?

— Tu m'as demandé de prendre soin de ta lignée humaine. C'est ce que j'ai fait toutes ces années passées sur la terre des hommes…

— J'ai changé d'avis, répondit le dieu. Ne me parle plus des hommes. Siegmund est mort, comme Wälsung.

— Siegmund est mort, mais j'ai recueilli ses dernières paroles. Siegmund… Il était celui que tu aimais, celui dont tu as armé la main en lui faisant don de Notung, l'épée de détresse. Je l'ai aidé tant que j'ai pu, mais je n'ai pu maintenir sa vie. Cette vie que je lui avais donnée… et que tu as reprise !

Odin s'enfonçait de plus en plus profondément dans une humeur sombre dont il était incapable de se défaire. D'une voix atone, il reprit :

— Oui, tu as fait ce que je ne pouvais faire. Tu as connu le bonheur, tu as donné la vie ! Et moi, dieu maudit, je n'ai pu donner que la mort. Tu as eu la meilleure part…

— Cette meilleure part, tu me l'ôtes, à présent !

— Tu as rompu avec les dieux. Tu t'es séparée du père des élus. Je ne peux plus rien pour toi.

— Tu as souhaité qu'une noble lignée issue de toi croisse sur terre. J'ai tout fait pour la protéger.

— Trop tard ! Tous sont morts…

— Pas tous ! Un enfant naîtra du ventre de la sœur de celui que tu as sacrifié.

— Je ne peux rien pour lui. Le protéger reviendrait à le condamner, comme j'ai dû condamner Siegmund. S'il survit à son destin, qu'il aille son chemin.

— Et moi, quel sort me réserves-tu ?

— Je ne peux te tuer. Je ne peux t'emmener avec moi au Walhalla. Je ne peux te laisser vivre sur terre…

— Père, ne me laisse pas errer sans fin. Ne fais pas de ta fille un fantôme blafard chahuté par les vents jusqu'à la fin des temps. À défaut de paix, donne-moi le repos !

Odin semblait hésiter.

— Tu demandes trop. Je ne peux rien pour toi. Plus rien…

— Tu es le dieu suprême ! s'entêta Brunehilde. Je suis née de ta volonté ! Tu ne peux m'abandonner ainsi ! Je serai ton remords vivant ! Mes hurlements de Walkyrie maudite te poursuivront jusque dans ton Walhalla !

Odin conserva longtemps le silence. Puis, relevant lentement la tête, il murmura :

— Je peux encore une chose pour toi, la dernière. Pour t'éviter d'errer sans fin entre les mondes, je peux te plonger dans un profond sommeil. Un long, très long sommeil, un sommeil pareil à la mort. Ton corps reposera sur terre, apparemment sans vie, mais ta *fylgia*, ton âme, sera libre d'aller où elle voudra. Elle pourra même se rendre au Walhalla, si elle le désire. Mais elle sera séparée de ton corps endormi, et ceci jusqu'à ce que ce corps s'éveille...

Brunehilde écoutait attentivement les paroles de son père, qui évoquaient une fin moins terrifiante que celle à laquelle elle avait été tout d'abord condamnée.

— Et que fera ma *fylgia* dans la Halle des Occis, tandis que mon corps sera plongé dans le sommeil ?

— Elle chantera, comme seules savent chanter les âmes en peine. Elle chantera la saga des hommes et des dieux. Elle chantera les chants de la Walkyrie...

— Et mon corps endormi, quand et comment se réveillera-t-il ?

— Il se réveillera lorsque le premier homme qui te découvrira effleurera tes lèvres. Ta *fylgia* rejoindra alors ton corps et tu naîtras à une nouvelle existence terrestre... Tu ne seras plus une Walkyrie, mais une femme, une simple femme. Et celui qui t'aura tirée du sommeil sera ton maître...

Brunehilde eut un sursaut de fierté.

— Si je dois plonger dans un profond sommeil, au moins protège-moi des lâches et des pleutres ! Place un bouclier entre ta fille et les hommes indignes d'elle. Entoure l'endormie d'une barrière de flammes infranchissable ! Que les langues de feu dévorent tous ceux qui n'auront pas le cœur assez noble pour approcher la fille d'Odin !

Le dieu aquiesça d'un mouvement de la tête, puis tendit les bras vers la Walkyrie.

— À présent, je dois te dire adieu, vaillante et sublime enfant ! Adieu, fierté de mon cœur ! Adieu ! Adieu ! Adieu ! Si je dois t'abandonner à ton sort, si je ne dois plus chevaucher à tes côtés, s'il me faut te perdre à jamais, toi que j'aimais plus que tout être au monde, toi le plaisir radieux de ma vie, alors qu'un feu dévorant veille sur toi ! Qu'un brasier ardent encercle ce roc où tu vas t'allonger. Que son aspect terrifiant éloigne le couard qui craindra de s'y brûler ! Que le lâche fuie le rocher de Brunehilde ! Que seul libère la fiancée un être plus libre que moi, le dieu !

Brunehilde se précipita dans les bras de son père qui la serra tendrement contre lui.

— Ces deux yeux scintillants que j'effleurais d'un baiser lorsque tu étais enfant, ces deux yeux rayonnants que je voyais luire à l'heure de l'assaut ; pour la dernière fois, je les contemple. Que leurs prunelles s'éteignent pour ne s'éveiller qu'au contact du plus heureux des hommes. Pour moi, dieu infortuné, ces yeux se ferment à jamais...

Odin souffla doucement sur les yeux de Brunehilde, qui s'endormit aussitôt d'un lourd et profond sommeil. Il l'allongea alors sur la roche. Après l'avoir contemplée un long moment, il la recouvrit de son manteau de plumes, posa son casque à côté d'elle et son bouclier sur sa broigne. Il lui effleura les yeux d'un dernier baiser, puis se recula.

Il brandit alors sa lance Gungnir.

— Loki ! Loki, écoute-moi ! Loki, viens, je t'appelle !

Loki parut aussitôt sous la forme d'une flamme errante et dansante.

— Encercle ce rocher d'un brasier que nul ne pourra franchir, sinon un être sans peur et au cœur noble.

La flamme s'allongea alors en un long serpent de feu, flamboyant et brasillant, qui courut tout autour du rocher sur lequel reposait la Walkyrie, jusqu'à former un cercle impénétrable. Odin brandit à nouveau sa lance.

— Que celui qui craint la pointe de ma lance ne franchisse jamais ce feu !

Il contempla à nouveau Brunehilde, dont la silhouette disparaissait derrière le rideau de flammes. Puis il sauta sur son cheval Sleipnir, et s'envola vers Asgard.

Depuis toutes ces années, mon corps repose au sommet du Rocher de la Biche, en attendant qu'un homme au cœur noble et sans peur vienne le réveiller.

Depuis toutes ces années, ma fylgia, *mon âme détachée de mon corps, hante la Halle des Occis et chante sans répit le récit de ma vie.*

Je suis à la fois ici, dans le glorieux Walhalla, parmi les Wals morts au combat, et là-bas, allongée sur le roc embrasé qui domine l'immense Forêt de Fer.

À présent, je me tais. Mon histoire se termine ici. Je n'ai plus rien à ajouter.

Tout n'est pas fini pour autant. Un jour, je renaîtrai à cette nouvelle vie que m'a promise Odin. Serai-je plus heureuse que je ne l'ai été jusque-là ? Ou bien la malédiction de l'anneau continuera-t-elle à me poursuivre ? Je ne sais. Mais d'autres que moi renoueront le fil de cette narration interrompue. D'autres plus sages, plus savants.

Les Wals ont cessé leur écoute. Ils reprennent leurs conversations bruyantes et leurs joutes martiales. Ils choquent en riant leurs cornes à boire débordant d'hydromel. Se souviennent-ils seulement de cette invisible voix qui résonnait dans le silence, accompagnée d'une simple harpe ? Ou bien l'ont-ils prise pour un écho lointain de leur propre âme, qui leur murmurait à l'oreille des secrets oubliés de tous ?

Odin a levé la tête, lui aussi. De son œil unique, il regarde dans ma direction. Mais il ne peut me voir, car si mon âme plane dans la Halle des Occis, mon corps en est absent... Le dieu ne peut me voir, mais je sais qu'il entend ma voix. À moins que, lui aussi, il la confonde avec celle de sa mémoire, de sa conscience ou de ses remords.

Oui, mon âme a terminé le récit de ma triste vie, elle laisse glisser à terre la harpe désormais inutile, et va se cloîtrer dans le silence.

Là-bas, sur le roc embrasé, mon corps sommeille.

Près de là, sur les hauteurs montagneuses de Gnitaheid, au cœur de la Forêt de Fer, un dragon sommeille lui aussi, couché près du trésor des Nibelungen et de l'anneau d'Andvari.

Soudain, son œil s'ouvre. Un œil jaune où se reflète l'or maudit.

Le dragon sort de son long sommeil, et il se souvient...

Glossaire

Les Peuples

Alfes : divinités secondaires, équivalent des elfes. Ils sont divisés en deux catégories : les alfes de lumière, vivant à Alfheim, et les alfes noirs, vivant à Svartalaheim.

Ases : dieux célestes aristocratiques et guerriers, siégeant dans le paradis d'Asgard.

Dises : divinités protectrices des enfants, équivalent des fées celtiques.

Filles du Rhin : ondines, divinités secondaires de l'eau vivant dans le Rhin, veillant sur ses trésors fabuleux. Elles sont au nombre de trois : Woglinde, Wellgunde et Flosshilde.

Géants : êtres gigantesques et puissants résidant à Jötunheim, en rivalité constante avec les dieux Ases.

Géants du givre : ils furent les premiers êtres vivants, avant l'apparition des dieux Ases.

Nibelungen : clan de nains ou alfes noirs vivant à Niflheim, possesseurs d'un trésor merveilleux.

Nornes : divinités féminines tisseuses du Destin, siégeant près de la source Urdarbrunn située près du frêne Yggdrasil. Elles sont trois : Urd, qui veille sur le passé, Verdandi, sur le présent, et Skuld, sur l'avenir. Elles ont prophétisé le Ragnarök, le crépuscule des dieux.

Walkyries : Filles d'Odin et d'Erda. Vierges guerrières, prenant l'apparence de femmes-cygnes, qui choisissent sur les champs de bataille les héros dignes d'être admis dans le Walhalla, le paradis des braves, après leur mort. Elles sont au nombre de neuf : Brunehilde, la « combattante à la broigne », épouse de Wälsung, mère de Siegmund et Sieglinde, Gerhilde, la « porteuse de lance », Ortlinde, l'« hôtesse des doux séjours », Waltraute, la « voix de la victoire », Schwertleite, la porteuse de « l'épée de combat », Helmwige, celle au « heaume de bataille », Siegrune, celle à la « course victorieuse », Grimgerde, la « gardienne de la fureur » et Rossweisse, celle « au cheval blanc ».

Vanes : seconde famille de dieux protecteurs, liés à la fécondité des êtres et la fertilité de la nature.

Les personnages principaux

Les divinités

Balder : dieu Ase de la Lumière. Fils d'Odin et de Frigg.

Brunehilde : Walkyrie, fille d'Odin et d'Erda ; elle devient scalde dans le royaume du Frankenland sous le nom de Saga, puis épouse Wälsung et devient reine du Frankenland.

Erda : grande déesse primitive, personnification de la Terre Mère et de la Sagesse universelle, elle possède les secrets du passé, du présent et de l'avenir, de l'origine et de la fin du monde.

Freya : déesse Vane de l'Amour et de la Fécondité. Elle veille sur les pommes d'éternelle jeunesse, qui assurent aux dieux leur immortalité.

Frigg : déesse Ase, épouse d'Odin. Elle veille sur le respect des serments et des liens du mariage.

Hel : reine des enfers, fille de Loki et de la géante Angrboda.

Loki : génie du Feu et de la Ruse.

Mîmir : dieu Ase décapité par les Vanes, dont la tête coupée se trouve au bord d'une des sources coulant au pied d'Yggdrasil.

Odin : dieu suprême de la race des Ases, toujours accompagné de ses corbeaux et de ses loups. Époux de Frigg. Père des Walkyries. Père de Sigi, roi du Frankenland. Père caché de Siegmund et Sieglinde. Lorsqu'il vient sur terre, Odin prend l'apparence d'un voyageur, borgne, coiffé d'un grand chapeau, une lance à la main.

Völa : la Voyante, divinité originelle qui crée le monde en le rêvant.

Ymir : père des géants du givre, sacrifié par les Ases et dont le corps donna naissance au monde de Midgard.

Les humains

Horst : vassal du roi Rerir, puis éducateur et conseiller du roi Wälsung.

Hunding : chef du clan de la Chienne Noire, fils de Managarm, la Chienne de la Lune. Époux de Sieglinde et ennemi des rois du Frankenland.

Rerir : deuxième roi du Frankenland, petit-fils d'Odin, fils de Sigi, père de Wälsung.

Siegfried : fils de Siegmund et de Sieglinde.

Sieglinde : fille aînée de Wälsung et de Brunehilde. Sœur jumelle et amante de Siegmund. Épouse de Hunding. Mère de Siegfried.

Siegmund : fils aîné de Wälsung et de Brunehilde. Frère jumeau et amant de Sieglinde. Père de Siegfried.

Sigi : premier roi du Frankenland, fils d'Odin et d'une mortelle. Père de Rerir.

Svanhild : jeune campagnarde courtisée par Hunding et recueillie par Rerir, demoiselle de compagnie de la reine Vara.

Swort : doyen des chefs de clan présidant à l'élection du chef de guerre au solstice d'été.

Vara : reine du Frankenland, épouse de Rerir, mère de Wälsung.

Wälsung : troisième roi du Frankenland, arrière-petit-fils d'Odin, fils posthume de Rerir. Époux de la Walkyrie Brunehilde. Père putatif de Siegmund et Sieglinde.

Les géants et les nains

Andvari : roi des Nibelungen, a maudit l'anneau de pouvoir que lui a arraché Loki pour payer le tribut exigé par le géant Hreidmar.

Fafnir : fils de Hreidmar, géant transformé en dragon dans les montagnes de Gnitaheid, s'attribue le trésor du Nibelung sur lequel il veille.

Hreidmar : géant ayant imposé le « prix du sang » à Odin et Loki pour le meurtre de son fils cadet Otr.

Otr : géant, fils cadet du géant Hreidmar transformé en loutre, tué par Loki au cours d'une partie de pêche.

Regin : géant, fils de Hreidmar, se laisse déposséder de sa part du trésor du Nibelung par son frère Fafnir.

Les animaux et les monstres

Fenrir : loup géant, né de Loki et de la géante Angrboda, qui dévorera le soleil le jour du Ragnarök.

Freki : le « Vorace », loup d'Odin.

Geri : le « Glouton », loup d'Odin

Hugin : la « Réflexion », corbeau d'Odin.

Jörmungand : serpent géant né de Loki et de la géante Angrboda, plongé dans l'océan entourant Midgard.

Managarm : la Chienne Noire, ou Chienne de la Lune, mère de Hunding. Elle vit dans la Forêt de Fer et dévorera la Lune le jour du Ragnarök.

Munin : la « Mémoire », corbeau d'Odin.

Sleipnir : cheval à huit pattes d'Odin, né de Svadilfoeri, le cheval du géant bâtisseur d'Asgard, et de Loki métamorphosé en jument.

LES LIEUX

Alfheim : séjour des alfes de lumière, situé à l'est.

Asgard : demeure céleste des dieux Ases.

Bifrost : le Pont de l'Arc en ciel, reliant Asgard à Midgard.

Forêt de Fer : forêt impénétrable jouxtant le royaume du Gotland.

Frankenland : royaume situé au bord du Rhin, sur la terre de Midgard, gouverné par des souverains descendants d'Odin.

Ginnungagap : abîme vide et obscur des origines.

Gnitaheid : montagne située au cœur de la Forêt de Fer, dans laquelle s'est retiré le géant Fafnir sous la forme d'un dragon pour veiller sur le trésor et l'anneau du Nibelung.

Gotland : royaume situé au nord de Midgard, en lisière de la Forêt de Fer, gouverné par Hunding, le chef du clan de la Chienne Noire.

Hel : Enfer froid et sans vie où siège Hel, la déesse de la

Mort, et où se retrouvent les hommes morts sans gloire ou assassinés par traîtrise.

Jötunheim : séjour des géants, situé à l'ouest.

Midgard : la Terre du Milieu, où résident les hommes, reliée à Asgard par Bifrost, le Pont de l'Arc en ciel.

Muspellheim : monde du feu situé au sud.

Niflheim : séjour ténébreux et souterrain des Nibelungen, situé au nord, à proximité de l'enfer de Hel.

Rocher de la Biche : Pic rocheux situé dans la Forêt de Fer, près de Gnitaheid, où Brunnehilde est endormie par Odin, entourée d'un cercle de flammes impénétrable.

Svartalaheim : séjour souterrain des alfes noirs, à proximité de l'enfer de Hel.

Utgard : territoires excentrés, séparés de Midgard par un océan infranchissable dans lequel se tient le serpent géant Jörmungand.

Vanaheim : demeure des dieux Vanes, située près d'Asgard.

Walhalla : « Halle des Occis », paradis situé près d'Asgard où sont accueillis les Wals, les braves morts noblement au combat, choisis par les Walkyries.

Yggdrasil : frêne géant, Arbre du Monde dont les frondaisons recouvrent le ciel et la Terre, au pied duquel coulent Urdarbrunn, la Source du Destin sur laquelle veillent les Nornes, et la source de Mîmir.

Les objets magiques

Anneau d'Andvari : anneau de pouvoir appartenant de père en fils aux Nibelungen. À lui seul, il peut reconstituer un trésor entier. Volé par Loki, l'anneau a été maudit par Andvari, le roi des Nibelungen. Désormais, tout porteur de l'anneau sera poursuivi par l'infernale malédiction.

Ceinture de pouvoir : ceinture magique appartenant à Brunehilde, qui lui permet d'avoir la maîtrise des éléments.

Chaudron magique : c'est dans ce chaudron, nommé Eldhrimnir, que se reconstitue chaque nuit le sanglier fumant Saehrimnir, destiné à nourrir les Wals, les héros morts du Walhalla.

Draupnir : anneau de souveraineté porté par Odin.

Gleipnir : lien merveilleux permettant de tenir prisonnier le loup Fenrir.

Gungnir : lance des serments portée par Odin. Elle est constituée d'une branche du frêne Yggdrasil.

Heaume d'effroi : heaume magique appartenant au géant Hreidmar, puis à son fils Fafnir, qui transforme celui qui le porte en un être monstrueux et effrayant.

Manteau de cygne : manteau constitué de duvet de cygne, permettant aux Walkyries de voler.

Mjollnir : marteau de mort et de résurrection appartenant au dieu Thor.

Notung : épée de détresse plantée par Odin dans un frêne, et destinée à Siegmund.

Or du Rhin : ensemble des richesses infinies appartenant au Rhin.

Pommes d'éternelle jeunesse : pommes cultivées dans le verger de Freya, permettant aux dieux de conserver fécondité et jeunesse éternelle.

Sang de Kvasir : hydromel donnant à celui qui en boit le sens divin de la poésie.

Trésor des Nibelungen : trésor immense appartenant aux Nibelungen, constitué d'une partie de l'or volé au Rhin ; détourné par Loki pour payer la rançon exigée par le géant Hreidmar, ce trésor est ensuite gardé par le géant Fafnir, métamorphosé en dragon.

Sources bibliographiques

Pour l'élaboration de ce roman, nous nous sommes librement inspiré des mythologies anciennes nordique et germanique dont les sources écrites remontent du Xe au XIIIe siècle, notamment les poèmes de l'*Edda* tels que la *Prédiction de la Prophétesse*, ou *Völuspa*, les *Dits du Très-Haut*, ou *Havamal*, les *Dits de Grimnir*, ou *Grimnismal*, le *Banquet d'Aegir*, ou *Aegisdrakka*, les *Propos de Bragi*, ou *Bragaraedur*, la *Saga des Völsung*, ou *Völsunga saga*, et la *Chanson des Nibelungen*, ou *Nibelungenlied.*

Les traductions françaises consultées ont été empruntées à ces ouvrages de référence, cités par ordre chronologique :

— *Les Poèmes héroïques de l'Edda* et *La Saga des Völsung*, traduits par F. Wagner, Librairie Ernest Leroux, 1929.

— *Les Poème mythologiques de l'Edda*, traduits par F. Wagner, Les Belles Lettres, 1936.

— *La Chanson des Nibelungen*, traduit par Maurice Colleville et Ernest Tonnelat, Bibliothèque de Philologie germanique, Aubier, 1944.

— *La Chanson des Nibelungen*, traduit par Maurice Betz, À l'enseigne du Pot Cassé, 1944.

— *La Saga des Völsungar*, traduit par Régis Boyer dans *La Saga de Sigurdr, ou la Parole donnée*, Cerf, 1989.

— Snorri Sturluson : *L'Edda. Récits de mythologie nordique*, traduit par François-Xavier Dillman, Gallimard, « L'Aube des peuples », 1991.

— *La Chanson des Nibelungen – La Plainte*, traduit par Danielle Buschinger et Jean-Marc Pastré, Gallimard, « L'Aube des peuples », 2001.

Nous avons également consulté avec profit :

— Paul Hermann : *La Mythologie allemande*, 1898, traduit par Michel-François Demet, Plon, 2001.

— A. Ehrhard : *La Légende des Nibelungen*, Édition d'Art H. Piazza, 1929.

— Maria Luisa Gefaell de Vivanco : *Le Trésor des Nibelungen*, adaptation française d'Agnès Doniol-Assp, Éditions des Deux Coqs d'or, 1967.

— Claude Mettra : *La Chanson des Nibelungen*, Albin Michel, 1984.

— Claude Lecouteux : *Petit dictionnaire de mythologie allemande*, Éditions Entente, 1991.

— Robert-Jacques Thibaud : *Dictionnaire de mythologie et de symbolique nordique et germanique*, Dervy, 1997.

— *La Vie privée des hommes au temps des royaumes barbares*, textes de Patrick Perrin et Pierre Forni avec la participation de Laure-Charlotte Feffer, illustrations de Pierre Joubert, Hachette Jeunesse, 1999.

Nous nous sommes également inspiré des livrets de *L'Anneau du Nibelung* de Richard Wagner, notamment le Prologue et la Première Journée de la *Tétralogie*, *L'Or du Rhin* et *La Walkyrie.* Nous avons eu la chance de découvrir ces opéras à Bayreuth en 1976, lors du *Ring* du centenaire dirigé par Pierre Boulez et mis en scène par Patrice Chéreau.

Nous avons également pris connaissance du *Voyage au cœur du Ring – Wagner – L'Anneau du Nibelung* de Bruno Lussato, avec la collaboration de Marina Niggli, publié en deux volumes (*Poème commenté* et *Encyclopédie*) chez Fayard, 2005.

Table des matières

Composition et mise en pages : FACOMPO, LISIEUX

Achevé d'imprimer sur les presses de

BUSSIÈRE

GROUPE CPI

à Saint-Amand-Montrond (Cher)
en septembre 2008

N° d'édition : B 04434. — N° d'impression : 082332/1.
Dépôt légal : octobre 2008.

Imprimé en France